外国经典散文
·青春版·

远处的青山

人民文学出版社编辑部选编

A Green Hill Far Away

人民文学出版社

图书在版编目(CIP)数据

远处的青山:外国经典散文青春版/人民文学出版社编辑部选编.—北京:人民文学出版社,2018
ISBN 978-7-02-014335-1

Ⅰ.①远… Ⅱ.①人… Ⅲ.①散文集—世界 Ⅳ.①I16

中国版本图书馆 CIP 数据核字(2018)第 117627 号

策划编辑	王瑞琴
责任编辑	翟　灿
装帧设计	李思安
责任印制	任　祎

出版发行	人民文学出版社
社　　址	北京市朝内大街 166 号
邮政编码	100705
网　　址	http://www.rw-cn.com

| 印　　刷 | 三河市宏盛印务有限公司 |
| 经　　销 | 全国新华书店等 |

字　　数	305 千字
开　　本	880 毫米×1230 毫米　1/32
印　　张	13.5　插页 3
印　　数	1—8000
版　　次	2019 年 1 月北京第 1 版
印　　次	2019 年 1 月第 1 次印刷

| 书　　号 | 978-7-02-014335-1 |
| 定　　价 | 42.00 元 |

如有印装质量问题,请与本社图书销售中心调换。电话:010-65233595

序:听大师们与你聊天谈心

曹明伦

　　青少年读者对外国散文并不陌生。中学语文课本里就有帕斯卡的《人是一根能思想的苇草》、罗素的《我为何而生》、艾芙·居里的《美丽的颜色》、西蒙诺夫的《蜡烛》、利奥波德的《大雁归来》,以及梭罗的《瓦尔登湖》(节选)等等。想必有人还记得"我们全部的尊严就在于思想",还记得"我渴望去了解人类,渴望知道星星为什么会发光",还记得"我希望它有很美丽的颜色",还记得战场上那个"小小的坟堆"和坟堆前那支"闪耀着柔和光焰的蜡烛",还记得"一只燕子的来临说明不了春天",甚至还依稀记得"值得让米开朗琪罗来做一番研究"的瓦尔登湖变化莫测的颜色。有些人虽然记不清这些美文中的妙语佳句或至理名言,但那些言辞中所蕴含的探索与渴望、美丽与善良、悲壮与崇高、旷达与宁静,多多少少也会在其心底潜移默化。

　　青少年读者对散文这种体裁也有所了解。因为语文老师肯定会讲:散文有广义和狭义之分,前者与韵文(诗词歌赋等)相对,后者则指与诗歌、小说、戏剧并称的一种散体文章;这种散体文章不受音韵节律拘束,取材广泛,结构自由,篇幅短小,笔法灵活,可叙事,可写景,可状物,可抒情,可言志,可论理,通常还可以兼而有之,夹叙夹议,或寓理于事,或融情于景,或托物咏志,或借景抒怀;按其内容和特色之不同,散文又可分为杂文、随笔、游记、特写、小品文和演说词等。课堂上讲散文,老师通常会侧重讲写作技巧,要求学生学习如何选材立意,如何谋篇布局,如何遣词造句,从而"提高阅读效率,提高答题的正确率"。老师的强调当然是语文教学的要求,对提高学生的写作能力不无益处,但殊不知也正是这种要求(这种通常用考试和测验来强化的要求),使一些学生丧失了读散文的乐趣。散文明明是一种题材最广泛、结构最自由、笔法最灵活、最不拘一格的文学体裁,却偏偏侧重要学生去总结其修辞手法和行文技巧,这就像品尝完一道佳肴之后,非要食客说出其食料特点和烹调诀窍一样,反倒会让人把鲜美的滋味给淡忘了。

笔者早年也教过三年初中语文。曾有学生多年后来信,说前一晚做了个梦,梦见我正在课堂上讲他最喜欢的那篇《从百草园到三味书屋》,遗憾的是我在他梦中抽他回答问题,他心头一急,遽然从"草园一梦"中惊醒。想必"碧绿的菜畦""紫红的桑葚"连同那条"美女蛇"又都飞回到他当年的课本里去了。这件往事也说明,为了应考或答问而读书,读书的乐趣便会减退,甚至完全消失。

优秀的散文常被称作美文,无论是叙事寄情、论理抒怀,作者往往都是在向读者吐露心迹,或者说是在与读者聊天谈心。这种美文应随心所欲地躺在草坪上读,坐在树荫下读,蜷伏在飘窗里读,斜倚在床头上读,甚至在机场码头也可以任意翻看,在地铁车厢里也可以随心赏阅。正如爱默生所说:"书籍本为学者闲时所用。"(爱默生《论美国学者》)

另外,青少年读者和成人读者一样,对所读文章也是各有所好,虽然编入中学语文课本的外国散文都是上乘之作,但却不能保证都能为每个学生所喜好;而且课本中的外国散文篇目有限,学生不能按自己的兴趣去选读。据调查,有少部分学生对课本中的某些外国散文"不感兴趣",觉得"难以理解"。对这部分学生,老师当然要加以引导,培养他们的阅读兴趣。但林语堂在《生活的艺术》一书中曾说过:就像父母不能强迫子女吃他们不喜欢的食物一样,老师也不能强迫学生读他们不喜欢的读物。

人民文学出版社选编这本"外国经典散文青春版"的目的,就是要让青少年朋友多有一本在闲时能任意选读、随心赏阅的书。这本书你不必从头读到尾,读时也无须刻意去想什么技巧和寓意,就像品菜一样,你可以随手翻开一篇,先品尝几句,觉得有滋味就接着往下读,觉得无味则另外翻开一篇。不过,品菜和赏文毕竟有所不同,一个人的口味在短期内很难改变,但据笔者的阅读经验,同一篇文章,今天读来觉得无趣,说不定明天就会读得津津有味。

"外国经典散文青春版"共收录了20个国家85位作者的90篇经典华章。荟萃了培根、蒙田、卢梭、歌德、海涅、梭罗、爱默生、泰戈尔、纪伯伦、屠格涅夫等文学大师的散文名篇。这些散文风格各异,但都可谓大师们与读者的"聊天"或"谈心",或向你讲述一段往事(如切斯特顿的《躺在床上》和茨威格的《从罗丹得到的启示》),或对你披露一种心境(如黑塞的《归途梦》和夏多布里昂的《别了,法兰西!》),或为你描绘一处风景(如法朗士的《塞纳河岸的早晨》和蒲宁的《静》),或与你讨论一个问题(如培根的《谈读书》和伽利略的《我们的知识是有限的》)。

这些散文可带你去到另一个国度,或领你进入另一个时空,去听一些睿智的异国长者给你讲自然之秀美、万物之玄妙、宇宙之奥秘、人生之真谛、大千世界之风起云涌、人类历史之波澜壮阔,或讲一丝离愁、一缕情思。记得日本作家厨川白村曾说:散文就是把平日里与好友的任心闲聊照原样移在纸上的东西;而培根在《论友谊》中则说:只有在好友跟前,一个人才可能倾吐其忧伤、欢乐、恐惧、希望、猜疑、忠告,以及压在心头的任何感情。由此可见,散文实际上是作者感情的物化,真可谓"情动而言形"(《文心雕龙·体性》),"情动而辞发"(《文心雕龙·知音》)。

有些青少年读者不喜欢读写景状物的文字,甚至读小说也只专注于故事情节,遇到描写景物的段落往往都跳过不读。其实大家都有与好友或闺蜜聊天谈心的经历。朋友之间常推心置腹,侃侃而谈,但聊到感情微妙处,也会"半遮半掩","说东道西",由你去揣测,由你去领会。推心置腹、侃侃而谈当然是直抒胸臆,但这"半遮半掩"又何尝不是寓情于物或寄情于景,这"说东道西"又何尝不是借景抒情或托物咏志。古今中外,上下千年,大凡作家写景物都为抒情言志,如范仲淹借写洞庭湖之美而抒发了他忧国忧民的情怀一样,蒲宁也是借写日内瓦湖之静而表达了他对生命的观照:愿天下所有"向往幸福的人"在"融入亘古长存的寂静"之前,能在人世间享受到"蔚蓝、清澈、深邃的"宁静;又如欧阳修借写滁州之美而袒露了他与民同乐的意绪一样,法朗士也是借写塞纳河之晨景而抒发了他对故乡巴黎的热爱之心,袒露了他为法兰西民族而感到的自豪之情。

倘若我们把这些外国的文学大师也当作自己的知心朋友,听他们与你聊天谈心,那么,他们描写的青山碧水也会净化你的心胸,他们抒发的豪情壮志也会升华你的灵魂。有朝一日你也可以像高尔斯华绥在《远处的青山》里描写的那样,"躺在草上,听任思想自由飞翔"。读优秀散文的乐趣,真可谓:"登高岸濒水伫观舟楫颠簸于海上,不亦快哉;踞城堡倚窗凭眺两军酣战于脚下,不亦快哉;然断无任何快事堪比凌真理之绝顶,一览深谷间的谬误与彷徨、迷雾与风暴。"(培根《论真理》)

2018年仲夏于四川大学

目 录

培　根
　　论美　　　1
　　谈读书　　2

卢伯克
　　谈自我教育(节选)　　5

萧伯纳
　　贝多芬百年祭　　8

加德纳
　　年轻的美国　　14

高尔斯华绥
　　远处的青山　　19

贝洛克
　　论贫穷　　24

比尔博姆
　　送行　　29

切斯特顿
　　躺在床上　　35

托马斯
　　夏天——苏塞克斯　　40

林　德
　　无知的乐趣　　　46
劳伦斯
　　鸟啼　　　52
爱丁顿
　　科学与宗教　　　57
伍尔夫
　　莱斯利·斯蒂芬　　　62
奥威尔
　　射象　　　69
蒙　田
　　论年龄　　　77
　　自我评价　　　79
卢　梭
　　生活在大自然的怀抱里　　　81
夏多布里昂
　　别了，法兰西！　　　85
大仲马
　　猎狼记　　　87
雨　果
　　巴尔扎克之死　　　90
桑
　　冬天之美　　　96
波德莱尔
　　时钟　　　98

法朗士
　塞纳河岸的早晨　　100
列那尔
　一个树木的家庭　　102
罗兰
　论创造　　104
阿兰
　读书之乐　　107
纪德
　沙漠　　112
西多尼·科莱特
　松鼠　　115
加缪
　蒂巴萨的婚礼　　120
歌德
　自然
　　——断片　　127
里克特
　两条路　　131
海涅
　伦敦　　133
施托姆
　春到海堤　　137
霍普特曼
　上学的第一天　　139

黑　塞
　　归途梦　　142
里尔克
　　一次晨祷　　146
弗洛伊德
　　论非永恒性　　148
茨威格
　　世间最美的坟墓
　　　　——记1928年的一次俄国旅行　　152
　　从罗丹得到的启示　　154
卡夫卡
　　旅途札记　　157
瓦萨里
　　达·芬奇逸事　　163
伽利略
　　我们的知识是有限的　　181
桑塔亚那
　　英国人的性格　　184
梅特林克
　　论沉默　　188
勃兰兑斯
　　人生　　195
屠格涅夫
　　树林和草原　　199

蒲　宁

　　静　　208

普里什文

　　林中小溪　　215

高尔基

　　早晨　　220

巴乌斯托夫斯基

　　黄光　　224

普鲁斯

　　萧邦故园　　233

　　影子　　243

恰佩克

　　田园诗情　　247

伏契克

　　乐观的故事　　249

沃兰茨

　　铃兰花　　254

亨　利

　　不自由毋宁死
　　　　——在弗吉尼亚议会上的演讲　　260

杰弗逊

　　论天然贵族
　　　　——致约翰·亚当斯　　265

欧　文

　　海程　　269

爱默生
　　论美国学者(节选)　　277
霍　桑
　　烦扰的心灵　　282
梭　罗
　　寂寞　　288
克罗瑟斯
　　人人想当别人　　298
史密斯
　　玫瑰树　　302
德莱塞
　　我的梦中城市　　305
杰克·伦敦
　　论作家的人生哲学　　309
爱因斯坦
　　信仰自白　　315
卡贝尔
　　超越生命(节选)　　317
凯　勒
　　假如给我三天光明　　322
房　龙
　　《宽容》序　　333
莫　利
　　门　　339

瑟伯
　　床倒下来的那个夜晚　　342
海明威
　　不散的筵席　　347
沃尔夫
　　远和近　　351
斯坦贝克
　　巨人树　　355
休斯
　　拯救　　357
金
　　我有一个梦想　　360
博伊尔斯
　　永不道别　　365
李科克
　　我们是怎样过母亲节的
　　　　——一个家庭成员的自述　　368
达里奥
　　笑声　　373
米斯特拉尔
　　歌声　　375
罗多
　　航船　　377
岛崎藤村
　　三位来客　　380

石川啄木
　旷野　　　385
宫城道雄
　音的世界　　　390
泰戈尔
　美　396
　黄昏和黎明　　　399
阿罗宾诺
　人：一种无常的存在　　　401
普列姆昌德
　这是我的祖国　　　404
纪伯伦
　我的生日
　　——1908年12月6日写于巴黎　　　412

培　根

弗朗西斯·培根（1561—1626），英国文艺复兴时期散文家、哲学家。英国唯物主义哲学家，实验科学的创始人，是近代归纳法的创始人，又是给科学研究程序进行逻辑组织化的先驱。主要著作有《新工具》《论科学的增进》以及《学术的伟大复兴》等。另外，他以哲学家的眼光，思考了广泛的人生问题，写出了许多形式短小、风格活泼的随笔小品，集成《培根随笔》。

论　美

善犹如宝石，以镶嵌自然为美；而善附于美者无疑最美，不过这美者倒不必相貌俊秀，只需气度端庄，仪态宜人。世人难见绝美者兼而至善，仿佛造物主宁愿专心于不出差错，也不肯努力创造出美善兼备之上品。故世间美男子多有身躯之完美而无精神之高贵，多注重其行而不注重其德。但此论并非放之四海而皆准，因古罗马皇帝奥古斯都和韦斯帕芗、法兰西国王腓力四世、英格兰国王爱德华四世、古雅典将军亚西比德，以及伊朗国王伊思迈尔一世皆为志存高远者，但也都是当时的冠玉美男。至于美女，天生容貌胜过粉黛胭脂，而优雅举止又胜过天生容貌。优雅之态乃美之极致，非丹青妙笔所能绘之，亦非乍眼一看所能识之。绝色者之形体比例定有异处。世人难断阿佩利斯①和丢勒②谁更可笑,后者画人像总是按几何比例,前者则将诸多面孔的最美之处汇于一颜③。笔者以为除画家本人之外,此等画像谁也不会喜欢。虽说笔者认为画家可以画出比真颜更美的容貌,但他必须得靠神来之笔,而非凭借什么规则尺度,这就像音乐家谱写妙曲得靠灵感一般。世人可见这样的面庞,若将其五官分而视之则一无是处,但合在一起却堪称花容玉颜。倘美之要素果真在于仪态之优雅,那长者比少者更美就不足为奇,须知美人之秋亦美。假如不把青春视为优雅得体之补足,年少者多半都难称俊秀。美貌如夏日鲜果易腐难存,而且它每每使年少者放荡,并给年长者几分难堪;但笔者开篇所言仍然不谬,若美貌依附于善者,便会使善举光彩夺目,使恶行无地自容。

曹明伦 译

谈 读 书

读书之用有三:一为怡神旷心,二为增趣添雅,三为长才益智。怡神旷心最见于蛰伏幽居,增趣添雅最见于高谈雄辩,而长才益智则最见于处事辩理。虽说有经验者能就一事一理进行处置或分辨,但若要通观全局并运筹帷幄,则还是博览群书者最能胜任。

---

① 阿佩利斯,公元前四世纪希腊画家,曾为马其顿国王腓力二世和亚历山大大帝的宫廷画师,善画肖像。
② 丢勒(1471—1528),德国画家,著有《人体比例研究》一书。
③ 培根在此处也许误将阿佩利斯记成了另一名古希腊画家宙克西斯(前464—前389),相传宙克西斯曾汇五位美女的长处于一身,绘成海伦像。

读书费时太多者皆因懒散,寻章摘句过甚者显矫揉造作,全凭书中教条断事者则乃学究书痴。天资之改善须靠读书,而学识之完美须靠实践;因天生资质犹如自然花木,需要用学识对其加以修剪,而书中所示则往往漫无边际,必须用经验和阅历界定其经纬。讲究实际者鄙薄读书,头脑简单者仰慕读书,唯英明睿智者运用读书,这并非由于书不示人其用法,而是因为其用法乃一种在书之外并高于书本的智慧,只有靠观察方可得之。读书不可存心吹毛求疵,不可尽信书中之论,亦不可为己言掠辞夺句,而应该斟酌推敲,钩深致远。有些书可浅尝辄止,有些书可囫囵吞枣,但有少量书则须细细咀嚼,慢慢消化;换言之,有些书可只读其章节,有些书可大致浏览,有少量书则须通篇细读并认真领悟。有些书还可以请人代阅,只取代阅人所作摘录节要;但此法只适用于次要和无关紧要的书,因浓缩之书如蒸馏之水淡而无味。读书可使人充实,讨论可使人敏锐,笔记则可使人严谨;故不常作笔记者须有过目不忘之记忆,不常讨论者须有通权达变之天资,而不常读书者则须有狡诈诡谲之伎俩,方可显其无知为卓有见识。读史使人明智,读诗使人灵透,数学使人精细,物理学使人深沉,伦理学使人庄重,逻辑修辞则使人善辩,正如古人所云:学皆成性[①];不仅如此,连心智上的各种障碍都可以读适当之书而令其开窍。身体之百病皆有相宜的调养运动,如滚球有益于膀胱和肾脏,射箭有益于肺部和胸腔,散步有益于肠胃,骑马有益于大脑等;与此相似,若有人难聚神思,可令其研习数学,因在演算求证中稍一走神就得重来一遍;若有人不善辨异,可令其读经院哲学,因该派哲学家之条分缕析可令人

[①] 出自奥维德《列女志》第15篇83行。

不胜其烦；而若是有人不善由果溯因之归纳，或不善由因及果之演绎，则可令其阅读律师之案卷；如此心智上之各种毛病皆有特效妙方。

曹明伦 译

卢伯克

约翰·卢伯克(1834—1913),英国政治家、博物学家、教育家、著名作家,其代表作有《史前时期》和《文明起源与人的原始状态》等,"旧石器时代"和"新石器时代"这两个名词即由他在这两本书中创造。他的散文集《人生之乐》(1889)和《生命之用》(1894)至今仍在全世界拥有大量读者。《谈自我教育》节选自《生命之用》。

谈自我教育(节选)

教育,即我们所有天资的和谐发展。它始于幼稚园,续之于学校,但并不止于学校。不管我们愿意与否,教育都会贯穿我们的一生。唯一的问题只在于我们后半生所学是出于明智之选择,还是出于偶然之所获。历史学家爱德华·吉本说:"每个人都会接受两种教育,一种受教于人,一种受教于己,而后一种教育更为重要。"

较之受教于人所得的收获,自我教育之收获肯定永远都更有裨益。哲学家约翰·洛克就曾说:"仅凭老师的调教和约束,还不曾有人在学问上大有作为,或在某科学领域超凡出众。"

即便你愿意,你也不可能让你的心灵空空如也,或充满虚饰,唯一的区别仅在于你是让你的心向善还是任其从恶。

在学校未崭露头角者不必因此而气馁。最具才智者未必就该最早成熟。当然,如果你并未努力,虽然我不会说你应该自馁,但你自己应该感到惭愧;不过,若是你已经竭尽全力,那你只需要持之以恒;须知有众多在校时无法出类拔萃者,其后半生都大获成功。我们知悉,威灵顿公爵和拿破仑皇帝上学时都笨头笨脑,据说其他许多杰出人物念书时也同样愚钝,如科学家牛顿、讽刺作家斯威夫特、军事家克莱武、诗人及小说家司各特,以及戏剧家谢里丹等等。由此可见,学业平庸者未必就会老大无成。

天资历来被形容成"一种吃苦耐劳的超强能力",此说差不多已接近真理。正如诗人约翰·黎里的那句妙言:"若无天资,再勤奋也徒然;但若无勤学,有天资也没用。"另一方面,许多聪颖伶俐的孩子却因健康不佳、勤奋不足或品格缺失而在后半生无所作为,就像歌德说的那种"虽花开甚繁却不结果实的树",只能到街头赶马车,去澳大利亚剪羊毛,或是以卖文维持生计;而一些比较迟钝但勤奋刻苦、品格高尚的孩子却稳步上升,身居高位,既为自己增光,又对国家有利。

关于教育的价值,偶尔会有人产生怀疑,正如教育家阿诺德博士在《基督徒的生活》一书中所言:"有人不可思议地把无知混同于无邪,于是许多无知者似乎都以此来宽慰自己。然而,即便你把一个成人的学识抹去,你也不可能让他重返婴儿状态,而只能让他回到野兽状态,而且是一种最有害、最邪恶的野兽状态。"因为就像阿诺德博士在另一本书里指出的那样,人若忽略了本该作为人生指南的教育,便会沦为七情六欲的奴隶,从而只剩下两个生命阶段的恶——少年之愚昧和成年的堕落。

凡在校接受教育有良好开端者都不会任其停止。认为学习仅仅是为了微不足道的便利,认为我们该止于德国人所谓的"面包黄油"学习,这是极其浅薄的教育观念。用所罗门的话说,一种明智的教育,其目标应该是使人知晓古训教诲,理解至理名言,接受智慧、仁义、公平和公正的训谕,使心智愚钝者聪敏,使年少者有知识,能辨善恶是非。①

梭罗在谈及读书时说:"人们会远离正道去取一枚银币,但世间可取的还有金子般的言辞,古哲先贤留下的言辞,那些其价值已被历代智者替我们验证过的金玉良言。"有句令人伤感的法国谚语说:"若少有老年之智,老有少时之力,那该多好!"而一种明智的教育必须有助于满足我们这两种需求:给年少者以学识,给年长者以力量。富兰克林说:"经验是一所学费高昂的学校,可愚钝者只有进这所学校才会有收获。"

请努力牢记,何谓书之精华,何谓人之精英,何谓思想之精髓,何谓学校之根本。我们无须为学不如人而感到羞愧,但我们应该为能学却未学而感到羞耻。教育不仅仅是学习语言,也不仅仅是格物致知。教育异于授艺,并高于授艺。授艺只为将来之用而积累知识,教育却为将来撒播可结实的种子,其收获可达三十倍、六十倍,甚至一百倍。②智慧乃一切之根本,所以为了领悟并获取智慧,你应不惜舍弃你全部所得。③

曹明伦 译

---

① 参见《圣经·旧约·箴言》第一章第2—4节。
② 此处暗引《圣经·新约》中耶稣的教诲:"凡闻天道而不明其理者,魔鬼就会来将撒播于他心中的种子夺去……闻天道而明其理者,心中的种子将会结实,其收获有三十倍者、六十倍者,甚至一百倍者。"(参见《马太福音》第十三章第18—23节和《马可福音》第四章第13—20节)。
③ 参见《圣经·旧约·箴言》第四章第7节。

萧伯纳

乔治·萧伯纳(1856—1950),英国作家,代表作品有《鳏夫的房产》《华伦夫人的职业》《巴巴拉少校》和《伤心之家》。1925年获诺贝尔文学奖。

贝多芬百年祭

　　一百年前,一位虽听得见雷声但已聋得听不见大型交响乐队演奏自己的乐曲的五十七岁的倔强的单身老人最后一次举拳向着咆哮的天空,然后逝去了,还是和他生前一直那样地唐突神灵,蔑视天地。他是反抗性的化身;他甚至在街上遇上一位大公和他的随从时也总不免把帽子向下按得紧紧的,然后从他们正中间大踏步地直穿而过。他有一架不听话的蒸汽轧路机的风度(大多数轧路机还恭顺地听使唤和不那么调皮呢);他穿衣服之不讲究尤甚于田间的稻草人:事实上有一次他竟被当作流浪汉给抓了起来,因为警察不肯相信穿得这样破破烂烂的人竟会是一位大作曲家,更不能相信这副躯体竟能容得下纯音响世界最奔腾澎湃的灵魂。他的灵魂是伟大的;但是如果我使用了最伟大的这种字眼,那就是说比亨德尔①的灵魂还要伟大,贝多芬自己就会责怪我;而且谁又能自负为灵魂比巴赫②的还伟大呢?但是说贝多芬的灵魂是最奔腾澎

---

① 亨德尔(1685—1759),德国出生的英国作曲家。
② 巴赫(1685—1750),德国作曲家。

湃的那可没有一点问题。他的狂风怒涛一般的力量他自已能很容易控制住,可是常常并不愿去控制,这个和他狂呼大笑的滑稽诙谐之处是在别的作曲家作品里都找不到的。毛头小伙子们现在一提起切分音①就好像是一种使音乐节奏成为最强而有力的新方法;但是在听过贝多芬的第三里昂诺拉前奏曲之后,最狂热的爵士乐听起来也像"少女的祈祷"那样温和了,可以肯定地说我听过的任何黑人的集体狂欢都不会像贝多芬的第七交响乐最后的乐章那样可以引起最黑最黑的舞蹈家拼了命地跳下去,而也没有另外哪一个作曲家可以先以他的乐曲的阴柔之美使得听众完全融化在缠绵悱恻的境界里,而后突然以铜号的猛烈声音吹向他们,带着嘲讽似的使他们觉得自已真傻。除了贝多芬之外谁也管不住贝多芬;而疯劲上来之后,他总有意不去管自己,于是也就成为管不住的了。

这样奔腾澎湃,这种有意的散乱无章,这种嘲讽,这样无顾忌的骄纵的不理睬传统的风尚——这些就是使得贝多芬不同于十七和十八世纪谨守法度的其他音乐天才的地方。他是造成法国革命的精神风暴中的一个巨浪。他不认任何人为师,他同行里的先辈莫扎特从小起就是梳洗干净,穿着华丽,在王公贵族面前举止大方的。莫扎特小时候曾为了蓬巴杜夫人②发脾气说:"这个女人是谁,也不来亲亲我,连皇后都亲我呢。"这种事在贝多芬是不可想象的,因为甚至在他已老到像一头苍熊时,他仍然是一只未经驯服的熊崽子。莫扎特天性文雅,与当时的传统和社会很合拍,但也有灵

---

① 采用切分音的节奏是爵士乐最明显的特点,萧伯纳写本文的二十年代,正是爵士乐开始大为风行的时候。
② 蓬巴杜夫人(1721—1764),法皇路易十五的情妇。

魂的孤独。莫扎特和格鲁克①之文雅就犹如路易十四宫廷之文雅。海顿②之文雅就犹如他同时的最有教养的乡绅之文雅。和他们比起来,从社会地位上说贝多芬就是个不羁的艺术家,一个不穿紧腿裤的激进共和主义者。海顿从不知道什么是嫉妒,曾称呼比他年轻的莫扎特是有史以来最伟大的作曲家,可他就是吃不消贝多芬。莫扎特是更有远见的,他听了贝多芬的演奏后说:"有一天他是要出名的",但是即使莫扎特活得长些,这两个人恐也难以相处下去。贝多芬对莫扎特有一种出于道德原因的恐怖。莫扎特在他的音乐中给贵族中的浪子唐璜③加上了一圈迷人的圣光,然后像一个天生的戏剧家那样运用道德的灵活性又回过来给莎拉斯特罗④加上了神人的光辉,给他口中的歌词谱上了前所未有的就是出自上帝口中都不会显得不相称的乐调。

贝多芬不是戏剧家;赋予道德以灵活性对他来说就是一种可厌恶的玩世不恭。他仍然认为莫扎特是大师中的大师(这不是一顶空洞的高帽子,它的的确确就是说莫扎特是个为作曲家们欣赏的作曲家,而远远不是流行作曲家);可是他是穿紧腿裤的宫廷侍从,而贝多芬却是个穿散腿裤的激进共和主义者;同样地海顿也是穿传统制服的侍从。在贝多芬和他们之间隔着一场法国大革命,划分开了十八世纪和十九世纪。但对贝多芬来说莫扎特可不如海顿,因为他把道德当儿戏,用迷人的音乐把罪恶谱成了像德行那样

---

① 格鲁克(1714—1787),奥地利作曲家。
② 海顿(1732—1809),奥地利作曲家。
③ 唐璜的传说在十七世纪前已流行于欧洲,在那以后他成为许多音乐、文学作品中的主人公。
④ 莫扎特的歌剧《魔笛》中的一个代表真理和光明的人物。

奇妙。如同每一个真正激进共和主义者都具有的,贝多芬身上的清教徒性格使他反对莫扎特,固然莫扎特曾向他启示了十九世纪音乐的各种创新的可能。因此贝多芬上溯到韩德尔,一位和贝多芬同样倔强的老单身汉,把他作为英雄。韩德尔瞧不上莫扎特崇拜的英雄格鲁克,虽然在韩德尔的《弥赛亚》①里的田园乐是极为接近格鲁克在他的歌剧《奥菲欧与尤莉迪丝》②里那些向我们展示出天堂的原野的各个场面的。

因为有了无线电广播,成百万对音乐还接触不多的人在他百年祭的今年将第一次听到贝多芬的音乐。充满着照例不加选择地加在大音乐家身上的颂扬话的成百篇的纪念文章将使人们抱有通常少有的期望。像贝多芬同时的人一样,虽然他们可以懂得格鲁克和海顿和莫扎特,但从贝多芬那里得到的不但是一种使他们困惑不解的意想不到的音乐,而且有时候简直是听不出是音乐的由管弦乐器发出来的杂乱音响。要解释这也不难。十八世纪的音乐都是舞蹈音乐。舞蹈是由动作起来令人愉快的步子组成的对称样式;舞蹈音乐是不跳舞也听起来令人愉快的由声音组成的对称的样式。因此这些乐式虽然起初不过是像棋盘那样简单,但被展开了,复杂化了,用和声丰富起来了,最后变得类似波斯地毯,而设计像波斯地毯那种乐式的作曲家也就不再期望人们跟着这种音乐跳舞了。要有神巫打旋子的本领才能跟着莫扎特的交响乐跳舞。有一回我还真请了两位训练有素的青年舞蹈家跟着莫扎特的一阕前奏曲跳了一次,结果差点把他们

---

① 韩德尔谱写的宗教歌咏大曲。
② 格鲁克的著名歌剧,主题是奥菲欧下地狱去寻找死去的妻子尤莉迪丝的故事。

累垮了。就是音乐上原来使用的有关舞蹈的名词也慢慢地不用了，人们不再使用包括萨拉班德舞、巴万宫廷舞、加伏特舞和快步舞等在内的组曲形式，而把自己的音乐创作表现为奏鸣曲和交响乐，里面所包含的各部分也干脆叫作乐章，每一章都用意大利文记上速度，如快板、柔板、谐谑曲板、急板，等等。但在任何时候，从巴赫的序曲到莫扎特的《天神交响乐》，音乐总呈现出一种对称的音响样式给我们以一种舞蹈的乐趣来作为乐曲的形式和基础。

可是音乐的作用并不止于创造悦耳的乐式。它还能表达感情。你能去津津有味地欣赏一张波斯地毯或者听一曲巴赫的序曲，但乐趣只止于此；可是你听了《唐璜》前奏曲之后却不可能不发生一种复杂的心情，它使你心理有准备去面对将淹没那种精致但又是魔鬼式的欢乐的一场可怖的末日悲剧；听莫扎特的《天神交响乐》最后一章时你会觉得那和贝多芬的第七交响乐的最后乐章一样，都是狂欢的音乐；它用响亮的鼓声奏出如醉如狂的旋律，而从头到尾又交织着一开始就有的具有一种不寻常的悲伤之美的乐调，因之更加沁人心脾。莫扎特的这一乐章又自始至终是乐式设计的杰作。

但是贝多芬所做到了的一点，也是使得某些与他同时的伟人不得不把他当作一个疯人，有时清醒就出些洋相或者显示出格调不高的一点，在于他把音乐完全用作了表现心情的手段，并且完全不把设计乐式本身作为目的。不错，他一生非常保守地(顺便说一句，这也是激进共和主义者的特点)使用着旧的乐式；但是他加给它们以惊人的活力和激情，包括产生于思想高度的那种最高的激情，使得产生于感觉的激情显得仅仅是感官上的享受，于是他不仅打乱了旧乐式的对称，而且常常使人听不出在感情的风暴之下竟还有什么样式存在着了。他的《英雄交响乐》一开始使用了一个乐式（这是从莫扎特幼年时一个前奏曲里借来的），跟着又用了另外几个很漂亮的乐式；这些乐式被赋予了巨大的内在力量，所以到了乐章的中段，这些乐式就全被不客气地打散了；于是，从只追求乐式的音乐家看来，贝多芬是发了疯了，他抛出了同时使用音阶上所有单音的可怖的和弦。他这么做只是因为他觉得非如此不可，而且还要求你也觉得非如此不可呢。

以上就是贝多芬之谜的全部。他有能力设计最好的乐式；他能写出使你终身享受不尽的美丽的乐曲；他能挑出那些最干燥无味的旋律，把它们展开得那样引人，使你听上一百次也每回都能发现新东西：一句话，你可以拿所有用来形容以乐式见长的作曲家的话来形容他；但是他的病症，也就是不同于别人之处在于他那激动人的品质，他能使我们激动，并把他那奔放的感情笼罩着我们。当柏辽兹①听到一位法国作曲家因为贝多芬的音乐使他听了很不舒服而说"我爱听了能使我入睡的音乐"时，他非常生气。贝多芬的音乐是使你清醒的音乐；而当你想独自一个静一会儿的时候，你就怕听他的音乐。

懂了这个，你就从十八世纪前进了一步，也从旧式的跳舞乐队前进了一步（爵士乐，附带说一句，就是贝多芬化了的老式跳舞乐队），不但能懂得贝多芬的音乐而且也能懂得贝多芬以后的最有深度的音乐了。

周珏良　译

---

① 柏辽兹(1803—1869)，法国作曲家。

加德纳

阿尔弗雷德·乔治·加德纳(1865—1946),英国新闻记者、散文家、传记作家。主要作品有《先知、祭司、国王》《社会支柱》《军阀》及《海滩细石》《风中落叶》等。

年轻的美国

"要是你想理解美国,"我的主人说,"那就来看看美国年轻的野小子们打比赛吧。明天哈佛队在普林斯顿迎战普林斯顿队。那会是一场非常了不起的比赛。去看看吧。"

我的主人自己是哈佛派,说这番话时眼睛里满是稳操胜券的目光。这场比赛虽然是战争①结束后的第一场,但是两所大学过去的比赛纪录有案可查。哈佛队在橄榄球赛场上远远领先普林斯顿队,犹如牛津大学在河上赛舟压倒剑桥大学一样。于是,我前去分享他预料之中的胜利。那情景像在纽约的宾夕法尼亚边界上举办德比赛马日②。从那座庄严的大楼的大厅涌出来一大群皮衣裹身的男男女女,衣服颜色全是两所比赛院校喜欢的——黄色是普林斯顿大学而红色是哈佛大学——他们挤挤攘攘穿过出入口走向浸泡在哈得孙河里的站台,坐满一节车厢又一节车厢;火车沿着哈得孙河对岸走进灿烂的阳光,满载着兴高采烈的球迷奔驰在新泽

---

① 指第一次德国战争。
② 德比赛马日是自1780年以来每年6月在埃普索姆镇举行的赛马大会。

西莽莽苍苍的乡间,穿过历史悠久的特伦顿,在林地和农场上飞跑,奔向普林斯顿那些远处的塔楼。

那里,在高耸的大树下,在庭院和各学院里,到处都是男人和女人,年轻的年老的中年的;人们打着"你可好吧"的招呼,问这问那;人们因不期而遇惊喜不已,述说着往昔的时光和以前的比赛;他们熙熙攘攘,去参观尘封在记忆里的胜地、教室、图书馆、小教堂、饭堂,每一处都不愿漏掉。随后,他们纷纷走向体育场。体育场巍峨耸立,如同一所赫然醒目的古代纪念馆,外面看去是一圈宏大的环形石砌墙,六七英尺高;从里面看则是一个巨大的圆锥形,或者更像一个人工建造的马蹄,从比赛场地一级高似一级,一直升到令人眼晕的石墙顶上。场内坐满四万观众——马蹄这边坐着身穿红色衣服的观众,而另一边沐浴着充足的阳光,是身穿黄色服装的观众。

场下的咄咄逼人的东道主分别坐在两旁,几乎把空旷的球场围将起来;场地上标着精致的白色界线——美国人的这种运动远比英国人的橄榄球比赛要复杂——竖着高高的门柱和巨大的记分牌,每个字母十英尺,随时记下比赛得分。

空中回响着四万条舌头制造出来的嗡鸣声。在这片嗡鸣声中,上场的乐声轰然响起,那是军队进行曲,挑战进行曲;随后普林斯顿大学的乐队带着在校学生列队上场,如同战士走向战场,在马蹄场地这头一一闪现,在普林斯顿主场端线上站好了位置。对方阵营立即响起震耳欲聋的欢呼声。

又一阵音乐轰然响起,马蹄球场的我们这端走来哈佛大学乐队,领着一列在校学生出场,面向对手站在场地上。我们这边发出了惊天动地的欢呼。

决定胜负的时刻到来了。这是战争在即的时刻。普林斯顿主场观众前面跳出三个身穿法兰绒衣服的人。他们用喇叭筒向对手大喊大叫。他们在人群里跑来跑去,不停地使劲挥动手臂,向空中跳跃。他们每跳跃一次,两万个喉咙便会齐刷刷发出一阵阵无拘无束的欢呼,夹杂着怪声怪调声嘶力竭的尖叫,最后是一阵低沉的巨吼,如同一只猛烈的鸣啸,两万只猛虎扑向它们的猎物——这巨吼汇聚为一种可怕的咆哮,冲向云霄。

挑战的铁手套①抛过来。我们接住了它。我们开始回击,你叫我也叫,你吼我也吼。三名啦啦队长跳向场地,站在我们面前,随着他们命令式的尖叫,随着他们疯狂的四肢摇摆,我们站了起来,为哈佛队助阵吆喝。那究竟是一种什么声音我一点也听不出来,因为我已迷失在这种吼叫之中。随后,对方乐队领唱普林斯顿的战歌,两万对放纵的肺立即唱起来,像尼亚加拉大瀑布的鸣响冲击着我们。但是我们毫无惧色,万众一心地站起来,在我们的乐队带领下,三名啦啦队长在我们面前的场地上像发疯的托钵僧一样手舞足蹈,加油助威,我们于是喊起"哈佛!哈佛!"用喊声回击对方。

这时,在体育场的底层,比赛双方各跳出一队无所畏惧的角斗士走向场地中央;这边身穿红色运动服,那边是黄黑间杂的虎纹运动服;双方队员都戴着护垫,头戴护盔,一眼看去像奇形怪状的原始动物,肌肉疙瘩异常发达,面貌狰狞。他们一上场,对方的喇叭又响起来,主队观众站立起来,发出那种怪里怪气的欢呼和呼啸。我们也站起来还以颜色。这时,双方队员各就其位,前排队员把球

---

① 原文 The glove is thrown down,意即下战表之意,为照顾后一句,故直译。

护在中间,据地作势,准备跃起。赛场突然间安静下来,你这时听见简短而响亮的数数声:"五!""十一!""三!""六!""十!"如同火枪在射击。随后——砰然冲撞!前列队员彼此冲扑在一起。顿时,手臂、腿和身体纠缠得难解难分。纠缠的人体一经散开,只见队员们全部躺在开球线上,好像豆壳从中间绽裂开一般;而在右边却见一个人手拿着球,被另一个人一下子扑倒在地,那架势就像一个发射物顺着轨道准确无误地打在了他的脚后跟上。

我不再装腔作势地描述接下来的令人激动的九十分钟——其中有间歇,有医生到场护理,总共延续了两个小时左右——中间所发生的事情;如何激战此起彼伏;如何双方队员你冲我撞,浑身的肌肉绷得紧紧的,让你自己的肌肉也绷得疼痛,为他们担心;如何哈佛队一得分,我们的啦啦队长立即欢呼雀跃,带领我们为球队的胜利鼓掌;如何普林斯顿队把分追平——一阵旋风从场地另一边卷来!——突然加速前进——又一阵旋风——如何队员一个接一个像牛一样倒地,经医生检查后继续上场或者扶下场去;如何最终一开始上场的球队几乎无人留在球场上;如何每到赛场正常间歇时普林斯顿主场观众就会站起来向我们吼叫,如何我们也立即站起来以牙还牙,予以还击;如何哈佛队及时得分;如何一场比赛平分秋色,害得我们不能举行欢庆胜利的盛会,释放这类经典之战产生的那种无以复加的狂热之情——所有这些精彩场景都在美国报纸的专栏和散页里记录在案,如一股活泼的旋风存活在我的脑海里,那是一曲疾风暴雨式的"拉格泰姆乐",年轻的与年老的,严肃的与欢快的,狂喜的与狂怒的,全部在其中不可思议地交织在一起了。

"你对比赛有何看法?"我的主人问道,夜色沉沉,我们行驶在赶往纽约的路上。"我想它有助于我理解美国吧。"我回答说。我说这话发自肺腑,虽然我话中的全部含义我无法向他解释清楚,连向我自己也很难说清楚。

辛梅 译

高尔斯华绥

约翰·高尔斯华绥(1867—1933),英国著名作家。著有《福尔赛世家》等作品。1932年获诺贝尔文学奖。

远处的青山

不仅仅是在这刚刚过去的三月里(但已恍同隔世),在一个充满痛苦的日子——德国发动它最后一次总攻后的那个星期天,我还登上过这座青山吗?正是那个阳光和煦的美好天气,南坡上的野茴香浓郁扑鼻,远处的海面一片金黄。我俯身草上,暖着面颊,一边因为那新的恐怖而寻找安慰,这进攻发生在连续四年的战祸之后,益发显得酷烈出奇。

"但愿这一切快些结束吧!"我自言自语道,"那时我就又能到这里来,到一切我熟悉的可爱的地方来,而不致这么伤神揪心,不致随着我的表针的每下嘀嗒,就又有一批生灵惨遭涂炭。啊,但愿我又能——难道这事便永无完结了吗?"

现在总算有了完结,于是我又一次登上了这座青山,头顶上沐浴着十二月的阳光,远处的海面一片金黄。这时心头不再感到痉挛,身上也不再有毒氛侵袭。和平了!仍然有些难以相信。不过再不用过度紧张地去谛听那永无休止的隆隆炮火,或去观看那倒毙的人们,张裂的伤口与死亡。和平了,真的和平了!战争继续了这么长久,我们不少人似乎已经忘记了1914年8月战争全面爆发之初的那种盛怒与惊愕之感。但是我却没有,而且永远不会。

在我们一些人中——我以为实际在相当多的人中,只不过他们表达不出罢了——这场战争主要会给他们留下了这种感觉:"但愿我能找到这样一个国家,那里人们所关心的不再是我们一向所关心的那些,而是美,是自然,是彼此仁爱相待。但愿我能找到那座远处的青山!"①关于忒俄克里托斯②的诗篇,关于圣法兰西斯③的高风,在当今的各个国家里,正如东风里草上的露珠那样,早已渺不可见。即或过去我们的想法不同,现在我们的幻想也已破灭。不过和平终归已经到来,那些新近被屠杀掉的人们的幽魂总不致再随着我们的呼吸而充塞在我们的胸臆。

和平之感在我们思想上正一天天变得愈益真实和愈益与幸福相连。此刻我已能在这座青山之上为自己还能活在这样一个美好的世界而赞美造物。我能在这温暖阳光的覆盖之下安然睡去,而不会醒后又是过去的那种怏怏欲绝。我甚至能心情欢快地去做梦,不致醒后好梦打破,而且即使做了噩梦,睁开眼睛后也就一切消失。我可以抬头仰望那碧蓝的晴空而不会突然瞥见那里拖曳着一长串狰狞可怖的幻象,或者人对人所干出的种种伤天害理的惨景。我终于能够一动不动地凝视着晴空,那么澄澈而蔚蓝,而不会时刻受着悲愁的拘牵,或者俯视那光滟的远海,而不致担心波面上再会浮起屠杀的血污。

天空中各种禽鸟的飞翔,海鸥、白嘴鸭以及那往来徘徊于白垩坑边的棕色小东西对我都是欣慰,它们是那样自由自在,不受拘

---

① 出自古希腊诗人忒俄克里托斯之作。
② 忒俄克里托斯(前310?—前245?),古希腊诗人。
③ 圣法兰西斯,生卒年月不详,被认为是中世纪意大利天主教最伟大的传承者。

束。一只画眉正鸣啭在黑莓丛中,那里叶间还晨露未干。轻如蝉翼的新月依然隐浮在天际;远方不时传来熟悉的声籁;而阳光正暖着我的脸颊。这一切都是多么愉快。这里见不到凶猛可怕的苍鹰飞扑而下,把那快乐的小鸟攫去。这里不再有歉仄不安的良心把我从这逸乐之中唤走。到处都是无限欢欣,完美无瑕。这时张目四望,不管你看看眼前的蜗牛甲壳,雕镂刻画得那般精致,恍如童话里小精灵头上的细角,而且角端作蔷薇色;还是俯瞰从此处至海上的一带平芜,它浮游于午后阳光的微笑之下,几乎活了起来,这里没有树篱,一片空旷,但有许多炯炯有神的树木,还有那银白的海鸥,翱翔在色如蘑菇的耕地或青葱翠绿的田野之间;不管你凝视的是这株小小的粉红雏菊,而且慨叹它的生不适时,还是注目那棕红灰褐的满谷林木,上面乳白色的流云低低悬垂,暗影浮动——一切都是那么美好,这是只有大自然在一个风和日丽的天气,而且那观赏大自然的人的心情也分外悠闲的时候,才能见得到的。

在这座青山之上,我对战争与和平的区别也认识得比往常更加透彻。在我们的一般生活当中,一切几乎没有发生多大改变——我们并没有领得更多的奶油或更多的汽油,战争的外衣与装备还笼罩着我们,报纸杂志上还充溢着敌意仇恨;但是在精神情绪上我们确已感到了巨大差别,那久病之后逐渐死去还是逐渐恢复的巨大差别。

据说,此次战争爆发之初,曾有一位艺术家杜门不出,把自己关在家中和花园里面,不订报纸,不会宾客,耳不闻杀伐之声,目不睹战争之形,每日唯以作画赏花自娱——只不知他这样继续了多久。难道他这样做法便是聪明,还是他所感受到的痛苦比那些不知躲避的人更加厉害？难道一个人连自己头顶上的苍穹也能躲得开吗？连自己同类的普遍灾难也能无动于衷吗？

整个世界的逐渐恢复——生命这株伟大花朵的慢慢重放——在人的感觉与印象上的确是再美不过的事了。我把手掌狠狠地压在草叶上面，然后把手拿开，再看那草叶慢慢直了过来，脱去它的损伤。我们自己的情形也正是如此，而且永远如此。战争的创伤已深深侵入我们的身心，正如严霜侵入土地那样。在为了杀人流血这桩事情而在战斗、护理、宣传、文字、工事，以及计数不清的各个方面而竭尽努力的人们当中，很少人是出于对战争的真正热忱才去做的。但是，说来奇怪，这四年来写得最优美的一篇诗歌，亦即朱利安·克伦菲尔①的《投入战斗!》竟是纵情讴歌战争之作！但是如果我们能把自那第一声战斗号角之后一切男女对战争所发出的深切诅咒全部聚集起来，那些哀歌之多恐怕连笼罩地面的高空也盛装不下。

然而那美与仁爱所在的"青山"离开我们还很遥远。什么时候它会更近一些？人们甚至在我所偃卧的这座青山也打过仗。根据在这里白垩与草地上的工事的痕迹，这里还曾宿过士兵。白昼与夜晚的美好，云雀的欢歌，香花与芳草，健美的欢畅，空气的澄鲜，星辰的庄严，阳光的和煦，还有那清歌与曼舞，淳朴的友情，这一切都是人们渴求不餍的。但是我们却偏偏要去追逐那浊流一般的命运。所以战争能永远终止吗？……

---

① 英国第一次欧战期间著名诗人，与查理·索莱、罗伯特·尼古拉斯、吉尔伯特·弗兰考等人同为一时之隽，他们起初多是吉卜林的模仿者，对欧战颇多讴歌之作，继而又对之充满绝望，在战争这个问题上表现了十足的矛盾心理与糊涂认识。

这是四年零四个月以来我再没有领略过的快乐,现在我躺在草上,听任思想自由飞翔,那安详如海面上轻轻袭来的和风,那幸福如这座青山上的晴光。

高健 译

贝洛克

希莱尔·贝洛克(1870—1953),英国作家,生于法国;其父是法国人,其母是英国人。他在英格兰接受教育,后成为英国公民。尽管他基本上是一位活动家,却在历史、诗歌和随笔诸方面都取得了成绩。《论贫穷》一文是其随笔代表作,令人读后深获余味。

论 贫 穷

前几天,我凑巧有机会对几个年轻人讲了讲贫穷这个问题。我本打算把这讲话题目叫作《贫穷:达到贫穷,达到时保住贫穷》,可是我发现对我这个题目没有必要解释。那些年轻人全都明白我指什么。

在做这个简短讲话时,一如你不用笔记一路讲去总是会发生的情况,我发现了贫穷这东西各种新的方面。我们大家都知道简单而直接地看待贫穷;例如它如何对灵魂益处良多,它是多么好的锤炼,那些高级权威人士如何不以它为耻,等等。我们还知道我们受人教导而仰慕的所有那些人物如何白手起家,而且我希望我们大家从心底里认为贫穷是美德和正常生活的根基。

然而这些观点是笼统的,模糊的。我信口一路讲来,不觉讲到了贫穷的细微,靠着记忆和理智想到了受穷的某些小的、实在的、特殊的好处,还考虑到了一个守住贫穷的理论:保持贫苦的规则。

这样一来,我首先发现了贫穷的一个定义:贫穷是一种状态,一个身置其中的人坚持不懈为自己的未来以及家人着急,再不能按他与生俱来的那个标准追求生活,既不得不低三下四做人,又忍不住想揭竿而起,却最终不可阻挡地走向了绝望。

以上就是我作出的贫穷定义,而且一旦作出这一定义,这样一种条件下泻流出来的良好效果便一目了然了。

首先伴随贫穷而来的大好事情是它能让人慷慨大方。你会注意到有不少富人不是贪婪就是小气,并且所有富人都不得不按照他们身份的本质,处处行事谨慎,而贫穷和困难的人却只要拥有什么东西,就乐意与人分享。不错,这种行为并非出自良好动机,而仅仅是他们相信不管自己干什么,到头来结果差不多还是受穷;因此他对伙计乐善好施不过是既因为弱势也因为麻木。再说了,贫穷培养习惯;于是,那些在这种穷困中养就的脾性的人偶尔挣得大笔钱时总是大把大把地把钱花掉。

然后另一个陪伴贫穷而来的好处是,贫穷能治愈你的各种幻想。陪伴富人而来的,尤其是富有的女人,最令人恼火的事情是他们生活其中的那种幻想的陷阱。当然,那也并不全是幻想,它一定具有许多意识的假象。但是,不管你怎么说,它是不现实的深渊,与之沟通最终只会让人不堪忍受。却说穷人从物质上就受到限制,掉不进这样心与智的罪过里去。他不可能想到警察是英雄,法官是超人之人,公众人物的动机总的说来并非肮脏不堪。他看着那种善良的家庭老仆人,不会产生什么奇怪念头,在工业巨头身上也看不出超人的才智。俗话说得好,穷人只会奋起反抗。他得面对警察的欺侮和腐败,面对工业巨头的非人性的愚蠢行为,面对律师狡猾的自我标榜,面对种种寄生的生意人的令人作呕的虚伪:这些就是当男管家的需要面对的。他是通过接触和直接的个人经历遭遇所有这些东西的。他头脑里的人类花园，不过是战士把战争看作图画，不过是水手把大海视为娱乐场。

我们也许还要感谢贫穷（我们中间那些正在享受其优惠的人）剪除了我们生活的某些让我们的富有的兄弟们不得已而为之的行为。我认识一个富人被迫一天至少更换两次衣服，经常是三次，在规定时期到规定地方旅游，一次一个轮着看望至少六十个人。他还不如学校里的孩子更有自由，不如军队里的下士少受管束；的确，他根本没有真正的闲暇时间，因为数不清的事情就是这样缠着他。但是你们穷人甚至想象不出杂七杂八的事情会是什么。如果你要告诉他不得不去里维埃拉①世俗野气里过一个又一个星期，他对"不得不"这个词儿就根本理解不了。他或许会说保不准有人就喜欢这种事情，可是谁要是摊上这等好事而没有强烈的口味反常，他倒是理解不了了。

磨难的、焦虑的、肮脏的贫困还有一种好处。灵魂的敌人大莫过于懒惰；但是处于这种麻钝的继续恶化状态中，如同一种哼哼唧唧的牙痛，懒惰是不可能的。不过灵魂另一个敌人是骄傲，即便穷酸的人也不能真正保持住骄傲；他倒是想养出些傲气；他也许希望将来培养出傲气；可他马上做不到这步。或者，再说了，旧时迷信说法称为"魂"的人的最深处总是会被奢侈所伤害。贫穷不怕，归根结底它禁止奢侈，限制奢侈。

我很清楚你会告诉我无数例子，证明你认识的穷绅士如何喝鸡尾酒，吃鱼子酱，去戏院（还坐在正厅前座吧），坐出租车，就着咖

---

① 里维埃拉，位于法国东南部和意大利西北部，是假日游憩胜地。

啡喝甜露酒,而且一掷千金。一点没错,但是倘若你凑近些观察这些人的生活,你会发现他们的这些习惯中有一种不断衰退的现象。出租车在五点四十五以后会越来越难打;鱼子酱灭绝了;尽管甜露酒就咖啡方兴未艾,但是这似乎难以置信,因为贫穷和奢侈是水火不相容的。确实,我去年四月在一个名叫里莱博尼的镇里(我当时在那里检查罗马遗址对维持旅馆的影响)遇上了一个人,他告诉我战前他习惯在瑞士度假日(他是一名牧师),但是现在他能到挪威去了。根据这个说法,我用一张纸为他草草勾勒出一个计划,标出辐射向量(我的牧师也用了循序渐进的向量)画出级别,表明一次度假的多种花销。借着图,我让他看看一个假日如何度过——在东非海岸射杀狮子费用太多,另有一种假日在摩洛哥跟法国人讨价还价太多,再有一种假日又让西班牙人感到恼火,还是只有徒步在挪威过假日最便宜,那地方就在这些岛屿的海岸一个区域的布拉德布里库房一带。他把这张小示图叠起来,拿上走了——一点不知道更便宜的假日还可以在阿登山区度过呢。

然而,我认为,贫穷利用反话还可以产生许多更高贵的效果。我把这看作智力宴会里的提味盐。我当然知道富人与生俱来地拥有说反话的本领,好比一张图画本是一个人为自己取乐而作,画好贴在了自家墙上。所有伦敦穷人都会说反话,而且,的确,全世界的穷人也都会说反话;即使穷绅士一过五十岁也会发现说反话的妙处,成为他们的撒手锏,一如一个男人遇到不开心的事爱喝雪利酒一样。请注意,反话会扼杀愚蠢的讽刺,而且扼杀愚蠢的讽刺的反话中有了代理人,就等于拥有一贴防腐剂,制约心智发生化脓反应。

还有,贫穷让人讲究现实。你可以告诉我讲究现实没有什么优势。讲究现实是没有什么直接的好处,但是我敢说长此以往是有好处的,因为倘若你置现实于不顾,迟早你会反过来和现实作对,好比一艘航船在大雾中撞上礁石,你一定会如同难船一样吃尽苦头。

如果你对富人说,他的某位同事颇有才华,他听了会做出一副慵懒却诚实的样子,承认你说得对。一个穷人却更会来事;他嘴上承认了,却不会愚蠢得从心里接受。

最后,关于贫穷,我想到了这点,那就是它让你为坟墓做了周到的准备。我曾听见一个乞丐兴致勃勃地说,富人死了什么也带不走。按照字面听他这话,他错了,因为富人临死带走了奉承、愚蠢、幻想、骄傲和许多好东西,更别说与他们的皮肤难舍难分的衣服了;若真把他们的衣服脱得连件内裤都不剩,那倒是伤害到骨子里去了。不过我知道这位乞丐话中的真正意思——他是说富人进坟入土什么也带不走,是指汽车啦、热水啦、更换干净衣服啦,还有各种各样让人受不了的讨厌娱乐啦。富人临死把与皮肤俱存的那些外部东西全给剥掉了;穷人临死却什么也剥不掉。因此,在冥府渡神的船上他们占了先机,首先到达彼岸。就是这点,依我之见,应算得上某种优势吧。

韩终莘 译

比尔博姆

马克斯·比尔博姆(1872—1956),英国著名漫画家、作家。主要作品有《马克斯·比尔博姆文集》等。

送 行

对于送行,我并不在行。我觉得要扮好送行的角色似乎是世界上最难的事情了,对大家来说,或许同样如此吧。

到滑铁卢车站给一位去伏克斯豪尔的朋友送行,那该是件十分容易的事,但我们从来不会被请去表演这种小技。只有当一个朋友将作一次较长的旅行,将离开一段较长的时间,我们才来到火车站。朋友越亲,路程越远,分别越久,我们就到得越早,送行也必定越笨拙得可怜。我们的这种无能,与送别场合的隆重以及我们感情的深度恰成正比。

在房间里,甚至在家门前,我们能亲切、自然地送别友人,脸上会流露出心中所感到的真诚的忧伤,话语也很得体,双方都没有拘谨,不觉得尴尬,我们中间的友情之线并未折断。这样的告别倒是理想的,那么,何不到此为止呢?辞行的朋友往往恳请我们,第二天早上不必劳驾去车站,我们明知这并非真心,也就不予理会。可如果我们信以为真,离去的朋友就会认为我们太不谙世故了,况且他们也确实希望再见我们一次。他们这个心愿得到了诚心诚意的报答——我们按时来到车站。随后呢,天哪!随后我们和他们之间就出现了一道深渊。我们徒劳地伸过手去,它还是把我们断然隔开。我们简直无话可说,互相注视着就像不会开口的动物瞧着人一样。我们在"制造谈话"——就这样没话找话。我们明知昨天晚上刚和这些朋友道别,他们也清楚我们没变模样,但表面上,一切都不同了,我们是那么紧张,只盼着车警吹哨开车来结束这一出滑稽戏。

上星期一个阴冷的早晨,我准时赶到尤斯顿车站,去送一位动身前往美国的老朋友。

头天晚上,我们为他饯行。席间,欢宴的气氛里掺杂着惜别的凄怆,他可能一去数载才归,我们有些人也许再也见不到他了,我们既有对未来的悬想,又有对昔日欢乐的倾诉。我们感谢他光临做客,惋惜他即将离去,两种情感都溢于言表,这实在是一次完美的送别了。

可现在,在月台上,我们又变得局促不安了。我们的朋友的脸出现在车窗口,但那已像是一张陌生人的脸——一个巴望讨好、哀哀求助的、笨拙的陌生人。"你东西都拿了吗?"我们中有人打破了沉默。"拿了,都拿了。""你将要在车上吃午饭。"我说,尽管这个"预言"已经重复过几次。"啊,是啊!"他坚信不疑地应道,还补充说那趟车是直达利物浦的。这句相当奇怪的话使我们很吃惊,我们互相递着眼色,有人问:"它在克鲁不停吗?""不停。"那位朋友简短地答道。他几乎变得叫人讨厌了。接着是长时间的沉默,我们之中有个人强作笑颜,对旅行者点点头,打了个哈哈,对方同样应一声,报之以点头和微笑。又一个人一阵咳嗽,打断了又一次沉默,显然,那是故意做作的,不过也能挨点时间。月台上的嘈杂熙攘不见静息,离开车还早,我们的,也是我们那位朋友的"解脱"还没到来。

我游移的目光落在一个肥胖的中年人身上。他站在月台上,正与车厢里一位年轻的小姐热切地说着什么,和我们只隔一个车窗。他那硕大的侧影好像有点面熟。一望而知,那位小姐是美国人,他是英国人。要不,凭他那感人的表情,我会猜想他是她的父亲。我真希望能听到他在说什么,我断定他正给予最好的忠告,他眼神里深挚的慈爱实在动人。临别赠言从他口中一泻而出,使他那么吸引人,以致在我站着的地方也能感觉到他的魅力。就像他的侧影一样,这魅力我也似曾相识。我在哪儿见过呢?

忽然,我想起来了,这个人是休伯特·勒罗。自从我上次见到他以来,他变多了!那还是七八年前,在斯特兰剧院,他刚被解聘,问我借了半克朗钱。他总是那么诱人,能借什么东西给他,似乎是件很荣幸的事。我始终不明白,为什么他的魅力没使他在伦敦舞台上获得成功。他是个优秀的演员,平素稳重,但像许多与他同类的人一样,休伯特·勒罗(这当然不是他的真名)很快就漂泊他乡,从我,从每个人的记忆中消失了。

过了这么些年,在尤斯顿车站的月台上邂逅,他显得那样壮实,那样神采奕奕,真不可思议!除了身体发福,一身衣着也使人难以认出他来了。从前,他老是穿件仿毛皮的外衣。这件外衣,像他那胡子拉碴的瘦长下巴一样,也是他的组成部分。现在,他的服装堪称华贵高雅,岂止招人起眼,简直引人注目。他看上去像个银行家,任何人有他来送行,都会感到荣幸的。

"请往后站!"火车就要开了,我挥手和朋友告别,勒罗没朝后站,双手仍紧抓着那个年轻的美国人。"先生,请往后站!"他听从了,但马上又冲上前去,小声地最后再叮咛几句。我觉得小姐眼中仿佛含着泪水,而他注视着列车驶去,直到看不见时才转过身来,我发现他确实泪水盈眶。不过他看到我,还是挺高兴。他问我这些年来躲到哪儿去了,同时把半克朗钱还给我,好像它是昨天刚借去似的。他挽住我的胳臂,顺月台慢慢走着,一面告诉我,每星期六他是何等欣喜地读我写的戏剧评论。

作为回敬,我也告诉他,舞台上失去他是多么遗憾。"啊,是的,"他说,"如今我不再在舞台上演戏了。"他把"舞台"这个字说得特别重。我又问他到底在哪里表演。"台上。"他回答。"你的意思是,"我说,"在音乐会上朗诵?"他笑了。"这个月台,"他用手杖敲敲地面,悄悄说道,"就是我说的台。"莫非神秘的发迹使他神经错乱了?他看来很清醒。我请求他说明白些。

他递给我一支雪茄烟,帮我点上火,说道:"我想,你刚才是送一位朋友吧?"我说是的。他又问我是否知道他在干什么,我说我看见他也在送人。"不,"他一本正经地说,"那位小姐并不是我的朋友。今天早上,不到半小时以前,我跟她才在这儿第一次见面。"说着,他又用手杖敲敲地面。

我坦白说我给搞糊涂了。他笑道:"你大概听到过英美社交处?"我没听说过。他对我解释说,每年有成千上万美国人路经英国,其中许多人在英国没有亲友。以往他们一般都带介绍信,但英国人是那么不好客,以致这些信的价值比它们所用的纸都不如了。"于是,"勒罗说,"英美社交处就满足了一个向往已久的需求。美国人是爱交际的,大多很有钱,英美社交处向他们提供英国'朋友',百分之五十的报酬付给这些'朋友',另一半由社交处扣下。我嘛,唉,不是处长,否则一定成个真正的富翁!我不过是个雇员,但即使那样,我也混得不错。我是送行员之一。"

我再次请他指教。"许多美国人,"他说,"在英国交不上'朋友',但完全可以雇人送行。送单身旅客的费用仅仅五英镑或二十五美元,送两位或更多人就收八英镑或四十美元。他们到社交处付钱,留下动身日期和外貌特征,以便送行员在月台上认出他们。然后嘛,然后他们就被送行了。"

"但是那值得吗?"我喊道。

"当然值得,"勒罗说,"这样可以免得他们感到孤独,既让他们博得车警的尊敬,也不致被他们的旅伴——那些将要同车的人瞧不起,在整个旅途中都有了身价地位。此外,这送行本身就包含着巨大的乐趣。你看见我送那位小姐了,你不感到我干得很出色吗?"

"出色,"我承认,"我很羡慕你。我在那儿……"

"是啊,我能想象,你在那儿浑身不自在,茫然地看着你的朋友,竭力找些话讲。这我明白。在学习这一行,入了门并以此为业之前,我也是这样的。我不是说我已经精通,我仍然一上月台就发慌。你自己也发现,一切演出场所中,最难演的地方就是火车站。"

"但是,"我不满地反驳道,"我并不试图演戏。我的确有感情!"

"我也一样,伙计,"勒罗说,"没有感情演不成戏嘛。那个法国人——叫什么名字来着?对了,狄德罗——说没感情也行,可他懂什么送行?火车启动时,你没瞧见我眼中的泪水?它们不是我硬挤出来的。告诉你,我真的感动了!我敢说,你也不例外,但你就洒不出一滴眼泪来证明你是感动了。你不会表达你的感情,换句话说,你不会演戏。至少,"他温柔地加了一句,"不会在火车站演戏。"

"教教我吧！"我叫了起来。

他若有所思地打量着我。"嗯，"他终于说，"送行的季节差不多过了。好，我将给你上课。我现在已经有不少学生。"他翻了翻一本精美的记事本又说道，"不过每星期二和星期五，我可以挤出一小时时间。"

我承认，他索取的学费相当贵，但是我并不吝惜这笔投资。

蔡伟廉 译

切斯特顿

吉尔伯特·凯思·切斯特顿(1874—1936),英国作家、诗人、文学批评家,对诸多著名作家,如布朗宁、狄更斯、萨克雷、乔叟等,均有独到的评论与分析。名诗有《野骑士》《飞行的小客栈》等;小说名作有"神父布朗"系列。《躺在床上》是一篇奇思妙想之作,不足三千字的篇幅,每句每段都让人惊诧;读了一遍难说读懂了什么,却觉得它别有洞天,必须再读一遍……

躺在床上

如果谁有一支彩色铅笔长得可以在天顶上作画,躺在床上可就是一种十全十美别无他求的经历了。但是,这一套却又不是一般意义上的室内用的家用设备的一部分。我自己琢磨,这事可以由几桶Aspinall和一把扫帚对付起来。只是如果你真的像模像样挥舞起扫帚,饱蘸颜料涂抹起来,那你的脸上又一准会滴满淅淅沥沥五颜六色的颜色,仿佛什么奇怪的童话雨下起来;这却就是其诸多不利因素了。我看在这种艺术创作形式里,只有坚持黑与白二色为宜。从这点出发,白色的天顶确实是大有可为之地;事实上,一块白色天顶派上用场,我以为这也是它唯一的用处。

倘不是这种躺在床上的美丽的试验,我没准永远也发现不了它呢。多年来,我一直在现代房子里寻找一些空白的空间往上画画儿。纸是太小了,画不下什么真正让人联想丰富的图案;如同西拉诺·德·贝尔热拉克①说的:"我需要巨人。"但是当我试图在我们大家居住的这样的现代房间里寻找这些干干净净的空间时,我失望了一次又一次。我见到的是没完没了的图案和乱七八糟的小玩意儿,像我和我的欲望之间悬挂起一道精致的链圈眼幕。我检查墙壁,令我大感惊奇,我发现墙上早贴上了壁纸,而且还看到壁纸上早布满了许多非常没有意思的图像,全都看上去彼此相像,有些不伦不类。我尤其不能明白,为什么一个随意涂抹的符号(一个符号显然不会赋予什么宗教的或者哲学的意义)竟这样洒满了我这些漂亮墙壁,像一种天花。《圣经》里说:"不可像外邦人,用许多重复话。"②我认为,它一定是在指壁纸。我看到土耳其地毯上尽是没有任何意义的颜色,简直与奥斯曼帝国③一样,要么也像称之为"土耳其软糖"的果脯。我其实不清楚"土耳其软糖"究竟是什么玩意儿;不过我以为它是"马其顿大屠杀"呢。我走到哪里都感到心灰意冷,手持铅笔或者画笔刷,眼见别人早已抢先我一步,把墙壁,把窗帘,弄得花里胡哨,连家具上都是他们那些孩子似的野蛮的图案。

我在什么地方也难找到一片清洁至纯的空间,却就在我仰面躺在床上赖着不起超过了合适限度的这当儿有了发现。随后那白色天空的亮度打破了我的视觉,那片白色方圆简直就是"乐园"的定义,因为它意味着纯洁,也意味着自由。可是天哪!如同所有的天空一样,看是看见了,要够着却办不到;它看去比窗外的蓝天都

---

① 贝尔热拉克(1619—1655),法国作家,以写幻想小说著称,代表作有《日月旅行》。
② 见《圣经·新约·马太福音》第六章第7节。
③ 奥斯曼帝国亦称奥托曼帝国,系奥斯曼土耳其人建立的军事封建帝国(1290—1922)。

更苛刻,更遥远。因为我建议用扫帚硬刷刷的头在天顶上画画儿的提法早有人劝阻了——千万别管人家是谁;反正是一个被剥夺了一切政治权利的人——就是我那小小不言的扫帚另一头塞进厨房火里烧成炭笔的建议也不能作数了。不过我敢肯定反对的人就是处在我的位置上,最初的灵魂闪现出来,一准是打算用一群闹闹嚷嚷的沦落的天使或者胜利在握的神明把宫殿或者大教堂的天顶覆盖住。我保证准是这么回事,因为米开朗琪罗就是干着这种躺在床上古老而体面的差事,清醒地认识到西斯廷教堂的天顶也许会触目惊心地模仿一出只能在天堂演出的神曲。

现在普遍的说法都认定躺在床上的行为有伪善之嫌,损害健康。就似乎意味着一种颓废的现代性的所有特征来说,不惜干些十分重大又十分起码的行为,不惜伤害永久的纽带的悲剧的人性道德,换取小而又小等而次之的勾当,这没有什么大不了的,算不得什么危险。倘若有一件事会比现代损害重大道德还糟糕的话,那只会是对些小道德的加强。因此,指责人趣味不高要比指责人伦理败坏更有破坏作用。当今之日,清洁行为不在信神行为之下,因为清洁行为被认作是基本的,而信神行为则被认定是一种冒犯。一个剧作家只要对社会的风俗不胡编乱写,尽可以对婚姻的制度进行攻击。我结识过一位易卜生[①]主义悲观论者,他认为喝啤酒是不当行为,而饮用氢氰酸[②]却是不应该指责的。事关健康大事尤其如此;像躺在床上这样的尽人皆知的问题也不应例外。

[①] 易卜生(1828—1906),挪威剧作家,诗人,以写社会问题著称,主要作品《玩偶之家》《群魔》《人民公敌》等。他晚期的作品转向心理分析和象征主义,对世界各国的戏剧产生影响。

[②] 氢氰酸,一种剧毒,0.05克就可致人死命。

无须考虑，理应如此，仅就个人方便和调整而言，许多人倾向认为起早似乎是基本道德的一部分。总的说来，这是实践智慧的一部分；但是仅就起早行为而言没什么好的，躺在床上也没有什么坏的。

守财奴一大早就起床；我听说，撬门溜锁之徒夜深人静出窝。我们社会面对的重大危险在于，它的机制变得越来越死板，而它的精神则变得越来越活跃了。一个人的些小行为和安排应该是自由的，灵活的，创造性的；不应该反复无常的是他的原则，他的理想，但是我们的情况会恰恰相反；我们的观点变来变去；可是我们的午餐却是一成不变。唔，我倒喜欢人们具有强烈的根深蒂固的观念，但是至于他们的午餐，尽可以让他们有时在花园里享用，有时在床上吃了，有时上房顶去品尝，有时索性爬上树顶饱餐一顿。让他们遵循同样的最初的原则，争论不休，但要容许他在床上争论，在船上争论，在热气球上争论。这种耸人听闻的良好习惯的成长壮大，实际上意味着过分强调了那些唯有习惯能保证的美德；也意味着根本不必强调那些习惯永远无可奈何的美德——那些受感悟而生的怜悯或者受灵感而有的坦诚的美德，来得突然却不失辉煌。一旦那种突如其来的呼吁冲我们而来，我们也许会应付不了。一个人能够习惯早上五点钟起床。一个人却不能为了自己的观点安然等着被活活烧死；这种试验只用一次就会要人性命。对这些英雄的始料不及的种种可能性，我们还是多加注意为好。我想我起身下床时我将会干出什么近乎可怕的美德的行为。

对那些研究躺在床上这一重要艺术的人，还有一点特殊的谨慎应该多加注意。即便有谁能在床上干自己的工作(像记者们)，且别说那些不能在床上干自己工作的人(比如说，那些用标枪叉鲸鱼的职业高手),显然这种放纵必定是偶然为之,少而又少。不过这还不是我所指的谨慎。我话中的谨慎是这样的:倘若你要躺在床上,务必保证你躺在床上无须任何理由,无须一点正当说法。一个健康的人躺在床上,让他无须一点借口躺下好了;睡一觉起来他会依然健康。倘若他出于什么次要的有益健康的理由,倘若他有什么科学的说法,那他起床后一准是一个癔想症患者了。

韩终莘 译

托马斯

爱德华·托马斯(1878—1917),英国作家,一生贫寒,卖文为生,因此写了几本随笔,尽显其天赋,遂跻身于最伟大的英国自然作家之列。地平线、云、雨、孤独、广袤土地、劳动人民的世俗生活、精神依托、抑郁与尖酸的不满、舒适与完美的需求,均是他表达的东西。这篇散文写在冬季,说着夏季,情景交融,天人合一,读来令人心动。

夏天——苏塞克斯

丘陵草原远处,白天与黑夜的空气浸透了忍冬和新干草的清香。在这里散步好,静静躺着也好;雨好,日头也好;是刮风好还是风和日丽的天气更好,我们还是让一个十二月的审判日来决定吧。一天,雨下起来,无风,所有的运动都在黑黢黢的天空错综交叉地进行;天空混沌却使大地尽头显得格外美丽,比天空更显明亮;那是因为草地的绿色与丁香在生亮,因为假升麻花的黄色在添彩,因为正在成熟的玉米在随风轻轻地摇曳。然而,到了第二天,太阳早早地热起来。潮湿的干草蒸气缭绕,散发着香甜。一团团气向南飘去,丝丝缕缕地落尽一个山谷,叶繁枝茂的紫杉暖融融如果实墙壁,黏稠的芳香从墨角兰和百里香释放出来,又被来来往往的蝴蝶扇向四方;在这鲜花和翅膀的金黄与艳紫的热烈映衬下,湿汲汲的云彩正在拥拥挤挤地飘行,穿过蓝蓝的天空,沿着起伏的山头，呈现着融化的冰雪特有的灰白颜色。云团的巨大阴影久久地笼罩在干草上方，在更加暗淡的丘谷里风把中午前不停滴水的灌木丛吹得沙沙作响。夜过去的另一个早晨，蔚蓝的天空铺着高悬的白净的薄云，几阵强劲的晨风吹过，高空仿佛涟漪粼粼，云波起伏。千军万马似乎一下子停止了激战。战斗结束了，而战斗留下的所有残痕一览无余，历历在目；但是将士们放下了武器，和平在天空是广阔的，雪白的，唯有大地色彩斑斓——瞧瞧风铃草的湛蓝，蕨丛和活跃的荆豆间杂的玫瑰的浓紫，沙地上的欧石楠和毛地黄粉色一片，薄荷花酷似古色古香的丁香，白花锈线菊简直如同泡沫；水边有柳兰的桃红色，飞蓬的淡黄色，丘陵草原有龙胆的浅紫色和岩蔷薇的嫩黄色；在那些小而密的伊甸园里是无边无际的青枝绿叶，这里的荨麻和白芷和悬钩子和接骨术创造出了那些深深的小路两边斜坡上的每一个夏天。上千只雨燕上下翻飞，仿佛在群山最高处遇上了猛烈的风，掠过那个面向大海的大军营和军营的三座坟墓和苍老的荆棘，俯冲向耸立在下面玉米地老式院落周围的栗树林。

就在这些时光里，丘陵地带边际更远处升起座座云山，那里某个土地上的空中居住者似乎被引诱被迷惑住了。据传说，很久很久以前，古怪的孩童们被捉拿到地上，人们问他们如何来到这里，他们说有一天他们在一个很远的乡村放羊时，偶然闯进一个洞里，他们在洞里听见了音乐，仿佛天上的铃声，吸引他们顺着洞的通道走啊走啊，一直走到了我们的土地上；他们的眼睛只习惯太阳永远落下与夜间永远不来的一种黄昏光线，这下被八月的光亮晃得眼晕，于是躺着，茫然不知所措，被人捉拿，因为他们一时没找到凡间通向他们那个洞的进口。这番历险一准是一个不管如何安居乐业的地区传出来的小小惊奇,因为这时大地正披上了雪白的玫瑰,要么是八月正值盛期。

最后一辆干草马车在榆树之间摇摇晃晃地艰难行走,收割者和收割机还没有开始干活儿。燕麦和麦子堆成垛摆在土地上。随后,八月的绿草如茵,不在其中棕色地块上走走是很难做到的。漫游的精灵无处不在。玉米的营帐地堆垛看去如同在进行一次露营。团团白云从黄灿灿的玉米地升上来,在蓝蓝的天空行走,把它们的脸设置在某个目标。旅行者的欢乐在一棵棵榛子树上留住,在一个个小白垩石坑的上面羁绊。白色的光束和杨树和埃及榕泼啦啦作响,翻出它叶子的银色背面,沙沙地作着告别。这条没有树篱阻拦的地道的路,在榆树下,穿过玉米地,招呼道:"走正道,紧跟上。"一座座桥一次飞跃或者三次飞跃地跨过河流,桥拱多么像奔跑的猎狗拱起的身子啊!迅速散开的静谧的日落为行人脚下铺上了一条又一条道路的欢乐;黎明的巨大的空厅给人一种神一般的力量。

然而,要这两种水火不容的欲望之间制造什么如同休战的事情是很难的,因为一种欲望要在大地上走啊走啊,不停地走下去,而另一种欲望却愿意永远安居,在一处落脚,如同在坟墓里,不与变迁发生任何关系。假如一个人收到了死亡通知,为难的是决定徒步或扬帆走到尽头,一路不见人影,或者只是同陌路擦肩而过;还是坐着——孤独地坐着——想或者不想弄出尽可能小的变化。这两种欲望会经常痛苦地换来换去。即使在这些收获的日子,难以阻挡的引诱仍然徒步不停地走在田野的一隅,走在某座山上,远远地眺望着这个世界,这些白云。麦子红得如同赤红的沙子,而麦子上方高耸着榆树,隐身的预言神灵在恳求静默,恳求一方宁静,如同它们自己那样。远处那些较小的丘陵地带上,苍白的燕麦田在幽暗的树林边沿流动;它们也提议把忘却深深地饮下,一劳永逸。然后,又一次,田野出现了——一块块田地——大量拥拥挤挤的燕麦,在白色的月亮下显得井然有序,排列在离海不远的平整的苏塞克斯土地上那些成排的榆树之间。脚下轻盈的万物与头上淡淡的月亮两相映对,幽黑的树木无以数计,仿佛那月儿悬浮在天地之间;禾束一捆捆摆置有序;它们被保护起来,但通过门道依然可见,一副不可侵犯的样子——由于它们永远满足不了身躯,却完全可以让灵魂得到满意。随后是由热而升的淡雾,这让我们想到秋天或者不是秋天,全看我们各自的性情了。整个夜间,大齿杨一直在颤动,猫头鹰在咕咕叫唱,头顶着清朗的满月,脚踩着银色的湿漉漉的露水。你爬上陡直的白垩石坡,穿过女贞和山茱萸矮林;身置散乱的杜松树间——在这种浓霾里如同黑暗中,它们把自己分成班组,一眼看去酷似向上攀爬的人、动物、怪物;在阔紫杉遮蔽下的死寂的土地上行走,由此又突然走在了乡球花发亮的小枝以及枝头的樱桃色浆果之下;走在一丛丛草皮上;随后穿过成簇的山毛榉,冷清而幽暗,如同一所教堂,静默无声;然后来到高处平坦而荒凉的玉米地,走上燧石群,走上黏土地。这里,那么多形似军旗的千里光①在同样高的茎秆上诞生出来,挺挺的,一动不动,近在咫尺看得好生清澈,但稍往远处便形成了一团绿雾,再往远处这花状表面竟只剩了影影绰绰,剩下一抹闪亮了。在灰蒙蒙的湿雾下,成团成团的绿色与金色显得格外宁静,宁静得完美,尽管风在山毛榉的树梢上沙沙响动,这宁静仍有一种不朽的美,一点没有想到它们

---

① 千里光,一种植物。

应该有什么变化,此时此刻只是幸福地陷入一种莫名的自信与安逸。但是太阳在东南获得力量。它把夜雾变成了一件飘动的衣裳,不是冷灰色或暖灰色,而是缥缈的金色。在影影绰绰的树木间,风儿发出了大海一样的呜咽;晨雾波动着,飘来飘去,飘得七零八落,成了日光的一部分,成了蓝色天幕的一部分,成了云与树与丘陵的颜色的一部分。随着湿雾散去,幽灵一样的月儿隐去,只见丘陵地带尽头是一峰纹丝不动的白云。在薄雾笼罩的日光下,金灿灿的光亮与温暖开始在矮灌木外层那些稠密的叶子上舒舒服服地滞留下来。附近的山毛榉在鲜爽凉快的叶子间发出了新的声音,因为每一片叶子都忙着什么事情——凉爽,尽管空气本身是温暖的。斑鸠咕咕地叫唤。白白的云峰变成了丘原上一个硕大的半月状,几分裸露,在树木遮挡下又有几分鞍形;再往远处,再往下方,从南边淡烟中那片海洋般辽阔的树木间闪出一座尖塔。正是一座尖塔此时此刻无疑使上千人感动,上千人在思想,记起了人与事业,但是让我心动的却只是一个念头:仅仅一百年前,一个孩子埋在了下面,小孩的母亲忍痛题写了一个牌子,告诉所有路过的人,她的儿子曾是"一个可亲可爱的孩子"。

　　山上的夜晚别有一番景象。榛树枝儿把低悬的满月破成了一团碎亮点。丘陵地带高高地隆向了明亮的夜空——它们一定是在自己的宁静中向上隆起的,一边还慢慢地吸着长气。月儿吊在半天空,正好悬在丘陵地带那条长长弯线的中央;丘陵上方,一条梯形白云平展开来,云脚下闪烁着一汪宽阔的塘水,丘谷的其他地方则一片漆黑,伸手不见五指,唯有几盏零散的灯历历在目,近处一块草地沐浴着月光,一眼望去像是一个湖。但是山上每片湿汲汲的叶子晶莹明亮,使悬在上面的星星黯然失色;许多叶子和叶刃上都挂着水滴,又大又亮宛如躲在幽深处的萤火虫。更大一点却不更亮的是丘谷窗户映出的三四束光亮。风息了,但是一英里长的树林从它们的叶子上下着雨,弄出了风声,每滴参差掉下的水珠从最近的枝杈坠落,清晰可闻,一种令人神往的声音,仿佛它们在一遍遍泄漏阵雨的吻。空气自身沉甸甸的,如同蜂蜜酒多加了紫杉和红松和百里香的芬芳。

辛梅 译

林　德

罗伯特·林德(1879—1949)，英国批评家，散文家。生于北爱尔兰贝尔法斯特，曾在当地的女王学院就学。迁居伦敦后，担任《新闻记事》的文学编辑。多年用Y.Y.的笔名为《新政治家》杂志每周撰写一篇散文。代表作有《无知的乐趣》《蓝狮》《想起来就让我颤抖》和《生活中的种种古怪小事》。

无知的乐趣

同一个普通城里人在乡下散步——也许，特别是在四月份或五月份——而不对他的无知的领域像海洋那样宽阔感到惊讶是不可能的。一个人在乡下散步而不对自己的无知的领域像海洋那样宽阔感到惊讶是不可能的。成千上万的男女活着然后死去，一辈子也不知道山毛榉和榆树之间有什么区别，不知道乌鸫和画眉的啼鸣有什么不同。很可能，在一座现代化的城市里，能够辨别乌鸫和画眉的啼鸣的人是例外。这并不是因为我们没有见过这些鸟，而仅仅是因为我们没有注意到它们。我们整整一生都有鸟生活在我们的周围，然而我们的观察力是如此微弱，以致我们中间许多人弄不清楚苍头燕雀是否会唱歌，说不出布谷鸟是什么颜色。我们像孩子似的争论布谷鸟是否飞的时候总是唱歌还是仅仅有时候在树枝上唱歌，争论查普曼[①]的下面两行诗是根据他的想象呢还是

[①] 查普曼(1559？—1634)，英国作家和翻译家。

根据他对大自然的认识写的:

> 当布谷鸟在翠绿的橡树怀中歌唱,
> 初次使人们在明媚春天心花怒放。

然而,这种无知并不完全是可悲的。从这种无知我们可以得到有所发现的乐趣,这种乐趣是经常的。只要我们是足够无知的,那么每年春天,大自然的每一个事实就会来到我们面前;而每个事实的上面还带着露水。如果我们活了半辈子还从来没有见过布谷鸟,而且只知道它是一个流浪者的声音,那么当我们看到它因为深知自己的罪过而从一座树林匆匆忙忙地飞逃到另一座树林时,我们是特别地高兴的;我们对布谷鸟在敢于降落到枞树山坡上(那里可能有复仇者潜伏着)之前,像鹰那样在风中停住,长长的尾巴颤抖着的样子,也特别地高兴。假装说博物学家在观察鸟类生活中并无乐趣将是荒谬的,但他的乐趣是稳定的,同生平第一次看见布谷鸟的人的最初兴奋心情相比,几乎是一种理智的、缓慢沉重的消遣;而且瞧吧,世界给变成新的啦。

而,至于这点,甚至是博物学家的幸福在某种程度上也依靠他的无知,无知给他留下这类新天地让他去征服。他可能在书本上已经达到了知识的顶峰本身,但,在他用自己的眼睛证实每一个光辉的细节之前,他仍然感到是半无知的。他希望亲眼看见雌布谷鸟一种罕见的情景!——在地上下蛋然后用嘴把蛋叼到窝里(在这窝里注定要发生杀害幼鸟的事件)去。他将一天又一天地坐在那里,望远镜紧贴着眼睛,为的是亲自确认或驳斥这样的说法,说布谷鸟确实是在地上而不是在窝里下蛋的。而,如果他是十分有幸竟然发现了这种最遮遮掩掩的鸟在下蛋,那么也仍然有其他领域在等待他去征服,有一大堆有争论的问题等待他去解答,例如布谷鸟的那只蛋的颜色是否同窝里(布谷鸟把它的那只蛋遗弃在这窝里)的其他蛋的颜色总是相同的。无疑,科学家们迄今没有理由为他们错过的无知而哭泣。要是他们似乎什么都懂,那么这仅仅是因为你我几乎什么都不懂。在他们发掘出的每一个事实下面总是有一笔无知的财富在等待着他们。他们将永远不会比托马斯·布朗爵士①更多知道塞壬②唱给尤利塞斯听的是什么歌。

  我把布谷鸟请了进来作为例子来说明普通人的无知,这并不是因为我可以就这种鸟作权威性的发言。理由仅仅是因为我曾经在一个似乎受到过非洲所有布谷鸟的侵袭的教区里度过春天,我从而认识到,对它们,或者任何一个我遇见过的人,是了解得十分十分少的。但你的和我的无知并不局限于布谷鸟。它涉及所有上帝创造出来的东西,从太阳和月亮一直到花卉的名字。我曾经有一次听到一位聪明的太太问,新月是否总是在相同的星期几出现。她补充说也许最好是不知道,因为,如果人们事先不知道什么时候、在天上的哪个地方能够看见新月,那么它的出现总会给人带来意外的愉快。然而,我想,即使对那些熟悉新月的活动时间表的人们,新月也总是出乎意料地来到的。我们并不会因为我们对一年四季的职司有足够的知识,知道要在三月或四月,而不是在十月里,去找报春花,而在发现一株早开的报春花时就不那么高兴。我们也知道苹果树是在结果子之前而不是在结果子之后开花的,但

---

① 托马斯·布朗爵士(1605—1682),英国医生和作家。
② 塞壬,希腊神话中半人半鸟的海妖,常以美妙歌声诱惑经过的海员而使航船触礁毁灭。

当五月份我们到一家果园去度假日时,这并不会减少我们对假日之美妙所感到的惊讶。

也许,与此同时,每年春天重新温习许多花卉的名字会有一种特殊的愉快。这就像重读一本人们几乎已经忘了的书一样。蒙田①告诉我们说,他的记忆力非常糟糕,糟到每次读一本旧书就好像以前从来没有读过这本书一样。我自己就有一个不可捉摸的、有漏洞的记忆力。我甚至能够读起《哈姆雷特》和《匹克威克外传》来好像是在读新作家油墨未干的作品一样,因为在一次阅读和另一次阅读的间隔中间,这些书的内容有那么多都消失了。有些时候,这样一种记忆力是一种苦恼,特别是如果你热爱准确性的话。但这种情况只会发生在当生活(除娱乐之外)另有其目的的时候。就纯粹给人以享受这方面来说,坏的记忆力值得提一提的地方也并不见得比好的记忆力少。一个记忆力坏的人可以一辈子继续不断地阅读普鲁塔克②的作品和《天方夜谭》。就像一群羊一个接一个地从树篱的缺口跳过去不可能不在荆棘上留下几撮毛一样,很可能,即使在记忆力最坏的脑子里也会留下零星片段的东西。但是羊本身逃出去了,那些大作家也以同样的方式从一个懒惰的脑子里跳出去了,留下来的东西真够少的。

而,如果我们能够把书忘掉的话,那么当一年十二个月一旦过去之后,要把这些月份和它们向我们说明的问题忘掉是同样容易的。仅仅在刹那间我告诉我自己,我熟悉五月就像熟悉乘法表一样,并且我能够通过一场关于五月的花卉、这些花卉的样子和它们的顺序的考试。今天我能够满怀信心地断言:金凤花有五个花

---

① 蒙田(1533—1592),法国十六世纪著名散文家。
② 普鲁塔克(约46—约120),古希腊传记作家、散文家。

瓣。(或许是六个?上个星期我是知道得很肯定的。)但明年我将很可能忘记了我的算术,并且可能得再学习一次以免把金凤花同白屈菜混淆起来。再一次我将通过一个陌生人的眼睛把世界看作是一个花园,美丽如画的田野将出乎意料地使我大吃一惊。我将发现自己在问自己,宣称雨燕(那只黑色的被夸大了的燕子;然而,可又是蜂鸟的亲属)永远不落下来栖息。哪怕是在一个鸟窝上也不落下,而是在夜间消逝在高空的是科学呢还是无知。我将带着新的惊讶了解到唱歌的布谷鸟是雄的而不是雌的。我也许要再学习一遍以免把狗筋曼叫作野天竺葵,也许要再学习一遍去重新发现秦皮树在树木的成规中是来得早的还是来得晚的。一位当代的英国小说家曾经有一次被外国人问到,在英国,最重要的庄稼是什么。他毫不犹豫地回答:"黑麦。"像这样的完全的无知,在我看来似乎带有豪言壮语的味道;但是,即使是不识字的人的无知也是巨大的。使用电话机的普通人解释不了电话机是怎样工作的。他把电话、火车、铸造排字机、飞机视为理所当然的东西,正像我们的祖先把福音书中的奇迹视作理所当然的东西一样。对这些东西,他既不怀疑也不理解。我们每一个人好像只是调查了一个小圈子里面的事实并把这些事实变成了自己的。日常工作以外的知识被大多数人看作是华而不实的东西。然而我们还是经常对我们的无知作出反应,加以反对的。我们不时地唤起自己并思考。我们喜欢对什么事情都思考——思考死后的生活或思考那些像据说曾经使阿里斯多德感到困惑的问题——"为什么从中午到子夜打喷嚏是好的,但从半夜到中午打喷嚏则是不吉利的"——人类感受过的最大欢乐之一是:迅速逃到无知中去追求知识。无知的巨大乐趣,归根结底,是提问题的乐趣。已经失去了这种乐趣的人或已经用这种乐趣去换取教条的乐趣(这就是回答问题的乐趣)的人,已经在开始僵化。人们羡慕像乔伊特①那样爱一问到底的人,他在六十岁之后还坐下来学习生理学。我们中间的大多数人在到达他这个年龄以前很久就已经失去了无知感。我们甚至对我们像松鼠那样积攒的一点知识感的自负,并把不断增长的年龄本身看作是无所不知的源泉。我们忘记了苏格拉底之所以以智慧闻名于世并不是因为他无所不知而是因为他在七十岁的时候认识到他还什么都不知道。

刘新郦 译

---

① 乔伊特(1817—1893),英国古典学者。

劳伦斯

大卫·H.劳伦斯(1885—1930),英国小说家、诗人、散文家。主要作品有《白孔雀》《儿子与情人》《恋爱中的女人》《袋鼠》《羽蛇》《查特莱夫人的情人》等。

鸟　啼

严寒持续了好几个星期,鸟儿很快地死去了。田间灌木篱下每一个地方,横陈着田凫、椋鸟、画眉、鸫,和数不清的腐鸟的血衣,鸟儿的肉已被隐秘的老饕吃净了。

尔后,突然间,一个清晨,变化出现了。风刮到了南方,海上飘来了温暖和慰藉。午后,太阳露出了几星光亮,鸽子开始不间断地缓慢而笨拙地咕咕叫。鸽子叫着,尽管带着劳作的声息,却仍像在受着冬天的日浴。不仅如此,整个的下午,它们都继续着这种声音,在平和的天空下,在冰霜从路面上完全融化之前。晚上,风柔顺地吹着,但仍有零落的霜聚集在坚硬的土地上。之后是黄昏的日暮,从河床的蔷薇棘丛中,开始传出野鸟微弱的啼鸣。

这在严寒的静穆之后,令人惊慌,甚至使人骇异了。当大地还散布着厚厚的一层支离的鸟尸之时,它们怎么会突然歌唱起来?从夜色中浮起的隐约而清越的声音,使人的灵魂骤变,几乎充满了恐惧。当大地仍在束缚中时,那小小的清越之声怎么能在这样柔弱的空气中,这么流畅地呼吸复苏呢?但鸟儿却继续着它们的啼鸣,虽然含糊,若断若续,却把明快而萌发的声音之线抛入了苍空。

几乎是一种痛苦,这么快发现了新的世界。万物已死。让万物永生!但是鸟儿甚至略去了这宣言的第一句话,它们啼叫的只是微弱的、盲目的、丰美的生活!

那是另一个世界的。冬天离去了。一个新的春天的世界。田地间响起斑鸠的叫声。但它的肉体却在这突然的变幻中萎缩了。诚然,这叫声还显得匆促,泥土仍冻着,地上仍零散着鸟翼的残骸!但我们无可选择。在不能进入的荆棘丛底,每一个夜晚以及每一个清晨,都会闪动出一声鸟儿的啼鸣。

它从哪儿来呀,那歌声?在这么长的严酷之后,它们怎么会这么快复生?但它活泼,像井源、像泉源,从那里,春天慢慢滴落又喷涌而出。新生活在它们喉中凝练成悦耳的声音。它开辟了银色的通道,为着新鲜的夏日,一路潺潺而行。

所有的日子里,当大地受窒,受扼,冬天抑制一切时,深埋着的春天的微型机一片寂默。他们只等着旧秩序沉重的阻碍退去,在冰消雪化时降服,然后就是他们了,顷刻间现出银光闪烁的王国。在毁灭一切的冬天巨浪之下,伏着的是宝贵的百花吐艳的潜力。有一天,黑色的浪潮定会精力耗尽,缓缓后移。番红花就会突然间显现,在后方胜利地摇曳,于是我们知道,规律变了,这是一个新的朝代,喊出了一个崭新的生活!生活!

不必再注视那些暴露四野的破碎的鸟尸,也无须再回忆严寒中沉闷的响雷,以及重压在我们身上的酷冷。不管我们情愿与否,那一切是统统过去了,选择不由我们。如果情愿,寒冷和消极还要在心中再驻留一刻,但冬天走开了,不管怎样,日落时我们的心会放出歌声。

即使当我们凝注那些散落遍地、尸身不整的鸟儿腐烂而可怕的景象,屋外也会飘来一阵鸽子的咕咕声,灌木丛中出现了微弱的啼鸣,变幻成幽微的光。无论如何,我们站着、端详着那些破碎不堪的毁灭了的生命,我们是在注视着冬天疲倦而残缺不全的队伍从眼前撤退。我们耳中充塞的,是新生的造物清明而生动的号音,那造物从身后追赶上来,我们听到了鸽子发出的轻柔而欢快的隆隆鼓声。

或许我们不能选择世界。我们不能为自己作任何选择。我们用眼睛跟随极端的严冬那沾满血迹的骇人的行列,直到它走过去。我们不能抑制春天。我们不能使鸟儿悄然,不能阻止大野鸽的沸腾。我们不能滞留美好世界中丰饶的创造,不让它们聚集,不许它们取代我们自己。无论我们情愿与否,月桂树就要飘出花香,绵羊就要站立舞蹈,白屈菜就要遍地闪烁,那就是新的天堂和新的大地。

它就在我们中间,又不将我们包容。那些强者或许要跟随冬天的行列从大地上隐遁。但我们一些人,我们是毫无选择的,春天来到我们中间,银色的泉流在心底奔涌,那是喜悦,我们禁不住。在这一时刻,我们将这喜悦接受了!变化的初日,啼唱起一首不凡又暂短的颂歌,一个在不觉中与自己争论的片段。这是极度的苦难所禁不住的,是无数残损的死亡所禁不住的。

这样一个漫长、漫长的冬天,冰霜昨天才裂开。但看上去,我们已把它全然忘记了。它奇异地远离了,像远去的黑暗。不真实,像深夜的梦。新世界的光芒摇曳在心中,跃动在身边。我们知道过去的是冬天,漫长、可怖。我们知道大地被窒息、被残害,我们知道生命的肉体被撕裂,又零落遍地。但这些追忆来的知识是什么?那是不关我们的,那是不关我们现在如何的。我们是什么,什么看上去是我们时常的样子,正是这纯粹的造物胎动时美好而透明的原形。所有的毁害和撕裂,啊,是的,过去曾降在我们身上,曾团团围住我们。它像高空中的一阵风暴,一阵浓雾,或一阵倾盆大雨。它缠在我们周身,像蝙蝠绕进我们的头发,逼得我们发疯。但它永远不是我们最深处真正的自我。内心中,我们是分裂的;我们是这样,就是这样银色晶莹的泉流,先前是安静的,此时却跌宕而起,注入盛开的花朵。

生命和死亡全不相容,多奇怪。死时,生便不存在。皆是死亡,一场势不可挡的洪水。继而,一股新的浪头涌起,便全是生命,便是银色的极乐的源泉。非此即彼。我们是为着生的,或是为着死的,非此即彼。在本质上绝不可能兼得。

死亡攫住了我们,一切残断,转入黑暗。生命复生,我们便变成水溪下微弱但美丽的喷泉,朝向鲜花奔去,一切和一切均不能两立。这周身银色斑点、炽烈而可爱的画眉,在荆棘丛中平静地发出它第一声啼鸣。怎能把它和那些在树丛外血肉模糊、羽毛纷乱的画眉残骸联系在一起呢?没有联系的。说到此,便不能言及彼。当此是时,彼便不是。在死亡的王国里,不会有清越的歌声。但有生,便不会有死。除去银色的愉悦,没有任何死亡能美化另外的世界。

黑鸟不能停止它的歌唱,鸽子也一样。他全身心地投入了,尽管他的同类昨天才被全部毁灭。他不能哀伤,不能静默,不能追随死亡。死不是他的,因为生要他留住。死去的,应该埋葬了他们的死。生命现在占据了他,摇荡他到新的天堂,新的昊天,在那里,他要禁不住放声高唱,像是从来就这般炽烈。既然他此时是被完全抛入了新生活，那么那些没有越过生死界限的，它们的过去又有什么呢？

从他的歌声，听得见这场变迁的第一阵爆发和变化无常。从死亡的控制下向新生命迁移，按它奇异的轮回，仍是死亡向死亡的迁移，令人惶惑的抗争。但只需一秒钟，画这样的弧线，从一种状态进入另一种，从死亡的钳制到新生的解放。在这一瞬间，他是疑惑的王国，在新创造之中唱歌。

鸟儿没有退缩。他不沉湎于他的死，和已死的同类。没有死亡，已死的早已埋葬了他们的死。他被抛入两个世界的隙罅中，虽然惊恐，却还是高举起翅膀，发现自己充满了生命的欲望。

我们被举起，被丢入崭新的开始。在心底，泉源在涌动，激励着我们前行。谁能阻挠到来的生命冲动呢？它从陌生地来，降临在我们身上，我们应该小心越过那从天堂吹来的恍惚的、清新的风，巡视，就像做着从死到生无理性迁徙的鸟儿一样。

于晓丹 译

爱丁顿

亚瑟·爱丁顿爵士(1882—1944),英国作家,剑桥大学天文学教授,剑桥天文观察所所长。他被公认为世界上天体物理的领袖人物。本文选自他于1934年在纽约康奈尔大学的讲座,十分清晰地界定了科学与宗教对当代人类的影响和定义。科学就是科学,而宗教也不会由于科学发展而消亡,因为宗教是普通人普通生活的重要组成部分,不管是有意识还是无意识的。

科学与宗教

关于世界的科学概念已经与通常的概念越来越离谱,我们因此不得不对这种科学的演化的目的究竟是什么问一问我们自己。万物并非它们看上去的样子,这话只要说得恰到好处是无可厚非的;但是这套理论已经讲得太玄乎,我们不得不让自己明白这世界的样子今非昔比,我们为此实际上不得不调整我们的外部生活了。情况并不总是这样的。最初,科学思想的进步包括纠正许多关于万物习以为常的概念的严重的错误。我们得知地球是球形的,而非扁平的。这个概念不是指某种抽象的科学地球,而是指我们了如指掌的那个家常地球。我想我们谁都会毫不费力地把地球描绘成球形。我承认这个观念对我来说再熟悉不过,竟会毫不相干地冒出来,而且我也能想象出来在澳大利亚脚朝上头朝下比赛橄榄球的样子。我们还得知地球在不停地转动。大多数情况下我们对这种结论给予理智上的同意；并未试图把它融入我们习以为常的概念；但是如果我们努力，我们能够想象到地球转动的样子。在罗塞蒂①的诗中，那个幸福的少女从天庭的金阳台俯视，看见

　　　　空间，最低处这个地球
　　　　像躁动的矮人在打旋。

　　透过真理的所在，完美的真理独自走近了她的脑海。她一定看见了地球的真实模样——如同一只旋转的小虫。但是现在我们不妨用某种相当现代的东西考一考她。按照爱因斯坦的理论，如同别的物质，地球只是一个时空的曲率元素的比率。诗中那个幸福的少女如何面对这套高论呢？我看女诗人罗塞蒂只好充当一名女才子了。果真如此，那也许不会造成多大损害。我不敢保证我要是认为指责一个天使理解爱因斯坦的理论是小看了他。我的反对比这更严肃。如果诗中那个幸福的少女按照爱因斯坦的一套理论看地球，那她迟早会看见真相——我对此毫不怀疑——但是她将会因此失去关键的东西。这好比我们带她去看美术馆，她（依靠那种令人痛苦的真实，难以辨别那里本不存在的任何东西）只会看见十平方码黄色颜料，五平方码红色颜料，等等。

　　只要不断摆弄这个世界的物理学能够保留我们本质的美学的各个方面，它就可以讲出一些理由，覆盖住经验的全部；那些主张我们的生存具有另一个宗教面的人，不得不为他们的主张而进行

---

① 罗塞蒂（1830—1894），英国"先拉斐尔派"女诗人，其抒情诗与宗教有千丝万缕的关系，作品有《妖魔集市》等。

斗争。但是现在这个方面的画面漏掉了许多显然十分重要的东西，人们无法看出有关经验的全部真实。做出这一种主张不仅会导致信仰的人士的抗议，就是所有认识到人不只是一架科学测量机器的有识之士也不会买账。

我们认识到，物理学正在努力追求的那类知识过于狭窄，过于专门，难以对人类精神的环境组成一种全面的理解。我们日常生活与活动的许多方面让我们置身物理学观之外。在大多数情况下，接纳这些方面并承认其重要不会引发什么异议了；我们认为它们的合法性理所当然，听任我们的生活对它们一味适应而不加深究。物理学引发的有关它们是否与真理保持一致的任何讨论，纯粹是学术性的；不管讨论的结果是什么，我们都不可能牺牲它们，因为我们知道一旦牺牲它们，人性便因为没有这样的发泄方式而残缺不全了。因此，有几分奇怪的是，在许多超物理定律支配的经验方面，唯有宗教应该被挑选出来在特殊情况下调和科学所包含的知识。为什么会有人主张人性所有的问题能够用测杆衡量，或者用世界线的交点的措辞来表达？如果需要保卫，那么，我认为，宗教观的保卫一定会同美学观的保卫采取同样的形式。这种维护道德的约束力似乎藏于产生或取得一种内在的感觉，而这种内在感觉是在行使美学功能并同样地行使宗教功能时才会有的。这同科学家的内在感觉如出一辙，因为正是这种内在感觉让他相信，我们通过行使脑子里的另一种功能，即推理力量，可以获得某种人类精神必然努力追求的东西。

正是通过审视我们自身的本质，我们首先发现物理的宇宙与我们的现实遭受着共同扩张的失败。"某种与真理密切的东西"一定在现实中有一个位置，不管我们对现实采取什么样的定义。在我们自己的本质中,或者通过我们的意识与一种超越我们本质的本质接触,总会有别的因素对确认同一种东西表示认可——一种美感啦,道德感啦,最后还有一种所有精神宗教之本质的经历啦,而我们把这种经历说成是上帝的存在。我说这些东西构成了一种精神世界,并非要竭力把它们实体化,或者把它们客体化——非要让它暴露无遗,而不是在我们经历它们的过程中发现它们。我要说的是,当人类内心被存在的神秘所迷惑时,"这一切到底是怎么回事"的呼叫在所难免,而仅仅根据某些感观器官让我们产生的那部分经历作出回答还不是真正的答案,例如"这就是原子和混乱;这就是燃烧的星球在走向即将灭亡的宇宙;这就是张量和非交换代数学"。与其这样答复,还不如说这是一种精神,真理在其中享有圣坛,是它回应美与正义时自我完成的种种潜力。我难道不应该补充说,甚至当光线、颜色和声音在唤起一个外在世界时走进我们的内心世界,因此我们意识里的那些其他骚动因素便从某种东西——我们说它超越我们自身也好,说它深入我们自身也罢——里产生了,这比我们自己的个人存在更重大吗?

正是宗教的本质呈现了日常生活经历的这一面。生活其中,我们不得已按照熟悉的认识的形式抓住它,而不是作为一系列抽象的科学主张看待它。谁只会用科学语言谈及他周围的环境,也许只会让人难以忍受。如果上帝在我们日常生活中意味着什么东西,那么我认为我们想到和说到上帝不符合科学,不应该觉得就是对真理不忠诚,这与不科学地谈及并想到我们人类的各种陪伴物没有什么区别。

这种态度也许看似姑息了太多太广的自骗自现象。危险在于,当我们准备用科学方法分析我们称之为宗教经历的东西时,我们会发现在经历中我们似乎不期而遇的那个上帝就是一种具有某些抽象原则的化身。我承认使用任何我们平常称为科学的方法,都可能导致这一结果。我们还能指望别的什么结果呢?如果我们只让自己使用自然科学的各种方法,那么我们必然会获得宗教经历的群体结构——如果它有什么结果的话。如果我们遵循不太准确的各种科学,那么它们会涉及到同种抽象概念和编纂法规。如果我们的方法离不开编纂法规,那么我们除了得到法规还可能得到什么呢?如果我们发现科学方法能把上帝减缩成某种像道德法规的东西,那么这只是科学方法之本质上的侧光;我怀疑它会不会在上帝之本质上投去什么光亮。如果从心理角度考虑宗教的经历似乎抽去了我们关于上帝的概念的每种引起崇拜和献身的属性,那么考虑一下某种同一类的东西是否在心理学分析并安排我们的人类朋友之后还不会对他们造成影响,这倒是很可取的。

韩终莘 译

伍尔夫

弗吉尼亚·伍尔夫(1882—1941),英国女作家,爱读书,爱思考,爱写作,一生勤奋,著作甚丰,风格多样,主要作品有《达洛维太太》《到灯塔去》《海浪》《幕间》等小说;还有《普通读者Ⅰ》《普通读者Ⅱ》《一间自己的房间》等文论集。

莱斯利·斯蒂芬[①]

儿女渐渐长大,父亲的辉煌岁月也结束了。他攀山涉水的胜绩都是在儿女们出生前完成的。种种念想,就散落在房间里——书房壁炉上的银杯;墙角书架旁戳着的锈迹斑斑的登山杖;他常常聊起那些伟大的登山者和探险家,直到临终,钦羡和妒忌的口吻兼而有之。但他自己早已不那么活跃,只能满足于漫步瑞士山谷,或在康沃尔郡的大沼里闲荡。

他的几个朋友,不时谈起各自的出行经历,对比之下,显见得,他口中的漫步和闲荡,就多了些意思,不像别人说得那般轻巧。吃过早饭后,他会独自一人,或带上一个同伴出门。正餐前不久转回家来。倘若走得尽兴,他必定摊开大张地图,用红笔标上新近发现的捷径。他似乎有本事整天倘徉在沼泽地中,很少对同伴说上只言片语。那时,他已经写完几本书,包括《十八世纪英国思想史》,

---

[①] 莱斯利·斯蒂芬(1832—1904),作者的父亲,哲学家、文人,《英国名人传记词典》第一任主编,并因此获封爵士,著有《十八世纪英国思想史》《伦理学》等。

有人说,这将是他的代表作;《伦理学》——他对此书用力最勤;《欧洲的度假胜地》,其中有"勃朗峰的落日"一章——他认为,这是他写得最好的一本书。

他仍然每日里有板有眼地写书,但每次都不会花上太长时间。在伦敦,他的书房是一间大屋,房间的顶部,有三扇长大的窗子。他几乎是斜躺在低矮的摇椅上,一边写作,一边前仰后合,当作摇篮一样,嘴里叼一只黏土烟斗,周遭堆满书籍。用过的书丢到地板上,砰的一声,楼下也能听到。时常地,他踱着方步上楼进入书房时,会突然哼出一些奇怪的曲调,也不是唱歌,因为他根本不好音乐,哼的都是各类韵句,有他所谓的"俚俗谣谚",也有弥尔顿或华兹华斯的精妙诗章,走路或上楼,他都会即兴咏诵些东西,全看想到了什么,或什么与他的情绪合拍。

但儿女们能够跟在他身后漫步乡间小路,或阅读他写的书之前,倒是他灵巧的双手,让他们着迷。他用手转动一张纸,剪刀下,纷纷跌出大象、牡鹿,或猴子,长了活灵活现的鼻子、茸角和尾巴。要么,看书时,他拿一支笔,信手画出一只又一只野物,结果,书的扉页上,挤满了猫头鹰和驴子,像是为了图解他时常在书页空白处不耐烦地涂写下的批语——"天哪,蠢货!"或"自以为是的笨蛋"。他写文章时,就更有节制,但其中的想法,或许就是由这些简短的批语生发出来,让人想起他谈话的一些特点。朋友们都曾证明,他有时沉默寡言。但他叼着烟斗喷云吐雾之际,突然就会脱口插话,嗓音低沉,话却说得有力量。有时只用一两个字,拌了手势的一两个字,就驳倒了像是他的静默引发的一大套痴言妄语。"光是在伦敦,就有四千万未婚女子!"里奇太太有一次对他说。"得了,安妮,安妮!"父亲以惊惧而又亲昵的口吻驳斥她。但里奇太太,像是喜欢给人驳斥，下次来时，数字又长出一截。

　　他讲故事，逗孩子们开心，像在阿尔卑斯山的冒险经历啦——不过他说，必是你蠢到不听向导的话，才会发生意外——或那些远足啦，一次，他冒了酷暑从剑桥前往伦敦，抵达后，"我喝酒，说起来惭愧，喝得伤了身子"。这些故事都很简短，却有一种奇异的力量，让人仿佛身临其境。他没道出的事情有影有形，一一凸显在背景中。所以，他虽然很少讲什么逸闻趣事，而且，对于事实，他的记性很差，但当他描述一个人时——他认识很多人，有的声名显赫，有的默默无闻——只须三言两语，就把他对此人的想法交代得明明白白。他的想法没准儿与其他人截然相反。他总有办法颠倒众人认可的名声，漠视世俗的价值观，这让人窘迫，有时还会伤害别人，尽管他比任何人都更尊重在他看来的真实情感。不过，逢到他突然睁开明亮的蓝眼睛，摆脱了心不在焉的状态，讲出他的想法时，人们就很难充耳不闻。这个习惯也有其恼人之处，尤其是后来，因为耳背，他意识不到别人在听他讲话。

　　"我是最容易厌烦的人了。"他像通常一样如实写道；大家庭里难免会有些访客，茶点过后，端坐不去，看看还要等待正餐，此时，父亲常将他的一绺头发绕来卷去，表明他的恼怒。随后，他开始发作，一半是冲着自己，一半是冲着头上的神明，但闹出的动静，也清晰可闻，"他为什么还不走？他为什么还不走？"然而，这种单纯，自有其可爱处——他不是同样直率地说过"厌烦是大地上的盐"？——厌烦归厌烦，访客很少就走，真的走了，也会原谅他，下次再来。

　　或许，对他的沉默，我讲了太多，对他的克制，我也强调得过分。他喜欢清晰的思想，厌恶煽情和装腔作势；但这并不是说他很冷漠,不动声色,日常生活中,总在批评和指责。恰恰相反,他对事物有强烈的感受,而且能够热烈地表达他的情感,有时,他陪同什么人时,不免使人不得安宁。例如,一位夫人抱怨多雨的夏季搅了她在康沃尔郡的出游。父亲虽然从来不以民主主义者自命,但对他来说,雨水却意味着玉米会倒伏;一些穷人又要倾家荡产了;他起劲儿诉说他的同情——当然不是对夫人——结果令她很不自在。有时,他会像对登山者和探险家一样,对农民和渔夫生出尊重。因此,他虽然很少谈论爱国主义,但在南非战争期间[①]——他厌恶一切战争——他又长夜难眠,仿佛听到了战场的枪炮声。同样,哪个孩子如果没有按时回家用餐,他必然认为可怜的小人儿准是出了意外,非死即伤,此刻,理性和冷静的常识都派不上用场。签署支票时,他的全部数学知识,加上他始终坚持必须绰绰有余的银行存款,都不能让他相信,全家人并没有像他所说的,"孤注一掷,要败家了"。他画的老人和破产法院,在温布尔登的陋室里(他在温布尔登有一间小房子)养活一大家子人的破落文人,这都表明,他可不像有些人埋怨的那样说话克制,只要他愿意,照样能够夸大其词。

然而,他的不讲道理都是表象,只须看他的情绪消退之快,就证明了这一点。支票簿刚一合上,温布尔登和济贫院就忘到了脑后。一些有趣的想法让他忍俊不禁。他拿起礼帽和手杖,唤上爱犬和女儿,阔步直驱肯辛顿公园。孩提时,他曾在那里跳跳蹦蹦,他的哥哥菲茨詹姆斯[②]和他还曾在那里邂逅年轻的维多利亚女

[①] 1899年10月12日至1902年5月31日,南非的德兰士瓦和奥兰治自由邦的玻尔人与英国人之间的一场战争,以玻尔人的军队投降告终。
[②] 菲茨詹姆斯(1829—1894),英国法学家、报刊撰稿人。1891年获封准男爵。主要著作为《英国刑法史》。

王,潇洒地向她鞠躬致意,女王也仪态万方地欠身还礼;从肯辛顿公园①,绕过瑟彭廷湖②,就来到海德公园演说角③,在那里,他曾同伟大的公爵④本人打过招呼。散步之后,父亲一行就转回家来。这时,他不会让人有一丝一毫的"不自在";他非常简单,待人和善,有时,从圆塘⑤到大拱门⑥,他都一声不吭,但即使他的沉默,也是意味深长的,他仿佛正在内心中独白,出入诗歌、哲学和他的旧雨新知中间。

父亲的生活极为节俭。他始终抽烟斗,从来不吸雪茄。他的衣服都要穿到显出寒酸;对奢侈的恶习和懒惰的罪过,他一向持老派的或者说是清教徒的观念。今日父母与子女之间的关系,多了某种随意,倘若父亲还在,必是不能容忍的。他希望家庭生活中,要有一些规矩,甚至是礼仪。不过,倘若所谓随意,意味着有权去自由思想和自由追求,那么,再没有人比父亲更尊重甚至坚持这种自由了。他的儿子,除了陆军和海军,可以从事他们选择的任何职业;虽然他对女子接受高等教育不大关心,但女儿自然也有同样的自由。有时,哪个女儿吸烟,他会厉声呵斥——在他看来,女性吸烟很不雅观——然而,如果女儿向他请求要成为一名画家,他必

---

① 伦敦最大的公园之一,位于伦敦西区,始建于1689年,后于十八世纪初拓展,1830年前后向公众开放。毗邻海德公园和女王的妹妹玛格丽特公主和戴安娜王妃居住的肯辛顿宫。
② 为海德公园内的一处人工湖,面积约四十公顷。雪莱的第一位妻子哈丽雅特·韦斯特布克1818年自溺于此。
③ 海德公园为伦敦最大和最著名的公园,演说角位于海德公园东北角,星期日可任人自由发表演讲。
④ 即威灵顿公爵(1679—1852),英国陆军元帅,1828至1830年任首相,曾在滑铁卢战役中统率英、普联军击败拿破仑。
⑤ 位于肯辛顿公园,为一人工观赏池塘,1730年落成,周长约半英里。
⑥ 始建于1828年,材料为纯白大理石,原是白金汉宫的主要入口,后白金汉宫扩建,大拱门遂移至海德公园附近。

定答应说,只要女儿是认真的,他就会尽可能给予一切帮助。他从来不热衷于绘画;但他言而有信。这类自由要胜过成百上千支香烟。

在或许更复杂的文学问题上,他也同样如此。即使到今天,仍然有父母怀疑,听任一个十五岁的小姑娘随意翻阅大量良莠不齐的图书是否明智。但我的父亲就听之任之。他会吞吞吐吐地提到某些事实。不过,他说,"想读什么就读什么好了",他的藏书,据他自己的说法,大都"俗滥,毫无价值",但当然,书多且庞杂,我们只管取阅,不必问过再读。读你喜欢的书,只因为你喜欢,决不可装作欣赏你并不欣赏的——这是他在阅读方面的唯一训诫。以最少的字句,尽可能清楚地写明你的意思——这是他在写作方面的唯一训诫。其他的一切,必须自己去领悟。儿女们除非太过不懂事,才会忽略这番教训出自一位学问渊博、阅历丰富的长者之口,虽然他从来不会强加他的观点,或炫耀他的学问。博恩街①上的裁缝见父亲走过他的店铺前时曾说过,"这位绅士衣着考究,自己从来不知道"。

父亲晚年时,日益孤寂,耳朵聋得听不见,有时,他会说自己是个失败的作家,"样样都能,样样不通"。且不说他文字生涯的成败,却不妨认为,他在朋友心中留下了深刻印象。梅瑞迪斯②说他早些年时像"光明之神阿波罗转世的托钵会修士";一些年后,托马斯·哈代③远望"光裸而空寂的"施雷克峰④,写道:

---

① 伦敦最著名的珠宝、古玩、艺术品和时装街。
② 梅瑞迪斯(1828—1909),英国小说家、诗人。其在小说中运用的内心独白手法开意识流之先河。主要作品有长篇小说《利己主义者》,诗作《现代爱情》等。
③ 托马斯·哈代(1840—1928),英国小说家、诗人。主要作品有《德伯家的苔丝》《无名的裘德》等。下文中引用的他的诗句出自其《施雷克峰——怀念莱斯利·斯蒂芬》。
④ 阿尔卑斯山一处雪峰,位于瑞士,海拔4078米,因其峻峭,又称"恐怖之峰"。莱斯利·斯蒂芬任阿尔卑斯登山俱乐部主席时,于1862年8月14日第一个成功地登上此峰。

> 念彼魁奇士,履险凌绝顶。
> 山如人之魂,人亦山之影。
> 人山两幽幽,照眼光耿耿。
> 此形虽嶙峋,此身自肃整。

他虽然是一位怀疑论者,却没人比他更相信人与人之间关系的价值,因此,他可能最珍重的评价,倒是梅瑞迪斯在他死后所说的:"据我所知,只有他,才配得上你们的母亲。"洛威尔[①]称他:"L.斯蒂芬,最受爱戴的人",再恰当不过地描述了他的品格,也正是因此,多年之后,他仍然让人念念不忘。

贾辉丰 译

[①] 洛威尔(1819—1891),美国诗人、文学评论家、外交家。1880至1895年曾任驻英大使。

奥威尔

乔治·奥威尔(1903—1950),英国著名小说家、记者、社会评论家,主要作品有《动物庄园》《1984》及许多散文。

射　象

在下缅甸的毛淡棉,我遭到很多人的憎恨——在我一生之中,我居然这么引起重视,也就仅此一遭而已。我当时担任该市的分区警官,那里的反欧洲人情绪非常强烈,尽管漫无目的,只是在小事情上发泄发泄。没有人有足够胆量制造一场暴乱,但是要是有一个欧籍妇女单身经过市场,就有人会对她的衣服吐槟榔汁。作为一个警官,我成了明显的目标,只要安然无事,他们总要捉弄我。在足球场上,会有个手脚灵巧的缅甸球员把我绊倒,而裁判(又是个缅甸人)会装着没瞧见,于是观众就幸灾乐祸地大笑。这样的事发生了不止一桩。到了最后,我走到哪里,哪里就有年轻人的揶揄嘲笑的黄脸在迎接我,待我走远了,他们就在后面起哄叫骂,这真叫我的神经受不了。闹得最凶的是年轻的和尚,该市有好几千个,个个似乎都没有别的事可做,只是站在街头,嘲弄路过的欧洲人。

这使我十分着恼,也使我不解。因为那时我已认清帝国主义是桩邪恶的事,下定决心要尽早辞职滚蛋。从理论上来说——那当然是在心底里——我完全站在缅甸人一边,反对他们的压迫者英国人。至于我所干的工作,我是极不愿意干的,这种不愿意的心情非我言语所能表达。在这样的一个工作岗位上,你可以直接看到帝国主义的卑鄙肮脏。可怜巴巴的犯人给关在臭气熏天的笼子里,长期监禁的犯人面有菜色的脸,被竹杖鞭打后疤痕斑斑的屁股——这一切都使我有犯罪的感觉,压迫得我无法忍受。但是我无法认清楚这一切。我当时很年轻,没有受过什么教育,我不得不独自默默地思索着这些问题,在东方的英国人都承受着这种沉默。我当时甚至不知道大英帝国已濒于死亡,更不知道它比将要代替它的一些新帝国要好得多。我只知道我被夹在中间,我一边憎恨我所为之服务的帝国,但我又生那些存心不良的小鬼头的气,他们总是想方设法使我无法工作。我一方面认为英国统治是无法打破的暴政,一种长期压在被制服的人民身上的东西,另一方面我又认为世界上最大的乐事莫过于把刺刀捅入一个和尚的肚子。这样的感情是帝国主义正常的副产品;随便哪个英属印度的官员都会这么回答你,要是你能在他下班的时候问他。

有一天发生了一件事,很能间接地说明问题。这本是一件小事,但它使我比以前更清楚地看到了帝国主义的真正本质——暴虐的政府行为处事的真正动机。有一天清早,镇上另一头的一个派出所的副督察打电话给我,说是有一头象在市场上横冲直撞,问我能不能去处理一下。我不知道该怎么办,但是我想看一看究竟,就骑马出发了。我带上了步枪,那是一支老式的0.44口径温彻斯特步枪,要打死一头象,这枪太小了,不过我想枪声可能起恐吓作用。一路上有各种各样的缅甸人拦住我,告诉我那头象干了些什么。这当然不是一头野象,而是一头发春情的驯象。它本来是用铁链锁起来的,发春情的驯象都是如此,但在头一天晚上它挣脱锁链逃跑了。唯一能在发情期制服它的驯象人出来追赶,但奔错了方向,已到了要走十二小时的路程之外,而这头象在清早又突然出现在镇上。缅甸人平时没有武器,对它毫无办法。它已经踩平了一所竹屋,踩死了一头母牛,撞翻了几个水果摊,饱餐了一顿;它还碰上了市里的垃圾车,司机跳车逃跑,车子被它掀翻,乱踩一气。

　　缅甸副督察和几名印度警察在发现那头象的地方等我。这是个贫民区,在一个陡峭的山边,破烂的竹屋子挤在一起,屋顶铺的是棕榈叶。我记得那是个就要下雨的早晨,天空乌云密布,空气沉闷。我们开始询问大家,那头象到哪里去了,像平常一样,得不到确切的情报。在东方,情况总是这样;在远处的时候,事情听起来总是很清楚,可是你越走近出事的地点,事情就越模糊。有的人说,那头象朝那边去了,有的人又说是另一个方向,有的甚至说根本不知道有什么象逃跑的事。我几乎觉得整个事情可能都是谎话,这时忽然听到不远的地方有人在嚷嚷。我听到一声惊恐的喊叫:"走开!孩子!马上给我走开!"这时我见到一个老妇人手中拿着一根树枝从一所竹屋的后面出来,使劲地赶着一群赤身裸体的孩童。后面跟着另外一些妇女,嘴上啧啧出声,表示惊恐;显然那里有什么东西不能让孩子们见到。我绕到竹屋的后边,看到一个男人的尸体躺在泥中。他是个印度人,一个黑皮肤的德拉维人苦力,身上几乎一丝不挂,死去没有几分钟。他们说那头象在屋子边上突然向他袭来,用鼻子把他捉住,一脚踩在他背上,把他压扁在地上。当时正好是雨季,地上泥土很软,他的脸在地上划出了一条槽,有一尺深,几尺长。他俯扑在地上,双手张开,脑袋扭向一边。他的脸上尽是泥,睁大双眼,龇牙咧嘴,一脸剧痛难熬的样子。(可别对我说,凡是死者的脸上表情都是安详的。我所见到的尸体中,大多数是惨不忍睹的。)大象的巨足在他背上撕开皮,像人剥兔皮一样干净利落。我一见到尸体,就马上派人到附近一个朋友的家里去借一支打象的步枪来。我已经把我的马送走,免得它嗅到象的气味,受惊之下把我从它背上颠下来。

派去的人几分钟以后便带着一支步枪和五颗子弹回来,这中间又有几个缅甸人来到,告诉我们,那头象就在下面的稻田里,只有几百码远。我一起步走,几乎全区人人都出动了,他们从屋里出来跟着我。他们看到了步枪,都兴奋地叫喊说我要去打死那头象了。在那头象撞倒踩塌他们的竹屋时,他们对它并不表现出有多大的兴趣,可是如今它要给开枪打死了,情况忽然之间就不同了。他们觉得有点好玩,英国群众也会如此。此外,他们还想弄到象肉。这使我隐隐约约地感到有些不安。我并没有打算打死那头象——我派人去把那支枪取来只不过是在必要时进行自卫而已——而且有一大群人跟在你后面总是令你有些神经紧张。我大步下山,肩上扛着那支步枪,后面紧紧跟随着一群越来越多的人,看上去一定像个傻瓜,心中也感到自己成了一个傻瓜。到了山脚下,离开了那些竹屋子,有一条铺了碎石子的路,再过去,就是一片到处都是泥浆的稻田,有一千码宽,还没有犁过田,因为下过雨,田里水汪汪的,零零星星地长着一些杂草。那头象站在路边八码远的地方,左侧朝着我们。它一点也没有注意到群众的靠近。它把成捆的野草拔下来,在双膝上拍打,打干净了以后就送进嘴里。

我在碎石路上就停了步。我一见到那头象就完全有把握知道不应该打死它。把一头能做工的象打死是桩严重的事,这等于是捣毁一台昂贵的巨型机器,事情很明显,只要能够避免就要尽量避免。在那么一段距离之外,那头象安详地在嚼草,看上去像一头母牛一样没有危险。我当时想——我现在也这么想——它的发情大概已经过去了,因此它顶多就是漫无目的地在这一带闲逛,等驯象人回来逮住它。何况,我当初根本不想开枪打它。因此我决定从旁观察,看它不再撒野了,我就回去。

但是这时我回头看了一眼跟我来的人群。人越聚越多,至少已经有二千人了,把马路两头都远远地堵死了。我看着花花绿绿衣服上的一张张黄色的脸,这些脸上都为了这一点看热闹的乐趣而现出高兴和兴奋的神情,大家都认定这头象是必死无疑了。他们看着我,就像看着魔术师变戏法一样。他们并不喜欢我,但是由于我手中有那支神奇的枪,我就值得一观了。我突然明白了,我非得射杀那头大象不可。大家都这么期待着我,我非这么做不可;我可以感觉得到他们二千个人的意志在不可抗拒地把我推向前。就在这个当儿,就在我手中握着那支步枪站在那儿的时候,我第一次看到了白人在东方的统治的空虚和无用。我这个手中握枪的白人,站在没有任何武装的本地群众前面,表面看来似乎是一出戏的主角;但在实际上,我不过是身后这些黄脸的意志所推来推去的一个可笑的傀儡。我这时看到,一旦白人开始变成一个暴君,他就毁了自己的自由。他成了一个空虚的、装模作样的木头人,常见的白人老爷的角色。因为正是他的统治使得他一辈子要尽力锁住"土著",因此在每一次紧急时刻,他非得做"土著"期望他做的事不可。他戴着面具,日子长了以后,他的脸按照面具长了起来,与面具吻合无间了。我非得射杀那头象不可,我在派人去取枪时就不可挽回地表示要这样做了。白人老爷的行为必须像个白人老爷;他必须表现出态度坚决,做事果断。手里握着枪,背后又有二千人跟着,到了这里又临阵胆怯,就此罢手,这可不行。大家都会笑话我,我整个一生,在东方的每一个白人的一生,都是长期奋斗的一生,是绝不能给人笑话的。

但是我又不愿意射杀那头大象。我瞧着它卷起一束草在膝头甩着,神情专注,像一个安详的老祖母。我觉得朝它开枪无疑是谋杀。按我当时的年龄,杀死个把兽类我是没有什么顾忌或不安的,但是我从来没有开枪打过大象,我也不想这么做。(杀死巨兽总是使人觉得更不应该一些。)何况,还有象主人得考虑。这头活象至少可值一百镑,死了,只有象牙值钱,可能卖五镑。不过我得马上行动。我转身向几个原来已在那里的看起来颇有经验的缅甸人,问他们那头象老实不老实。他们说的都一样:如果你让它去,它不理你;如果你走得太近,它就向你冲来。

我该怎么办,看来很清楚。我应该走近一些,大约二十五码左右,去试试它的脾性。要是它冲过来,我就开枪;要是它不理我,那就让它去,等驯象人回来再说。但是我也知道,这事我恐怕办不到。我的枪法不好,田里的泥又湿又软,走一步就陷一脚。要是大象冲过来而我又没有射中,我的命运就像推土机下的一只蛤蟆。不过即使在这时候,我想的也并不完全是自己的性命,而是身后那些看热闹的黄脸。因为在那时候,有这么多人瞧着我,我不能像只有我自己一个人那样害怕。在"土著"面前,白人不能害怕;因此,一般来说,他是不会害怕的。我心中唯一的想法是,要是出了差错,那二千个缅甸人就会看到我被大象追逐、逮住、踩成肉酱,就像山上那个龇牙咧嘴的印度人尸体一样。要是发生这样的事情,他们中间有些人很可能会笑话我。我不能让他们笑话我。只有一个办法。我把子弹上了膛,趴在地上好瞄准。

人群十分寂静,许许多多人的喉咙里叹出了一口低沉、高兴的气,好像看戏的观众看到帷幕终于拉开时一样,终于等到有好戏可瞧了。那支漂亮的德国步枪上有十字瞄准线。我当时根本不知道,要射杀一头象得瞄准双耳的耳孔之间的一条假想线,开枪把它切断。因此,如今这头象侧着身子对我,我就应该瞄准直射它的一只耳孔就行了;但在实际上,我却把枪头瞄准在耳孔前面的几英寸处,以为象脑在这前面。

我扣扳机时,没有听到枪声,也没有感到后坐力——开枪中的时候你总是不会感到的——但是我听到了群众顿时爆发出高兴的欢叫声。就在这个当儿——真是太快了,你会觉得子弹怎么会这么快就飞到了那里——那头象一下子变了样,神秘而又可怕地变了样。它没有动,也没有倒下,但是它的身上的每一根线条都变了。它一下子变老了,全身萎缩,好像那颗子弹的可怕威力没有把它打得躺下,却使它僵死在那里了。经过很长时候,我估计大约有五秒钟,它终于四腿发软跪了下来。它的嘴巴淌口水。全身出现了老态龙钟的样子。你觉得它仿佛已有好几千岁了。我朝原来的地方又开了一枪。它中了第二枪后还不肯瘫倒,虽然很迟缓,他还是努力要站起来,勉强地站着,四腿发软,脑袋耷拉。我开了第三枪。这一枪终于结果了它。你可以看到这一枪的痛苦使它全身一震,把它四条腿剩下的一点点力气都打掉了。但它在倒下的时候还好像要站起来,因为它两条后腿瘫在它身下时,它仿佛像一块巨石倒下时一样,上身却抬了起来,长鼻冲天,像棵大树。它长吼一声,这是它第一声吼叫,也是仅有的一声吼叫。最后它肚子朝着我这一边倒了下来,地面一震,甚至在我趴着的地方也感觉得到。

我站了起来。那些缅甸人早已抢在前面跑到田里去了。显然那头象再也站不起来了,但它还没有死,它还在有节奏地喘着气,喉咙呼噜呼噜地出声,它的半边身子痛苦地一起一伏。它的嘴巴张得大大的,我可以一直看到粉红色喉咙的深处。我等它死去,等了很久,但它的呼吸并不减弱。最后我把剩下的两颗子弹射到我估计是它心脏的位置。浓血喷涌而出,好像红色的天鹅绒一般,可是它还不肯死。它中枪时身子并不震动,痛苦的喘息仍继续不断。它在慢慢地、极其痛苦地死去,但是它已到了一个远离我的世界,子弹已经不能再伤害它了。我觉得我应该结束那讨厌的喘息声。看着那头巨兽躺在那里,没法动弹,又没法死掉,又不能把它马上结果掉,很不是滋味。我又派人去把我的小口径步枪取来,朝它的心脏和喉咙里开了一枪又一枪。但似乎一点影响也没有。痛苦的喘息声继续不断,就像钟声嘀嗒一样。

我终于再也无法忍受了,就离开了那里。后来听说它过了半小时才死掉。缅甸人还没有等我走开就提着桶和篮子来了,据说到了下午他们已把它剥得只剩骨骼了。

后来,关于射杀那头象的事,当然议论不断。象主人很生气,但他是个印度人,一点也没有办法。何况,从法律的观点来说,我做的并不错,因为如果主人无法控制的话,发狂的象是必须打死的,就像疯狗一样。至于在欧洲人中间,意见就不一了。年纪大的人说我做得对,年纪轻的人说为了踩死一个苦力而开枪打死一头象太不像话了,因为象比科林吉苦力值钱。我事后心中暗喜,那个苦力死得好,使我可以名正言顺地射死那头象,在法律上处于正确地位。我常常在想,别人知不知道我射死那头象只是为了不想在大家面前显得像个傻瓜而已。

董乐山 译

蒙　田

蒙田(1533—1592),法国文艺复兴后期十六世纪人文主义思想家、作家。主要作品有《蒙田随笔全集》《蒙田意大利之旅》《热爱生命》等。在十六世纪的作家中,很少有人像蒙田这样受到现代人的崇敬和接受。他是启蒙运动以前法国的一位知识权威和批评家,是一位人类感情的冷峻的观察家,亦是对各民族文化,特别是西方文化进行冷静研究的学者。

论　年　龄

至于我,我认为人到二十岁,心灵的成熟程度该展露的已经展露出来,可以预示他将来的作为如何如何了。过去到了这个年龄还没有显示出自己力量的人,后来也从未曾显示过什么。在这个时期,人的天生素质和品德,正展现其活力和美好的地方,不然就永远也不会展现了。

　　初出的刺儿不扎人,
　　日后就永远扎不了。[①]

[①] 这是一句民间谚语。

多菲内①的人这样说。

就我已知道的人类的所有丰功伟业,不管属何种类,据我的看法,大部分是在三十岁之前而不是三十岁之后完成的,古代和现代都一样,而这点还往往体现在人们的一生当中。对于汉尼拔和他的死敌西庇阿②的一生,不是足可以这样说吗?

他们光辉的半生,是借青年时期所赢得的荣耀而度过的;他们作为伟大人物,是跟他人比较而言,而不是跟自己本身相比。说到我本人,我肯定地说:这个年龄过后,我的思维和体格就缩多长少,退多进少的了。那些善于利用时间的人,其学识与经验有可能随年岁而增长;但朝气、敏捷、毅力以及其他一些我们固有的更为重要的基本品质,都要减退并且衰弱下去。

> 年岁的重负压弯了我们的身躯,
> 四肢日渐无力,脑筋不听调遣,
> 说起话来啰唆,思索起来混乱。
>
> ——卢克莱修

有时是身躯先行衰老,有时则是心灵首先衰老。我见过不少人,他们脑子的衰退比肠胃和腿脚都来得早。由于得这种毛病的人自我感觉不明显,而且病兆也不大显露,因此就越发危险。这次我倒抱怨起法律来,并不是因为它规定我们参与工作的时间太长,而是让我们从事工作的时间太晚。考虑到生命的脆弱,也考虑到

---

① 多菲内,法国旧省份名,靠南部。
② 西庇阿(前235—前183),古罗马统帅,二十九岁时征服西班牙,他在扎玛战役打垮汉尼拔时才三十三岁。

人生面临多少常遇的天然暗礁,依我看来,童年、悠闲和学习不应占去那么多的光阴。

黄建华 译

自 我 评 价

谈到我个人的情况,在我看来,很难发现有任何人对自身的评价竟低于我的自我评价,甚至对我的评价也低于我本人对自己的评价。

我认为本人属于平庸无奇之辈,只有一点我觉得是个例外:具有最卑劣、最鄙俗的缺点,但却不加以否认,也不寻求辩解的理由;我欣赏自己仅仅是因为我了解自己的价值。

如果我有点自命不凡,那是性情的一时流露而受到表面感染所致;这种自负并未成形而导致影响我判断的眼光。

我被浇湿,但却没有受浸染。

说实在的,谈到精神产品,不管它以何种方式产生,由我产出、令我完全满意的,一件也没有。别人的赞赏也不能令我高兴起来。我的品味讲究而又挑剔,对待自己尤其如此。我不断自我否定,处处都感到自己犹疑不定,会因软弱而却步。本人没有任何东西能满足自己的鉴别力。

我的眼力相当犀利、准确,但真正去干,就看得模糊不清;在诗歌方面的试验就明显地表露这一点。我极其喜爱诗歌,我对别人的诗作不乏鉴别力,但自己动起手来,说实在的,却像孩提一般,连我自己也无法忍受。在其他任何方面都可以充当傻瓜,在诗歌方面可万万不行。

　　诸神,众人,张贴诗的海报柱,
　　都不允许平庸无奇的诗人留驻。
　　　　　　　　　　　　——贺拉斯

　　但愿有人把这一诗句张贴在所有出版商的店铺门前,以拦阻许许多多蹩脚诗人进入。

　　没有谁比劣等诗人更充满自信。
　　　　　　　　　　　——马尔提阿利斯

黄建华　译

卢 梭

让-雅克·卢梭(1712—1778),法国启蒙思想家和文学家,十九世纪欧洲浪漫主义文学的先驱。1749年发表了题为《论科学与艺术》的论文,一举成名。卢梭的著名作品有《新爱洛绮丝》《民约论》《爱弥儿》等。晚年写的自传《忏悔录》,及其续篇《一个孤独散步者的遐想》是卢梭人生观的自白。卢梭热爱大自然,留下不少描写自然风景的佳作。

生活在大自然的怀抱里

为了到花园里看日出,我比太阳起得更早;如果这是一个晴天,我最殷切的期望是不要有信件或来访扰乱这一天的清宁。我用上午的时间做各种杂事。每件事都是我乐意完成的,因为这都不是非立即处理不可的急事,然后我匆忙用膳,为的是躲避那些不受欢迎的来访者,并且使自己有一个充裕的下午。即使最炎热的日子,在中午一时前我就顶着烈日带着芳夏特①出发了。由于担心不速之客会使我不能脱身,我加紧了步伐。可是,一旦绕过一个拐角,我觉得自己得救了,就激动而愉快地松了口气,自言自语说:"今天下午我是自己的主宰了!"从此,我迈着平静的步伐,到树林中去寻觅一个荒野的角落,一个人迹不至因而没有任何奴役和统

---

① 卢梭养的一条狗。

治印记的荒野的角落,一个我相信在我之前从未有人到过的幽静的角落,那儿不会有令人厌恶的第三者跑来横隔在大自然和我之间。那儿,大自然在我眼前展开一幅永远清新的华丽的图景。金色的燃料木、紫红的欧石楠非常繁茂,给我深刻的印象,使我欣悦;我头上树木的宏伟、我四周灌木的纤丽、我脚下花草的惊人的纷繁使我目不暇接,不知道应该观赏还是赞叹;这么多美好的东西争相吸引我的注意力,使我眼花缭乱,使我在每件东西面前流连,从而助长我懒惰和爱空想的习气,使我常常想:"不,全身辉煌的所罗门也无法同它们当中任何一个相比。"

我的想象不会让如此美好的土地长久渺无人烟。我按自己的意愿在那儿立即安排了居民,我把舆论、偏见和所有虚假的感情远远驱走,使那些配享受如此佳境的人迁进这大自然的乐园。我将把他们组成一个亲切的社会,而我相信自己并非其中不相称的成员。我按照自己的喜好建造一个黄金的世纪,并用那些我经历过的给我留下甜美记忆的情景和我的心灵还在憧憬的情境充实这美好的生活,我多么神往人类真正的快乐,如此甜美、如此纯洁,但如今已经远离人类的快乐。甚至每当念及此,我的眼泪就夺眶而出!啊!这个时刻,如果有关巴黎、我的世纪、我这个作家的卑微的虚荣心的念头来扰乱我的遐想,我就怀着无比的轻蔑立即将它们赶走,使我能够专心陶醉于这些充溢我心灵的美妙的感情!然而,在遐想中,我承认,我幻想的虚无有时会突然使我的心灵感到痛苦。甚至即使我所有的梦想变成现实,我也不会感到满足:我还会有新的梦想、新的期望、新的憧憬。我觉得我身上有一种没有什么东西能够填满的无法解释的空虚,有一种虽然我无法阐明、但我感到需要的对某种其他快乐的向往。然而,先生,甚至这种向往也是一种快乐,因为我从而充满一种强烈的感情和一种迷人的感伤——而这都是我不愿意舍弃的东西。

我立即将我的思想从低处升高,转向自然界所有的生命,转向事物普遍的体系,转向主宰一切的不可思议的上帝。此刻我的心灵迷失在大千世界里,我停止思维,我停止冥想,我停止哲学的推理;我怀着快感,感到肩负着宇宙的重压,我陶醉于这些伟大观念的混杂,我喜欢任由我的想象在空间驰骋;我禁锢在生命的疆界内的心灵感到这儿过分狭窄,我在天地间感到窒息,我希望投身到一个无限的世界中去。我相信,如果我能够洞悉大自然所有的奥秘,我也许不会体会这种令人惊异的心醉神迷,而处在一种没有那么甜美的状态里;我的心灵所沉湎的这种出神入化的佳境使我在亢奋激动中有时高声呼唤:"啊,伟大的上帝呀!啊,伟大的上帝呀!"但除此之外,我不能讲出也不能思考任何别的东西。遗忘,但他们肯定不会把我忘却;不过,这又有什么关系?反正他们没有任何办法来搅乱我的安宁。摆脱了纷繁的社会生活所形成的种种尘世的情欲,我的灵魂就经常神游于这一氛围之上,提前跟天使们亲切交谈,并希望不久就将进入这一行列。我知道,人们将竭力避免把这样一处甘美的退隐之所交还给我,他们早就不愿让我待在那里。但是他们却阻止不了我每天振想象之翼飞到那里,一连几个小时重尝我住在那里时的喜悦。我还可以做一件更美妙的事,那就是我可以尽情想象。假如我设想我现在就在岛上,我不是同样可以遐想吗?我甚至还可以更进一步,在抽象的、单调的遐想的魅力之外,再添上一些可爱的形象,使得这一遐想更为生动活泼。在我心醉神迷时这些形象所代表的究竟是什么,连我的感官也时常是不甚清楚的;现在遐想越来越深入,它们也就被勾画得越来越清晰了。跟我当年真在那里时相比,我现在时常是更融洽地生活在这些形象之中,心情也更加舒畅。不幸的是,随着想象力的衰退,这些形象也就越来越难以映上脑际,而且也不能长时间地停留。唉!正在一个人开始摆脱他的躯壳时,他的视线却被他的躯壳阻挡得最厉害!

沈琪 译

夏多布里昂

弗朗索瓦·夏多布里昂(1768—1848),法国作家、政治家、外交家、法兰西学院院士,1801年发表的《阿达拉》使他获得法国浪漫主义文学奠基人之称。夏多布里昂是法国文学史上优秀的散文家之一,除了卷帙浩繁的《墓外回忆录》(六卷),还写过《美洲游记》《从巴黎到耶路撒冷》等散文作品。

别了,法兰西!①

起锚了,对远航者这是一个庄严的时刻。领水员将船引导到港外,他离去时,太阳正在坠落。天色灰暗,微风习习,距船儿较远的地方,海浪沉重地拍打着礁石。

我凝视着圣马罗。我在那儿丢下了泪流满面的母亲。我遥望着我和吕西儿常去做礼拜的教堂的钟楼和圆屋顶、房屋、城墙、堡垒、塔楼和海滩;我同热斯里尔②和其他朋友小时一道在那儿度过了我的童年。在我四分五裂的祖国失去一位无法取代的伟人③时,我撒手而去了。我对祖国和我自己的命运同样感到迷茫:谁将沉没?法兰西还是我自己?有朝一日,我还能看见法兰西和我的亲人吗?

船驶到海峡出口,夜幕已经降临,周围一片沉寂。城内点燃了

---

① 1791年夏多布里昂的父亲已经去世,法国正经历资产阶级大革命。出身贵族的夏多布里昂感到自己的地位和安全受到威胁,决定离开法国到北美去实现酝酿已久的探险计划。他于4月1日在圣马罗登船启程。
② 夏多布里昂童年时代的友人。
③ 指1791年去世的米拉波(1749—1791)。米拉波是法国大革命时期的著名政治家。

万家灯火,灯塔也亮了;我祖屋的那些颤抖的灯光照耀着我在礁石、波涛和黑夜包围中的航程,同时微笑着同我告别。

我只带走了我的青春和幻想。我践踏过这块土地上的尘埃,数过这一片天空的星星,而我现在离开这个世界,到一个土地和天空对我都陌生的世界去。如果我能够到达航行的目的地,那么会发生什么事情呢?我可能在极北的海岸漂泊,那叱咤风云、毁灭过那么多代人的失去和平的年代对我也许会毫无影响;我也许不会目睹这场翻天覆地的变革。我也许不会拿起笔,从事这不幸的写作生涯;我的名字也许会默默无闻,或者只得到一种为嫉妒者所不屑但平静安逸的光荣。谁知道,也许我会重渡大西洋,也许我会像一名全盛时期的征服者,定居在我冒险探索和发现的偏远的国度里!

不!为了改变这儿的苦难,为了变成一个同过去的我迥然不同的人,我应该回到我的祖国。孕育我的大海将成为我第二次生命的摇篮。我首次远航时她载负着我,好像我的乳母把我抱在她的怀中;好像倾听我诉说我最初的痛苦和最初的欢乐的女友把我抱在她的双臂里。

风停了,落潮的海水把我们带到外海,岸上的灯火渐渐模糊,最后全然消失了。由于沉思、淡淡的怅惘和更加朦胧的期望,我困倦了。我走下甲板进入我的房间。我躺在吊床上被摇晃着,轻轻拍打船侧的波涛噼啪作响。起风了,桅杆上升起了风帆。次日清晨我登上甲板时,再也看不见法兰西的土地了。

这是我命运的转折:"再出海去,Again to sea!"(拜伦语)

沈琪 译

大仲马

亚历山大·仲马(1802—1870),法国戏剧家、小说家,世人又称大仲马以区别于他的儿子小仲马。他的戏剧创作曾对浪漫主义运动做出了重要贡献。小说《三个火枪手》为大仲马赢得了巨大声誉。他创作的小说有一百多部,其中最为出色的长篇小说是《基度山伯爵》。

猎 狼 记

在一辆三套马车上面,配备了三个或四个打猎人;每个打猎人带着一支双筒猎枪。

三套马车是一种由三匹马拉的车辆,这个名称的来源,不是由于车的外形,而是由于把三匹马套在车上的缘故。

在这三匹马中间,当中的一匹马总是小步快跑;右面和左面的两匹马总是奔驰前进;中间那匹马快跑时,低垂着头,因而称之为吃雪马,在它左右的两个同伴只有一根缰绳,这两匹马的躯体中部被分别缚在左右两边的辕上。当这两匹马奔驰时,一匹马的头偏斜在左面,另一匹马的头偏斜在右面;人们称这两匹马为猛烈的马。

三匹马拉着这辆马车奔跑时,这辆车波动得宛如一把正在扇风的扇子。

打猎人用绳子把一头年轻力壮的猪系在车尾;为了安全牢固

起见,打猎人或者用一根链条把它系在车尾。

无论是绳子或链条都必须有十公尺左右的长度。

在起程时,猎人们把这头年轻力壮的猪放在车上带走,它是舒舒服服的。到了森林的入口处,猎人们打算开始打猎了。猎人们在那儿把这头猪从车内放到地上,系在车尾。驭者挥动缰绳,三匹马就起步了。中间这匹马小步快跑,左右的两匹马奔驰前进。

猪跟在车后奔跑,感到不大习惯,便抱怨叫屈。一会儿,它的叫屈声变成了哀叫声。

听到猪的哀叫声后,第一只狼出现了,它追逐着那头猪。接着两只狼出现了,接着三只狼出现了,接着十只狼出现了,接着五十只狼出现了。

所有的狼都争夺这只年轻力壮的猪,为了接近这只猪互相打架。它们都向猪冲来,有的狼用爪抓猪一下,有的狼咬猪一口。

这只可怜的猪绝望地惨叫了,这种惨叫使森林中最深僻遥远处的狼都被唤醒了。

周围三里以内所有的狼都跑来了。这三套马车被一大群狼追赶着。

当这种时候,就非常需要有一个能干的驭者。这三匹马对于狼本来就有本能的恐怖心,现在被这群狼追赶时,它们变得疯狂了。中间那匹小步快跑的马,现在奔驰前进了。左边和右边的两匹马,原来是奔驰前进的,现在却惊慌狂奔了。

向狼开火时,猎人们是随意开枪,不需要瞄准。这时,那一只猪在狂叫,三匹马在嘶鸣,一群狼在嗥叫;此外,还有连续的枪声。三匹马、猎人们、猪和群狼共同表现的那种急剧猛烈的行动,简直像一阵旋风。四周雪片纷纷,空中寒风阵阵。枪弹飞射,闪闪发光。枪声大作,有如霹雳。

不管三匹马是怎样狂乱暴躁,只要驭者能控制住它们,那就是胜利大吉,满载而归。

但是,假如他不能控制住它们,假如那三套马车,撞上障碍物,或者那三套马车翻了车,那就一切都完蛋了!

明天、后天或一星期之后,车子的残片碎块,猎枪的枪管,马的骸骨,以及打猎人和驭者的粗大骨头,都会被人们找到。

陆炳熊 译

雨　果

维克多·雨果(1802—1885),法国诗人、剧作家、小说家、政治家。早期受古典主义和夏多布里昂影响,从《〈克伦威尔〉序》发表时起一直到1840年,以丰富的戏剧、诗歌以及小说创作显示出浪漫主义文学的实绩,主要代表作品有《悲惨世界》《巴黎圣母院》《笑面人》《九三年》等。

巴尔扎克之死

1850年8月18日,我的妻子曾在白天去看望德·巴尔扎克夫人,她对我说,德·巴尔扎克先生奄奄一息。我直奔他那里。

德·巴尔扎克先生一年半以来染上了心脏肥大症。二月革命以后,他到了俄国,在那里结了婚。他动身前几天,我在大街上遇到他;他已经叫苦不迭,大声地喘息。1850年5月,他回到法国,结了婚,变得富有,却行将就木。回来时他已经双腿肿胀。四个会诊的医生给他听诊。其中一个即路易先生7月6日对我说:他活不过六个星期。这和弗雷德里克·苏利埃[①]患的是同一种病。

8月18日,我跟我的叔叔路易·雨果将军共进晚餐。一散席,我便与他分手,乘上一辆出租马车。马车把我送到博永区福蒂内林荫大道14号。德·巴尔扎克先生就住在那里。他买下德·博永

[①] 苏利埃(1800—1847),法国小说家、戏剧家,以《魔鬼回忆录》(1837—1838)蜚声文坛。

先生的公馆的残留部分,这座低矮住宅的主要部分出于偶然才避免拆毁;他把这些破房子用家具布置得富丽堂皇,使之变成一幢迷人的小小公馆,大门面临福蒂内林阴大道,一个狭长的院子当作小花园,小径这里那里切割开花坛。

我按了按铃。月光蒙上了乌云。街道阒无人影。没有人来开门。我按了第二次铃。门打开了。一个女仆手拿蜡烛,出现在我面前。

"先生有何贵干?"她问。

她在哭泣。

我报了自己的名字。女仆让我走进底层的客厅,在壁炉对面的一个托座上,放着大卫①的巴尔扎克大理石巨大胸像。一支蜡烛在客厅中央的椭圆形华丽桌子上燃烧着,这张桌子以六个式样至善至美的金色小雕像作为支脚。

另一个也在哭泣的女人来对我说:

"他已奄奄一息。夫人回到自己房里。医生们从昨天起已撒手不管他了。他左腿有个伤口。生的是坏疽。医生们束手无策。他们说,先生的水肿是像猪肉皮似的水肿,是浸润性的,这是他们的话,皮和肉就像猪肉,不可能为他做穿刺术。嗨,上个月先生就寝时撞上一件有人像装饰的家具,皮肤划破了,他身体内所有的水都流出来。医生们说:哎呀!这使他们吃惊,从那时起,他们给他做穿刺术。他们说:按常规办事吧。但腿上又生了个脓肿。给他动手术的是鲁先生。昨天,起掉了器械。伤口不出脓,但发红、干燥、火辣辣的。于是他们说:他完了!便再也不来了。派人去找了

---

① 大卫(1748—1825),法国画家、雕塑家,作品有《被暗杀的马拉》《加冕大典》《分发鹰徽》等,巴尔扎克的胸像也十分有名。

四五个医生,都白费力气。所有的医生都回答:没有办法。昨夜情况恶化。今天早上六点,先生不能说话了。夫人派人去找教士。教士来了,给先生做了临终涂油礼。先生示意他明白了。一小时以后,他握了他妹妹德·舒维尔夫人的手。十一个小时以来,他发出嘶哑的喘气声,再也看不见东西。他过不了今夜。如果您愿意,先生,我会去找德·舒维尔夫人,她还没有睡下。"

这个女人离开了我。我等了一会儿。蜡烛刚刚照亮客厅富丽的陈设和挂在墙上的波布斯①以及霍尔拜因②的出色绘画。大理石胸像好似不久于人世那个人的幽灵那样,朦朦胧胧伫立在昏暗中。一种尸体气味充满了屋子。

德·舒维尔夫人进来了,给我证实了女仆告诉我的一切。我要求见见德·巴尔扎克先生。

我们穿过一个走廊。登上铺着红地毯和摆满艺术品——瓷瓶、雕像、油画、搁着珐琅制品的餐具橱的楼梯,然后是另一道走廊,我看到一扇打开的门,我听到很响的不祥的嘶哑喘气声。

我来到巴尔扎克的卧房。

一张床放在这个房间的中央。这是一张桃花心木床,床脚和床头有横档和皮带,表明这是一件用来使病人活动的悬挂器械。德·巴尔扎克先生躺在这张床上。他的头枕在一堆枕头上,人们还加上从房间的长靠背椅拿来的锦缎靠垫。他的脸呈紫色,近乎变黑,向右边耷拉,没有刮胡子,灰白的头发理得很短,眼睛睁开,眼

---

① 波布斯(即皮布斯,1523—1584),佛兰德斯画家,他的家族画家频出。
② 霍尔拜因(1497—1543),德国画家、雕塑家,作品有《扮鬼跳舞》等,是德国文艺复兴的最后代表。

神呆滞。我看到侧面的他,他这样酷似皇帝①。

一个老女人,是女看护,还有一个男仆,站在床的两侧。枕后的桌上一支蜡烛燃烧着,另一支放在门旁的五斗柜上。一只银壶放在床头柜上。

这个男人和这个女人怀着某种恐怖默默无言,倾听着垂危病人大声嘶哑地喘息。

枕头边的蜡烛强烈照射着挂在壁炉旁粉红色和露出微笑的一幅年轻人肖像。

一股难以忍受的气味从床上冒出来。我掀开毯子,捏住巴尔扎克的手。它布满了汗。我捏紧这只手。他对挤压没有回应。

一个月前,正是在这同一个房间,我来拜访他,他很高兴,满怀希望,不怀疑会复元,笑着指出他的肿胀。

我们对政治谈论和争论得很多。他责备我"蛊惑人心的宣传"。他是正统主义者。他对我说:"您怎么能这样平静地放弃这个仅次于法国国王头衔的最美的法国贵族院议员头衔呢?"

他这样对我说:"我拥有德·博永先生的房子,除去花园,但加上街角那座小教堂的圣楼。我的楼梯上有扇门开向教堂。钥匙一转,我就能做弥撒。我更看重圣楼而不是花园。"

我跟他分手时,他送我走到这道楼梯,他走路很艰难,给我指出这道门,他对妻子喊道:"尤其要让雨果看看我所有的画。"

女看护对我说:

"他在天亮时就会断气的。"

我下楼时脑际带走这苍白的脸;穿过客厅时,我又看到一动不

---

① 指拿破仑。

动、冷漠无情、傲视一切、隐约闪光的胸像,我将死和不朽作比较。

回到家里,这是一个星期天,我看到几个人在等我,其中有土耳其代办黎查-贝,西班牙诗人纳瓦雷特和意大利流亡者阿里瓦贝纳伯爵。我对他们说:诸位,欧洲即将失去一个伟大的天才。

他在夜里与世长辞,享年五十一岁。

下葬是在星期三。

他先停放在博永小教堂,他经过这扇门;唯有这扇门的钥匙,对他来说,比以往的包税人所有的天堂似的花园更为宝贵。

他谢世那一天,吉罗雕塑他的肖像。人们本想浇铸他的面具,但是无法做到,面孔毁坏得很快。他去世的第二天早上,赶来的模塑工人发现脸孔已毁败,鼻子塌倒在脸颊上。人们把他放进包铅的橡木棺材里。

宗教仪式是在圣菲利普-杜-鲁勒教堂进行的。我站在灵柩旁边寻思,我的二女儿就在这里洗礼,从那天以后,我没有再看过这个教堂。在我们的记忆中,死亡连接出生。

内政部长巴罗什前来参加葬礼。在教堂里他坐在我旁边,追思台前面,他不时同我交谈。

他对我说:"这是一个杰出的人。"

我对他说:"这是一个天才。"

送葬行列穿过巴黎,经过大街来到拉雪兹神甫公墓。我们从教堂出发和到达墓园时,雨滴往下飘落。这一天,老天爷似乎也洒落几滴眼泪。

我走在灵柩前头的右边,手执柩衣的一根银色流苏。大仲马在另一边。

我们来到山冈上居高临下的墓穴时,那里有一大片人,道路崎岖不平而又狭窄,几匹马艰难地往上爬,要拉住往下坠的灵柩。我被挤在一只车轮和一座坟墓之间。我差点被车压着。站在坟茔上的观众抓住我的肩膀,把我提到他们身旁。

整个路程我们都是步行。

人们把灵柩放到墓穴里,这个墓穴与沙尔·诺迪埃①和卡齐米尔·德拉维涅②为邻。教士念了最后的祈祷,我说了几句话。

在我讲话时,太阳西沉。整个巴黎在我看来处在远处落日辉煌的雾气中。几乎在我脚边,泥土崩塌落在墓穴里,我的讲话被跌落在灵柩上的泥土沉闷的响声打断了。

姚远 译

---

① 诺迪埃(1780—1844),法国作家,曾组织浪漫派的文社,作品有《故事集》《斯玛拉》等。
② 德拉维涅(1793—1843),法国诗人、戏剧家,作品有《西西里晚祷》《老头学堂》等。

桑

乔治·桑(1804—1876),原名阿芒丁娜·露西·奥洛尔·杜班,法国女作家。1832年,乔治·桑因发表第一部小说《安蒂亚娜》而成名。她的主要作品有《康素埃洛》《安吉堡的磨工》等。

冬天之美

我从来热爱乡村的冬天。我无法理解富翁们的情趣,他们在一年当中最不适于举行舞会、讲究穿着和奢侈挥霍的季节,将巴黎当作狂欢的场所。大自然在冬天邀请我们到火炉边去享受天伦之乐,而且正是在乡村才能领略这个季节罕见的明媚的阳光。在我国的大都市里,臭气熏天和冻结的烂泥几乎永无干燥之日,看见就令人恶心。在乡下,一片阳光或者刮几小时风就使空气变得清新,使地面干爽。可怜的城市工人对此十分了解,他们滞留在这个垃圾场里,实在是由于无可奈何。我们的富翁们所过的人为的、悖谬的生活,违背大自然的安排,结果毫无生气。英国人比较明智,他们到乡下别墅里去过冬。

在巴黎,人们想象大自然有六个月毫无生机,可是小麦从秋天就开始发芽,而冬天惨淡的阳光——大家惯于这样描写它——是一年之中最灿烂、最辉煌的。当它拨开云雾,当它在严冬傍晚披上闪烁发光的紫红色长袍坠落时,人们几乎无法忍受它那令人炫目的光芒。即使在我们严寒却偏偏不恰当地称为温带的国家里,自然界万物永远不会除掉盛装和失去盎然的生机,广阔的麦田铺上了鲜艳的地毯,而天际低矮的太阳在上面投下了绿宝石的光辉。地面披上了美丽的苔藓。华丽的常春藤涂上了大理石鲜红和金色的斑纹。报春花、紫罗兰和孟加拉玫瑰躲在雪层下面微笑。由于地势的起伏,由于偶然的机缘,还有其他几种花儿躲过严寒幸存下来,而随时使你感到意想不到的欢愉。虽然百灵鸟不见踪影,但有多少喧闹而美丽的鸟儿路过这儿,在河边栖息和休憩!当地面的白雪像璀璨的钻石在阳光下闪闪发光,或者当挂在树梢的冰凌组成神奇的连拱和无法描绘的水晶的花彩时,有什么东西比白雪更加美丽呢?在乡村的漫漫长夜里,大家亲切地聚集一堂,甚至时间似乎也听从我们使唤。由于人们能够沉静下来思索,精神生活变得异常丰富。这样的夜晚,同家人围炉而坐难道不是极大的乐事吗?

张秋红 译

波德莱尔

夏尔·波德莱尔(1821—1867),十九世纪法国著名诗人、散文家,影响最大的作品是诗集《恶之花》。此外,波德莱尔还写过两本散文诗集:《巴黎的忧郁》和《人造天堂》。

时 钟

中国人能在猫眼里看到时辰。

有一天,一个传教士在南京城外闲步,发现自己忘记戴表,于是问一个小孩子那时是什么时间。

天国的顽童起初犹疑着;随后,他高兴起来,回答道:"我就来告诉你。"过不多久,他回转来,怀里抱着一只很大的猫,他正面注视着它,毫不踌躇地断定道:"现在还没有完全到正午。"他的话是没有说错的。

至于我呢,如果我向那漂亮的慧灵,那名字取得那么恰当,那女性的光荣,同时又是我的心的骄傲,我的精神的芳香的慧灵,俯下身子时,不论是在夜晚,或是白天,在辉煌的阳光底下,或是暗黑的阴影里,我始终在她那对可爱的眼睛的深处,分明地瞧出时辰,一种老是相同的,渺茫的,庄严的,和空间一样大的,没有分和秒的区别的时辰——一种在时钟上看不出来的,静止的,却又像一口气一般轻微,一闪眼一般迅捷的时辰。

当我的眼光落在这愉快的时钟面上时,如果有什么讨厌的人来打扰我,如果有什么无礼的、没有涵养的精灵,有什么时机不好的魔鬼跑来对我说:"你这样聚精会神地在那儿瞧着什么?你在这人的眼睛里寻找什么?你在那里看到时辰吗,放荡而又怠惰的人啊?"我会毫不踌躇地回答:"是啊,我看到时辰;那即是永恒!"

这不是一首确有价值的,并且和你本人一样夸大的情歌吗,太太?因为我绣造这篇矫饰的媚辞时,曾经那样高兴过,所以我决不向你要什么来作交换。

黎烈文 译

法朗士

安纳托尔·法朗士(1844—1924),法国著名作家。主要作品有《西尔维斯特·波纳尔的罪行》《现代史话》《在白石上》等。1921年获诺贝尔文学奖。

塞纳河岸的早晨

在给景物披上无限温情的淡灰色的清晨,我喜欢从窗口眺望塞纳河和它的两岸。

我见过那不勒斯海湾的明净的蓝天,但我们巴黎的天空更加活跃、更加亲切、更加蕴蓄。它像人们的眼睛,懂得微笑、愤慨、悲伤和欢乐。此刻的阳光照耀着城内为生计忙碌的居民和牲畜。

对岸,圣尼古拉港的强者①忙着从船上卸下牛角,而站在跳板上的搬运工轻快地传递着糖块②,把货物装进船舱里。北岸,梧桐树下排列着出租马车和马匹,它们把头埋在饲料袋里,平静地咀嚼着燕麦;而车夫们站在酒店的柜台前喝酒,一面用眼角窥伺着可能出现的早起的顾客。

旧书商把他们的书箱安放在岸边的护墙上。这些善良的商人长年累月生活在露天里,任风儿吹拂他们的长衫。经过风雨、霜雪、烟雾和烈日的磨炼,他们变得好像大教堂的古老雕像。他们都

---

① 指装卸工人。
② 压制成型的糖块。

是我的朋友。每当我从他们的书籍前走过，都能发现一两本我需要的书，一两本我在别处找不到的书。

　　一阵风刮起了街心的尘土、有叶翼的梧桐籽和从马嘴里漏下的干草末。别人对这飞扬的尘土可能毫无感触，可是它使我忆起了我在童年时代凝视过的同样的情景，使我这个老巴黎人的灵魂为之激动。我面前是何等宏伟的图景：状如顶针的凯旋门、光荣的塞纳河和河上的桥梁、蒂伊勒里宫的椴树、好像雕镂的珍品的文艺复兴时代的卢浮宫、最远处的夏约岗；右边新桥方向是令人肃然起敬的古老的巴黎，它的塔楼和高耸的尖屋顶。这一切就是我的生命，就是我自己。要是没有这些以我的思想的无数细微变化反映在我身上、激励我、赐我活力的东西，我也就不存在了。因此，我以无限的深情热爱巴黎。

　　然而，我厌倦了。我觉得生活在一座思想如此活跃、并且教会我思想和敦促我不断思想的城市里，人们是无法休息的。在这些不断撩拨我的好奇心、使它疲惫但又永远不能使它满足的书堆里，怎么能够不亢奋、激动呢？

程依荣　译

列那尔

朱尔·列那尔(1864—1910),法国作家。主要作品有《胡萝卜须》《海蟑螂》等。

一个树木的家庭

我是在穿过了一片被阳光烤炙的平原之后遇见他们的。

他们不喜欢声音,没有住到路边。他们居住在未开垦的田野上,靠着一泓只有鸟儿才知道的清泉。

从远处望去,树林似乎是不能进入的。但当我靠近,树干和树干渐渐松开。他们谨慎地欢迎我。我可以休息、乘凉。但我猜测,他们正监视着我,并不放心。

他们生活在家庭里,年纪最大的住在中间,而那些小家伙,有些还刚刚长出第一批叶子,则差不多遍地皆是,从不分离。

他们的死亡是缓慢的,他们让死去的树也站立着,直至朽落而变成尘埃。

他们用长长的枝条相互抚摸,像盲人凭此确信他们全都在那里。如果风气喘吁吁要将他们连根拔起,他们的手臂就愤怒挥动。但是,在他们之间,却没有任何争吵。他们只是和睦地低语。

我感到这才应是我真正的家。我很快会忘掉另一个家的。这些树木会逐渐逐渐接纳我,而为了配受这个光荣,我学习应该懂得的事情:

我已经懂得监视流云。
我也已懂得待在原地一动不动。
而且,我几乎学会了沉默。

                    苏应元 译

罗　兰

罗曼·罗兰(1868—1944),法国著名作家。代表作为长篇小说《约翰·克利斯朵夫》《母与子》。1915年获诺贝尔文学奖。

论　创　造

生命是一张弓,那弓弦是梦想。箭手在何处呢?

我见过一些俊美的弓,用坚韧的木料制成,了无节痕,谐和秀逸如神之眉;但仍无用。

我见过一些行将震颤的弦线,在静寂中战栗着,仿佛从动荡的内脏中抽出的肠线。它们绷紧着,即将奏鸣了……它们将射出银矢——那音符——在空气的湖面上拂起涟漪,可是它们在等待什么?终于松弛了。永远没有人听到乐声了。

震颤沉寂,箭枝纷散;

箭手何时来捻弓呢?

他很早就来把弓搭在我的梦想上。我几乎记不起何时我曾躲过他。只有神知道我怎样的梦想!我的一生是一个梦。我梦着我的爱,我的行动和我的思想。在晚上,当我无眠时;在白天,当我幻想时,我心灵中的谢海莱莎特就解开了纺纱竿;她在急于讲故事时,把她梦想的线索搅乱了。我的弓跌到了纺纱竿一面。那箭手,我的主人,睡着了。但即使在睡眠中,他也不放松我。我挨近他躺着;我像那把弓,感到他的手放在我光滑的木杆上;那只丰美的手、那些修长而柔软的手指,它们用纤嫩的肌肤抚弄着在黑夜中奏鸣的一根弦线。我使自己的颤动融入他身体的颤动中,我战栗着,等候苏醒的瞬间,那时神圣的箭手就会把我搂入他怀抱里。

所有我们这些有生命的人都在他掌中:灵智与身体,人,兽,元素——水与火——气流与树脂——一切有生之物……

生存何足道! 要生活,就必须行动。您在何处,Primns movens? 我在向您呼吁,箭手! 生命之弓在您脚下横着。俯下身来,捡起我吧! 把箭搭在我的弓弦上,射吧!

我的箭如飘忽的羽翼,嗖地飞了去;那箭手把手挪回来,搁在肩头,一面注视着向远方消失的飞矢;而渐渐的,已经射过的弓弦也由震颤而归于凝止。

神秘的发泄! 谁能解释呢? 一切生命的意义就在于此——在于创造的刺激。

万物都在期待着这刺激的状态中生活着。我常观察我们那些小同胞,那些兽类与植物奇异的睡眠——那些禁锢在茎衣中的树木、做梦的反刍动物、梦游的马、终身懵懵懂懂的生物。而我在它们身上却感到一种不自觉的智慧,其中不无一些悒郁的微光,显出思想快形成了:

"究竟什么时候才行动呢?"

微光隐没。它们又入睡了,疲倦而听天由命……

"还没到时候哪。"

我们必须等待。

我们一直等待着,我们这些人类。时候毕竟到了。

可是对于某些人,创造的使者只站在门口。对于另一些人,他却进去了。他用脚碰碰他们:

"醒来！前进！"

我们一跃而起。咱们走！

我创造,所以我生存。生命的第一个行动是创造的行动。一个新生的男孩刚从母亲子宫里冒出来时,就立刻洒下几滴精液。一切都是种子;身体和心灵均如此。每一种健全的思想是一颗植物种子的包壳,传播着输送生命的花粉。造物主不是一个劳作了六天而在安息日上休憩的有组织的工人。安息日就是主日,那伟大的创造日。造物主不知道还有什么别的日子。如果他停止创造,即使是一刹那,他也会死去。因为"空虚"会张开两颚等着他……颚骨,吞下吧,别作声！巨大的播种者散布着种子,仿佛流泻的阳光;而每一颗洒下来的渺小种子就像另一个太阳。倾泻吧,未来的收获,无论肉体或精神的！精神或肉体,反正都是同样的生命之源泉。"我的不朽的女儿,刘克屈拉和曼蒂尼亚……"我产生我的思想和行动,作为我身体的果实……永远把血肉赋予文字……这是我的葡萄汁,正如收获葡萄的工人在大桶中用脚踩出的一样。

因此,我一直创造着……

孙梁 译

阿　兰

阿兰(1868—1951)，原名埃米尔-奥古斯特提耶，法国著名哲学家、散文家；主要作品有《海岸上的谈话》《思想》《心的冒险》《众神》《巴尔扎克》，1951年获得首次颁发的国家文学大奖。作为哲学家，阿兰既无理论体系，又无很大威望，但他通过对人与事不懈的观察，发展了笛卡尔以来的唯理主义。他不迷信名人，教育学生不应盲从某一学说与理论，而应自己去观察，从现实中平静地寻求真理。

读书之乐

读书与做梦的不同之处在哪里呢？有时候我们感觉做梦是愉快的，于是乎就不去读书。而当做梦的可能性被某种原因破坏时，读书便成了补救的良药。当年，我的父亲由于债务累累，心中烦闷，于是便一头钻进书堆里以寻求解脱，嗜书如命几乎到了饥不择食的地步。他的行为使我受到了感染，这"感染"如今看来使得我比那些一味苦学的书呆子们有出息得多。对我来说，如果我有意想学些什么，那一定是什么也学不进去的。即使是数学题，也只有等我像读小说一样漫不经心地去理会它的时候，才能悟出其中的名堂。总之，读是最重要的。不过，像这样懒洋洋地读书必须有充足的时间，而且手头也得有书才行。我所谓"手头有书"是说那书的位置一定要近在咫尺，如果隔了两米远，我也就不会想起去读它了。所以也难怪图书馆对我毫无裨益,它毕竟不属于我呀!我于是拼命通读手头的书,而且做了不少笔记,尽管事后从不去翻检。对我来说,了解荷马意味着手头得有荷马的书。眼下我手头就有几本斯宾诺莎的书。过去我一向不知世界上还有梅恩·德·比兰①,直到有一天一位相识将他的全集抱来放在我的案头,我这才晓得梅恩·德·比兰是何许人。而且,说句实话,我发现读他的书真好比啜饮琼浆玉液,百读不厌。我对孔德的了解也是通过同样的途径,很久以前我就已将他的十卷代表作买来放在案头了。我读孔德似乎同读巴尔扎克一样,从不去追究书中的道理。不过,我更喜欢巴尔扎克,而且也只满足于作巴尔扎克不倦的读者而已。

什么叫读书呢?读书就是一行一行地读书上的字。当然也还要约略琢磨一下整体的、也就是一页当中的内容。这不是我个人的经验。我发现有不少读者跟我一样,读前一页的时候总要附带地偷眼看一看下一页讲的什么,甚至也顺便浏览一下后边的情节,好像饥饿的乞丐觊觎一块馅饼。我想大概可以这样断言——不过也许为时过早——读者的想象力恰似笼中之鸟,永远无法摆脱书中字词以及作品原义的束缚。当然,熟练的读者用不着咬文嚼字,不过我还做不到这一步,我虽不至于嚼字,句子总还须咂一咂的。我读书就好像骑一匹马,时而纵马狂奔,时而拨马回头,不敢神驰遐想,唯恐偏离作者指出的道路。有趣的是,我仅以这种方式去读体面的出版物,也就是书籍。至于日记之类,我以为价值不大,不必认真去读。手稿就更不必说,它总使人觉得不可靠,因为它只不过是书的雏形而已,可以随意增删改动。一本书的分量就不同了,

---

① 梅恩·德·比兰(1766—1824),法国哲学家。

特别是巴尔扎克的小说就更不允许你去怀疑。甚至可以说，巴尔扎克写书的目的就是为了禁锢你的想象力。真的，读他的书谁也不用胡思乱想，为所欲为，只有规规矩矩，按他的路子走……这便是优秀叙述体小说的风格：作者预设圈套让读者去钻。巴尔扎克历来如此。这就是为什么反复阅读比只读一遍收效更大的原因。由于我对自己的经验十分自信，所以很想在这方面做些探讨。

引起读者的猜疑、好奇和惊叹，这就是巴尔扎克小说的效果吗？一点儿不假。甚至当你读上几遍之后，这种效果竟毫无衰减。比如说，我知道乡村医生必死无疑，然而也正因为我料到结局，乡村医生的死才如迅雷一般使我感到震惊。这效果就在昨天我还体验过一次。戏迷们往往也有同感吧。我还注意到，一首好诗的艺术魅力是永存的，不会使你熟而生厌，只有这样的诗才是真正的诗。可以这样说，一切时间艺术的魅力正是来源于读者的预知。当我们读一本小说时，总觉得后头的情节最牵扯我们的兴趣；不过，我们也懂得如何克制自己，大概具体的方式就是聚精会神于眼下正在进行的情节吧。而且像这样吊一吊胃口未尝不是一件有趣的事。孩子们做游戏时不是经常要藏起来，然后吓唬对方，而对方也会真的感到害怕吗？读小说也是如此。前不久我又重读了《驴皮记》的前几页，真够烦琐的！我心里虽这么想，却仍然悉心地琢磨着拉斐尔①的幻梦和那位老商贩的大段独白，甚至不放过任何细节。而那些一目十行的读者口里虽说是"我都知道"，实际上正是由于他们"不知道"，所以才那样风风火火地读。我之所以能够不紧不慢悠着性子，正是因为我了解这本书，而且我对它的了解

---

① 巴尔扎克长篇小说《驴皮记》的主人公。

不是零散的、只言片语的,而是全面的。我不想一下子就读到书中那不可挽回的结局,总希望这结局能够在我的第一个愿望得到满足之后再开始,因为到那时将会觉得总算完成了什么。不过最好还是由着作者的构想,让这结局在老商贩的叹息声中、在他利欲熏心、沉湎于新的梦幻的时候再开场为好。同样,无论是幸运还是灾难——如大家常说的那样——也应伴随着拉斐尔的沉浮而渐次呈现在我们眼前。为了耽于幻想而不愿过早获得,这正是读者的心理,它促使我们随着作者一道在共同的情感领域里尽情漫步,观赏珍奇。我用了"尽情"两个字,实则我们的兴致未必能随心所欲地膨胀,我们是无权随意增补幻想的,因为作品的内容是和谐严谨的,词句是有限的,凭空幻想纯属徒劳无益。你熟悉翻动书页时所发出的窸窣声音吗?如果你无法从中辨析出命运的颤音和结局的征兆,这说明你还不是真正的读书人。要知道,一场音乐会、一场戏或一段朗诵是不能任意中断的,但作为读者却有这个自由。只不过读者往往不是利用这种自由去回味读过的内容,或拟测未来的情节,而是中断小说情节的发展,以腾出时间来咀嚼自己的人生经历。我就有这样的感觉,每当我重新回到作品中来的时候总是要略微复习一遍前面的内容,仿佛想要再度积蓄起自己的兴致。如果不这样做就会觉得若有所失,觉得失掉了前面的内容,的确,优秀小说是不容许随意抽取片段的,不论手段多么巧妙,即使是配以分析也总不能被人接受。不是吗,优秀小说本身就杜绝了任何形式的简化或综述。相反,劣等小说却恰恰像被阉割过似的,只剩下事件和线索的罗列,一切似乎是为了向读者解释,唯恐读者理解不了下文。其实,我读书的目的倒并不是为了理解,而是为了追索。要想追索,光凭精神准备还是不够的。我发现侦探小说的情况总是发展得飞快,然而这类小说的迷人之处并不单单在于它的神秘性。我的理由是,倘若写得好,人们同样愿意反复阅读。《一桩无头公案》①就是一本这样的书。似乎可以说,小说遵循的原则之一就是时间原则。要知道,应当发生的事不必顷刻间就发生。"您的第一个欲望是平庸的,"那位老商人说道,"我可以使它变成现实;不过,我还是先省了这道麻烦,以便为您今后生活中的事操心吧。"这位老商贩俨然像一尊隔岸观火的神,任事态平淡无奇地发展,就像拉斐尔每次遇到他的三个朋友必然同去吃夜宵一样,毫无例外,毫无变化。不过,这些琐事看似平淡,却正代表了生活中严肃的一面。巴尔扎克的思想永远是那样正确,实在令人为之折服。这也正是他的天才在创作中的体现,他善于将平凡的生活真实地反映出来。《驴皮记》所反映的同样是真实的生活,在这一点上它与《幽谷百合》和《欧也妮·葛朗台》没有什么两样,尽管当我们叙述书中大意时免不了会引人发笑,因为谁也不会相信世上还会发生如此荒诞的奇遇,而且每个人的故事都如此离奇。不过,说到这儿,我们又不期而然地遇到了另一个十分棘手的问题,这个问题,我看放到以后再讨论吧。

罗 竞 译

---

① 巴尔扎克的长篇小说,发表于1841年。

纪 德

安德烈·纪德(1869—1951),法国作家。主要作品有《人间的食粮》《伪币制造者》等。1947年获诺贝尔文学奖。

沙 漠

啊!多少次黎明即起,面向霞光万道、比光轮还明灿的东方——多少次走到绿洲的边缘,那里的最后几棵棕榈枯萎了,生命再也战胜不了沙漠——多少次啊,我把自己的欲望伸向你,沐浴在阳光中的酷热的大漠,正如俯向这无比强烈的耀眼的光源……何等激动的瞻仰、何等强烈的爱恋,才能战胜这沙漠的灼热呢?

不毛之地;冷酷无情之地;热烈赤诚之地;先知神往之地——啊!苦难的沙漠、辉煌的沙漠,我曾狂热地爱过你。

在那时时出现海市蜃楼的北非盐湖上,我看见犹如水面一样的白茫茫盐层。——我知道,湖面上映照着碧空——盐湖湛蓝得好似大海——但是为什么——会有一簇簇灯芯草,稍远处还会矗立着正在崩坍的页岩峭壁——为什么会有漂浮的船只和远处宫殿的幻象?——所有这些变了形的景物,悬浮在这片臆想的深水之上。(盐湖岸边的气味令人作呕;岸边是可怕的泥灰岩,吸饱了盐分,暑气熏蒸。)

我曾见在朝阳的斜照中,阿马尔卡杜山变成玫瑰色,好像是一种燃烧的物质。

我曾见天边狂风怒吼,飞沙走石,令绿洲气喘吁吁,像一只遭受暴风雨袭击而惊慌失措的航船;绿洲被狂风掀翻。而在小村庄的街道上,瘦骨嶙峋的男人赤身露体,蜷缩着身子,忍受着炙热焦渴的折磨。

我曾见荒凉的旅途上,骆驼的白骨蔽野;那些骆驼因过度疲顿,再难赶路,被商人遗弃了;随即尸体腐烂,缀满苍蝇,散发出恶臭。

我也曾见过这种黄昏:除了鸣虫的尖叫,再也听不到任何歌声。

——我还想谈谈沙漠:

生长细茎针茅的荒漠,游蛇遍地;绿色的原野随风起伏。
乱石的荒漠,不毛之地。页岩熠熠闪光;小虫飞来舞去;灯芯草干枯了。在烈日的曝晒下,一切景物都发出噼噼啪啪的声音。
黏土的荒漠,这里只要有涓滴之水,万物就会充满生机。只要一场雨后,万物就会葱绿。虽然土地过于干旱,难得露出一丝笑容,但这里的青草似乎比别处更嫩更香。由于害怕未待结实就被烈日晒枯,青草都急急忙忙地开花,授粉播香,它们的爱情是急促短暂的。太阳又出来了,大地龟裂、风化,水从各个裂缝里逃遁。大地坼裂得面目全非;大雨滂沱,激流涌进沟里,冲刷着大地;但大地无力挽留住水,依然干涸而绝望。

黄沙漫漫的荒漠。——宛似海浪的流沙；不断移动的沙丘，在远处像金字塔一样指引着商队。登上一座沙丘，便可望见天边另一座沙丘的顶端。

刮起狂风时，商队停下，赶骆驼的人便在骆驼的身边躲避。

黄沙漫漫的荒漠——生命灭绝，唯有风与热的搏动，阴天下雨，沙漠犹如天鹅绒一般柔软，夕照中，则像燃烧的火焰；而到清晨，又似化为灰烬。沙丘间是白色的谷壑，我们骑马穿过，每个足迹都立即被尘沙所覆盖。由于疲顿不堪，每到一座沙丘，我们总感到难以跨越了。

黄沙漫漫的荒漠啊，我早就应当狂热地爱你！但愿你最小的尘粒在它微小的空间，也能映现宇宙的整体！微尘啊，你忆起何种生活，从何种爱情中分离出来？微尘也想得到人的赞颂。

我的灵魂，你曾在黄沙上看到什么？

白骨——空的贝壳……

一天早上，我们来到一座高高的沙丘脚下避阴。我们坐下，那里还算阴凉，悄然长着灯芯草。

至于黑夜，茫茫黑夜，我能谈些什么呢？

这是一次缓慢的航行。

海浪输却沙丘三分蓝，

胜似天空一片光。

——我熟悉这样的夜晚，似乎觉得一颗颗明星格外璀璨。

冯寿农　张驰 译

西多尼·科莱特

加布里埃尔-西多尼·科莱特(1873—1954),法国女作家。主要作品有《动物对话》《亲爱的》《克洛迪娜之家》等。

松 鼠

战前,我有一只松鼠。它的旧主人在我上车的时候,很巧妙地把它作为礼物悄悄塞进我的大衣口袋里,当时我已经相继欣赏然而谢绝了一头滑头滑脑、气味浓重的北美浣熊,一只年满一岁的豹猫,一头四个月大的小母狮和一只像生菜盆一般大、人家向我保证会伸出爪子的名叫阿纳托尔的癞蛤蟆。

我曾在别处说起过这头松鼠,它全身呈深铜绿色,翘起的尾巴顶端和腹部则是红色的。兴许我这样描绘它还早了点儿,其实我对它并没有一个基本的了解,因为,那时我把它叫作"母松鼠"和丽科特。比我聪明的人恐怕也会弄错的……

我一开始就觉察到皮蒂里基确实野性十足,换句话说,它对于人一无所知,竟以为可以无所顾忌。它的身上燃烧着一颗海盗和山大王的灵魂,并在它那站起来才二十二公分长的身体内随意地表现出来。

第一天,它就把波斯猫吓得直哆嗦,而巴儿狗在它面前竟说不出话来。瞧着这个快快活活、疯疯癫癫的家伙一本正经地坐在椅子靠背上,瞪着那双像羚羊般椭圆形眼睛盯着每一样东西,谁会不发抖呢？它一边口中哑哑作响，一边摇晃它那镶有一条"绦带"的可爱的圆耳朵，把榛子壳和它的威风胡乱撒向我那些惊愕不已的小动物。

第一天，它喝牛奶，在我的头发上蹭干净两只手，然后模仿松鸦的叫声，往空中蹦跳。它沿着天花板的突饰奔跑，过一会儿，又趴在一块路易十六时代的地毯上，把一个戴头盔的半裸人物的鼻子吃掉。不过，它并不认为我会惩罚它，又回到我的肩上，梳理我的头发，把冰冷而友好的小鼻子、肉乎乎的舌头在我耳朵下方蹭，它那独特的气息散发出麝香的芬芳。

"它挺好看，可是……它对人亲热吗？"我的男女朋友们这么问道。

我觉得，他们这样直截了当地提出问题真放肆，他们的问题总是同样的问题。多么苛刻，而且，对待动物多么卑劣……"有来有往"，可我们又给了些什么呢？一些儿食物——和一条锁链。

"拴住它，它抓了一团毛线！"

一条在皮蒂里基童年时就箍在它腰周围的锁链磨损了它的毛皮。它那如羽毛般轻盈、如火焰般闪烁、翘在空中的尾巴在跳来跳去时便发出一种如苦役犯戴的镣铐的声音。

"抓住它，把它拴住，它把糖果盒拿走啦！"

它被缚住以后，就把手指长长的手，那一天要洗十次，保养得很好的手塞进钢制腰带和肋部之间，陷入沉思。当我带它去乡间时，我恍然大悟，直到那时，它一直过的是沉闷的城市生活。它没有立刻走出敞开的笼门。它把一双手紧紧贴在胸前，出神地凝视着由花园、草地和大海构成的一片无边的绿色，身体则有规律地战栗，我只能把这种战栗比作生命垂危的蝴蝶的抖动。它的美丽的如一颗泪珠般凸起的眼睛里映出一片绿色,不过,皮蒂里基已经与我们一道生活了相当的时间,并不指望有过分的恩赐。我牵住链子的另一端,它便随我一起在草坪上行走。在草地上,它干净利落地小便,采摘一粒粒黑色的野果子。然后,它用前肢攥住一棵鲜花盛开的女贞树底部的枝丫,发疯似的摇晃它,咬住它,仿佛要看看这树枝是不是活的。

这时,它瞧见空中飞过的鸟儿,便抻长脖子向鸟儿致意,这一举动几乎使它离开了地面。

然而,那时候它只有一条稍长的锁链。难道不该提防野猫、狗、寒夜,尤其是我放养的四只来回盘旋瞭望的雀鹰吗?那些自由自在地走动的动物渐渐走近它,有时使它亢奋,有时惹它恼怒。它遇见一条脆蛇蜥,耳朵之间的前额上便立即堆起皱纹,竖起了脖子和尾巴的簇毛,血丝也蒙上了暗色水晶一样的眼睛。在我赶来调解之前,皮蒂里基已经翻了个空心斤斗,像只好斗的公鸡在空中打了个旋,那蠕蠕而动、并不伤人的小蛇已然躺在地上,断成两截……

但是,对癞蛤蟆,松鼠只是表现出相当反常的厌恶。有时,它向表皮长满疙瘩的、肥肥的雌性癞蛤蟆伸出爪子,显得挺友好地搔它那脓疱状的脑袋,但是,癞蛤蟆却鼓起了肚子,表示抗拒,皮蒂里基气得眼都红了(确实如此),发出刺耳的喊杀声。

它度过了愉快而又充实的复活节假日,它发胖了。除了我敞开给它的榛子、核桃、杏仁外,它还咬了窗帘、镜框的一角,凿穿了一个银匙,整天把一根葡萄枝搂在怀里走来走去,用嘴唇舔着。它轻盈地在我双肩之间窜来窜去,往我耳朵里吹气,可是,我讨厌它身上那条链子的声音和它柔软光滑的肋部的周围那一小圈被磨损的皮毛。

五六月间,在巴黎我那小小的园子里开满了白洋槐花、杜鹃花和葵花。皮蒂里基关在笼子里,把它的可爱的鼻子挤在两条栏杆之间……我知道,我终将打开笼子,解开它的锁链,而且我会想它的。

我给皮蒂里基以自由的时候,我回想起来正是六月,温煦的微风轻轻吹拂,洋槐花和双瓣樱桃花如一条条雪白色的斜线在空气中摇曳,而自由了的松鼠却一动也不动。它两只手交叉,久久地、全神贯注地坐在窗台上。它开始做它的习惯动作,把手塞进腹部和链子之间,但它没找到链子。它笨拙而轻轻地跳了一下,估量那根原先拴它的断链带的确切长度,然后,又试着跳了一下,那时,它只是瞅着我。最后,它不安地咳嗽,急急地奔跑起来,然后,消失得无影无踪。

暮霭降临时,我叫唤它的名字,但没有用。可是,夜色深沉时,窗台上却响起了松鼠那轻轻的、朴实的干咳声,它呼唤着我,皮蒂里基像主人似的回到房间。它步履蹒跚,因户外的空气、树木、鲜花和海拔高度而为之心醉。它就着盥洗盆的水嘴畅饮,用一双手梳洗一番,准备床铺——那个它每天晚上打开,然后又裹在身上的毛线团,像粗汉那样嘟囔:"我的床!他妈的,我的床!"夜里,它乱梦萦绕。第二天,我又见到它自由自在地坐在窗边,等待着折断那条其实已不再存在的链子……

那天,它没有离开花园。在杜鹃花、洋槐花丛中,在我那低矮的房子的天沟里,重又开始像人间天堂一般的生活。一群飞来飞去的燕子和麻雀围着皮蒂里基,对它鸣叫,时而用喙啄它,它便咕唧不休,并开始蹦蹦跳跳,鸟儿们见它这样,噼噼啪啪地像鼓掌似的舞动翅膀。它欣喜若狂,忘乎所以,追逐我那宝贝猫,把猫从洋槐树那儿撵走,它得意洋洋,像洗瓶毛刷那样蹲在洋槐树枝上,一脸满不在乎、睥睨万物的神态:"现在,该轮到谁啦?"

放假了,我们管不着它啦……皮蒂里基来到花园,在三条小径环绕的几幢住房附近玩耍。它还没失去爱交际的性情,甚至还向那儿的居民施展自己的社交影响,于是,便有人来告诉我:

"皮蒂里基在尼古罗街吃午餐,吃了高脚盘里的核桃和一些葡萄干……"

"皮蒂里基在维塔尔街耽搁了两个小时。它坐在钢琴上,听小姑娘学唱歌……"

"有人从埃格隆·勒鲁太太家来,说要看看皮蒂里基有没有带来一把镶银的玳瑁小梳子,它是从小梳妆台上拿走的。埃格隆·勒鲁太太说,如果找不到,也没关系……"

它每天早出晚归,精力充沛,皮毛光亮,因为获得自由的缘故,甚至因为感恩的缘故,它显得神采奕奕,它从不忘记回家,从不忘记向我滥施松鼠式的爱抚和亲吻。这重新开始的世界,这一平衡状态,这野生动物和我们之间的纯洁关系,持续了两三个星期。一天晚上,皮蒂里基没有回来,后来的晚上也没有再回来。我确信,人类的双手又重新攫住了它,攫住它的毛皮、它用来滑跳的柔软的后爪,它那为了伸出脑袋让人抚摸而贴在两侧的耳朵。

可是因为想起皮蒂里基,想起那些生活在我们中间感到别扭,因而悲伤地隐居起来的其他野生动物,我才那样经常地感到我"厌恶"人。

谭立德 译

加 缪

阿尔贝·加缪(1913—1960),法国作家。主要作品有小说《局外人》《鼠疫》《堕落》及剧本《戒严》和《正义者》,1957年获诺贝尔文学奖。

蒂巴萨的婚礼

春天,蒂巴萨住满了神祇,它们说着话儿,在阳光和苦艾的气味中,在披挂着银甲的大海上,在深蓝色的天空中,在铺满了鲜花的废墟上,在沸滚于乱石堆里的光亮中。在某个时辰,田野被太阳照得黑乎乎一片。眼睛什么也看不见,只能抓住在睫毛边上颤动的一滴滴光亮和色彩。芳香植物浓郁的气味直刺嗓子眼儿,在酷热中让人透不过气来。极远处,我只能勉强看见舍努阿山那黑黑的一团,这山的根在环绕村庄的群山里,它平稳而沉重地摇晃着,跑去蹲在大海里。

我们穿过村庄,这村庄已经开向海滩了。我们进入一个黄色和蓝色的世界,迎接我们的是阿尔及利亚夏天的土地的芬芳和辛辣的气息。到处可见,玫瑰花越出别墅的墙外;花园里,木槿还只有淡淡的红色,而一片繁茂的花,其茶红色却奶油一般浓,还有一片长长的蓝色鸢尾花,其边缘弯得极为精巧。石头都是热的。我们走下金黄色的公共汽车时,肉店老板们正坐着红色的车子进行早晨的巡回,他们吹响喇叭呼唤着居民。

港口左侧,有一条干燥的石头小路,穿过一片乳香黄连木和染料木,通向废墟。道路从一座小灯塔前经过,然后深入田野。灯塔脚下,已经有开着紫色、黄色和红色的花的肥大植物爬向海边的岩石,大海正吮吸着,发出阵阵亲吻似的响声。我们站立在微风中,头上的太阳只晒热了我们的脸颊的一面,我们望着光明从天上下来,大海没有一丝皱纹,它那明亮的牙齿绽出微笑。进入废墟王国之前,这是我们最后一次做旁观者。

走了几步,苦艾的气味就呛得我们喉咙难受。它那灰色的绒毛盖满了无际的废墟。它的精华在热气中蒸腾,从地上到天上弥漫着一片慷慨的酒气,天都为之摇晃了。我们迎着爱情和欲望走去。我们不寻求什么教训,也不寻求人们向伟人所要求的那种苦涩的哲学。阳光之外,亲吻之外,原野的香气之外,一切对我们来说都微不足道。对于我,我不想一个人独自来到这里。我经常和我喜欢的那些人一起来,我在他们脸上看到了明媚的微笑,那是充满爱情的脸呈现出的微笑。这里,我把秩序和节制留给别人去说。这是自然的大放纵,这是大海的大放纵,我整个儿地被抓住了。在这废墟与春天的结合中,废墟又变成了石头,失去了人强加于它的光滑,重新回到自然之中。为了这些回头浪子,自然毫不吝惜鲜花。在广场的石板中间,天芥菜长出了它那白色的圆脑袋,红色的天竺葵把它的血洒在昔日的房屋、庙宇和公共广场上。如同许多的知识将一些人引向上帝,许多的岁月将废墟又带回母亲的家园。今天,它们的过去终于离去,什么也不能使他们与这种深厚的力量分开,这力量把它们引向尘世间的事物的中心。

多少时间在碾碎苦艾、抚摸废墟、试图让我的呼吸与世界骚动的叹息在相配合之中过去了!我深深地沉入原野的气味和催人入睡的昆虫合唱之中，对着这充满着热的天空那不堪承受的雄伟睁开了双眼。成为自己，找到深藏的能力，这并不那么容易。然而，望着舍努阿山那结实的脊梁，我的心平静了，洋溢着一种奇异的信心。我学会了呼吸，我融合了我自己，我完成了我自己。我攀登过一座又一座山丘，每一座都给了我奖赏，如同那座庙宇，其圆柱度量着太阳的行程，人们从那里可以看见整个村庄，它的白色、粉红色的墙，它的绿色的阳台。也如同东山上那座大教堂，它还保留着墙，其周围很大范围内摆着出土的石棺，大部分刚刚被发掘出来。它们曾经收容过死者，现在则长出了鼠尾草和野萝卜。圣萨尔萨教堂是基督教的教堂，然而每一次从窗洞望出去，我们看见的都是世界的旋律：长满松柏的山丘，或是滚动着一群二十米长的白犬的大海。背伏着圣萨尔萨教堂的山丘顶部平坦，风通过柱廊吹得更为畅快。在早晨的太阳下，空中摇荡着一种巨大的幸福。

　　需要神话的人们是很可怜的。在这里，神祇充当着岁月流逝的河床或参照物。我描绘，然后我说："这是红色，这是蓝色，这是绿色。这是大海，这是高山，这是鲜花。"我无须提到狄俄尼索斯①就可以说我喜欢把鼻子紧贴着乳香黄连木的花球。我还可以无拘无束地想到那首献给得墨忒耳②的古老颂歌："世上活着的人中看见这些事情的人是幸福的。"看见，而且在世上看见，这教训怎能忘记？对于厄琉西斯③的神秘，只需沉思就够了。就在这里，我知道我接近世界永远是不够的。我应该精赤条条，然后带着大地之精华的香气投入大海，在后者之中洗刷前者的精华，在我的皮肤上牢

---

① 狄俄尼索斯，希腊神话中的酒神。
② 得墨忒耳，希腊神话中丰产和农业女神，司谷物成熟。
③ 厄琉西斯，希腊神话中的英雄。

牢地系上一条纽带,为了这纽带,大地和大海嘴对嘴地呼吸了那么久。进入水中,先是一阵寒战,然后是一种又凉又浑的胶上升,然后是两耳嗡嗡作响,流鼻涕,嘴里发苦——这是游泳,两臂出了海像添了一层水,再在太阳底下晒,每一块肌肉都在扭曲中磨炼;水在我身上流,我的腿在一片骚动中占有了波浪——天际消失了。上了岸,跌进沙滩,委身于世界,重新回到我的血肉的重力之中,太阳晒得我昏头昏脑,我渐渐看见胳膊上水流了下去,干了的皮肤露出金黄色的汗毛和沙砾。

我在这里明白了什么是光荣,那就是无节制地爱的权利。在这个世界上只有一种爱情。抱紧一个女人的躯体,这也是把从天空降下大海的那种奇特的快乐留在自己身上。刚才,当我想扑向一丛苦艾,让它的芬芳进入我的身体时,我应该不顾一切偏见地意识到,我正在完成一桩真理,这既是太阳的真理,也是我的死亡的真理。从某种意义上说,我在这里玩耍时,正是我的生命,这生命散发着火热的石头的气味,充满了大海和刚刚开始鸣叫的蝉的叹息。微风是清凉的,天空是蔚蓝的。我无保留地爱这生命,愿意自由地谈论它,因为它使我对我作为人的处境感到骄傲。然而,人们常常对我说:没有什么可骄傲的。不,确有可以骄傲的东西:这阳光,这大海,我的洋溢着青春的心,我的满是盐味儿的身体,还有那温情和光荣在黄色和蓝色中相会的广阔的背景。我必须运用我的力量和才能来获取的正是这一切。这里的一切都使我完整无损,我什么也不抛弃,我任何假面也不戴,我只须耐心地学习那困难的生活本领,这抵得上所有那些生活艺术。

快到中午了,我们穿过废墟回到港口边上的一家小咖啡馆。阳光和色彩的铙钹在我们的脑袋里轰响,好凉快啊,那阴影幢幢的大厅，那绿色的、冰镇的大杯薄荷茶！外面，是大海和飞扬着滚烫的尘土的公路。我坐在桌前，试图在闪动睫毛间捉住热得发白的天空那炫目的五颜六色。我们的脸上满是汗水，轻薄的衣裳下面的身体却是凉爽的，我们都炫耀着与世界进行了一天的婚宴所感到的幸福的疲倦。

这咖啡馆里吃得不好，然而有大量的水果，尤其是桃子，我们一口咬下去，果汁顺着腮帮往下流。当我的牙咬住了桃子的时候，我听见了我的血汩汩地涌上耳朵，我全神贯注地看着。海上，是中午的无边的寂静，任何美的东西都为自己的美感到骄傲，今天的世界让它的骄傲在各个方面流露出来。在它面前，我为什么要否认生之快乐呢，如果我知道不能把一切都包容在生之快乐中？幸福并没有什么可以让人感到羞耻的。然而今日蠢人为王，我把那些怯于享受的人称为蠢人。关于骄傲，人们对我们说了那么多：你们知道，骄傲是撒旦的罪孽。他们喊道：小心，你们会迷路的，会失去你们的力量。事实上，我是从此才知道某种骄傲的……其他时候，我总是禁不住要求整个世界都在设法给予我的这种生之骄傲。在蒂巴萨，我看到的和我相信的完全一致，我绝不固执地否认我的手能触摸、我的唇能够亲吻的东西。我没有感到需要将其制成一件艺术品，但我感到需要讲一讲，这是不一样的。在我看来，蒂巴萨就像那些人物，人们描绘他们是为了间接地表明一种对于世界的看法。它像他们一样地作证，并且是强有力地作证。它今天成了我的人物，在抚爱它描绘它的时候，我的陶醉好像变得无穷无尽了。有生活的时间，也有为生活作证的时间。同时也有创造的时间，这就不那么自然了。对我来说，用我全部的身体生活，用我全部的心作证，这就足够了。首先是体验蒂巴萨，然后自然会有作证和艺术品。这里有一种自由。

我在蒂巴萨的停留从未超过一天。看风景不可看得过久,时间长了就会觉得看够了。高山、天空、大海,就像人的面孔,有时看到的是一片荒芜,有时则是一片辉煌,这取决于是盯着看还是一眼就看见。所以,任何面孔,要想富于内涵,都必须历经某种更新。人们常常抱怨很快就感到厌倦,而这时恰恰应该赞赏世界,因为曾经被遗忘过而显得常见常新。

傍晚,我进入位于国家公路旁的公园,那里花木井然,更见秩序。我走出混乱的芳香和阳光,在因夜晚而凉爽的空气中,精神平静下来,松弛的躯体品味着因爱情得到满足而产生的内心寂静。我在一张椅子上坐下。我看着田野渐渐地变圆。我心满意足。头上,一株石榴垂下花蕾,还没有张开,满布着棱纹,仿佛一只只握起的小拳头,其中包容着春天的一切希望。身后是一丛丛迷迭香,我只闻见了一阵酒香。山丘嵌在树间,再远些,大海如带,上面是一角天空,仿佛抛锚的帆船,安详而温柔。我的心中涌起一种奇特的快乐,就是那种产生于良心安宁的快乐。演员都体验过一种感情,那是当他们意识到演好了一个角色的时候,确切地说,他们使自己的姿态和所演人物的姿态互相吻合,以某种方式进入一种事先谋划好的意图之中,而且又一下子使之与自己的心一起跳动。感觉到的正是这个:我演好了我的角色。我做了人应该做的事,虽然一整天都感到快乐这件事并不是一桩非凡的成功,但却是一种处境的充满了感情的完成,在某些场合中,这使得幸福成为我们的一种义务。于是,我们又感到了孤独,然而是在满足之中。

现在，树上站满了鸟雀。大地缓缓地叹息着，渐渐遁入黑暗。很快，黑夜将随同第一批星辰降临在世界的舞台上。白天的明亮的神祇们将返回每日一次的死亡之中。但又会有别的神祇出现。他们的脸色明暗、憔悴，一定是出生于大地的心脏之中。

至少是现在，一阵阵波浪穿过颤动着金色花粉的空间扑到我的脚下，在沙滩上散开。大海，原野，寂静，土地的芬芳，我周身充满着香气四溢的生命，我咬住了世界的这枚金色的果子，心潮澎湃，感到它那甜而浓的汁液顺着嘴唇流淌。不，我不算什么，世界也不算什么，重要的仅仅是使我们之间产生爱情的那种和谐与寂静。我不想只为我一个人要求这爱情，我知道并且骄傲地与整个人类来分享，这人类生自太阳，生自大海，活跃而有味儿，它从纯朴中汲取伟大，它站在海滩上，向它的天空那明亮的微笑送去会心的微笑。

郭宏安 译

歌 德

约翰·沃尔夫冈·歌德(1749—1832),德国伟大的诗人,剧作家,思想家。出身于富裕市民家庭,青年时期为德国狂飙运动主要代表之一。早期重要作品有《葛兹·冯·伯利欣根》和书信体小说《少年维特之烦恼》。歌德的代表作是《浮士德》和《维廉·麦斯特》。

自 然
——断片

自然!她环绕着我们,围抱着我们——我们不能越出她的范围,也不能深入她的秘府。不问也不告诉我们,她便把我们卷进她的旋涡圈里,挟着我们奔驰直到倦了,我们脱出她的怀抱。

她永远创造新的形体;现在有的,从前不曾有过;曾经出现的,将永远不再来;万象皆新,又终古如斯。

我们活在她怀里,对于她又永远是生客。她不断地对我们说话,又始终不把她的秘密宣示给我们。我们不断地影响她,又不能对她有丝毫把握。

她里面的一切都仿佛是为产生个人而设的,她对于个人又漠不关怀。她永远建设,永远破坏,她的工场却永远不可即。

她在无数儿女的身上活着,但是她,那母亲,在哪里呢?她是至上无二的艺术家:把极单纯的原料化为种种极宏伟的对照,毫不着力便达到极端的美满和极准确的精密,永远用一种柔和的轻妙描画出来。她每件作品都各具心裁,每个现象的构思都一空依傍,可是这万象只是一体。

她给我们一出戏看:她自己也看见吗?我们不知道;可是她正是为我们表演的,为了站在一隅的我们。

她里面永远有着生命,变化,流动,可是她毫不见进展。她永远迁化,没有顷刻间歇。她不知有静止,她咒诅固定。她是灵活的。她的步履安详,她的例外稀有,她的律法万古不易。

她自始就在思索而且无时不在沉思,并不照人类的想法而照自然的想法。她为自己保留了一种特殊而普遍的思维秘诀,这秘诀是没有人能窥探的。

一切人都在她里面,她也在一切人里面。她和各人都很友善地游戏:你越胜她,她也越欢喜。她对许多人动作得那么神秘,他们还不曾发觉,她已经做完了。

即反自然也是自然。谁不到处看见她,便无处可以清清楚楚地看见她。

她爱自己,而且借无数的心和眼永远黏附着自己。她尽量发展她的潜力以享受自己。不断地,她诞生无数新的爱侣,永无餍足地去表达自己。

她在幻影里得着快乐。谁在自己和别人身上把她打碎,她就责罚他如暴君;谁安心追随她,她就把他像婴儿般偎搂在怀里。

她有无数的儿女。无论对谁她都不会吝啬;可是她有些骄子,对他们她特别慷慨而且牺牲极大。一切伟大的,她都用爱护来荫庇他。

她使她的生物从空虚中溅涌出来,但不对它们说从哪里来或往哪里去。它们尽管走就得了。只有她认得路。

她行事有许多方法,可是没有一条是用旧了的,它们永远奏效而且变幻多端。

她所演的戏永远是新的,因为她永远创造新的观众。生是她最美妙的发明,死是她用以获得无数的生的技术。

她用黑暗的幕裹住人,却不断地推他向光明走,她把他坠向地面,使他变成懒惰和沉重,又不断地摇他使他站起来。

她给我们许多需要,因为她爱动。那真是奇迹:用这么少的东西便可以产生这不息的动。一切需要都是恩惠:很快满足,立刻又再起来。她再给一个吗?那又是一个快乐的新源泉,但很快她又恢复均衡了。

她刻刻都在奔赴最远的途程,又刻刻都达到目标。

她是一切虚幻中之虚幻,可是并非对我们;对我们,她把自己变成了一切要素中之要素。

她任每个儿童把她打扮,每个疯子把她批判。万千个漠不关心的人一无所见地把她践踏,无论什么都使她快乐,无论谁都使她满足。

你违背她的律法时在服从她;企图反抗她时也在和她合作。

无论她给什么都是恩惠,因为她先使之变为必需的。她故意延迟,使人渴望她;特别赶快,使人不讨厌她。

她没有语言也没有文字,可是她创造无数的语言和心,借以感受和说话。

她的王冕是爱;单是由爱你可以接近她。她在众生中树起无数的藩篱,又把它们全数吸收在一起。你只要在爱怀里啜一口,她便慰解了你充满着忧愁的一生。

她是万有。她自赏自罚,自乐又自苦。她是粗暴而温和,可爱又可怕,无力却又全能。一切都永远在那里,在她身上。她不知有过去和未来。现在对于她是永久。她是慈善的。我赞美她的一切事功。她是明慧而蕴藉的。除非她心甘情愿,你不能从她那里强取一些儿解释,或剥夺一件礼物。她是机巧的,可是全出于善意;最好你不要发觉她的机巧。

她是整体却又始终不完成。她对每个人都带着一副特殊的形象出现。她躲存万千个名字和称呼底下,却又始终是一样。

她把我放在这世界里;她可以把我从这里带走。她要我怎么样便怎么样。她决不会憎恶她手造的生物。解说她的并不是我。不,无论真假,一切都是她说的,一切功过都归她。

罗务恒 译

里克特

约翰·保尔·弗利德利希·里克特(1763—1825),德国作家,因贫困而未能读完大学,当过家庭教师和小学教师。主要著作有小说《快乐的小学教师乌茨》《穷律师西本克斯》《蒂坦》,《赫斯培罗斯》是他的成名作。此外还有论著《美学入门》和讨论教育原理的《莱法纳或教育理论》等。

两 条 路

新年的夜晚。一位老人伫立在窗前。他悲戚地举目遥望苍天,繁星宛若玉色的百合漂浮在澄净的湖面上。老人又低头看看地面,几个比他自己更加无望的生命正走向它们的归宿——坟墓。老人在通往那块地方的路上,也已经消磨掉六十个寒暑了。在那旅途中,他除了有过失和懊悔之外,再也没有得到任何别的东西。他老态龙钟,头脑空虚,心绪忧郁,一把年纪折磨着老人。

年轻时代的情景浮现在老人眼前,他回想起那庄严的时刻,父亲将他置于两条道路的入口——一条路通往阳光灿烂的升平世界,田野里丰收在望,柔和悦耳的歌声四方回荡;另一条路却将行人引入漆黑的无底深渊,从那里涌流出来的是毒液而不是泉水,蛇蟒满处蠕动,吐着舌箭。

老人仰望昊天,苦恼地失声喊道:"青春啊,回来!父亲哟,把我重新放回人生的入口吧,我会选择一条正路的!"可是,父亲以及他自己的黄金时代却一去不复返了。

　　他看见阴暗的沼泽地上空闪烁着幽光,那光亮游移明灭,瞬息即逝了。那是他轻抛浪掷的年华。他看见天空中一颗流星陨落下来,消失在黑暗之中。那就是他自身的象征。徒然的懊丧像一支利箭射穿了老人的心脏。他记起了早年和自己一同踏入生活的伙伴们,他们走的是高尚、勤奋的道路,在这新年的夜晚,载誉而归,无比快乐。

　　高耸的教堂钟楼鸣钟了,钟声使他回忆起儿时双亲对他这浪子的疼爱。他想起了发蒙时父母的教诲,想起了父母为他的幸福所作的祈祷。强烈的羞愧和悲伤使他不敢再多看一眼父亲居留的天堂。老人的眼睛黯然失神,泪珠儿泫然坠下,他绝望地大声呼唤:"回来,我的青春!回来呀!"

　　老人的青春真的回来了。原来,刚才那些只不过是他在新年夜晚打盹儿时做的一个梦。尽管他确实犯过一些错误,眼下却还年轻。他虔诚地感谢上天,时光仍然是属于他自己的,他还没有堕入漆黑的深渊,尽可以自由地踏上那条正路,进入福地洞天,丰硕的庄稼在那里的阳光下起伏翻浪。

　　依然在人生的大门口徘徊逡巡,踌躇着不知该走哪条路的人们,记住吧,等到岁月流逝,你们在黢黑的山路上步履踉跄时,再来痛苦地叫喊,"青春啊,回来!还我韶华!"那只能是徒劳的了。

罗务恒 译

海 涅

亨利希·海涅(1797—1856),德国诗人,出身于杜塞尔多夫城一个破落的犹太商人家庭,一生贫困,生活坎坷,1816年开始写作,作品在形式上吸收了民歌的营养,感情真挚,朴素自然。他的代表作是长诗《德国——一个冬天的童话》,另外还有大量的抒情诗、散文、政论作品。

伦 敦

现在,当小汽船溯流而上,而我们在船上正以上游的景物为谈话资料的时候,太阳落下去了。夕阳的余晖映照着格林威治的一所医院,这所医院是一座宫殿般壮丽的建筑物。它的两幢房子看来真像两只翅膀,这两只翅膀的当中是空的,游客们可以从这儿看见那座碧绿得像森林一样的山和山顶上那座华丽的宅第。这时河上的船只愈来愈纷乱了,当我看到这些大船那么灵巧地互相闪避着的时候,不禁异常惊异。每当船只相遇而过,就有些真挚、亲切的脸孔相互致意,这些脸孔你从来没有见过而且也许永远不会再见。大家的船挨得那么近,甚至可以伸出手去同时向对方欢迎和跟对方握别。当你看见那么许多涨得满满的帆的时候,你的心便会跳动起来;当岸上传来纷扰的喧嚷,远处的舞曲和水手的沉浊的哗声的时候,你就会感到异常紧张。但是在黄昏的白色的薄雾中,景物的轮廓逐渐消失了,只有无数支矗立着的又长又秃的桅杆依然在望……

我看到了世界上最使人惊异和最值得人注意的一种情景。看到这种情景后，我更感到惊异了——在我的记忆里，不断出现那些密如林立的房屋和在那儿挤来挤去的人流，在他们那些富有表情的脸上，显示着丰溢的热情，显示着他们对爱情、饥饿和憎恨等激动的感情——我这儿说的是伦敦……

在伦敦的另一头，这就是人们说的西区，上流社会和有闲阶级的世界，那种单调性更加显著了；不过这儿的街道确是又长又宽，所有的房屋都大得像王宫一样，只是它们的外表没有丝毫特色，此外，我们也可以在这儿看到伦敦比较富有的寓所，在第一层楼上都点缀着一个带铁栅子的阳台，在底层也有一个黑色的栅栏，用来防护低下去的地下室的住所。我们在这个区里还看到一些大广场：许多像上面描述过的一样的房屋围成了一个四方形，在这个四方形的中央，有一个用铁栅栏围起来的花园；花园里站着一个立像。除了这些广场和大街以外，游客的眼睛根本看不见什么贫苦人家的破烂小房子。这儿处处都显示着富有和高尚的气象，然而在偏僻的小街道和阴暗、潮湿的胡同里，却拥挤地住着那些衣衫褴褛和日夕以眼泪洗脸的穷人。

如果一个游客光去逛伦敦的通衢大道，而且恰巧没有碰上那些真正的劳动人民的住宅区，那么他当然看不见或者看到很少在伦敦存在着的悲惨景象了。只偶尔在什么地方的一个阴暗的小胡同口，你才会发现那儿默默地站着一个衣衫褴褛的女人，用她那干瘪的乳房奶着一个婴儿，用她的眼光向人求乞。如果这双眼睛还漂亮的话，也许你会向它们注视一下，而且因为从这双眼睛里看见了那种莫大的不幸而感到震惊。一般的乞丐都是些老年人，大多数是黑人。他们站在街头给行人打扫一条小道——这在肮脏的伦敦是有必要的——为了向他们要一个铜板。那些跟邪恶和犯罪勾连在一起的穷人只有在晚上才从他们的隐蔽所里爬出来。这些穷人的一切不幸要是和处处夸耀自己的、骄横的富人对比得愈尖锐,那么他们就愈怕见太阳;中午的时候,也只有饥饿才能把他们从阴暗的小胡同里赶出来。他们瞪着不能说话但却是在说着话的眼睛站在那儿,乞求地望着那个富有的商人,他现在正匆匆忙忙地在他们的面前走过,口袋里叮叮当当响着金币;他们或者望着那个终日无所事事的贵族老爷,他像一个喂得饱饱的上帝,骑着高头大马走过来,并不时向他脚底下的人投下一个贵族气派的漠不关心的眼光,似乎他们都是些微不足道的蚂蚁,充其量也不过是一群低级的创造物。这些人的欢乐和痛苦跟他的感觉一概无关,不错,因为这些英国贵族,好像是一种比较高级的什么东西一样,高高地浮游在那些紧贴着地皮的贱民之上。他们把小小的英国只看成是他们的旅馆,把意大利看成是他们的花园,把巴黎看成是他们的社交沙龙,甚至把整个世界看成是他们的私有财产。他们毫无忧虑,毫无拘束地浮来浮去,黄金就是他们的一道护身符,能够以魔法来满足他们的最疯狂的欲望。

可怜的穷人啊!当你感到饥饿而又不得不面对着别人领受那富有讥讽意味的过多的享受时,这该是多么痛心啊!如果有人漫不经心地向你的怀里扔下一块发硬的面包皮,你的泪水(它把这块面包皮都泡松了)的味道该是多么苦啊。你是用你自个儿的眼泪在毒杀自己。这样说来,如果你要跟邪恶和犯罪勾连在一起,你确实是有理由的。你们这些为社会所摈弃的犯罪者比起那些冷静的、无可非议的道德家说来,心里往往有着更多的人性,因为在那些道德家的变白了的心里,为非作歹的力量固然消失了,但是行善积德的力量也消失了……

江夏 译

施托姆

台奥多尔·施托姆(1817—1888),德国小说家、诗人,十九世纪德国最杰出的小说家之一。1850年发表中篇小说《茵梦湖》,为他在德国文坛奠定了小说家的声誉。他的《在大学里》《溺殇》或译《淹死的人》及《骑白马的人》尤其为读者所欢迎。他的作品大多写恋爱、婚姻和家庭生活,流露出缠绵悱恻的感情。

春到海堤

我们的海岸边以前曾长着好多高大的橡树林,树木茂密,一只小松鼠可以从一根树枝跳到另一根树枝,连续几里地不着地面。传说当婚礼行列穿过树林时,新娘必须摘下头上的凤冠,可见枝丫垂得多么低了。盛夏,这高高的树木构成的大教堂终日蔽荫凉爽。那时还有野猪和猞猁在林中穿行。在那雄鹰目力可及的高处,阳光的大海在树梢上汹涌澎湃。

但这些树林早已被伐光了,只有人们偶尔从黑色的泥沼中或从浅滩的淤泥中挖出个把石化了的树根,它会让我们后人神思那一片树冠在与西北方向来的暴风激烈搏斗,发出惊心动魄的喧嚣。而我们今天站在海堤上,望着一片无树的平原,犹如望着永恒。当那位哈利希岛的女居民第一次从她的小岛来到这里时,她的话说得多么正确啊:"我的上帝,狄个(这个)世界嘎(这么)大;伊

(它)要一直连牢(连着)荷兰了!"

　　海堤上的风多么令人神清气爽!家乡是我魂之所系;在什么地方又能像这儿一样尽情享受星期天的早晨呢!

　　在下面那新开发沼泽地中,第一阵温暖的春雨已将无边无垠的草地染绿;散布着的数不清的牛在吃草,连接着一个个"沼潭"的水沟宛如银色的带子在早晨的阳光下闪烁。吼叫声和撞击声在辽阔的原野深处飘荡,此起彼伏,此呼彼应,相偕成趣。而耕牛的那些长翅膀的朋友们——椋鸟——是多么活跃!喧闹的鸟群从低地升起,在我的面前掠过来掠过去,然后密密麻麻地落在堤顶,稍顷,便灵巧地啄食着,顺堤坡而下,向海边漫步而去。

　　然而,沿着下边那从城市流来,向大海注入的河流边,新的谷草编成的网闪闪发光,令人神往,这是为了阻挡海潮的啃啮而铺设的。——河水雍容大方地流过这洁净的地毯。——时值清晨,青春时代梦幻般的感觉再度征服了我,仿佛这个日子将给我带来难以言传的妩媚;每个人都有在心底欢迎幸福幽灵光临之时。

黎青 译

霍普特曼

格哈特·霍普特曼(1862—1946),德国著名的剧作家和小说家。主要作品有剧作《日出之前》《织工》和《獭皮》等。1912年获诺贝尔文学奖。

上学的第一天

随着岁月的流逝,上学第一天的阴影变得越来越浓厚。那是圣诞节后的一天,我母亲对我说:等春天来了,你就该上学了。这是必须迈出的严肃的一步。你得学会老老实实坐在那儿。总之你必须学习,学习,因为不然的话你就只能成为一个废物。

因此你必须得上学!必须!

自从向我宣布了这件事,我大为震惊。我应该成为一个什么样的人,难道我不已经是个这样的人?对此我真不理解。我的过去可跟我完全是一回事呀,就永远这样生存,活下去,是我过去唯一的、也几乎是本能的愿望,我就安于此。自由,太平,欢乐,独立自主:为什么人就应该想成为另一个样子?父母的各种管教都没打破这种状态。难道他们想要夺去我的这种生活,而代之以"应该"和"必须"吗?难道他们想要我违反一个尽善尽美的、完全适合我的生存形式吗?

我简直弄不懂这件事。

用别的方式而不是按照我所常用的有意无意的方法去学习,

我既不感兴趣、又不实用,我过去可完全是精力充沛的、生气勃勃的。我掌握市井上的土话,就如我掌握父母所说的标准德语一样。直到今天我才知道,这当中有着多么了不起的智慧的成果,它是无法估量的,一个孩子更难看到这点。在玩耍中,在没有意识到已经学过什么的时候,我就在使用一部包罗万象的词典中的所有语汇概念,以及与此有关想象世界中的一切语汇与概念。

不进学校我是不是也许真的能成长得更快、更好和更充实呢?

但是最糟糕的也许是我所感受到的灵魂上的痛楚。我父母一定知道他们给我带来了什么。我曾经相信他们那无限的爱,而现在他们把我交到一个陌生的、令我恐惧的地方去。这难道不是像把我驱逐一样吗?他们承认他们有责任把我——一个只能在自由自在的氛围里,在自由的行动中才能生存的人——关在一个房间里,他们承认他们有责任把我交给一个凶老头儿,已经有人跟我讲起这老头儿,并且说以后有我受的:他用手打孩子的脸,用棍子打手心,以致留下红红的印记,或者是扒下裤子打屁股!

上学的第一天临近了。第一次上学的路,我已记不得是拉着谁的手,我是怀着又害怕又畏缩的心情走过这段路的。当时我觉得那是一条长得无尽头的路,当我半个世纪后去寻访那古老的校舍,只是由于它从古老的"普鲁士皇冠"的窗口一眼就可望及的缘故却反而没找到它时,我确实感到很惊讶。

途中我曾几度绝望,送我上学的女人说了许多好话,当她在学校门口把我一个人留在集合那里的孩子们中间之后,昏昏沉沉的顺从就取代了绝望。

有短短的一段等候时间,在这期间同甘共苦的小伙伴们相互探询着彼此认识了。当我们拥在学校前厅里的时候,一个小东西向我靠近,并且试图增强我的恐惧感而后快,他已经看出了我的害怕心理。这个肮脏的蛆虫和坏蛋选中了我作为他暴虐狂本能的牺牲品。他向我描述了学校里的情况,这一点他知道得并不比我更多,他把老师描绘成一个专门对学生进行刑罚的差役,当他看到我充满恐惧的哭丧的脸上流露出相信他的神情时,他高兴了。这个捣蛋鬼说:你说话,他打你。你沉默不语,你打喷嚏,他也打你。你擦鼻涕,他也打你。他大声叫你时,就是要打你了。你要注意,你跨进屋里去,他也打你。

就这样不知过了多久,他就用老百姓在街头巷尾所说的方言叨唠个不停。

一个小时以后,我回到家中,高高兴兴地一边和父母一起吃饭,一边吹牛,然后比往日更加高兴地冲向室外,奔向那童年时代无拘无束的、尚未失去的世界。

不,这所乡村学校,连同那位年老的、脾气总是很不好的老师布伦德尔,都没把我毁坏。我的生活空间没有被夺走,我的自由、我的生活乐趣依然如旧。

姚保琮 译

黑 塞

赫尔曼·黑塞(1877—1962),原为德国人,1912年迁居瑞士,1923年加入瑞士籍。1946年获诺贝尔文学奖,写有大量长篇小说,散文集有《午夜后一小时》。黑塞的作品侧重从精神和心理领域来描写和分析他所处的社会,在创作方法上受浪漫主义诗歌和心理分析学影响较大,被称为"德国浪漫派最后的一个骑士"。

归途梦

作为办公室的代理官员,我的境况同大多数人一样,近年来以与过去的习惯不同的方式效劳着。一连几天、几周地被工作压得喘不过气来,带着工作的负担上床,又带着它起床,把工作的忧虑变成了自己的忧虑,寻找着更好的新路子,更简便的方法,把个人全部投入了时代的熔炉之中。后来,一个时辰突然来临,本来的自我(即神学家们所说的"老亚当")感情冲动地冒了出来,苏醒了,却依然迟疑,就像一个使劲想摆脱麻醉状态醒来的人,他的四肢和思想还不肯完全听他的。

几天来,当我夹着一叠文件从办公室走回家时,我的情况就是这样。这儿回荡着春天的先声,太阳暖融融地照着,空气中飘着一股芬芳,看来什么地方一定已有榛子花开放。刚才在电车中时,我的全部思想还集中在我的战俘问题上,再就是考虑着吃完饭后要写一批信和建议。现在,当我离开了城市,朝我的乡间住处走去时,我的思想突然离开了战俘,离开了书报检查,离开了纸张贫乏、出口担忧和货款。出乎意外的是,又是那么一个世界在看着我,它就像没有我们的忧愁时那个样子。一群黑色的、肥硕的乌鸦在光秃秃的灌木丛上掠过,地主庄园前的菩提树树冠在呼吸着,蔚蓝色的、抹着白色线条的,春意盎然的天空中画出它们精美的网络,原野边缘上不时闪烁着嫩绿。核桃树干上的苔藓在亮光中青翠欲滴地嬉戏着。我忘却了腋下的文件夹中和脑袋中装着的一切。这段路我走了一刻钟,在这一刻钟内,我不是生活在我们称之为"真实"的东西之中,而是在名符其实的、货真价实的、美丽的、我们心灵里的真实之中。像孩子们和情人们以及诗人们通常做的那样——我激动地跟着彩色的梦幻随波逐流而去。

我漫不经心地看着心中之所愿之所梦,出现的纯粹是些旧的事物,而我觉得这一切完全是新的,是今天的。呈现在我眼前的是一种纯洁的、无辜的、无瑕的利己主义,完全是一个由利己的、不讲伦理、不符合社会需要的愿望和未来形象构成的自满自足的世界。没有战争与和平的踪迹,没有战俘交换,没有未来艺术、未来社会、未来学校、未来宗教。这一切都不是扎根在深层,而只是浮在表面上。当我的老亚当那时毫不遮掩地显示自身时,他是个孩子,他所有的愿望都为他自己,为他那小我的舒适存在。

我做着奇妙的梦。我梦见,和平降临了,我们全部获释,各奔前程,阳光灿烂,我现在完全可以去做想做的事了。

我在梦中经历了三个回合。先是躺在海滩上,枕着黄沙,双足浸在水中。我咬着一根草茎,眯缝着眼睛,哼着一首歌儿。我试图回忆我哼的是什么歌,但实在想不起来。这又有什么关系呢?我继续哼下去,两脚打着水,直到哼得累了停下来。我在暖洋洋的阳光下昏昏欲睡,这时突然想起了我的全部处境,我是自由的,是自己的主人,我爱干什么爱允许什么就干什么就允许什么,我是躺在海滩上,一段时间内除了我四周没有第二个人。于是我一跃而起,发出一声短促的印第安人的嚎叫,一跃扑入水中,击得海水噼啪响,我击水,划船,游出去又游回来,感到饥,跳上陆地,甩一甩发中的水滴,躺倒在打开的背包前。我缓缓从包里掏出一大块面包,这是昨天出炉的非常好的黑面包,还有一根香肠,同我们孩提时代参加节日般的学校郊游时所得到的那种一样,还有一块瑞士奶酪,一个苹果,一块巧克力。我把这些东西排列在面前,长时间地观赏着,直到再也按捺不住,便饿狼般地扑了上去。我满怀喜悦激动不已,从面包和香肠中嚼出一种遥远的、被淹没的、内在的男孩的喜悦,它滚滚涌来,把我全部身心席卷而去,使我沉浸在忘我的幸福之中。

没过多久,场面变了。我衣冠楚楚,一本正经地坐在阴凉的、面向花园的房间中。在窗上嬉弄着的树影透窗而入。我坐着,捧着一本书,完全沉浸在书中。我不知道这是本什么书,只知道是哲学家写的,但不是康德或是柏拉图,而是像安格鲁斯·西雷休斯那样一位。我读啊,读啊,常常吸入这难以言喻的享受,自由地,无干扰地,感觉不到昨天或明天地投入这个大海,投入这由聚精会神、提高和忘我构成的美丽的汪洋大海之中、预感到书中的结论将证实我的自身和我的思想。我边读边思索,慢慢地一页页翻过去。窗边有只金褐色的蜜蜂嗡嗡嗜嗜地低吟着,仿佛整个沉默的世界都凝聚在它们内,整个世界只想表达它充实的寂静和满足,别无所求。

我一度感到从远方或从这幢房子的深处传来典雅高贵的音响,是一把小提琴或大提琴发出的,这声音渐渐加强,越来越真实,而我的阅读和思索变成了倾听和深沉的陶醉,莫扎特的节奏笼罩着一个平静、纯洁的世界。

梦的世界又一次推移了。我在一座葡萄园南侧山谷中一道低矮的墙边,坐在一把折椅上,好像从来就是如此。膝上搁着一块画板,左手拿着轻巧的调色板,右手捏着油笔。我的旅游手杖插在身旁松软的土中,我的背包敞着口放在地上,看得见里面那些挤扁了的小颜料管。我掏出一管,拧下小帽,喜滋滋地把一点极美、极纯的钴蓝挤在调色板上,然后加上白色,再加上一点精美的翠绿,用来描绘傍晚的空气,最后吝啬地滴上少许茜素红漆。我长时间地凝视前方,望着遥远的群山和飘散着金褐色烟的云层,把群青与红色调和,为了表现细腻而屏住了呼吸,因为这一切都必须画得极柔,极轻,极飘。经过短暂的犹豫,我的笔迅速地,圆转地把一条明亮的云勾成了蓝色,它的影子是灰色的和紫色的,而那绿色的近景地面和枝繁叶茂的栗树现在开始同远处低调的红色和蓝色交相辉映,各种颜色的亲近,倾慕,吸引和敌对全部喧腾起来。没多久,我身心中的全部生命都汇聚在膝头的画板上,而一切世界对我和我对世界要说的、要做的、要承认的、要请求原谅的,都静静地、热烈地表现在白色和蓝色中,在愉快勇敢的黄色和甘美恬静的绿色中。而我感觉到,这就是生活!这是我加入这个世界的成分,是我的幸福,我的负荷。这里是我的家园。这里盛开着我的乐趣之花,在这里我是国王,在这里我怀着欣喜,镇定自若地向那整个极受尊崇的世界背过脸去。

一个阴影落在我小小的憧憬图像上,我抬起头来——我的住房已经到了,我的梦就此消失。

黎青 译

里尔克

赖内·马利亚·里尔克(1875—1926),奥地利诗人,出生于布拉格,早期代表作为《生活与诗歌》《梦幻》《耶稣降临节》等;成熟期的代表作有《祈祷书》《新诗集》《新诗续集》及《杜伊诺哀歌》等。此外,里尔克还有日记体长篇小说《马尔特手记》。

一次晨祷

如若可能,早起工作。你若不能做到,是什么阻碍了你?路途中有什么艰难吗?你不喜欢艰难?它能够将你杀死,它具有威力,这是你所知的艰难。你对轻松又了解多少?一无所知。我们对轻松毫无记忆。即使你可以选择,你难道不是必得选择那艰难吗?你未感到它与你相连吗?它难道未经由你的爱与你相连吗?它难道不是真正的来自故乡的东西吗?

你若选择了艰难,不就与自然统一了?你认不认为待在泥土里的种子不会更轻松?难道候鸟和那些自谋生路的野兽过得不艰难?

你看:根本不存在轻松与艰难。生活本身就是艰难的,但你想活命吧?你若把接受艰难称为义务,你就错了。驱动你这样做的是自我生存的本能。你的义务究竟是什么?义务就是去爱艰难。你承受艰难而言语不多,你必须晃着它哄它入睡,当它需要你时,你必须在它身旁。它随时都会需要你。

你必须相当热心和良善,将你的艰难宠惯,使它离不了你,使它像孩子一样依赖你。

你若做到这一步,你将不再愿意来人将它从你手里夺走。

你凭爱走到这一步。爱是艰难的。如果有人令你去爱,他给了你一项巨大的任务,但不是不能完成的。因为,他不是让你去爱人,这不是初学者能做到的,他也不要求你去爱上帝,这只有最成熟的人才能做到。他只是指向你的艰难,那是你最微薄又最丰沃的东西。你看,轻松对你一无所求,但艰难在等着你,你的所有力量在那儿都派得上用场,而且,即使你的生命漫长,你也没有一天留给讥嘲你的轻松。

走进你自己的心,建造你的艰难。你若如一块随四季变换的土地,那么,你的艰难在你心中应如一间房屋。想想看,你不是星辰:你没有轨道。

你必须成为自己的一个世界,你的艰难应是这世界中心,吸引着你,有朝一日,它将越过你,以其重力影响一个命运、一个人、影响上帝。当它成熟,上帝将进入到你的艰难之中。除了在此,你难道还会在别处与上帝相遇吗?

史行果 译

弗洛伊德

西格蒙特·弗洛伊德(1856—1939),奥地利心理学家、精神病医师。精神分析学派创始人。主要著作有《梦的解析》《精神分析引论》《精神分析引论新编》等。

论非永恒性

不久前,我在一位沉默寡言的朋友和一位年轻而又已负盛名的诗人陪伴下,在鲜花繁茂、富有生气的夏日景致中散步。这位诗人对我们四周大自然的美赞叹不已,但并不由此而愉悦。这一切美景注定要成为过去,夏日的明媚不久就会逸逝在隆冬的严寒之中。不仅如此,一切人类的美景都逃不出这种命运的羁縻,人类所创造了的以及所能够创造的一切美与高雅都不能幸免,这种想法深深地咬噬着诗人的心灵。在他的目光中,他一向热爱和赞美的那一切,在已成为必然的非永恒性的命运的操纵之下似乎已暗淡失色。

我们知道,对一切美和完善所感到的深切失望,会在人的心灵上引起两种不同的冲动。在这位年轻诗人身上所萌生出的令人痛惜的厌世感就是其一,再就是使人对所谓的真实进行反抗。可是那自然与艺术的一切魅力,外部世界给我们感官所带来的赏心悦目的美真会化为乌有吗?不,这不可能。相信一切魅力会消失殆尽,这或许太无意义,亵渎神明。它们一定会以某种方式继续存在,战胜一切毁灭性的威胁。

然而,这种对永恒性的欲求是我们满怀着希望来生活的一个成果,这一点是如此显著,以致这种欲求不可能得到现实的价值。痛苦确实存在着。我既不能断然排斥一般的非永恒性,也不能替美和完善找出一个永恒存在的例子。但是,我要驳斥这位情绪悲观的诗人,他认为美的短暂性会使美自身的价值受到贬低。

恰好与此相反,美的短暂性会提高美的价值! 非永恒性的价值是时间中的珍品,对享受的可能性的限制同样提高了享受的价值。那种美的非永恒性的观点竟给我们对美的愉悦蒙上阴影,这实在不可理解。就大自然的美来说吧,它会在年年时令的摧残后于新年之际姗姗而至,而且与我们的生命延续比较起来,自然美的复返还被看作是一种永恒的东西。我们在自身的生命上面目睹着人的形体与容颜的美不断地枯萎,不过这种短暂性也给美的魅力增添了一种新的色彩。假如有一朵花,它只在唯一的一个黑夜开放,而我们却觉得它这种昙花一现并非因此就减少了姿色。我同样看不出艺术作品以及精神成就的美与完善竟会由于时间的局限性而失去价值。要是出现了这样一个时代,其时那些使我们至今还惊赞不已的绘画雕塑无人问津了,或者我们的后代对我们的诗人和思想家的作品完全陌生,不能理解了;或者甚至出现了一个地质的时代,在这个时代,地球上的一切生灵都哑默无语了,而一切美与完善的价值都要依其对我们的感性生活的意义来确定,到那时,美与完善本身就不需要再继续存在下去了,因为,它们已不依赖于时间的延续了。

我认为如此去看待这个问题是无可辩驳的,但我发现那位诗人和那位朋友对我的看法却不以为然。我从这一失败中推断出,有一种十分强烈的感情上因素在左右着他们,这种因素把他们的判断弄糊涂了。这必然是那种心灵上对悲哀的反抗,对使他们感到美的享受失去价值的悲哀的反抗。美会是短暂的这种观念使这两位多愁善感的人预先尝到了因美的衰败而引起的悲哀的滋味。由于下意识地逃避一切痛苦,他们深深感到,在享受美的同时,他们的心灵受到一种任何美都是过眼云烟的悲愁情感的浸渍。

因失去了所爱和所赞美的事物而引起的悲愁感在普通人看来是极为自然的事,以致他们把他们的悲愁感看成是理所当然的了。而对于心理学家来说,悲愁感却是一个很深奥的谜,它的奇特现象连我们自己也解释不清,但我们却把其他隐秘莫测的东西溯源到它那里。我们设想人具有某种程度的爱本能,亦即所谓的性力,它在其发展的最初阶段摄住了它自身上的自我以后,它又从自我转向了某个对象,这对象可以说是由我们以同样的方式纳入我们的自我中去的。这个转变实际上很早就开始了,一旦对象被毁灭,或者我们失去了对象,那么我们的爱本能就会面临着一种不可名状的惆怅。它可寻求另一对象来作为补偿,或者暂时返回到自我去。但是,我们还不明白,为什么性力脱离了它的对象就会产生这种痛苦的过程,此时只能从爱本能眷恋其对象,排斥他物这一点来推测。我们只是看到,性力紧紧钳住了它的对象,而一旦对象丧失,即使作为补偿的代用品已经纳入,性力仍然不愿放弃那失去的对象。那么,这就是悲愁感。

我同那位诗人交谈时是在大战前的夏天。一年以后战争爆发了,世界上美的东西遭到浩劫。战争不但毁灭了它所波及到的大自然的美景,毁灭了它蔓延时触及到的艺术品,而且战争还使我们失去了对自己的文化成就的骄傲感,失去了对如此众多的思想家和艺术家的崇敬,破灭了最终克服不同国家和不同种族之间的分歧的希望。战争玷污了我们的科学所具有的崇高的纯洁性,让我们的本能冲动赤裸裸地暴露无遗;一百多年来我们不断受到高尚的思想家的教育,使得我们相信自己已经束缚住了内心中那丑恶的幽灵,而战争却放纵它。战争使我们的祖国变得更小了,那彼岸世界越来越遥远。战争浩劫了我们许许多多心爱的东西,并向我们表明,在那些被我们所认为是永恒的事物当中,有些已经急遽衰颓。

我们的在其对象上蒙受了极大创伤的爱本能具有更强烈的感情,这是不足为奇的。我们如今所剩下的只有对祖国日益增长的爱,对最亲近的人更加深厚的温柔情感和对我们共同所具有的东西的不断充溢的自豪感。但是那些如今已失去了财产的人们呢,在我们看来他们确实是丧失了价值,那么这是因为他们证明自己软弱无能、毫无抵抗力了吗?我们中间有许多人看来是这样的,但另一方面我认为并非如此。我相信,那些似乎认为一切都是暂时的,并且因为珍贵的东西已被证明不过是幻影沙器而开始逐渐放弃它们的人们,不过是处于因失去了所爱而引起的悲愁之中。我们知道,尽管悲愁极其令人痛苦,它还是会不胫而走,四处扩散。当它消灭了一切丧失对象后,它还会吞噬自己,于是,我们的性力又重新失去对象。因此为了自身,只要我们还年轻,还富有蓬勃的生命力,就应用有相等的价值或有更高价值的东西来代替所失去的对象。人们希望,毁灭性的战争不要再发生。只要悲愁感被克服了,那就表明,我们对文化财富所怀有的崇敬心对所出现的文化财富的衰颓现象并未熟视无睹。我们要重新建设被战争破坏掉的一切,兴许还比以前有更加坚实的基础和持久性。

刘小枫 译

茨威格

斯特凡·茨威格(1881—1942),奥地利著名作家。主要作品有中篇小说《一个陌生女人的来信》《象棋的故事》,长篇小说《焦躁的心》,回忆录《昨天的世界》等。

世间最美的坟墓
——记1928年的一次俄国旅行

我在俄国所见到的景物再没有比托尔斯泰墓更宏伟、更感人的了。这将被后代怀着敬畏之情朝拜的尊严圣地,远离尘嚣,孤零零地躺在林荫里。顺着一条羊肠小路信步走去,穿过林间空地和灌木丛,便到了墓冢前。这只是一个长方形的土堆而已,无人守护,无人管理,只有几株大树荫庇。他的外孙女跟我讲,这些高大挺拔、在初秋的风中微微摇动的树木是托尔斯泰亲手栽种的。小的时候,他的哥哥尼古莱和他曾听保姆或村妇讲过一个古老传说,提到亲手种树的地方会变成幸福的所在。于是他俩就在自己庄园的某块地上栽了几株树苗,这个儿童游戏不久也就忘了。托尔斯泰晚年才想起这桩儿时往事和关于幸福的奇妙许诺,饱经忧患的老人突然从中获得了一个新的、更美好的启示,他表示愿意将来埋骨于那些亲手栽种的树木之下。

后来就这样办了,完全按照托尔斯泰的愿望:他的坟墓成了世间最美的、给人印象最深刻的、最感人的坟墓。它只是树林中的一个小小长方形土丘,上面开满鲜花——没有十字架,没有墓碑，没有墓志铭，连托尔斯泰这个名字也没有。这个比谁都感到受自己的声名所累的伟人，就像偶尔被发现的流浪汉，不为人知的士兵一般不留名姓地被人埋葬了。谁都可以踏进他最后的安息地，围在四周的稀疏的木栅栏是不关闭的——保护列夫·托尔斯泰得以安息的没有任何别的东西，唯有人们的敬意；而通常，人们却总是怀着好奇，去破坏伟人墓地的宁静。这里，逼人的朴素禁锢住任何一种观赏的闲情，并且不容许你大声说话。风儿在俯临这座无名者之墓的树林之间飒飒响着，和暖的阳光在坟头嬉戏；冬天，白雪温柔地覆盖这片幽暗的土地。不论你在夏天和冬天经过这儿，你都想象不到，这个小小的、隆起的长方形包容着当代最伟大的人物当中的一个。然而，恰恰是不留姓名，比所有挖空心思置办的大理石和奢华装饰更扣人心弦：在今天这个特殊的日子里，成百上千到他的安息地来的人中间没有一个人有勇气，哪怕仅仅从这幽暗的土丘上摘下一朵花留作纪念。人们重新感到，世界上再也没有比这最后留下的、纪念碑式的朴素更能打动人心。荣军院大教堂大理石穹窿底下拿破仑的墓穴，魏玛公爵之墓中歌德的灵寝，威斯敏斯特大教堂里莎士比亚的石棺，看上去都不像树林中的这个只有风儿低吟，甚至全无人语声，庄严肃穆，感人至深的无名墓冢那样能剧烈震撼每一个人内心深藏的感情。

张厚仁 译

从罗丹得到的启示

我那时大约二十五岁,在巴黎研究与写作。许多人都已称赞我发表过的文章,有些我自己也喜欢。但是,我心里深深感到我还能写得更好,虽然我不能断定那症结的所在。

于是,一个伟大的人给了我一个伟大的启示。那件仿佛微乎其微的事,竟成为我一生的关键。

有一晚,在比利时名作家魏尔哈伦家里,一位年长的画家慨叹着雕塑美术的衰落。我年轻而好饶舌,热炽地反对他的意见。"就在这城里,"我说,"不是住着一个与米开朗琪罗媲美的雕刻家吗?罗丹的《沉思者》《巴尔扎克》,不是同他用以雕塑他们的大理石一样永垂不朽吗?"

当我倾吐完了的时候,魏尔哈伦高兴地拍拍我的背。"我明天要去看罗丹,"他说,"来,一块儿去吧。凡像你这样赞美他的人都该去会他。"

我充满了喜悦,但第二天魏尔哈伦把我带到雕刻家那里的时候,我一句话也说不出。在老朋友畅谈之际,我觉得我似乎是一个多余的不速之客。

但是,最伟大的人是最亲切的。我们告别时,罗丹转向我。"我想你也许愿意看看我的雕刻,"他说,"恐怕我这里什么也没有。礼拜天,你到麦东来同我一块吃饭吧。"

在罗丹朴素的别墅里,我们在一张小桌前坐下吃便饭。不久,他温和的眼睛发出的激励的凝视,他本身的纯朴,宽释了我的不安。

在他的工作室,有着大窗户的简朴的屋子,有完成的雕像,许许多多小塑样——一只胳膊,一只手,有的只是一只手指或者指节;他已动工而搁下的雕像,堆着草图的桌子:一生不断的追求与劳作的地方。

罗丹罩上了粗布工作衫,因而好像就变成了一个工人,他在一个台架前停着。

"这是我的近作。"他说,把湿布揭开,现出一座女人正身像,以黏土美好地塑成的。"这已完工了。"我想。

他退后一步,仔细看着,这身材魁梧、阔肩、白髯的老人。

但是在审视片刻之后,他低语着:"就在这肩上线条还是太粗,对不起……"

他拿起刮刀、木刀片轻轻滑过软和的黏土,给肌肉一种更柔美的光泽。他健壮的手动起来了;他的眼睛闪耀着。"还有那里……还有那里……"他又修改了一下。他走回去。他把台架转过来,含糊地吐着奇异的喉音。时而,他的眼睛高兴得发亮;时而,他的双眉苦恼地蹙着。他捏好小块的黏土,粘在塑像身上,刮开一些。

这样过了半点钟,一点钟……他没有再向我说过一句话。他忘掉了一切,除了他要创造的更崇高的形体的意象。他专注于他的工作,犹如在创世的太初的上帝。

最后,带着舒叹,他扔下刮刀,一个男子把披肩披到他情人肩上那种温存关怀般地把湿布蒙在女正身像上。接着,他又转身要走,那身材魁梧的老人。

在他快走到门口之前,他看见了我。他凝视着,就在那时他才记起,他显然对他的失礼而惊惶。"对不起,先生,我完全把你忘记了,可是你知道……"我握着他的手,感谢地紧握着。也许他已领悟我所感受到的,因为在我们走出屋子时他微笑了,用手扶着我的肩头。

在麦东那天下午,我学到的比在学校里学到的所有的东西都多。从此,我知道凡人类的工作必须怎样做,假如那是好而又值得的。

再没有什么像亲见一个人全然忘记时间、地方与世界那样使我感动。那时,我参悟到一切艺术与伟业的奥妙——专心,完成或大或小的事业的全力集中,把易于弥散的意志贯注在一件事情上的本领。

于是,我察觉我至今在我自己的工作上所缺少的是什么——那能使人除了追求完整的意志而外把一切都忘掉的热忱,一个人一定要能够把他自己完全沉浸在他的工作里。没有——我现在才知道——别的秘诀。

方敬 译

卡夫卡

弗朗茨·卡夫卡(1883—1924)，奥地利作家。著有长篇小说《审判》《城堡》等，以寓意的形式反映人们在荒诞无稽的资本主义世界中软弱无力的悲剧。

旅途札记

我应该通宵达旦地写下去，我想到了那么多事情，但都是粗糙的。这对我影响多大呀，而在以往，就我记忆所及，打个岔就能避开它，这稍稍一打岔本身就足以使我高兴。

莱兴贝格的一位犹太人，在车厢里简短地感叹道，特别快车只是就收费而论才称得上特别快车。这一声感叹使他自己引起了人们的注意。这时，这位骨瘦如柴的旅客正狼吞虎咽火腿、面包和两根香肠。他用刀把香肠的皮刮了又刮，刮到透明为止，最后他把残羹剩饭和纸一股脑儿扔到座位底下暖气管子后面。他一面吃得那样没有必要地激动和匆忙(这是我虽然赞同，但总是学不会的一种做法)，一面看完了两张晚报，报纸就朝着我的方向拿着。他——招风耳朵，鼻子只是在对比时才显得大了些。用油腻腻的手理了理头发，擦了擦脸，居然没有把自己搞脏，这又是一件我学不会的。

坐在我对面的是一位聋子，尖嗓子，尖胡子，尖髭。他在嘲笑那位莱兴贝格犹太人，先是默默地嘲笑，不露声色；我同他会意地交换了一下眼色，也嘲笑起来，带着某种抵触情绪，但也出于某种尊敬的感情。后来我才发现这位读《星期一新闻报》，吃东西，在一个车站买了酒，喝起酒来同我一样一饮而尽的人不过是个无名之辈。

这时，还有一个脸颊红润的年轻人，也花了不少时间读报，他读的是《趣闻报》，然后他漫不经心地用手掌的侧边把《趣闻报》一页页裁开，最后以一种只有无所事事的人才能表现出来却又总能使我钦佩不已的仔细和认真，把报纸折起来，使报纸里面叠出折线，把外面抚弄平整，好似折叠一块丝绸。然后，把那一大块报纸塞进了胸前口袋里，打算带回家去再看。我不知道他是哪儿下车的。

弗里特兰特的旅馆。很大的前厅。我记得有——也可能根本没有——一尊耶稣受刑的十字架像。也没有盥洗室；暴风雪从下面刮上来。一段时间内我是唯一的客人。附近居民的婚礼多半在这家旅馆举行。依稀记得在一次婚礼后的一个早晨，我向一间房间瞟了一眼。整个前厅和走廊里都很冷。我的房间就在旅馆大门口的上面；我一进去就感到冷，当我了解到了原因，便愈加感到冷了。我房间的前面是前厅的一个小侧厅，那里桌子上的花瓶里插着两束婚礼留下的鲜花。窗子的上上下下不是用插销而是用搭钩关上的。我记得还听见了很短一段音乐。但客房里没有钢琴。也许举行婚礼的房里有。每次关窗时总能看到市场的那一边有一家杂货铺。我的房间是烧木柴取暖的。女服务员长着一张大嘴巴；有一次，虽然很冷，她敞着领子，露出了前颈；有时她十分拘谨，有时又友好得令人吃惊，我总是对她怀着敬意但又感到窘迫，就像我在友好的人们面前常有的那样。她弄火时看到我为了能在下午和晚上工作,端来了一盏更亮一些的灯而感到高兴。"当然了,靠那盏灯工作是不行的。"她说。"这盏灯不够好。"我说。不幸的是,我在感到窘迫时总会发出一种洋洋得意的感叹。这句话是我发出了这种感叹后说的。我想不起别的什么事,只表示电灯光又是刺眼又是惨淡,此后便默默地弄火。只是在我说"此外,我只把旧灯的灯火捻得大了一些"时,她笑了一下,我们取得了一致。

而在另一方面,像以下这些事情我是可以干得很出色的:我总是待她如待贵妇人,她在言行上也以贵妇人自居。一次我不期而然地回来,看到她正在寒冷的前厅擦地板。不管她会感到什么样的窘困,我只要对她说一声"哈啰",随便提一个关于取暖方面的要求,便使她感到释然,这种事我做起来毫无困难。

从勒斯皮诺回到弗里特兰特的路上,我旁边坐的是一个像尸体一样僵硬的人,嘴巴张开,垂下来的长髭遮着嘴巴。我问他关于一个车站的事,他热情地向我转过身来,有声有色地作了情况介绍。

弗里特兰特的城堡。观看城堡有不同的角度:从平原上、从桥上、从公园里、透过光秃秃的树丛、从树林里透过高高的冷杉树。城堡的一部分建筑在另一部分之上的那种方式使人惊叹不已;人进了院子许久之后,仍然看不见一个完整的外貌,深色的常春藤、深灰色的墙壁,白皑皑的积雪覆盖着蓝灰色的斜坡的冰层,使城堡多彩多姿的特点愈加突出。城堡其实并不建在高原上,而是环绕着一个山顶相当陡峭的斜坡建造的。我沿一条道路上行,一路上老是打滑,而在爬了一段时间之后碰到一位城堡主,他却能一步跨两个阶梯而毫不困难。从突出的外角放眼看去,有广阔的视野。

一段倚墙而立的楼梯莫名其妙地只有半截。吊桥的链条在钩子上摇晃,无人过问。

美丽的公园。公园如同梯田一般建在斜坡上,这里那里散布着一丛丛树木,公园的一角延伸得太远,直到下面水池的周围,夏日的景色是无法猜测的。两只天鹅在夹带着冰块的池水里浮游,一只把头和颈都伸进水里。我怀着一种不安、好奇而又犹豫不决的心情跟着两位姑娘走,她们也不安而又好奇地不断回过头来看我。我跟着她们顺着山势跨过小桥,经过草地,从铁路的路堤下面走进一个想不到是由树木葱茏的斜坡和路堤构成的圆形厅堂,然后又向上,来到了一片看不到明显边际的树林。姑娘们开始时走得很慢,到我开始考虑林子有多大时,她们加快了脚步,这时我们都已经到了高原上,清风吹来使人精神一爽,再走几步就到了小镇了。

"皇帝面面观",是弗里特兰特唯一的消遣场所。我并不感到自在,因为室内布置十分高雅,对此我没有思想准备,我穿着白雪覆盖的靴子就走进去,坐在玻璃陈列柜前,只用靴子尖踮在地毯上。这些地方是怎样布置的,我已忘记了,但有一阵子我感到应该踩着椅子走路。小桌上有一盏灯,一位老人坐在桌子边上读《世界画报》,他总管一切。过了一会儿,他放幻灯给我看。放一阵之后,来了两位老太太,坐在我的右边,然后又来了一位,坐在我的左边。幻灯中放映的是布雷沙、克里摩纳和维罗纳①三个城市。其中的人如同蜡制的娃娃,脚粘在路面上。一些妇女拖着裙裾走过一段低矮的楼梯,把门稍许打开了。一个家庭里的一个男孩,正在

---

① 意大利北部的三个城市。

读书,一只手摸着前额;另一个男孩正在弯一张弓弦松弛了的弓。英雄铁托·斯培利的全身塑像:衣服在飘动,完全忽略了他的身躯,宽大的短上衣,大檐帽。

画面比在电影里更有生气,因为它给予眼睛以全部现实的宁静。电影则是把它无休止的运动传给了画面上的事物;眼睛的宁静似乎更为重要。为什么就不能将电影同幻灯结合起来呢?

在书店的橱窗里,我看到了丢勒学会的《文学顾问》一书。决定买它,但是又改变了主意,然后又回到最初的决定;在这前思后忖中,这一天的全部时间就这样消磨在书店的橱窗前了。在我看来,书店是那样凄惨,书也是那样凄惨。只是在这儿,我才感到弗里特兰特同世界还存在着联系,但只是很脆弱的联系。有一次我还走进去看了一下。弗里特兰特不需要科学书籍,因此这里书架上的小说几乎多于大都市书店里的小说。一位老太太坐在有绿色灯罩的电灯下。橱窗里有四五本《艺术保护人》杂志,刚打开包,这使我想起了这是本月的第一天。老太太从橱窗里拿了一本书,把书放到我手里。她感到吃惊的是,我怎么会透过毛玻璃看到这本书。她在分类账上查找价格。因为她不知道这本书的价格,丈夫又不在。我说晚上我还会回来的,但是并未守约。

莱兴贝格。

夜晚,人们急匆匆地赶路。区区小镇,这样急匆匆究竟为了什么,真是莫名其妙。如果住在镇外,那么肯定会乘有轨电车,因为距离太远。但如果就住在镇上,距离根本不远,因此也没有理由急匆匆赶路。但人们加大了步子急匆匆地穿过广场,虽然对一个村庄来说这个广场也不算太大,而市政厅却大得出乎意料(市政厅的影子可以遮盖广场而绰绰有余),这就使广场愈加显得小了。

一个警察不知道工人赔偿办公室的地址,另一个警察不知道展览会在哪里举行,第三个警察甚至连约翰内斯胡同的位置都不知道。对此,他们的解释是,他们当警察为时不长。要问路我就得去派出所,那里有许多警察在闲荡,大家都穿着漂亮、崭新和颜色令人吃惊的制服,因为不这样,人们在街上除了黑色的冬季大衣之外就什么也看不见了。

街道窄小,只能安放一条路轨。因此去火车站的有轨电车行驶路线不同于从火车站开出的有轨电车。从火车站开来的电车经过维也纳大街(我住在这街上的埃希饭店),去火车站的电车经过施图克尔大街。

我到剧院去看过三次戏。其中一出戏叫《海与爱之浪潮》。我坐在二楼楼座里,一个演员演得好过了头,以致在念诺克勒鲁斯的台词中有了太多的嗓音;第一幕结束时,剧中人希洛和黎安德互相盯着,我流了几次眼泪。在第二幕中,森林是人们从古老的精装本书所载照片中看到的那种森林,十分动人,攀缘植物从一棵树缠绕到另一棵树上。一切都长了青苔,呈深绿色。从第三幕开始每况愈下,好似后面有追兵一般。

金坚范　陆洁　译

瓦萨里

乔尔基欧·瓦萨里(1511—1574)，意大利画家和建筑师，米开朗琪罗的弟子。他的《意大利著名建筑师、画家和雕刻家汇集》，生动鲜明地描绘出文艺复兴时期二百五十年当中社会生活和人类精神面貌的急剧改变，是一部极其珍贵的艺术文献。

达·芬奇逸事

上天往往像降雨一样赐给某些人卓绝的禀赋，有时甚至以一种神奇奥妙的方式把多方面的才艺汇集在一人身上；美貌、风度、才能，这个人都应有尽有，不论从事何种工作，别人都是望尘莫及。这充分证明他得天独厚，其所以能超群逸伦并非由于人力的教导或安排。列奥那多·达·芬奇正是这样一个众所共见、无人不知的例子。姑且不谈他相貌秀美——虽然这点至今还没有得到足够的称扬——在他的每一行动举止之中都表现出言语无法形容的安详娴雅的风度。他神妙的才能使他可以很快就完全掌握任何意欲研究的困难学科。他兼具充沛的精力和惊人的熟练，同时胸怀壮阔，胆识过人。由于这种超凡的天赋，他的声名真称得起流传遐迩，不仅生时喧腾众口，死后更是与日俱增，将来也定能永垂不朽。

列奥那多·达·芬奇(皮耶罗·达·芬奇先生的儿子)确是一位出类拔萃的天纵奇才。假设他不是这样生性多能，兴趣广博，他无疑可以在科学上达到极高的造就;只是他缺乏恒心,所以对许多研究都是有始无终。即以数学而论,虽则他学习为时甚短,却已经能不断提出疑难问题,使他的老师目瞪口呆。他也曾开始研究音乐,决心学好弹奏曼陀铃的本领;由于他天生具有一副崇高的想象力和活泼细致的脑筋,所以能自弹自唱,随心所欲地编制曲调和歌词,使人听之忘倦。

尽管他喜好的事物这样繁多,他却从未放弃素描,并且经常做各式各样的浮雕——这是他最感兴趣的两门活动。他的父亲皮耶罗先生发现儿子有这种癖好之后,考虑到他非凡的才能,曾把他的某些素描拿给一位亲密友人安德雷亚·戴尔·维罗奇奥看,并且专诚请问:如果雷奥那多从事素描,将来有无前途。维罗奇奥看到雷奥那多早期习作就这样惊人,立即劝他叫孩子继续深造。皮耶罗先生当下依言而行,把雷奥那多送往安德雷亚的画坊里进一步学习[1]。雷奥那多欣然前往,在那里不止学习素描,还推而广之,研究与素描有关的全部艺术。因为他资质聪颖,又深通几何学,所以他不仅从事雕塑(早年他就用赤土做过几个微笑的妇女头像——这些现在还有石膏复制品——以及孩子的头像,宛如出自名家之手),并且曾为房屋底层和整所建筑画过某些设计图样。此外,早在少年时代,他就曾经建议更改阿诺河的河道,以便形成一条沟通比萨和佛罗伦萨的运河。雷奥那多还设计过磨坊、漂布机和其他可借水力操作的机器;但是因为他早已决定把绘画当作终生事业,所以他仍用大部分时间描绘人物。有时他先用泥土塑造若干人物模型,再把浸过灰的柔质碎布搭在上面,然后煞费苦心地用笔尖以

---

[1] 约在1468年。

黑白两色在用过的细滑丝布上照样勾勒出来。我的素描画册里收藏着某些样品,即出自他的手笔,真是惟妙惟肖。他用纸作画也非常细心。这方面他造诣之高可说举世无双。我有一幅他用明暗法画的人头像,美好生动,无可比拟。雷奥那多的才艺纯系天授,其心手如一的程度只有令人叹服。此外,他记性奇佳,足以与他的智力相符,因此在论辩当中,能做到旁征博引,语语有据,使最强的对手都得甘拜下风。

雷奥那多经常构筑模型,设计方案,打算划移或穿通山岭,使行客能畅通无阻。他还曾利用杠杆、起重机和绞轮来说明举起或摇曳重物的道理;他并且研究过清除港口淤泥和自深处汲水的办法——这些计划使他废寝忘食,昼夜不息,结果画出难以数计的草图,至今仍散落在该行业的诸位专家手中。我自己就见过不少。另外,他还耗费很多时间,设计过一串纠结奇妙的绳索,每根起讫都很清楚,全体归成一个圆形。其中有个特别复杂难解的绳圈,曾经雕版流传,中心写着"雷奥那多·芬奇学院制"的字样。在他的设计草图中,有一幅他曾经屡次拿给当时负责佛罗伦萨市政的诸位官吏们看——他们多数都是非常精明干练的人士——企图向他们证明他能把城里的圣乔万尼教堂抬起,另行安置在一列阶梯上,完好无损。凭他无碍的辩才,他能讲得头头是道,听上去真仿佛切实可行;虽说等他走后,谁都明白该项工程根本无法实现。他娓娓动听的辞令使所有人士都对他倾心。雷奥那多的家业本来十分单薄,微不足道,工作时间也很少,但是他却拥有许多仆役马匹。他不仅特别爱马,也喜爱所有动物,对待它们体贴入微。据说他每逢走过鸟市,总是先付钱给鸟商,然后开笼放生,让众鸟恢复自由,凌空翱翔。由于他天资过人,不论把心灵或精神寄托在什么事物上,都能做得超越凡流,尽善尽美,兼具和谐、真实、良善、秀丽和优雅诸特点,绝非旁人所能企及。

雷奥那多深通艺理,故此对许多计划都仅仅作出开端,未能完成;因为他觉得人力无法体现他原来在想象或心目中所看到的事物原形。他常常自己设想种种困难课题,都是匪夷所思,出人意表,不管艺人两手如何精巧熟练,也无从做到完美逼真,毫无遗憾。他的想法日新月异,变化无穷。在自然科学方面,除开其他研究,他还曾致力于考察植物性能和观测天体——包括行星运转、月亮盈亏和太阳的轨道。

前文已经提及,他在童年时就被父亲送往维罗奇奥的画坊里学习绘画。某次,师傅承担下一幅以圣约翰为耶稣施洗为题的画①。雷奥那多在画里添入一个手持衣衫的天使。虽说当时他尚在髫龄,那天使却比他师傅画的其余部分都更精彩。维罗奇奥看到这个童子青出于蓝,愧恨交并,从此竟然誓绝操笔作画。

后来雷奥那多又接受委托,设计一幅门帘上的画——该门帘准备由弗兰德斯工人用金线和丝线织成后,送给葡萄牙国王,画的题目是人类祖先在乐园中犯罪的经过。他首先用明暗法画出一片草原(明处以白铅涂染),里面布满各种植物和飞禽走兽,就其细巧和逼真的程度而论,可以断言,世上任何技艺入神的画家都要自叹不如。以其中的无花果树为例:叶子宽窄匀当,枝条扶疏,使人难以想象有谁能像他那样耐心。另有一棵棕树,叶作扇形,圆润可爱,堪称登峰造极,没有雷奥那多的天才和工力断难着笔。但是门帘最后并未织成,这幅设计图就留在佛罗伦萨,不久以前由雷奥那

---

① 约在1470年。

多的叔父赠献给高贵的欧塔维亚诺·美第奇,目前仍为那幸运的家庭所有。

据说皮耶罗先生在乡间居住的时候,某次曾接见他产地上的一个农民。这农民砍倒一棵无花果树,自己制成一面盾牌,带给皮耶罗先生,要求他在佛罗伦萨找人代画盾面。皮耶罗先生当下慨然应许,因为那农民是个渔猎能手,曾为他出力不少。于是他把盾牌带往佛罗伦萨,交给雷奥那多,叫他设计绘画,但是并未言明是受谁的嘱托。雷奥那多接过盾牌后,发现形体凹凸不平,制造简陋,就把它先在火上烘直,然后送给一个车工,细加磨治,及至送回来时,果然已经旋得平滑浑圆,一改昔日粗糙畸形的状态。于是他把盾面涂上一层石膏粉,仔细调匀,然后思索应该以何为题,结果选中麦杜萨①的头颅,因为它能使人一眼望去,心惊胆落。为此,雷奥那多在自己一间从来不准旁人进去的房子里放入许多蜥蜴、刺猬、壁虎、蛇蝎、蜻蜓、蚂蟥、萤火虫和其他能够捉到的丑怪动物;把各自的特点加以改造综合,绘成一个骇人的妖兽,口吐毒焰,周身笼满从一条阴暗岩缝中迸出的烈火,黝黑的喉咙里毒气泛滥,两眼喷火,鼻孔冒烟,真是万分可怖。他这样不倦地劳动,直到那些动物的尸体使全屋充满腐烂的气息,恶臭难闻;但是由于他兴致勃勃,专心一志,竟然毫无觉察(或者毫不介意)。后来那农夫和皮耶罗先生都不再催问这件工作了。到画完的时候,他对他父亲说:可以随时来取盾牌,因为他已经完工,可以交差了。于是皮耶罗先生于某日清晨亲自去取。听到敲门声,雷奥那多亲自出来开门,但是叫他父亲先在门外稍等,自己返回屋里,把盾牌安置在一个画架

---

① 麦杜萨,希腊神话中的女妖,面貌凶丑,能看见的人僵化为石。

上，拉起窗帘，使盾面微显阴暗，然后才叫父亲进来观看。皮耶罗先生不知其中底蕴，举目一望，惊惶退却，完全没有料到那是一面盾牌，也不知道上面的怪物只是绘制的，当下转身逃走。雷奥那多拉住他说："这面盾牌果然起作用了，请你拿去吧，因为它正该产生这样的效果。"皮耶罗先生感到这简直是超乎奇迹，当即对雷奥那多独出心裁的想法倍加赞许，但是暗暗从商店里买了另外一面盾牌，交还给农民，盾面图案是一颗被利箭射穿的心。农民收到后，终身对皮耶罗先生感恩无尽。不久以后，皮耶罗先生把雷奥那多所画的盾牌偷偷卖给一帮商人，价格一百金币；随后那些商人又以三百金币的价格转卖给米兰公爵。

雷奥那多后来又画了一幅绝妙的圣母像，被教皇克利门特七世视为至宝。画里有诸般陈设，其中有一个水碗，里面摆着鲜艳的花朵，叶上的露水光润欲滴，惟妙惟肖。他还为他的友人安东尼奥·赛尼绘过一幅海神，也是神采飞扬，栩栩如生。海面波涛起伏，海马驾车疾驰，周围出没着形形色色的奇鱼怪兽，还有风神和其他精心绘制的海中生物。这幅画后来由安东尼奥之子费比奥·赛尼转赠给乔万尼·加第，并附有如下的题词：

维吉尔与荷马都曾描绘过海神
驾着骏马在惊涛骇浪里飞奔；
但是那两位诗人仅是凭想象，
芬奇是目睹——应该算后来者居上。

雷奥那多曾发奇想，打算用油彩画麦杜萨的头，发间缠着一圈相互纠结的怪蛇，这真是别开生面的大胆创造。但是这样一幅作品需要时间,因此像他其余的许多计划一样未能完成。这个头像现存于科西摩公爵的宫廷中,上面还有一个半身的天使,一臂举起(自肩至指画得粗细合度),另一臂按着胸膛。这位伟大天才还有一点值得钦佩:因为想使作品色调尽量浓淡分明,他对最深的黑色仍不满意,总是孜孜不倦,精益求精,以求把光亮反衬得更加明耀夺目。最后他终于调制成一种全黑的颜色,其中毫无光亮,绘出物品宛如夜间所见,与白昼景象截然不同。这番努力完全是为了加强色调对比,为了发现和达到艺术的完美顶峰。

雷奥那多对相貌古怪、须发异常的人深感兴趣,每逢遇到这种特别引他注目的典型,就尾随在后,终日不舍,直到把形象深深印入脑中,然后回家动笔,一挥而就,仿佛该人就站在眼前。这样画下的头像为数甚多,男女皆有。我个人在那本屡经提及的素描册里就收藏有几幅以墨水笔勾勒的作品。还有一幅用炭画的老人头像,十分精彩,该人名叫亚美利哥·维斯普奇。另一幅画的是吉卜赛军官斯卡拉谟契亚。此画后来由江布拉里传给圣劳伦佐教长多那陀·瓦尔当布里尼先生(原籍阿列邹)。另有一幅《三圣朝主图》也是他的手笔,堪称精心杰作,头部画得尤其神妙。该画如今收藏在佩鲁兹长廊对面的亚美利哥·本奇家里。可惜的是,正如许多其他作品,也没有完成。

1493年,米兰公爵乔万尼·加莱亚曹去世,鲁德维柯·斯佛察当选为他的继任人。这位公爵最喜爱曼陀铃,因此以重礼聘请雷奥那多前往米兰,为他演奏①。雷奥那多随身携带一个自制的乐器,大部分用白银铸成,形如马头,式样新奇,能使发出的乐声显得

---

① 此处叙述有误。雷奥那多早自1483年已在米兰;鲁德维柯任公爵于1494年,但在此以前已经当权执政。

更加清亮柔美。结果他受到的欢迎远远超过所有其他前来表演的乐师。此外,他还是当时第一流口占诗句的捷才。公爵十分赏识他的言谈和多方面的才艺,把他视为心腹,曾经要求他绘制一幅以耶稣诞生为题的神坛供图,后来由公爵献给皇帝[1]。雷奥那多还为米兰圣马利亚慈悲寺院的黑衣僧侣画了一幅十分工妙的《最后的晚餐》[2]。由于他把诸使徒的头像画得优美高贵,已臻至极,后来画到基督的头时,竟不得不半途而废,因为他深感救世主所应具有的神圣风度非画笔所能表达。但是这幅作品虽未完成,却被米兰市民和外地人士奉为至宝。雷奥那多把诸使徒的疑虑、焦急和渴望知道谁将出卖主的心情描绘得淋漓尽致,人人面部都显示出爱慕、恐怖、愤怒,或是悲伤与困惑,因为他们对主的意喻莫测高深。另一方面,他对犹大的冥顽、仇恨和奸诈也揭露得十分真实透彻,令人惊叹。连画中最微小的细节,也可以看出作者的无比苦心,即以桌布为例,一丝一缕,若隐若现,地道的亚麻布也不过如此。

据说寺院方丈曾不停地催促雷奥那多赶快画完。他不能理解为什么画家有时用大半天工夫坐在画前,只管沉思冥想。照他看来,这完全是浪费时间。他的主意是要把雷奥那多当作雇来在他花园里掘地的苦工一般,昼夜劳动,永不停笔。这样催促雷奥那多还不算,他竟一直跑到公爵那里哓哓抱怨,把公爵烦扰得无可奈何,最后只好派人把雷奥那多召来,婉言劝他尽快结束,但同时也声明这完全是出于方丈的纠缠。雷奥那多知道公爵深明事理,因此虽然他不屑对方丈辩解,对公爵却做了一番详细的表白。他首

---

[1] 即罗马帝国皇帝马克西米里安一世(1493—1519年在位)。
[2] 约创作于1495至1498年。

先阐述艺术的规律,说明有才能的人有时恰恰是在看来无所事事的时候,产生最丰硕的成果;因为他们需要先使概念在脑中明确化,然后才能赋予它们艺术的形象。他又告诉公爵画中还缺少两个人头。一个是救世主的,世上无从寻觅,而他自己在默想静观中也还未能充分体认像这样一位大慈大悲投生人世的神祇应该具有怎样完美无疵的容颜。另外还缺一个犹大的头,也得煞费苦心,因为很难找到现成一副相貌,足以适合这样的败类:在接受许多恩惠之后,竟不惜出卖他自己的主人和创世主。他只能尽力去找,但是万一找不到,还有办法——反正那无理捣乱的方丈的头可以借来一用。公爵听后大笑不止,连称有理。方丈落得当场出丑,窘态百出,只好跑回花园里去督促工人掘地,不敢再来麻烦雷奥那多。后来犹大的头果然画成,看上去真是极尽邪恶奸狡之能事;但是救世主的头则如上文所说,没有画完。这幅画在构图和精心勾勒的细节上都体现出极为崇高的风格;为此,法国国王[①]热切希望把它运往法国。他曾屡屡搜求工匠,让他们想法用木料和铁做成架子把画保护好,以便搬运时不至损坏,费用多少,在所不计。但是画本来是在墙上,因此国王的愿望无法实现;这样,米兰市民才保住那幅珍品。

在《最后的晚餐》绘制过程中,雷奥那多还为鲁德维柯公爵和他的长子麦克西米伦画了一幅肖像。这肖像和《最后的晚餐》都画在同一膳厅的墙上,恰好遥遥相对。旁边是一幅老式画法的《基督受难图》,另一边是公爵夫人碧亚屈琪和公爵次子弗朗彻斯柯的肖像(二位公子后来都曾任米兰公爵)。两幅肖像都画得极为工巧。

---

① 弗朗索瓦一世(1515—1547年在位),此后系顺叙后事。

雷奥那多在那所膳厅里作壁画的时候,曾经向公爵建议为公爵①铸一座巨大的骑马铜像,以资纪念。但是他开始塑造的模型就过于庞大,根本无法完成。因此众议纷纷,有些妒贤嫉能的小人竟然认为雷奥那多开始时就没有作完成的打算。的确,该像体积之大为熔铸提出了无法克服的困难,要使首尾接成一片显然不可能。旁人大概是看到雷奥那多的许多作品都是有始无终,所以听说此事,就有上述的想法。其实,我们应该作如下的猜测:由于他生来胸怀壮阔,不免有些好高骛远,正是这种精益求精、永无止境的脾气才构成真正的障碍;也就是佩特拉克所谓的"工作因热望而停顿不前"②。所有看见过雷奥那多原制的巨人泥像的人都声称:其气魄之雄壮宏伟堪称空前绝后。这个模型原来保存完好,后来法王路易③率兵来到米兰时,才被毁坏无遗。另有一个较小的蜡制模型(同样被认为是穷极工巧)和一本画家为自己参考所写的论述马体筋骨的著作,也都散失了。其后,他日益专心研究人体结构,和另外一位杰出学者马康托尼奥·戴拉·托莱经常合作,相互协助。马康托尼奥当时正在帕维亚讲学,对此门科学曾有著述。据我所闻,他是最早把加仑④的学说用来解释病理的人,对以前一直埋藏在愚昧黑暗中的解剖学阐明发挥的功绩甚大。在这方面,雷奥那多的天才和劳动给予他极可贵的支援。他有满满一册素描

---

① 应作"公爵的父亲"——加里阿佐·马利亚·斯佛察。
② 全句如下:
　　　你知道我的天性:求知的火焰
　　　在我胸怀中燃烧得如此猛烈,
　　　以致工作因热望而停顿不前。
　　　　　——佩特拉克《爱的胜利》第三章七至九行。
③ 路易十二(1498—1515年在位)。
④ 古希腊医学家加仑(约129—199),著述极丰。

(颜色用红粉笔,线条用墨水)①,里面细心摹画下许多他亲手解剖过的尸体。首先是全身骨骼的结构、安排和位置;随后又依次添入所有的神经,最后又加上肌肉:第一组的肌肉与骨衔接,第二组使之凝聚,第三组专司动作。每一部分都有文字解说,字体怪异,自右至左,用左手写成;只有熟悉此种阅读的人,借助镜子,才能读懂。这些解剖草图现在大部分归弗朗彻斯柯·达·梅尔策先生所有。梅尔策是一位米兰缙绅。雷奥那多在世时,他尚是幼童,因为容貌俊美,深为画家所喜爱;现在他已经成为一个和蔼可亲的老者,但是仍然把那些草图视为奇珍,和一幅雷奥那多的肖像放在一起,收藏唯谨。凡是阅读过上述文字的人一定都会感到无比惊奇:这位绝伦的天才怎能同时论述艺术,又谈到肌肉、神经和血管,对一切都是这样勤恳钻研而又卓有成效。此外米兰画家N.N.还收藏有雷奥那多一些其他文章,也是用左手写的,内中讨论的是绘画、一般素描和着色等问题②。不久以前,这位画家曾到佛罗伦萨来见我。当时他说起有意印行这部著作。为此,他把该书带往罗马;但是下落如何,我至今不得而知。

让我们回到雷奥那多的作品上来吧。恰好在这时,法王③来到米兰;雷奥那多应约准备一些格外别致的东西,以示欢迎。于是他造成一头假狮,可以自己行走几步,然后敞开胸膛,让人看见腔中塞满了百合花④。在米兰居留期间,他还收下一个当地人作为门徒。此人名叫萨赖⑤,年轻秀美,生得一头拳曲的柔发——这点

---

① 现藏于不列颠博物馆。
② 即《论绘画》,后于1651年出版,现存。
③ 查理八世(1483—1498)。
④ 法国国徽。
⑤ 萨赖,真名是安德雷亚·萨赖昂诺。

是雷奥那多一向特别赏爱的。他指点给萨赖许多有关艺术的诀窍。至今米兰还有许多署名萨赖的作品,都曾经过雷奥那多的润色。

回到佛罗伦萨以后,他听说塞维僧侣正委托菲利披诺为他们福音教堂中主要的礼拜堂绘制一幅神坛供画,当下他表示自己颇想接受这桩工作。此话经人转告菲利披诺之后,菲利披诺马上自行告退,因为他是一个生性和善、与世无争的人;于是僧侣们就把任务交给雷奥那多。为了使他能顺利工作,他们请他全家迁入寺院里,承担一切生活费用。雷奥那多被他们供养了很长时间,却始终不曾落笔。最后他才草创了一幅底稿,上面画的有圣母、圣安娜和婴儿耶稣,笔法奇妙,不仅使其他画家看了叹为观止,而且在完成之后,摆在一间屋里展出,接连两天都有男女老少争先恐后前来观瞻雷奥那多的神笔,有如参加某个庄严盛大的节日,把屋子挤得水泄不通。他们一致拭目震惊——这并不足为奇,因为玛利亚的脸上容光焕发,充分体现基督之母所应有的圣洁和秀丽,艺术家使她流露出一种既羞涩又柔顺的神色,两眼望着怀中抚爱的圣子,充满喜悦之情。在低目注视的圣母脚下,圣约翰正在与一头羊羔嬉戏;欢欣万状的圣安娜站立一旁,望着他们,面带微笑,深庆自己尘世的后裔已经蒙佑成神。这一切都无愧于雷奥那多卓越的头脑和天才。关于这幅底稿后来被运往法国的经过,别处将有交代。雷奥那多还为亚美利哥·本奇的妻子姬奈弗拉画了一幅美妙的肖像,把塞维僧侣委托给他的任务完全放弃。结果僧侣只得将任务交还菲利披诺,但是菲利披诺也未能完成那幅供图就去世了。

雷奥那多还答应为弗朗彻斯柯·戴尔·乔亢多的妻子蒙娜丽莎

绘制一幅肖像,时作时辍,耗费了四年光阴[1],结果仍未完成。此画现存于枫丹白露,为法国国王法兰西斯所有。凡是想瞻仰巧侔造化的艺术境界的人们在这幅头像面前都能如愿以偿,因为一切细致的神态和容貌特点都刻画得惟妙惟肖。双眸明亮,略带润湿,恰似实际生活中所见的眼睛;眼眶周围那些淡红、微发青紫的圆圈也好像天然所生;睫毛的绘法尤其是备见苦心;双眉表现得酷似真实,或纤或浓,每根细毛都植根在皮肤里,弯曲翘转,各有法度,连所有的毛孔都摹画得极为逼真。鼻梁和娇红的鼻孔宛如生人所有。嘴的轮廓很美,双唇的玫瑰色调又和脸色融合谐调,颊上的绛霞完全不像经过画工渲染,而像真正的血肉。不论何人,只要仔细观察喉部,一定都感到他能看见脉管在搏动。总之,可以毫不夸张地说,这幅画足以使最高傲的艺术家浑身颤抖,最见多识广的鉴赏家赞不绝口。蒙娜丽莎原来就是一位绝色美人,雷奥那多在为她画像的时候,又预先作好布置,使她身边不断有人在歌唱、弹奏乐器或讲述笑话,为了叫她心情舒畅,不致流露出画家经常赋予肖像的那种阴郁神色。因此,这幅肖像的脸上表情欣悦,嫣然微笑,动人魂魄,真可说是天仙化身,绝非人世所有。此画历来被推为神品,因为天然真实也不能使它增加分毫。

这位大师的许多杰作使他声名煊赫,远近皆知;因此一切艺术爱好者,甚至佛罗伦萨的全体市民,都热切盼望他能留下某些纪念物。人们纷纷议论应该委托给雷奥那多一些什么宏伟重大的任务,以便使他能充分发挥他的天才、巧艺和智慧,把城市变得更加华美,为邦国增光。当时,巨大的市议厅刚刚建成,设计图样的共

---

[1] 创作于约1503—1506年。

有四人：朱利安诺·地·桑·加洛、西蒙奈·波莱尤利（别名克罗那卡）、米开朗琪罗·波那罗蒂和巴奇欧·达尼奥罗（详情将在别处交代）。因为完工速度很快，当即由"旗手"①和主要士绅商定，颁布决议，邀请雷奥那多为大厅画一些精彩作品。这任务就由当时任"正义旗手"的皮耶罗·索德里尼交给雷奥那多②。雷奥那多表示乐意接受，于是先在新圣马利亚教学的某间屋子（俗名"教皇大厅"）里起草一个底稿，画题是米兰公爵菲利浦驾下统帅尼柯洛·庇契尼诺的事迹③。画中有一群骑兵，正在争夺一面军旗展开混战。此画素来备受推崇，不只因为构图巧妙，还由于全画表现出一种大气磅礴的手笔。景中其他细节不谈，最奇妙的是，不但双方军士都露出盛怒、蔑视和渴望复仇的神气，连战马也是同样，有两匹马前足交搭在一起，正在用牙齿拼个你死我活，斗争之激烈不下于抢夺军旗的士兵。一人双手抓住旗杆，正在催促坐骑加速飞奔，身体侧转，似想用力把旗从敌兵手中夺走。四名敌兵都是一手紧握军旗不放，另一手挥舞利剑，企图把杆柄斩断。另有一名年老的战士，头戴红帽，也进来插手抓住旗杆，另一手高举弯刀，大声咆哮，想要一下砍断两个敌兵的手；但是那两名敌兵也不甘示弱，咬紧牙关，决心誓死保卫他们的军旗。地面上还有两个缩画的兵士，正在马蹄翻滚之间做殊死搏斗。一个已经被扑倒在地，另一人压在他身上，手臂高高举起，握紧匕首，企图用全力刺穿他的喉咙；但是他仍旧拼命挣扎，手足并用，想逃脱近在目前的死亡。言辞很难充分

---

① 意大利某些城邦的执政官名，佛罗伦萨的"正义旗手"始于1293年。
② 1503年。
③ 即昂基亚利战役（1440年6月29日）；佛罗伦萨人在此次战役中击溃了米兰公爵的部队。

描述雷奥那多在这幅画里所表现的高度技巧——士兵周身上下的作战装束，连同头盔、鸟羽和其他饰物都刻画得十分精致，马匹的形体动作更是神妙已极。谈到画马，雷奥那多堪称独步一时。他能以最大限度的真实性传达出马的健美肌肉和灵活动作。

据说雷奥那多为绘制这幅图画，特地叫人造成一具构筑复杂的架子，并合时可以增高，降低时可以加宽。他原意是想用油彩把底稿画在墙上，但是底层颜料敷得过于粗糙，因此在进行的时候，画面开始陷入，线条变得狼藉模糊。雷奥那多看到这个情况，不久以后就搁笔中止。

雷奥那多生性高洁，对财利从不计较。传说有一次他到银行里去取皮耶罗·索德里尼每月支付给他的薪金。当时出纳想给他一些纸包的小钱，雷奥那多愤然甩手而去，声称："我作画不是为了赚铜子儿！"由于画未能完成，有些人说他是蓄意欺骗皮耶罗·索德里尼，对他深表不满。雷奥那多听说此事，就向诸友人告帮，凑足他所领到过的数目，携款往见索德里尼，打算归还，作为赔偿，但是索德里尼没有接受。

李奥十世登上教皇宝座之后，雷奥那多陪同朱利安诺·德·美第奇公爵前往罗马[①]。这位教皇很喜欢探索科学，尤其酷好炼金术。在途中，雷奥那多自己调制成一种蜡膏，趁半软时，捏成形形色色轻小中空的动物。如果把气吹足，这些动物就能凌空飞翔；气泄完后，就又落到地面。某天，美景宫的葡萄剪修工人发现一头形

[①] 李奥十世升任教皇于1513年，雷奥那多于1515年始赴罗马。此处叙述显然有遗漏，因为上文讲的是1504年的事，现在就一下跳到1515年。在此期间，雷奥那多曾周游意大利各地，检修军事工程，可能还曾去往法国。对这一切，瓦萨里皆未提及。

状奇异的蜥蜴。雷奥那多为它特地制成一副翅膀,用的是其他蜥蜴身上剥下的皮,里面浸灌水银,使它在爬行时两翅微微颤动。此外,他还给那蜥蜴配上眼睛、角、须,把它调练驯熟,养在一个盒子里。遇到宾友来访,他就拿出来叫大家观赏,吓得人人抱头逃走,丧魂失魄。他还时常把洗净的羊肠刮磨得薄而又薄,能团握在掌心中;然后在邻近室中安好一架铁匠用的风箱,将羊肠一端套上,不断向里面送气,直到羊肠胀大到足以塞满他所在的那间宽阔屋子,迫使屋内其他人都远远蜷缩在一个角落里。然后,他叫他们看清原物是形质透明的,里面装满空气,本来体积虽小,现在却可以充塞所有空间——用他的话说,这正是天才的绝妙象征。类似的玩笑把戏,他还发明过不少,最常利用的是镜子和光学器械。在调配绘图油彩和保护图画所用的漆质方面,他做过许多异想天开的实验。大致在这个时期,他还为教皇李奥手下的文案官巴尔达萨莱·屠里尼先生(派西亚人)绘成一幅小画,画题是圣母怀抱着圣子,笔调细腻,备见苦心;但是不知由于原来为底层配色的匠人手艺疏忽,还是他自己调制彩漆时过于追求新奇,总之,这幅画现在已经大为暗淡褪色。另外还有一幅小型的圣子像,神态美好凝重,令人叹绝。这两幅画当前都在派西亚,为朱里奥·屠里尼先生所珍藏。据说,某次雷奥那多受教皇李奥的嘱托要绘一幅图画,他马上就开始提炼油料和药草,准备制造护漆。教皇知道,长叹一声说:"此人尚未动笔,就已想到完工,看来这回准是一事无成了!"

在米开朗琪罗·波那罗蒂和雷奥那多之间不断有激烈竞争。米开朗琪罗甚至因此而离开佛罗伦萨,朱利安诺公爵替他找到一个借口,说他是应教皇之召,去往罗马绘制圣劳伦佐正墙的壁画。雷奥那多听说之后,也启程前往法国。那时法王已经购得他若干作品,对他十分倾慕,希望他能画一幅圣安娜像。但是雷奥那多积习未改,依旧是满口允诺,一笔不画,让国王徒然等待了很长时间。最后,他年老患病,卧床数月,自知死期已至,当即大发愿心,苦学天主教的仪式和圣教道理,然后痛哭流涕,忏悔往罪。那时他已经无力站立,但是还坚持起床,由朋友和仆人扶持着,毕恭毕敬地接受了圣餐礼。国王平日就常访问他,和他友好交谈,这时也来到室中。雷奥那多为了欠身致敬,叫人扶起自己,坐在床上对国王讲述他的病况详情,同时悲叹自己触怒了神和人,因为他未曾竭尽本分,为艺术效力。这时他突然感到一阵剧烈的痉挛(这是死亡的预兆);国王立即站起,叫他把头枕在自己臂上,力求减轻他的痛苦和表示对他的恩宠。这位天纵奇才雷奥那多,意识到这是无上的殊礼,就这样躺在国王怀中溘然逝世,享年七十五岁[①]。

  雷奥那多的死使所有认识他的人都感到万分悲痛,因为任何其他画家都没有像他这样为绘画增添荣耀。他面貌俊秀,神采奕奕,能使最悲戚沮丧的人看了也欣然欢悦;他口才捷敏,能使最顽固的人听从他的意旨,回答或是或否。他膂力过人,能遏止任何横暴行为,甚至能把做门环用的铁圈或马蹄铁像铅一样扭弯。由于天性乐善好施,他对一切友人,不论穷富,只要有一技之长,无不接纳款待。最贫苦卑贱的住宅,只要藏有他的作品,立刻显得蓬荜生辉,身价十倍。雷奥那多的出生固然使佛罗伦萨增光不少,但是他的死去也使该城感到不可弥补的损失。他对油画的贡献在于创立一种加深暗影的手法,使后世画家笔下的人物能因之显得更加有力,线条分明。他铸塑人像的本领可以用圣乔万尼教堂北门上摆

---

① 应作六十七岁。

设的三个铜像为证。这些铜像是乔·弗朗彻斯柯·鲁斯梯契铸成的,但是经雷奥那多亲自指导。毫无疑义,不论就设计和精工而论,这些都应算作当代炼铸品中最美好的典范。

雷奥那多写过两部著作:一部论马体结构,一部论人体结构,都使我们蒙益不浅。由于他天赋超群,多才多艺,尽管他说得多,做得少,他的声名仍将永不熄灭。乔万尼·巴蒂斯塔·斯特罗奇先生曾以如下言辞赞美他:

他一人足以降服
所有其他人,包括菲迪亚、阿派赖,
和他们门下全体骄傲的信徒。①

米兰画家乔万尼·安东尼奥·波特拉菲欧是雷奥那多的弟子。他资质敏慧,技巧高明,在1500年曾为博罗尼亚城外的大悲教堂绘过一幅油彩的门扇画,画中人物有圣母、圣子、施洗约翰和裸体的圣瑟拔斯显,另外还有施舍该画的人的跪祷肖像,手笔精致可爱。画上有波特拉菲欧的署名,自称是雷奥那多的弟子。这位画家在米兰和其他城市画过不少作品,但是我只提到这一幅,因为这是他最得意之作。雷奥那多还有一位弟子,叫马柯·乌基奥尼,曾为圣马利亚和平大教堂画过一幅《圣母升天图》和一幅《迦拿婚筵图》②。

吴兴华 译

---

① 菲迪亚,公元前五世纪希腊著名雕刻家;阿派赖,公元前四世纪希腊著名画家。诗句取 Vince("降服、战胜")和 Vinci(芬奇)的谐音。
② 指耶稣在加利利的迦拿某次婚筵上使水变酒的事,见《圣经·新约·约翰福音》第二章1至11节。

伽利略

伽利略·伽利莱伊(1564—1642)，意大利著名科学家，不仅在物理学和天文学领域贡献卓著，而且在文学方面颇有造诣。一生创作了许多传播科学知识、堪称精湛不磨的传世佳作，如《验证者》《两种新科学的对话》等。此篇为《验证者》中一章节，写于1623年。

我们的知识是有限的

基于长期的经验，我似乎发现，人们在认识事物时处于此种境地：知识愈浅薄的人，愈欲夸夸其谈；相反，学识丰富倒使人在判断某些新事物时，变得甚为优柔寡断。

从前有一人，生在一个人迹罕至的地方，但他天资颖慧，生性好奇。他喂养了许多鸟雀，饶有兴味地欣赏其啁啾，聊以自娱。他极为惊异地发现，那些鸟儿运用巧妙之技，借助呼吸之气，能随心所欲地叫出各种声音，皆好听极了。一日晚间，他在家听到附近传来一种声音，十分悠扬，遂臆断为一只小鸟，出去捕之。路上，遇见一位牧童，正在吹着一根木管，同时手指在上面按动着，忽而捂住某些孔眼，忽而放开，使木管发出了那种响声，宛然喈喈鸟语，不过发音方式迥然不同。他惊诧不已，并在好奇心驱使下，送给牧童一头牛犊，换取了那支笛子。他通过思索意识到：假使牧童未从此地路过，他将永远不会晓得，自然界有两种产生声音和乐音的方法。

他决定离家出走,意欲经历一些其他奇事。翌日,当他经过一幢茅舍时,听见里面响着一种乐音,为了弄清是支笛子还是只乌鸦,他信步而入。只见一少年,正用拿在右手的一根弓,拉着绷在左手持着的一只木匣子上的几条筋,同时指头在筋上移动着;根本不必吹气,那件乐器就发出了各种悦耳的声音。此时他有多么惊愕,凡是像他一样具有智慧和好奇心的人,都是可想而知的。他偶然见识了这两种意想不到的产生声音和乐音之新法后,遂开始相信自然界尚会存在其他方法。然而又令他感到十分奇妙的是,当他走进一座圣殿时,为了瞧瞧刚才是谁在奏乐,便往门后看去,发觉音响是在开门之际产生自门枢和铰链。另外一次,他兴致勃勃地走进一家酒店,以为能看到某人在用弓轻轻触动小提琴的弦,但看见的却是有个人正用一只手指的指尖,敲着一只杯子的杯口,使其发出清脆的响声。可当他后来观察到,黄蜂、蚊子与苍蝇不是像鸟雀那样,靠气息发出断断续续的啼叫声,而是靠翅膀的快速振动,发出一种不间断的嗡嗡声时,与其说他的好奇心越发强烈了,毋宁说他在如何产生声音的学问方面变得茫昧了,因为他的全部阅历俱不足以使他理解或相信:蟋蟀尽管不会飞,但却能用振翅而非气息发出那般和谐且响亮的声音。嗣后,当他以为除上述发声方式之外,几乎已不可能另有他法时,他又知悉了各式各样的风琴、喇叭、笛子和弦乐器,种类繁多,直至那种含在嘴里、以口腔作为共鸣体、以气息作为声音媒介物的奇特方式而吹奏的铁簧片。这时他以为自己无所不晓了,可他捉到一只蝉后,却又陷入了前所未有的无知和愕然之中:无论堵住蝉口还是按住蝉翅,他都甚至无法减弱蝉那极其尖锐的鸣叫声,而不见蝉颤动躯壳或其他什么部位。他把蝉体翻转过来,看见胸部下方有几片硬而薄的软骨,以为响声发自软骨的振动,便将其折断,欲止住蝉鸣。但是一切终归徒然;乃至他用针刺透了蝉壳,也没有将蝉连同其声音一道窒息。最后,他依然未能断定,那鸣声是否发自软骨①。从此,他感到自己的知识太贫乏了,问他声音是如何产生的,他坦率地说知道某些方法,但他笃信还会有上百种人所不知的、难以想象的方法。

我还可以试举另外许多例子,来阐释大自然在生成其事物中的丰富性,其方式在感觉与经验尚未向我们启示之时,都是我们无法设想的,即便经验有时仍不足以弥补我们的无能。故此,倘若我不能准确地断定彗星的形成之因,那么我是应当受到宽宥的,况且我从未声言能够做到这一点。因为我懂得它会以某种不同于我们任何臆度的方式形成。对于握在我们手心的蝉儿,都难以弄明白其鸣声生自何处,因而对于处在遥远天际的彗星,不了解其成因何在,更应予以谅解了。

刘黎亭 译

---

① 法国自然科学家雷奥米尔(1683—1757)后来证实:只有雄蝉才会发声;鸣声产生自腹部两块肌肉对一层膜的摩擦,原理颇似击鼓。

桑塔亚那

乔治·桑塔亚那(1863—1952),西班牙作家,出生于马德里,父母是西班牙人,童年在波士顿度过,后在哈佛完成学业,获哲学博士学位,每年均会抽出一部分时间在欧洲居住,并在退休后定居欧洲,一生用英语写作,却仍保留了西班牙国籍。1914年至1918年旅居英格兰,此小品写于其间。文章很短,却以一个外国人的眼光,揭示出近代英国人在第一次工业革命锤炼下产生的性格——膨胀又不失悠闲。

英国人的性格

支配英国人的究竟是什么呢?当然不是才智;也难说是热情;恐怕也不是私利,因为我们所谓的私利不过是一种活跃的才智侍弄出来的一些无趣的情欲。英国人的心也许难以捉摸,或者默然无声;但英国人的心不会算计别人,或者格调下流。有许多民族,人们总是十分无辜地抱怨他们在小事上说谎话,欺骗人,捏造一些困境,或者骗取一些好处;他们觉得这就是生活艺术的一部分。这可不是英国人的风格。对英国人来说,直接面对或者破解对手倒更容易,用不着绕着弯子去解决。如果我们硬说支配英国人的是常守之规,我们面对如下事实又很难自圆其说:英格兰一向是滋生个性、怪癖、异端邪说、咄咄怪事、嗜好和幽默的乐园。在英格兰,我们更容易看到两种社会早产儿——虚伪的或者不虚伪的。一个人会用某种大言不惭的口气告诉你,他在靠吃坚果活着,或者通过媒介与乔舒亚·雷诺兹①爵士保持书信来往,或者蹲大牢时住得不如狗窝,敢说这种话的这种人除了生活在英国还会在别的国度吗?一个年轻女子身着几近男装,形容举止几近男子,跟你说她的父母令人讨厌,她只想嫁人却不要孩子,或者生养孩子却不嫁丈夫,敢如此自语的这种妇女除了生活在英国还会在别的国度吗?要命的是,这些虚妄行径很快成为某种小圈子里习以为常的活动,或许甚至已经为大多数人纷纷效仿,如同人们改信宗教一样一哄而上;荒诞不经的领域往往要求毫无条件的自甘屈从。虽然如此,人们一旦从气质上标新立异,傲然俗世,他们就会想方设法穿戴得不同一般,做出某种堂皇的改变,显示出他们自身的一部分。

还是让我不揣冒昧,指出英国人性格所在吧;支配英国人的是英国人的内在大气,是英国人灵魂的大气。每当英国人锻炼身体、饮茶或者喝啤酒或者点上烟斗的时候;每当英国人身置花园或坐在炉边,在一把非常舒服的椅子里舒展身子的时候;每当英国人梳洗干净穿戴整洁,在教堂里毅然面向东方诵读希腊经文(如果喜欢屈从还会摆出种种屈从的姿态)并且句句深信不疑的时候;每当英国人聆听或吟唱最寡情薄义的俗曲儿不为所动却不大反感的时候;每当英国人认定谁是自己的莫逆之交或者心爱的诗人的时候;每当英国人接受宴请或者接受恋人的时候;每当英国人打猎、射杀、水上泛舟或者在田野大步穿行的时候;每当英国人选择衣服或者职业的时候——每当这些个时候,左右英国人的从来不是一种确切的原因,或者一个确定的目的,或者一个外部事实;左右英国

---

① 雷诺兹(1723—1792),英国肖像画家,艺术理论家,创建皇家美术院(1768)并任院长,代表作品有《约翰逊博士画像》等。

人的总是英国人灵魂的大气。

若说这种大气只是一种身体的健康，一种流动的血液，一种旺盛的胃口，那么这话可就太有点大而化之了；就算灵魂的大气是上述的一切，那么它也是某种确定的性格的见证，某种成熟的非此即彼的爱好的见证，深深地扎根于灵魂之中。它让生活有一种方向感，归根结底是伦理道德的密码，是宗教背后的宗教。另一方面，若说它是什么准则的理想或者效忠行为，那么这话又说得过分明确和抽象了。这种内在大气如果不得已凝缩为语言，或许可以沉淀为某种简略的格言或者三言两语的理论，当作一种口号呼喊了；但是它的幼稚语言给它带来不公，因为它滋生在比语言甚至思想更为深层的地方。它是一种深厚的默然无声的本能和忠诚，是一种生活质量的爱，毫无畏惧地保持始终。它孕育着许多执拗的主张和坚定的拒绝。如同一艘冒着烟的战舰在一片轻声细语的言论下进行战斗，旌旗猎猎，信号不断；你千万别只看其表象，而要想一想它们为什么高高飘扬，不会降下。一个人往往经不住诱惑绝望地转身离去，躲开那种最令人向往的熟悉人物——一幅画像，英武，俊美，纯朴，光荣，才智和幽默显而易见——原因只是他听信了什么极其无聊的陈词滥调，听信了什么毫无进取的愚蠢的小小教义，据此便以为什么都不能解救他。改革家放弃了他；不过话说回来，人家为什么要改变一个比自己优秀得多的人呢？他像一匹纯种良驹，对训练有素的目光心领神会，对轻轻的触摸毕恭毕敬，与你配合得天衣无缝，在这大千世界穿行。他使用什么言语你在意吗？你会因为云雀只会歌唱不会说话而不愿意聆听吗？而且一旦云雀开口说话，你会因为它的种种奇怪想法而生气吗？当然，如果有人分明在颠倒黑白，信口开河，这肯定是错，虽然这种错误也许造不成什么伤害;人与人之间的最大分歧应该让我们受益,而非伤害,因为各种分歧只是视角的影响,只是经验与利益方面的正当的多样化。相信那种讲话时出言谨慎的人,在行动上敏捷稳重的人,但是也需十分注意争论不休的人,十分注意强词夺理的人。朱庇特①把头轻轻一点,最棘手的问题便迎刃而解,因此英国人在关键场合只需寥寥数语,无须什么动作,就会让内心世界感到清澈见底。

显然,英国人不擅传道,不擅征服。英国人喜欢乡村甚于城镇,热恋家园甚于异邦。英国人看到土著依然是土著,陌生人依然是陌生人,与自己保持若即若离的距离,倒会心下喜欢,如释重负。不过,英国人对外人却是异常好客,短时间里几乎什么人都可以接待;英国人旅行和出征没有一定之规,因为英国人只是从骨子里喜欢探索。英国人不管进行什么冒险都是看得见摸得着的;各种冒险活动很少能改变英国人什么,因为英国不害怕它们。英国人无论走到哪里都在心里装着英国人的天气,在沙漠里它会成为一片凉爽的荫蔽,在人类所面临的困境中便是一种稳定而神圣的奇观。早在希腊人的英雄时代,这世界就有了这样一个可爱、公正、孩子气的主人。一旦科学的恶棍、阴谋家、暴民与狂热者联手排挤掉英国人,那么人类的不祥之日就到来了。

辛梅 译

---

① 朱庇特,罗马神话中的众神之王,相当于希腊神话里的宙斯。

梅特林克

莫里斯·梅特林克(1862—1949),比利时法语作家、诗人。他的代表作《青鸟》是一个六幕的梦幻剧,他是象征派戏剧的代表作家,同时也发表了不少散文,如《明智和命运》《蜜蜂的生活》《花的智慧》《大秘密》《蚂蚁的生活》等,以唯灵论的观点研究一切生动的命运,写得细致生动。1911年获诺贝尔文学奖。

论 沉 默

"沉默与奥秘!"卡莱尔[①]喊道,"必须为它们设立赢来普遍崇拜的祭坛(如果人们今天仍然设祭坛)。大事在沉默中酝酿成,最终显出本相,在生活的光芒中宏伟壮观,卓越绝伦。世上并非只有一个寡言英雄纪尧姆[②],我认识的所有伟人,甚至最乏外交手腕、最无战略眼光的人也能克制自己不谈自己的计划与功绩。当你茫然不知所措时,请把舌头拴上一天吧,次日,你的计划与任务将一目了然!一旦外界的杂音不再入耳,你身上还有什么渣滓和垃圾不能被这些哑巴工人清除呢?话语常常不像法国人所说的那样是掩盖思想的艺术,而是窒息并中止思想的艺术,致使无思想可再加

[①] 托马斯·卡莱尔(1795—1881),苏格兰作家,著有《法国革命》《论英雄与英雄崇拜》等。

[②] 又称奥朗日的纪尧姆,是法国中世纪武功歌中的一个英雄人物。

掩盖。话语固然重要,但并非最重要。瑞士格言说得好:Sprechen ist Silbern,Schweigen ist Golden,话语是银,沉默为金,或者不如说:话语有限,沉默永恒。

"蜜蜂只在黑暗中工作,思维只在沉默中进行,德行在秘密中……"

不能相信话语会在人们之间起到真正的沟通作用。用唇与舌表达心灵,无异于以数字与符号表现梅姆灵①的画。一旦我们真有什么要说,我们不得不缄口不言。若此时想抵御不露真身然却咄咄逼人的沉默,我们就犯下了人类智力最瑰丽的珍宝都无法弥补的永久过失,因为我们失去了倾听另一心灵的机会,失去了赋予我们自己的心灵一刻生存的机会;人生在世,如此之机不来两次……

我们只在并不生活着时才开口,此时,我们不愿觉察我们的兄弟,我们感到远离现实,一旦开了口,就有某种东西告知我们:神奇之门关闭了。因此,我们不滥用沉默,最冒失的人见到生人并不闭嘴。人人皆有的非凡直觉警告我们:对不愿认识的人或不喜欢的人不作声是危险的;话语在人们中流传而过,而沉默,如果变得主动,就永远也抹不掉。真正的、唯一留下痕迹的生产,只能由沉默造成。想一想,在沉默中(为要自己解释自己,必须求助于这一沉默),如果你能钻入心灵中天使居住的深处,这时你首先回想起某个深受你爱戴的人的东西,并非他的话语,亦非他的动作,而是你们共同经历的沉默;正是沉默的性质独自揭示了你的爱与你的灵魂的性质。

---

① 汉斯·梅姆灵(1430? —1494),弗拉芒画家。

这里我只涉及了主动的沉默,因为还有一种被动的沉默,它只是睡眠、死亡或非存在的反映。这种困乏入睡时的沉默比话语更不可畏;但某种意外状况可以突然唤醒它,于是它的兄弟——主动沉默——就出来即位。当心!两个心灵将融通,隔板将倒塌,堤坝将溃毁,平凡的生活将让位于新的生活,这时,一切都将变得严肃,一切都不提防,一切都不敢笑,一切都不服从,一切都不被忘却……

正因为无人不晓这阴沉的力量和它危险的戏举,我们才对沉默怀有深深的惧意。迫不得已时,我们忍受孤立的、自身的沉默,几个人的、人数倍增的,尤其是一群人的沉默却是超自然的负担,最强的心灵都畏惧其无以解释的分量。我们消耗大部分生命寻找沉默统治不到的地盘。一旦两三人相遇,他们只想驱逐看不见的敌人,要知道,多少平凡的友谊不是建筑在对沉默的仇恨之上?假如人们白费了努力,沉默仍成功地潜入聚集者之中,他们便会不安地从事物未知的庄重一面扭转脑袋,然后马上走开,将位置留给生人,从此便互相回避,唯恐百年之搏斗再次落空,唯恐有人偷偷向敌手敞开大门……

大多数人一生中仅有两三次懂得并允许沉默,他们只在某些庄严场合才敢迎接这位难以识透的来客,然而那时,几乎所有人都恰当地迎接它;因为即使最卑鄙者有时也懂如何行事,恰如他们早已知晓神所知晓之事一样。回忆一下你毫无畏惧地遇到的第一次沉默吧。可怕的钟点已然敲响,它前来迎向你的心灵。你见到它从谁都没说过的生活的洞穴中升起,从美或恐惧的内心大海深处升起,你并不逃走……这是在起跑线上的回转,快乐中面临死亡、濒于遭难。你还记得神秘的宝石闪烁着光芒,入睡的真理猛然觉醒的时刻吗？难道沉默并非必要,敌人不断的爱抚不是神圣的吗？不幸的沉默的亲吻——沉默尤其在不幸中拥抱我们——再不能被遗忘;比他人更常认识沉默的人比别人更强。也许只有他们知道日常生活的细薄表皮漂荡在何等沉哑幽深的水上,他们走近上帝,他们走向光明的脚步永不迷失方向;心灵可以不升华,但绝不可堕落……

"沉默,伟大的沉默王国,"熟谙人生王国的卡莱尔还叫道,"比群星还高,比冥府更深！……沉默,高贵的沉默者！……他们散布在四面八方,在各自的城乡,在沉默中思想,在沉默中工作,晨报根本不提他们……他们是大地之盐,国家若是没有或缺乏这些人则走不上正轨……就像一座没有根的森林,尽管枝叶茂盛,但很快就将枯萎,不成其为森林……"

比卡莱尔讲的庸俗沉默更重要也更难达到的真正沉默,并不是那种会抛弃人们的神。它四面围绕着我们,是我们暗指的生命的基础,一旦有人颤抖地叩响了深渊的洞扉,总是这个主动沉默前来打开此门。

在无以度量之物面前,众人一律平等;而面对死亡、痛苦或爱情,国王的沉默与奴隶的沉默一模一样,皆将相同的珍宝藏在不透的外套里。作为我们心灵不可侵犯的庇护所,这一沉默的奥秘将永远不会丢失。假如人类的第一位祖先遇到了地球上最后一个居民,他们也会以相同方式缄口不言,真诚相见,尽管相距千万年,他们也好像曾熟睡在同一摇篮中,他们将同时明白世界末日之前嘴唇不会去学说的东西。

一旦嘴唇熟睡,心灵就苏醒并活动起来;因为沉默本是充满意外、危险及幸福的因素,沉默中的心灵自由地控制着自身。假若你真正愿意把自己托于某人,你就沉默吧;假若你害怕在他面前静默——除非这种害怕出于渴望奇迹的爱的敬畏与吝啬——你就离开他吧,因为你心中已然有数了。有些人,连最伟大的英雄都不敢在他们面前默不作声,无所可隐的心灵却担忧被其他心灵所揭开。还有一些人从不沉默,在他们周围得不到安静;他们才是唯一真正不被人注意的人。他们无法穿越"暴露"这一闪烁着稳固而忠诚的光芒的地带。对那从不闭口的人我们怎么也得不出一个确切的概念。可以说他们的心灵没有面目。"我们尚未互相熟悉,"一位我所爱的人在来信中写道,"我们还不敢互相沉默。"完全正确,我们彼此如此深爱,以致曾经害怕忍受超常的考验。每当沉默——最高真言的天使、爱的特殊陌生的使者——降临,我们的心灵似乎都要下跪求情,恳请一时的无故谎话、天真无知或童心稚气……但无论如何,这一时刻必须来到。它是爱的太阳,像天上太阳催熟大地的果实那样催熟心灵的果实。不过人们对它的惧心也非毫无来由;因为人们对面临的沉默的性质一无所知。若说一切话语颇为相似,所有的沉默则千差万异。大多数时候,整个命运取决于两个心灵所造成的第一次沉默的性质。混杂产生于不知何处,因为沉默的储库比思维的储库更加高深;无法料及的饮料会变得苦涩无比或甜蜜万分。两个可钦可敬而同样有力的心灵会导致敌对的沉默,在黑暗中殊死搏斗,而一个苦役犯的心灵面对一个处女的心灵却会神妙地缄口不言。人们事先一无所知,在这个天国里一切皆不抢先;因此,最温柔的情人们往往推迟到最后一刻才郑重披露心底的重大隐私……

他们也知道,真正的爱将最浮浅轻佻的人也拉入了生活的中心，其余一切皆是围墙外的儿戏，现在城墙在倒塌，生活打开了大门。他们的沉默抵得上他们隐藏的神，如果他们在第一次沉默中不能互相理解，他们的心灵就不能互爱，因为沉默是根本不变的。它可以在两个心灵之间升上降下，但其本质永不改变；直到情人们死亡时，它仍将具有第一次进入洞房时的那种姿势、形态和力量。

随着人生道路上的迈进，人们会发现，一切将按某种无以名之的契约依次发生，对此先决之契约，人们不透半点口风，甚至想都没想，然而人们知道它存在于我们脑袋之上。初次相见时最无效的就是笑脸相迎，俨然一副熟谙众兄弟命运的派头。那些言谈最深刻的人最明白，言辞从来无法表达两个人之间真实而特殊的关系。如果说，我现在向你谈的是最严肃的事：爱情、死亡或命运，我还是未触及死亡、爱情或命运，哪怕竭尽全力，我们之间将永远存在一种没有说到的甚至没想到的真理，这无声的真理将在我们中单独存在一时，令我们不能想及他事。这一真理，才是我们关于死亡、命运或爱情的真理，唯有在沉默中才能隐约窥见它。非沉默不能承担这一重任。在某个童话中有位女孩说："我的姐妹们，你们每人都有神秘的念头，我想知道它。"我们也是如此，我们身上也有某种别人想了解的东西，不过它隐藏得比神秘念头更深；这就是我们神秘的沉默。任何询问都无济于事。精神对其守卫的任何骚扰都会成为了解存在于这一秘密中的第二生命的障碍；为弄清灵魂深处真实存在之物，必须在我们之间保持沉默。唯有在沉默中，那些依据人的心灵而不断改变其形状与颜色的意外而永恒之花才能绽开一时。心灵在沉默中显出重量，就如同金子和银子在纯水中显出重量，我们的话语只有浸润在沉默中时才显出意义。如果我对某人说我爱他，他不会明白我也许已对其他千万人说过的这句话，但假如我真的爱他，那么，随之而来的沉默将显示出今天这一词的根系已扎入何处，并产生出默默的确信，这沉默与确信在一生中没有两次是相同的……

难道不是沉默决定了爱的滋味吗？一旦被剥夺了沉默，爱也就既无味道也无永久的芳香了。谁熟悉这一离嘴唇而聚心灵的寂静时刻？必须不断地去寻求它。再没有比爱的沉默更为温顺的沉默了：这是真正唯一属于我们自身的沉默。其他崇高的沉默，如死亡、痛苦或命运的沉默并不属于我们。它们按自己选择的时间从事件深处向我们走来，它们不曾遇到的人无须自我谴责。我们可以迈着爱的沉默而去。它夜以继日地等候在我们的门槛前，像它的兄弟们一样美丽。全靠它，那些几乎不落泪的人才能像那些不幸的人一样怀着亲密的感情生活下去；十分懂得爱的人了解的秘密与其他人不了解的秘密一样多；因为在友谊与爱情深沉而真切的嘴唇的静默之中有着其他嘴唇永远不能闭口不言的成千上万的东西……

余中先 译

勃兰兑斯

乔治·勃兰兑斯(1842—1927),丹麦文学批评家。主要作品有《十九世纪文学主流》《流亡者文学》《歌德传》等。

人　生

这里有一座高塔,是所有的人都必须去攀登的。它至多不过有一百级。这座高塔是中空的。如果一个人一旦达到它的顶端,就会掉下来摔得粉身碎骨。但是任何人都很难从那样的高度摔下来。这是每一个人的命运:如果他达到注定的某一级,预先他并不知道是哪一级,阶梯就从他的脚下消失,好像它是陷阱的盖板,而他也就消失了。只是他并不知道那是第二十级或是第六十三级,或是哪一级;他所确实知道的是,阶梯中的某一级一定会从他的脚下消失。

最初的攀登是容易的,不过很慢。攀登本身没有任何困难,而在每一级上从塔上的瞭望孔望见的景致是足够赏心悦目的。每一件事物都是新的。无论近处或远处的事物都会使你目光依恋流连,而且瞻望前景还有那么多的事物。越往上走,攀登越困难了,目光不大能区别事物,它们看起来都是相同的。同时,在每一级上似乎难以有任何值得留恋的东西。也许应该走得更快一些,或者一次连续登上几级,然而这是不可能做到的。

通常是一个人一年登上一级,他的旅伴祝愿他快乐,因为他还没有摔下去。当他走完十级登上一个新的平台后,对他的祝贺也就更热烈些。每一次人们都希望他能长久地攀登下去,这希望也就显露出更多的矛盾。这个攀登的人一般是深受感动,但却忘记了留在他身后的很少有值得自满的东西,并且忘记了什么样的灾难正隐藏在前面。

这样,大多数被称作正常的人的一生就如此过去了,从精神上来说,他们是停留在同一个地方。

然而这里还有一个地洞,那些走进去的人都渴望自己挖掘坑道,以便深入到地下。而且,还有一些人的渴望是去探索许多世纪以来前人所挖掘的坑道。年复一年,这些人越来越深入地下,走到那些埋藏金属和矿物的地方。他们使自己熟悉那地下的世界,在迷宫般的坑道中探索道路,指导或是了解或是参与到达地下深处的工作,并乐此不疲,甚至忘记了岁月是怎样逝去的。

这就是他们的一生,他们从事向思想深处发掘的劳动和探索,忘记了现时的各种事件。他们为他们所选择的安静的职业而忙碌,经受着岁月带来的损失和忧伤,和岁月悄悄带走的欢愉。当死神临近时,他们会像阿基米德①在临死前那样提出请求:"不要弄乱我画的圆圈。"

在人们眼前,还有一个无穷无尽地延伸开去的广阔领域,就像撒旦在高山上向救世主显示的所有那些世上的王国。对于那些在一生中永远感到饥渴的人,渴望着征服的人,人生就是这样:专注于攫取更多的领地,得到更宽阔的视野,更充分的经验,更多地控制人和事物。军事远征诱惑着他们,而权力就是他们的乐趣。他

---

① 阿基米德(前287—前212),古希腊数学家、发明家。相传罗马人攻陷叙拉古城时,他正在沙地上画几何图形,不幸被杀。

们永恒的愿望就是使他们能更多地占据男人的头脑和女人的心。他们是不知足的,不可测的,强有力的。他们利用岁月,因而岁月并不使他们厌倦。他们保持着青年的全部特征:爱冒险,爱生活,爱争斗,精力充沛,头脑活跃,无论他们多么年老,到死也是年轻的。好像鲑鱼迎着激流,他们天赋的本性就是迎向岁月之激流。

然而还有这样一种工场——劳动者在这个工场中是如此自在,终其一生,他们就在那里工作,每天都能得到增益。在不知不觉中他们变得年老了。的确,对于他们,只需要不多的知识和经验就够了。然而还是有许多他们做得最好的事情,是他们了解最深,见得最多的。在这个工场里生活变了形,变得美好,过得舒适。因而那开始工作的人知道他们是否能成为熟练的大师只能依靠自己。一个大师知道,经过若干年之后,在钻研和精通技艺上停滞不前是最愚蠢的。他们告诉自己:一种经验(无论那可能是多么痛苦的经验),一个微不足道的观察,一次彻底的调查,欢乐和忧伤,失败和胜利,以及梦想、臆测、幻想、人类的兴致,无不以这种或另一种方式给他们的工作带来益处。因而随着年事渐长,他们的工作也更必需更丰富。他们依靠天赋的才能,用冷静的头脑信任自己的才能,相信它会使他们走上正路,因为天赋的才能是属于他们自己的。他们相信在工场中,他们能够做出有益的事情。在岁月的流逝中,他们不希望获得幸福,因为幸福可能不会到来。他们不害怕邪恶,而邪恶可能就潜伏在他们自身之内。他们也不害怕失去力量。

如果他们的工场不大,但对他们来说已够大了。它的空间已足以使他们在其中创造形象和表达思想。他们是够忙碌的,因而没有时间去察看放在角落里的计时沙漏计,沙子总是在那儿下漏着。当一些亲切的思想给他以馈赠,他是知道的,那像是一只可爱的手在转动沙漏计,从而延缓了它的停止。

罗洛 译

屠格涅夫

伊凡·谢尔格耶维奇·屠格涅夫(1818—1883),俄国著名作家。生于贵族家庭,曾就读于莫斯科大学语文系,以浪漫主义诗歌开始创作生涯,先后发表诗剧《斯杰诺》、叙事诗《巴拉莎》,继之出版中篇小说《安德烈·柯洛索夫》《彼土什科夫》。标志他创作成熟的作品是特写集《猎人笔记》。此外,他的代表作还有长篇小说《父与子》《罗亭》《前夜》。《树林和草原》是《猎人笔记》最后一篇。

树林和草原

……渐渐地牵引他向后方:

回到幽暗的花园里,回到村子上,

那里的菩提树高大而阴凉,

铃兰花发出贞洁的芬芳,

那里有团团的杨柳成行,

从堤畔垂垂地挂在水上,

那里有繁茂的橡树生长在膏腴的田地上,

那里的大麻和荨麻发出馨香……

到那地方,到那地方,到那辽阔的原野上,

那里的土地黑沉沉的像天鹅绒一样,

那里的黑麦到处在望,

静静地泛着柔软的波浪。
从一团团明净的白云中央，
照射出沉重的、金黄色的阳光。
那是个好地方……

——节自待焚的诗篇

读者对于我的笔记也许已经感到厌倦了；我赶快安慰他；约定限于已经发表的几篇为止；但是在向他告别的时候，不能不略谈几句关于打猎的话。

带了枪和狗去打猎，就本身而论，即从前所谓 fur sich①，是一件绝妙的事；纵然你并不生来就是猎人，但你总是爱好自然和自由的，因此你也就不能不羡慕我们猎人。……请听我讲吧。

例如，春天黎明以前乘车出游时的快感，你知道吗？你走到台阶上。……深灰色的天空中有几处闪耀着星星；滋润的风时时像微波一般飘过来；听得见夜的隐秘而模糊的私语声；阴暗的树木发出微弱的喧噪声。仆人把地毯铺在马车上了，把装茶炊的箱子放在踏脚的地方了。两匹副马畏缩着身子，打着响鼻，优雅地替换着蹄子站在那里；一对刚才睡醒的白鹅静悄悄、慢吞吞地穿过道路去。在篱笆后面的花园里，看守人安闲地在那里打鼾；每一个声音都仿佛停滞在凝结的空气中，停滞不动。于是你坐上车；马儿一齐举步，马车发出隆隆的声音。……你乘着马车，经过教堂，下山向右转，开过堤坝。……池塘上刚开始升起烟雾。你觉得有点儿冷，

---

① 德语：就本身而论。

就用大衣领子遮住了脸;你打瞌睡了。马蹄踏在水洼里发出很响的声音;马车夫吹着口哨。但是这时候你已经走了约莫四俄里,……天边发红了;唐鸦在白桦树丛中醒过来,笨拙地飞来飞去;麻雀在暗沉沉的禾堆周围吱吱喳喳地叫。空气清朗了,道路更加看得清楚,天色明净起来,云发白了,田野显出绿色。农舍里点着松明,发出红色的火光,大门里面传出瞌睡蒙眬的说话声。这期间朝霞发红了;已经有金黄色的光带扩展在天空中,山谷里缭绕地升起一团团烟雾来,云雀嘹亮地歌唱着,黎明前的风吹出了——于是徐徐地浮出深红色的太阳来。阳光像流水一般迸出;你的心像鸟儿一般振奋起来。一切都新鲜、愉快而可爱!四周远处都看得清楚了。小树林后面有一个村庄;再过去些还有一个村庄,村里有一所白色的礼拜堂;山上有一个白桦树林;这树林后面是一片沼地,就是你要去的地方。……快跑,马儿,快跑!跨着大步向前进!……一共只有三俄里了。太阳很快地升起来;天空明净。……今天天气一定很出色。一群家畜从村子里向我们迎面而来。你的车子登上山顶。……风景多么好!河流蜿蜒十俄里光景,在雾色中隐隐地发蓝;河那边是大片的水汪汪的青草地;草地那边有几个平坦的丘陵;远处有几只田凫在沼地上空飞鸣;通过了散布在空气中的滋润的阳光,远处的景物显得很清楚,……不像夏天那样。呼吸多么自由,四肢动作多么爽快,全身被春天的清新气息笼罩着,感到多么壮健!……

夏天七月里的早晨!除了猎人之外,有谁曾经体会到黎明时候在灌木丛中散步的乐趣呢?你的脚印在白露沾湿的草上留下绿色的痕迹。你用手拨开濡湿的树枝,夜里蕴蓄着的一股暖气立刻向你袭来;空气中到处充满着苦艾的新鲜苦味、荞麦和三叶草的甘香;远处有一片茂密的橡树林,在阳光底下发出闪闪的红光;天气还凉爽,但是已经觉得炎热逼近了。过多的芬芳之气使得你头晕目眩。灌木丛没有尽头。……只是远处某些地方有一片黄澄澄的成熟了的黑麦,一条条狭长的粉红色的荞麦田。这时候一辆马车轧轧地响出;一个农人缓步走来,把他的马预先牵到荫凉的地方去。……你同他打个招呼,就走开了;你后面传来镰刀的响亮的铿锵声。太阳越升越高。草立刻干燥了。天气炎热起来。过了一个钟头,又一个钟头,……天边上黑暗起来;静止的空气中发散出火辣辣的热气。

"老兄,这里什么地方可以弄点水喝?"你问一个割草的人。

"那边山谷里有一口井。"

你穿过缠着蔓草的茂密的榛树丛,走到山谷底下。果然,断崖的下面隐藏着泉水;橡树的掌形枝叶贪婪地铺张在水面上;银色的大水泡摇摇摆摆地从长满细致柔滑的青苔的水底上升起来。你投身到地上,喝饱了水,但是懒得再动了。你现在正在荫凉的地方,呼吸着芬芳的湿气,你觉得很舒服,可是你对面的丛林晒得火辣辣的,在阳光底下仿佛颜色发黄了。然而这是什么呀?风突然吹来,又疾驰而去;四周的空气颤动了一下:这不是雷声吗?你从山谷里走出来,……天边的一片铅色是什么?是不是暑气浓密起来了?是不是乌云涌过来了?……但是这时候电光微微地一闪。……啊,原来是暴风雨要来了:它前面的一边像衣袖一般伸展开来,像穹隆似的笼罩着。顷刻之间,草木全部黑暗了。……赶快跑!那边好像有一间干草棚,……赶快跑!……你跑到那里,走了进去。……雨多么大!闪电多么亮啊!有些地方,水通过了草屋顶滴在芳香的干草上。……但是,瞧,太阳又出来了。暴风雨过去了；你走出来。我的天啊，四周一切多么愉快地发出光辉，空气多么清新澄澈，草莓和蘑菇多么芬芳！……

但是现在黄昏来临了。晚霞像火焰一般燃烧，遮掩了半个天空。太阳就要落山了。附近的空气似乎特别清澈，像玻璃一样；远处笼罩着一片柔和的雾气，样子很温暖；鲜红的光辉随着露水落在不久以前还充满金色光线的林中旷地上；树林、丛林和高高的干草垛上都投射出长长的影子来。……太阳落山了；一颗星在落日的火海里发出颤抖的闪光来。……这火海渐渐泛白了；天空发青了；一个个的影子逐渐消失，空气中充满了烟雾。现在该回去了，回到你过夜的村中的农舍里去了。你背上枪，不顾疲倦，迅速地走着。……这期间黑夜来临了；二十步之外已经看不见了；狗在黑暗中微微地显出白色。在那边黑压压的丛林上，天际模糊地发亮。……这是什么？火灾吗？……不是，这是月亮升起来了。下面靠右边，村子里的灯火已经在闪耀了。……终于到达了你的屋子。你从窗子里可以看到铺着白桌布的食桌、焰焰的蜡烛、晚餐……

有时你吩咐套上竞走马车，到树林里去猎松鸡。车子在两旁长着又高又密的黑麦的狭路上经过，是很愉快的事。麦穗轻轻地打你的脸，矢车菊绊住你的脚，四周有鹌鹑叫着，马儿跑着懒洋洋的大步子。树林到了。阴暗而寂静。体态匀称的白杨树高高地在你上面簌簌作响；白桦树的下垂的长枝微微颤动；一棵强大的橡树像战士一般站在一棵优雅的菩提树旁边。你的车子在长满绿草的、阴影斑驳的小路上行驶着；黄色的大苍蝇一动不动地在金黄色的空气中逗留了一会儿，突然飞去；小蚊蚋成群地盘旋着，在阴暗的地方发亮，在太阳光里发黑；鸟儿安闲地歌唱着。知更鸟的金嗓子欢愉地发出天真烂漫的絮絮叨叨声,这声音同铃兰的香气很调和。再走远去,再走远去,去到树林的深处。……树林丛密起来,……心中感觉到说不出的沉寂;四周也都充满睡意,悄然无声。但是忽然一阵风吹来了,树梢哗哗地响起来,仿佛翻落的波浪。有些地方,从去年的褐色的落叶中间生出很高的草来;蘑菇各自戴着自己的帽子站着。雪兔突然跳出,狗高声吠叫着急起直追。……

同是这座树林,当晚秋山鹬飞来的时候,显得多么美好啊!山鹬不停在树林深处,必须到树林边上去找它们。没有风,也没有太阳,没有光亮,没有阴影,没有动作,没有声音;柔和的空气中弥漫着秋天的像葡萄酒似的香气;远处黄澄澄的田野上笼罩着一层淡薄的雾。光秃秃的褐色树枝中间,露出宁静而洁白的天空,菩提树上有几处挂着最后几张金色的叶子。两脚踏在潮湿的土地上觉得有弹性;高高的干燥的草一动也不动;长长的蛛丝在苍白的草上闪闪发光。呼吸舒畅,可是心里感到一种异样的惊悸。你沿着树林边缘走去,一路照看着你的狗,这期间可爱的形象、可爱的人——死了的和活着的——都回忆起来了,久已睡着了的印象蓦地苏醒过来;想象力像鸟一般翱翔,一切都在眼前清晰地出现并活动起来了。心有时突然颤抖跳动,热情地向前突进,有时一去不回地沉没在回忆中了。全部生活就像一个手卷似的轻快迅速地展开来;人在这时候掌握了他的全部往事、全部感情、全部力量、全部灵魂。四周没有一样东西来妨碍他——既没有太阳,也没有风,又没有声音……

在秋天,早晨严寒而白天明朗微寒的日子里,那时候白桦树仿佛神话里的树木一般全部作金黄色,优美地显出在淡蓝色的天空中;那时候低斜的太阳照在身上不再感到温暖。但是比夏天的太阳更加光辉灿烂;小小的白杨树林全部光明透彻,仿佛它认为光秃秃地站着是愉快而轻松的;霜花还在山谷底上发白,清风徐徐地吹动,追赶着卷曲的落叶;那时候河里欢腾地奔流着青色的波浪,一起一伏地载送着逍遥自在的鹅和鸭;远处有一座半掩着柳树的磨坊轧轧地响着,鸽子在它的上空迅速地盘着圈子,在明亮的空气中斑斑驳驳地闪耀着。……

夏天的烟雾弥漫的日子也很美好,虽然猎人不喜欢这种日子。在这些日子里不能打枪,因为鸟儿从你的脚边拍翅飞起,立刻消失在白茫茫的凝滞的烟雾中了。然而四周多么静寂,静寂得难于形容!一切都觉醒了,然而一切都默不作声。你经过一棵树旁边,它一动也不动,正在悠然自得。通过均匀地散布在空气中的薄雾,在你前面显出一片长长的黑影。你以为这是近处的树林;你走过去,这树林就变成了长在田界上的一排高高的苦艾。在你的上空,在你的四周,到处都是雾。……可是这时候风轻轻地吹出了,一块淡蓝色的天空通过了稀薄如烟的雾气而显现出来,金黄色的阳光突然侵入,照射成一条长长的光带,落到田野上,钻进树林里——接着,一切又都被遮蔽起来。这斗争继续了很久;但是光明终于胜利,被太阳照暖了的最后一阵阵烟雾时而凝集起来,铺展得平平的,时而盘旋缭绕,消失在发着柔和的光辉的蔚蓝色的高空中,这一天就变成壮丽无比的晴明天气了。

现在你要出发到远离庄园的草原上去行猎了。你的车子在乡间土道上行驶了大约十俄里,终于来到了大道上。你经过无数的货车旁边,经过几家大门敞开的旅店旁边,望见里面有一口井,屋檐下还有茶炊吱吱地沸腾着;你的车子从一个村庄开到另一个村庄,穿过一望无际的原野,沿着绿色的大麻田,长久地行驶着。喜鹊从一棵柳树飞到另一棵柳树;农妇们手里拿着长长的草耙,正在田野里慢慢地走;一个行路人穿着一件破旧的土布外套,肩上背着一只行囊,拖着疲劳的步子行走着;地主家的笨重的轿形马车上套着六匹高大而疲乏的马,向你迎面而来。车窗里露出垫子的角;一个穿大衣的侍仆扶着绳子,横着身子,坐在马车后面的脚镫上的一只蒲包上,泥污一直溅到眉毛上。现在你来到了一个小县城里,这里有木造的歪斜的小屋子、无穷尽的栅栏、不住人的石造商店、深谷上的古老的桥。……再走远去,再走远去!……来到了草原地带。你从山上眺望,风景多么好!一个个全部耕种过的圆圆低低的丘陵,像巨浪一般起伏着;长满灌木丛的溪谷蜿蜒在丘陵中间;一片片小小的丛林像椭圆形的岛屿一般散布着;狭窄的小径从一个村庄通到另一个村庄;各处有白色的礼拜堂;柳丛中间透出一条亮闪闪的小河,有四个地方筑着堤坝;远处原野中有一行野雁并列地站着;在一个小池塘上,有一所古老的地主邸宅,附有一些杂用房屋、一个果园和一个打谷场。然而你的车子继续向前行驶。丘陵越来越小了,树木几乎看不见了。终于,你来到了一片茫无际涯的草原上!……

在冬天的日子里,你在高高的雪堆上追逐兔子,呼吸严寒刺骨的空气,柔软的雪的耀目而细碎的闪光,使你的眼睛不由自主地要眯拢来,你欣赏着红澄澄的树林上面的青天,这一切多么可爱啊!……在早春的日子里,当四周一切都发出闪光而逐渐崩裂的时候,通过融解的雪的浓重的水汽,已经闻得出温暖的土地的气息；在雪融化了的地方，在斜射的太阳光底下，云雀天真烂漫地歌唱着，急流发出愉快的喧哗声和咆哮声，从一个溪谷奔向另一个溪谷。……

但是现在应该结束了。我正好又讲到了春天：在春天容易别离，在春天，幸福的人也会被吸引到远方去。……再见了，我的读者，祝您永远如意称心。

丰子恺 译

蒲　宁

伊万·阿历克谢耶维奇·蒲宁(1870—1953),苏联时期俄罗斯作家。主要作品有中篇小说《乡村》《苏霍多尔》,短篇小说《兄弟》等。1933年获诺贝尔文学奖。

静

我们是在夜里到达日内瓦的,正下着雨。拂晓前,雨停了。雨后初霁,空气变得分外清新。我们推开阳台门,秋晨的凉意扑面而来,使人陶然欲醉。由湖上升起的乳白色的雾霭,弥漫在大街小巷上。旭日虽然还是朦朦胧胧的,却已经朝气勃勃地在雾中放着光。湿润的晨飔轻轻地拂弄着盘绕在阳台柱子上的野葡萄血红的叶子。我们盥漱过后,匆匆穿好衣服,走出旅社,由于昨晚沉沉地睡了一觉,精神抖擞,准备去作尽情的畅游,而且怀着一种年轻人的预感,认为今天必有什么美好的事在等待着我们。

"上帝又赐予了我们一个美丽的早晨,"我的旅伴对我说,"你发现没有,我们每到一地,第二天总是风和日丽?千万别抽烟,只吃牛奶和蔬菜。以空气为生,随日出而起,这会使我们神清气爽!不消多久,不但医生,连诗人都会这么说的……别抽烟,千万别抽,我们就可体验到那种久已生疏了的感觉,感觉到洁净,感觉到青春的活力。"

可是日内瓦湖在哪里?有片刻工夫,我们茫然地站停下来。

远处的一切，都被轻纱一般亮晃晃的雾覆盖着。只有街梢那边的马路已沐浴在霞光下，好似黄金铸成的。于是我们快步朝着被我们误认为是浮光耀金的马路走去。

初阳已透过雾霭，照暖了阒无一人的堤岸，眼前的一切无不光莹四射。然而山谷、日内瓦湖和远处的萨瓦山脉依然在吐出料峭的寒气。我们走到湖堤上，不由得惊喜交集地站住了脚，每当人们突然看到无涯无际的海洋、湖泊，或者从高山之巅俯视山谷时，都会情不自禁地产生这种又惊又喜的感觉。萨瓦山消融在亮晃晃的晨岚之中，在阳光下难以辨清，只有定睛望去，方能看到山脊好似一条细细的金线，逶迤于半空之中，这时你才会感觉到那边绵亘着重峦叠嶂。近处，在宽广的山谷内，在凉飕飕的、润湿而又清新的雾气中，横着蔚蓝、清澈、深邃的日内瓦湖。湖还在沉睡，簇拥在市口的斜帆小艇也还在沉睡。它们就像张开了灰色羽翼的巨鸟，但是在清晨的寂静中还无力拍翅高飞。两三只海鸥紧贴着湖水悠闲地翱翔着，冷孤丁其中的一只，忽地从我们身旁掠过，朝街上飞去。我们立即转过身去望着它，只见它猛地又转过身子飞了回来，想必是被它所不习惯的街景吓坏了……朝暾初上之际有海鸥飞进城来，住在这个城市里的居民该有多幸福呀！

我们急欲进入群山的怀抱，泛舟湖上，航向远处的什么地方……然而雾还没有散，我们只得信步往市区走去，在酒店里买了酒和干酪，欣赏着纤尘不染的亲切的街道和静悄悄的金黄色的花园中美丽如画的杨树和法国梧桐。在花园上方，天空已被廓清，晶莹得好似绿松石一般。

"你知道吗，"我的旅伴对我说，"我每到一地总是不敢相信我真的到了这个地方，因为这些地方，我过去只能看着地图，幻想前去一游,并且时时提醒自己,这只不过是幻想而已。意大利就在这些崇山峻岭的后边,离我们非常之近,你感觉到了吗?在这奇妙的秋天,你感觉到南国的存在吗?瞧,那边是萨瓦省①,就是我们童年时代阅读过的催人落泪的故事中所描写的牵着猴子的萨瓦孩子们的故乡!"

　　码头旁,游艇和船夫都在阳光下打着瞌睡。在蓝盈盈的清澈的湖水中,可以看到湖底的砂砾、木桩和船骸。这完全像是个夏日的早晨,只有主宰着透明的空气的那种静谧,告诉人们现在已是晚秋。雾已经消散得无影无踪,顺着山谷,极目朝湖面望去,可以看得异乎寻常的远。我们迫不及待地脱掉上衣,卷起袖子,拿起了桨。码头落在船后了,离我们越来越远。离我们越来越远的还有在阳光下光华熠熠的市区、湖滨和公园……前面波光粼粼,耀得我们眼睛都花了,船侧的湖水越来越深,越来越沉,也越来越透明。把桨插入水中,感觉水的弹性,望着从桨下飞溅出来的水珠,真是一大乐事。我回过头去,看到了我旅伴那升起红晕的脸庞,看到了无拘无束地、宁静地荡漾在坡度缓坦的群山中间浩瀚的碧波,看到了漫山遍野正在转黄的树林和葡萄园,以及掩映其间的一幢幢别墅。有一刻间,我们停住了桨,周遭顿时静了下来,静得那么深邃。我们闭上眼睛,久久地谛听着,什么声音也没有,只有船划破水面时,湖水流过船侧发出的一成不变的汩汩声。甚至单凭这汩汩的水声也可猜出湖水多么洁净,多么清澈。

　　"划吗?"我问。

　　"慢着,你听!"

---

① 法国省名,毗邻瑞士。

我把桨提出水面,连汩汩的水声也渐渐消失。从桨上滴下一颗水珠,然后又是一颗……太阳照得我们的脸越来越热……就在这时,一阵悠扬的钟声,从很远很远的地方飘至我们耳际,这是深山中某处的一口孤钟。它离我们那么远,有时我们只能隐隐约约听到它的声音。

"你还记得科隆①大教堂的钟声吗?"我的旅伴压低声音问我。"那天我比你醒得早,天还刚刚拂晓,我便站在洞开的窗旁,久久地谛听着独自在古老的城市上空回荡的清脆的钟声。你还记得科隆大教堂的管风琴和那种中世纪的壮丽吗?还有莱茵省②,那些古老的城市,古老的图画,还有巴黎……然而那一切都无法和这里相比,这里更美……"

由深山中隐隐传至我们耳际的钟声温柔而又纯净,闭目坐在船上,侧耳倾听着这钟声,享受着太阳照在我们脸上的暖意和从水上升起的轻柔的凉意,是何等的甜蜜,舒适。有一艘闪闪发亮的白轮船在离我们约莫两俄里远的地方驶过,明轮拍击着湖水,发出疏远、喑哑、生气的嘟囔声,在湖面上激起一道道平展的、像玻璃一般透明的涌,缓缓地朝我们奔来,终于柔情脉脉地晃动了我们的小船。

"瞧,我们已置身在崇山的怀抱之中,"当轮船渐渐变小,终于隐没在远处以后,我的旅伴对我说,"生活已留在那边,留在这些崇山峻岭之外了,我们已进入寂静的幸福之邦,这寂静之邦何以名之,我们的语言中找不到恰当的字眼。"

他一边慢慢地划着桨,一边讲着、听着。日内瓦湖越来越辽阔

---

① 德国城市名。
② 法国省名。

地包围着我们。钟声忽近忽远,似有若无。

"在深山中的什么地方有一座小小的钟楼,"我想道,"独自在用它回肠荡气的钟声赞颂着礼拜天早晨的安谧和寂静,召唤人们踏着俯瞰蓝色的日内瓦湖的山道,到它那儿去……"

极目四望,山上大大小小的树林都抹上了绚丽而又柔和的秋色,一幢幢环翠泡秀的美丽的别墅正在清静地度过这阳光明媚的秋日……我舀了一杯水,把茶杯洗净,然后把水泼往空中。水往天上飞去,迸溅出一道道光芒。

"你记得《曼弗雷德》①吗?"我的同伴说,"曼弗雷德站在伯尔尼兹阿尔卑斯山脉②中的瀑布前。时值正午,他念着咒语,用双手捧起一掬清水,泼向半空。于是在瀑布的彩虹中立刻出现了童贞圣母山……写得多美呀!此刻我就在想,人也可以崇拜水,建立拜水教,就像建立拜火教一样……自然界的神力真是不可思议!人活在世上,呼吸着空气,看到天空、水、太阳,这是多么巨大的幸福!可我们仍然感到不幸福!为什么?是因为我们的生命短暂,因为我们孤独,因为我们的生活谬误百出?就拿这日内瓦湖来说吧,当年雪莱来过这儿,拜伦来过这儿……后来,莫泊桑也来过。他孑然一身,可他的心却渴望整个世界都幸福。当年所有的理想主义者,所有的恋人,所有的年轻人,所有来这里寻求幸福的人都已弃世而去,永远消逝了。我和你有朝一日,同样也将弃世而去……你想喝点儿酒吗?"

我把玻璃杯递过去,他给我斟满酒,然后带有一抹忧郁的微

---

① 《曼弗雷德》是英国诗人拜伦的诗剧,发表于1817年。1903年,蒲宁将其译成俄文。
② 位于瑞士南部,是阿尔卑斯山脉的一部分。

笑,加补说:

"我觉得,有朝一日我将融入这片亘古长存的寂静中,我们都站在它的门口,我们的幸福就在那扇门里边。你是否记得易卜生的那句话:'玛亚,你听见这寂静吗?'①我也要问你:你有没有听见这群山的寂静呢?"

我们久久地遥望着重重叠叠的山峦和笼罩着山峦的洁净、柔和的碧空,空中充溢着秋季的无望的忧悒。我们想象着我们远远地进入了深山的腹地,人类的足迹还从未踏到过那里……太阳照射着四周都被山岭锁住的深谷,有只兀鹰翱翔在山岭与蓝天之间的广阔的空中……山里只有我们两人,我们越来越远地向深山中走去,就像那些为了寻找火绒草而死于深山老林中的人一样……

我们不慌不忙地划着桨,谛听着正在消失的钟声,谈论着我们去萨瓦省的旅行,商量我们在哪些地方可以逗留多少时间,可我们的心却不由自主地离开话题,时时刻刻地向往着幸福。我们以前所从未见到过的自然景色的美,以及艺术的美和宗教的美,不论是哪里的,都激起我们朝气蓬勃的渴求,渴求我们的生活也能升华到这种美的高度,用出自内心的欢乐来充实这种美,并同人们一起分享我们的欢乐。我们在旅途中,无论到哪里,凡是我们所注视的女性无不渴求着爱情,那是一种高尚的、罗曼蒂克的、极其敏感的爱情,而这种爱情几乎使那些在我们眼前一晃而过的完美的女性形象神化了……然而这种幸福会不会是空中楼阁呢?否则为什么随着我们一步步去追求它,它却一步步地往郁郁苍苍的树林和山岭中退去,离我们越来越远?

---

① 语出挪威剧作家易卜生所著《当我们这些死者苏醒的时候》一剧的第一幕。

那位和我在旅途中一起体验了那么多欢乐和痛苦的旅伴①，是我一生中所爱的有限几个人中的一个，我的这篇短文就是奉献给他的。同时我还借这篇短文向我们俩所有志同道合的萍飘天涯的朋友致敬。

戴骢 译

---

① 指俄国画家和古物鉴赏家弗·巴·库罗夫斯基(1869—1915)。

普里什文

米哈伊尔·米哈伊洛维奇·普里什文(1873—1954),苏联时期俄罗斯作家,主要作品有长篇小说《恶老头的锁链》,中篇小说《人参》和长诗《叶芹草》。普里什文的文笔清新优美,观察细致入微,大自然在他笔下被描写得生动美妙,出神入化。

林中小溪

如果你想了解森林的心灵,那你就去找一条林中小溪,顺着它的岸边往上游或者下游走一走吧。刚开春的时候,我就在我那条可爱的小溪的岸边走过。下面就是我在那儿的所见、所闻和所想。

我看见,流水在浅的地方遇到云杉树根的障碍,于是冲着树根潺潺鸣响,冒出气泡来。这些气泡一冒出来,就迅速地漂走,不久即破灭,但大部分会漂到新的障碍那儿,挤成白花花的一团,老远就可以望见。

水遇到一个又一个障碍,却毫不在乎,它只是聚集为一股股水流,仿佛在避免不了的一场搏斗中收紧肌肉一样。

水在颤动。阳光把颤动的水影投射到云杉树上和青草上,那水影就在树干和青草上忽闪。水在颤动中发出淙淙声,青草仿佛在这乐声中生长,水影是显得那么调和。

流过一段又浅又阔的地方,水急急注入狭窄的深水道,因为流得急而无声,就好像在收紧肌肉,而太阳不甘寂寞,让那水流的紧张的影子在树干和青草上不住地忽闪。

如果遇上大的障碍物,水就嘟嘟哝哝地仿佛表示不满,这嘟哝声和从障碍上飞溅过去的声音,老远就可听见。然而这不是示弱,不是诉怨,也不是绝望,这些人类的感情,水是毫无所知的。每一条小溪都深信自己会到达自由的水域,即使遇上像厄尔布鲁士峰一样的山,也会将它劈开,早晚会到达……

太阳所反映的水上涟漪的影子,像轻烟似的总在树上和青草上晃动着。在小溪的淙淙声中,饱含树脂的幼芽在开放,水下的草长出水面,岸上青草越发繁茂。

这儿是一个静静的深水潭,其中有一棵倒树,有几只亮闪闪的小甲虫在平静的水面上打转,惹起了粼粼涟漪。

水流在克制的嘟哝声中稳稳地流淌着,它们兴奋得不能不互相呼唤:许多支有力的水都流到了一起,汇合成了一股大的水流,彼此间又说话又呼唤——这是所有来到一起又要分开的水流在打招呼呢。

水惹动着新结的黄色花蕾,花蕾反又在水面漾起波纹。小溪的生活中,就这样一会儿泡沫频起,一会儿在花和晃动的影子间发出兴奋的招呼声。

有一棵树早已横堵在小溪上,春天一到竟还长出了新绿,但是小溪在树下找到了出路,匆匆地奔流着,晃着颤动的水影,发出潺潺的声音。

有些草早已从水下钻出来了,现在立在溪流中频频点头,算是既对影子的颤动又对小溪的奔流的回答。

就让路途当中出现阻塞吧,让它出现好了!有障碍,才有生活;要是没有的话,水便会毫无生气地立刻流入大洋了,就像不明不白的生命离开毫无生气的机体一样。

途中有一片宽阔的洼地。小溪毫不吝啬地将它灌满水,并继续前行,而留下那水塘过它自己的日子。

有一棵大灌木被冬雪压弯了,现在有许多枝条垂挂到小溪中,煞像一只大蜘蛛,灰蒙蒙的,爬在水面上,轻轻摇晃着所有细长的腿。

云杉和白杨的种子在漂浮着。

小溪流经树林的全程,是一条充满持续搏斗的道路,时间就由此而被创造出来。搏斗持续不断,生活和我的意识就在这持续不断中形成。

是的,要是每一步没有这些障碍,水就会立刻流走了,也就根本不会有生活和时间了……

小溪在搏斗中竭尽力量,溪中一股股水流像肌肉似的扭动着,但是毫无疑问的是,小溪早晚会流入大洋的自由的水中,而这"早晚"就正是时间,正是生活。

一股股水流在两岸紧挟中奋力前进,彼此呼唤,说着"早晚"二字。这"早晚"之声整天整夜地响个不断。当最后一滴水还没有流完,当春天的小溪还没有干涸的时候,水总是不倦地反复说着:"我们早晚会流入大洋。"

流净了冰的岸边,有一个圆形的水湾。一条在发大水时留下的小狗鱼,被困在这水湾的春水中。

你顺着小溪会突然来到一个宁静的地方。你会听见,一只灰雀的低鸣和一只苍头燕雀惹动枯叶的簌簌声竟会响遍整个树林。

有时一些强大的水流,或者有两股水的小溪,呈斜角形汇合起来,全力冲击着被百年云杉的许多粗壮树根所加固的陡岸。

真惬意啊：我坐在树根上，一边休息，一边听陡岸下面强大的水流不急不忙地彼此呼唤，听它们满怀"早晚"必到大洋的信心互—打—招—呼。

流经小白杨树林时，溪水浩浩荡荡像一个湖，然后集中流向一个角落，从一米高的悬崖上落下来，老远就可听见哗哗声。这边一片哗哗声，那小湖上却悄悄地泛着涟漪，密集的小白杨树被冲歪在水下，像一条条蛇似的一个劲儿想顺流而去，却又被自己的根拖住。

小溪使我流连，我老舍不得离它而去，因此反倒觉得乏味起来。

我走到林中一条路上，这儿现在长着极低的青草，绿得简直刺眼，路两边有两道车辙，里边满是水。

在最年轻的白桦树上，幼芽正在舒青，芽上芳香的树脂闪闪有光，但是树林还没有穿上新装。在这还是光秃秃的林中，今年曾飞来一只杜鹃；杜鹃飞到秃林子来，那是不吉利的。

在春天还没有装扮，开花的只有草莓、白头翁和报春花的时候，我就早早地到这个采伐迹地来寻胜，如今已是第十二个年头了。这儿的灌木丛、树木，甚至树墩子我都十分熟悉，这片荒凉的采伐迹地对我说来是一个花园：每一棵灌木，每一棵小松树、小云杉，我都抚爱过，它们都变成了我的，就像是我亲手种的一样，这是我自己的花园。

我从自己的"花园"回到小溪边上，看到一件了不得的林中事件：一棵巨大的百年云杉，被小溪冲刷了树根，带着全部新、老球果倒了下来，繁茂的枝条全都压在小溪上，水流此刻正冲击着每一根枝条，还一边流，一边不断地互相说着："早晚……"

小溪从密林里流到旷地上,水面在艳阳朗照下开阔了起来。这儿水中蹿出了第一朵小黄花,还有像蜂房似的一片青蛙卵,已经相当成熟了,从一颗颗透明体里可以看到黑黑的蝌蚪。也在这儿的水上,有许多几乎同跳蚤那样小的浅蓝色的苍蝇,贴着水面飞一会儿就落在水中;它们不知从哪儿飞出来,落在这儿的水中,它们的短促的生命,就好像这样一飞一落。有一只水生小甲虫,像铜一样亮闪闪,在平静的水上打转。一只姬蜂往四面八方乱窜,水面却纹丝不动。一只黑星黄粉蝶,又大又鲜艳,在平静的水上翩翩飞舞。这水湾周围的小水洼里长满了花草,早春柳树的枝条也已开花,茸茸的像黄毛小鸡。

小溪怎么样了呢?一半溪水另觅路径流向一边,另一半溪水流向另一边。也许是在为自己的"早晚"这一信念而进行的搏斗中,溪水分道扬镳了:一部分水说,这一条路会早一点儿到达目的地,另一部分水认为另一边是近路,于是它们分开来了,绕了一个大弯子,彼此之间形成了一个大孤岛,然后又重新兴奋地汇合到一起,终于明白:对于水说来没有不同的道路,所有道路早晚都一定会把它带到大洋。

我的眼睛得到了愉悦,耳朵里"早晚"之声不绝,杨树和白桦幼芽的树脂的混合香味扑鼻而来。此情此景我觉得再好也没有了,我再不必匆匆赶到哪儿去了。我在树根之间坐了下去,紧靠在树干上,举目望那和煦的太阳,于是,我梦魂萦绕的时刻翩然而至,停了下来,原是大地上最后一名的我,最先进入了百花争艳的世界。

我的小溪到达了大洋。

安荣 译

高尔基

高尔基(1868—1936)，苏联作家、诗人、评论家、政论家、学者。当过学徒、码头工、面包师傅等，是社会主义、现实主义文学奠基人，政治活动家，苏联文学的创始人。《童年》《在人间》《我的大学》是高尔基自传体三部曲。代表作还有长篇小说《母亲》和剧本《小市民》等。

早　晨

世上最大的乐事要算是观赏白昼的诞生了！

天上突然迸射出一片初露的阳光，夜色悄悄躲进峡谷和石缝里，躲进茂密的树叶和洒满晨露、活像织锦似的草棵里，那山峰却发出亲切的微笑，仿佛是在对夜影说：

"别怕，这是太阳！"

海浪昂起白花花的浪峰，向太阳频频点头，好像美丽的宫女，一面朝拜她们的君主，一面同声歌唱：

"欢迎您，世界的主宰！"

慈祥的太阳在发笑，因为海浪整夜都在舞蹈、嬉戏，而现在已经弄得披头散发，揉皱了翠绿的衣衫，弄乱了丝绒的拖裙。

"日安！"太阳说着，在大海上空冉冉升起，"日安，美女们！但是，够了，安静些！如果你们还是跳得这么高，孩子们就没法游泳了！应该让世界上所有人都感到幸福美满，不是吗？"

绿色的蜥蜴从石缝中跑出来,眨巴着小小的惺忪的睡眼,彼此谈论着:

"今天一定很热!"

热天里,苍蝇懒洋洋地飞着,蜥蜴很容易逮住它们,把它们吃掉,吃一头肥苍蝇是多么惬意啊!蜥蜴非常喜欢吃有滋味的东西。

花儿托着沉甸甸的露水,顽皮地扭来扭去,仿佛在逗人,在说话:

"先生,把我们在早上带着露珠儿的漂亮模样写下来吧!用文字给花儿们画一幅小小的肖像吧。试试看,这并不难,因为我们都是这样朴实无华……"

它们可真狡猾!它们明明知道,没人能用文字描绘出它们动人的美貌,便故意拿人开心。

"你们太客气啦!谢谢你们看得起我,可是今天我没有时间。以后或许……"

它们骄傲地微笑着,向太阳挺了挺身,阳光在露珠儿上闪烁,给花瓣和叶子洒满了钻石般的光辉。

这时,金色的蜜蜂和黄蜂已在花儿上方盘旋飞舞,一面飞,一面贪馋地吮吸着甘甜的花蜜,它们那嗡嗡嗡的歌声在暖和的空气中响成了一片:

> 万岁,太阳——
> 生活欢乐的源泉!
> 万岁,工作——
> 你把大地装点得这般美艳!

红胸脯的欧驹鸟醒来了;它们用细细的脚爪摇摇晃晃地站在那里,也在唱着恬静而欢悦的歌——鸟儿比人更能领略,生活在大地上该有多么美好!欧驹鸟总是最先出来迎接朝阳;在俄罗斯寒冷的边远地带,人们把这种鸟叫作"霞鸟",因为它们胸部的羽毛染着朝霞般的颜色。在灌木丛中跳跃着欢快的黄雀,它们灰里透黄,就像街头的孩子,也是那样淘气,也是那样吵闹不休。

燕子和灰燕像黑色的闪电一样飞来飞去,追逐着蚊蚋,欢悦而又幸福地发出清脆的叫声——长着轻捷的翅膀该有多好啊!

笠松在抖动着它的枝叶,笠松的形状好似大酒樽,注满阳光之后,看上去就像盛满了金色的酒浆。

人们也纷纷醒来了,是那些终生从事劳动的人们;他们醒来了,是那些一生都在装点和充实着大地,但从生到死都依旧是贫穷的人们。

这是为什么?

等你长大就知道了,当然,如果你愿意知道的话,而现在,你要善于热爱太阳,热爱这个一切欢乐和力量的源泉,而且要像太阳一样对所有人都同样慈祥,作一个快活而善良的人。

人们醒来了,于是便走向他们的田园去从事劳动。太阳含笑望着他们:它最了解人们在大地上做过多少好事,从前,它所看到的大地只是一片荒原,如今整个大地却布满了人们——我们的父辈、祖辈和曾祖辈的伟大劳动成果。除去那些严肃的,孩子们暂时还不能理解的事物以外,他们还在大地上创造了各式各样的玩具和可供观赏的东西,比如说,电影。

啊,他们的工作成绩辉煌,我们的祖先,他们在我们周围所完成的丰功伟业,是非常值得我们爱戴和敬仰的!

孩子们,不妨想想这个:想想人们在大地上怎样工作的故事,这是世界上最最有趣的故事……

在田边的篱栅上开着红艳艳的玫瑰,到处的花儿都展开了笑靥,其中有许多已经在凋谢,但它们依旧向着蓝天和金灿灿的太阳;它们那天鹅绒般的花瓣在簌簌抖动,散发着甜蜜的香味。在那蓝蓝的、和煦而又芬芳馥郁的空气中,静静地传播着一支亲切温存的歌儿:

> 凡是美的——永远是美的,
> 即使它在枯萎;
> 我们爱的——依旧为我们所爱,
> 哪怕我们已在死亡和衰败……

白昼降临了!

日安,孩子们,但愿你们的一生都充满着许许多多的白昼!我写得太枯燥了吧!

实在没有办法:当一个孩子长到四十岁的时候,他就渐渐变得有些乏味了。

张佩文 译

巴乌斯托夫斯基

康斯坦丁·格奥尔格耶维奇·巴乌斯托夫斯基(1892—1968),苏联时期俄罗斯作家。主要作品有《一生的故事》《金蔷薇》等。

黄 光

我醒来是在灰蒙蒙的黎明时分。屋里洒满了均匀的黄光,仿佛是煤油灯光。光是从窗子下面照进来的,圆木天花板给照得最亮。

奇怪的光——不太亮,一动不动——不像是阳光。这是秋叶在发光。在有风的漫漫长夜里,花园里枯叶洒了一地。落叶簌簌作响,一堆堆地堆在地上,发出暗淡的光辉。由于这光,人的脸好像晒黑了似的,桌上翻开的书页上仿佛蒙上了一层旧蜡。

就这样开始进入了秋天。对我来说,它在这天早晨立刻就到来了。在这以前我没注意到它:花园里还没闻到腐烂的树叶味,湖里的水还没有发绿,早上,木板屋顶上还没有铺上一层厚厚的严霜。

秋天来得很突然。由于一些最不引人注意的事物而引起的幸福感觉——由于听到鄂毕河上远方轮船的汽笛声,或是由于一个偶然的微笑——有时就是像这样突然到来的。

秋天出其不意地到来,立刻占领了整个大地——统治了花园和河流,森林和空气,田园和鸟儿们。一切都成了秋天的。

山雀在花园里跑来跑去。它们的叫声好似打碎了的玻璃的声音。椋鸟头朝下倒挂在树枝上,从枫叶后面向窗子里张望,发出好像用钉锤敲打鞋底的啪啪声。隔壁院子里住着一个性情快活的人——村里的鞋匠,椋鸟在模仿他,而且经常为了雌椋鸟而争斗。

每天早晨,许多候鸟聚集在花园里,仿佛是聚集在一个孤岛上,在各种鸟鸣的伴奏下乱作一团。从树上落下一簇簇被弄掉的叶子。只有白天花园里是静悄悄的;不安静的鸟儿们已经飞往南方去了。

树叶开始飘落。白天夜里,叶子落个不停。它们时而随风斜飞,时而垂直降落在湿润的草丛中。树林里落叶纷飞,仿佛在下蒙蒙细雨。这雨一下就是几个星期。只是快到九月底的时候,小树林才变成光秃秃的,透过密密的树干,才开始能看到寒光闪闪、微微发蓝的远方收割后的田地。

这时,一向对人唯唯诺诺的老头儿普罗霍尔给我讲了一个关于秋天的故事。他是个渔夫,又是个编篮子的人(在索洛特契,几乎所有的老头子随着年龄的增长,都会成为编篮子的人)。这故事以前我从来没有听到过——大概是普罗霍尔自己编出来的。

"你看看周围,眼光敏锐一些,"普罗霍尔一面用锥子在编树皮鞋,一面对我说,"你仔细看看,我的好人,每一只鸟儿,要么,比如说吧,每一只旁的小动物,流露出来的都是什么样的感情啊。你看看,讲给我听听。要不,人们就会说:你算白上大学了。比方说,秋天叶子就掉了,可是人们想不到,人要对这负主要责任。譬如说吧,人发明了火药,可敌人要让他和这火药一起炸个粉碎。从前我自己也喜欢用火药来取乐。古时候村里的铁匠打成了第一支猎枪,给枪里装满了火药,猎枪落到一个傻瓜手里。傻瓜在树林里走,看到黄鹂在天上飞,愉快的黄色小鸟边飞边叫,叫得怪好听的,它们是在邀请客人哩。傻瓜用双筒猎枪朝它们开了一枪——金色的羽毛落了一地,落到树林里,树林就干了,变了颜色,一下子树叶全掉光了;另一些叶子,鸟的血落到上面,就变成了红的,也都掉了下来。不是吗,你看到树林里有些叶子是黄的,有些叶子是红的。在那以前,鸟儿都在我们这儿过冬。就连仙鹤,也是哪儿都不去。树林呢,不管是夏天还是冬天,都长满绿叶,到处开满了鲜花,遍地都是蘑菇。那时候也没有雪。等等,你先别笑!我说的是,没有冬天。没有!请问,我们可要它,要这个冬天干什么用呢?!从它那儿能得到什么好处呢?傻瓜打死了第一只鸟——大地就发愁了。打那时候起,就有了落叶、潮湿的秋天、秋风和冬天——鸟儿们都吓坏了,离开我们飞走了,在抱怨人们哩。亲爱的,可见是我们自己弄坏了的,我们应该什么也别损坏,要牢牢地保护着。"

"保护什么呢?"

"唔,比方说吧,各种各样的鸟儿,要么是树林,要么是水,让水都清澈见底。老弟,什么都要爱惜,要不,大手大脚,任意挥霍地上的财富,挥霍光了,就要倒霉了。"

我曾经长期坚持不懈地研究秋天。要想真正能看到点儿什么,就得让自己深信,你是平生第一次看到它。对秋天也是如此。

我让自己相信,索洛特契的这个秋天是我一生当中的第一个也是最后一个秋天。这有助于我更加聚精会神地细心观察它,并看到许多从前我没有看到过的东西,从前,秋天往往是不知不觉地就过去了,除了记忆中阴郁的秋雨、泥泞和莫斯科潮湿的屋顶,从未留下任何痕迹。

我看出,秋天把大地上一切纯净的色彩都调和在一起,像画在画布上那样,把它们画在遥远的、一望无际的大地和天空上面。

我看到了干枯的叶子,不仅有金黄和紫红的,而且还有鲜红的,紫的,深棕色的,黑的,灰的,以及几乎是白色的。由于一动不动悬在空气中的秋天的烟雾,一切色彩都似乎显得格外柔和。而当下雨的时候,色彩柔和这一特点就变成了豪华:被云遮住的天空仍然能提供足够的光线,让远方的森林仿佛笼罩在一片深红和金黄的火焰之中,宛如在熊熊燃烧,蔚为奇观。松林中,白桦冷得发抖,渐渐稀少的叶子如同金箔一样纷纷飘落。斧头伐木的回声,远方女人们的呼喊声,鸟儿飞过时翅膀扇起的微风,都会摇落这些叶子,它们在树枝上的地位竟是那样不稳。树干周围堆着很宽的一圈圈落叶。树从下往上开始变黄了:我看到,白杨的下边已经变红,树梢却还完全是一片翠绿。

秋天里,有一次我泛舟普罗尔瓦河上。正是中午。太阳低悬在南方。斜射的阳光落到发暗的水面上,又反射回去。船桨激起层层波浪,波浪上反射出一道道太阳的反光,有节奏地在岸上奔驰,反光从水面升起,然后熄灭在树梢之间。光带潜入草丛和灌木丛的最深处,一刹那间,岸上突然异彩纷呈,仿佛是阳光打碎了五光十色的宝石矿,星星点点的宝石同时迸发出耀眼夺目的光辉。阳光时而照亮闪闪发光的黑色草茎,以及挂在草茎上、已经干枯了的橙黄色浆果,时而照亮毒蝇蕈仿佛洒上点点白粉的火红色帽子,时而照亮由于时间太久、已经压成一块块的橡树落叶,时而又照亮瓢虫的黄色背脊。

秋天我时常凝神注视着正在飘落的树叶,想要把握住那不易察觉的几分之一秒的瞬间,看到叶子从树枝上脱落、开始飘向地面的情景,但我很久都没有能做到。我在一些旧书上看到,落叶会发出簌簌的响声,可是我从来也没听到过这种声音。如果说叶子会簌簌地响,那么这只是在地上,在人脚底下的时候。以前我觉得,说叶子会在空中簌簌作响,就像说春天能听到小草生长的声音一样,同样是不足信的。

我的想法当然并不对。需要有时间,让听惯城市街道上的种种噪音、已经变迟钝了的听觉能好好休息一下,能够捕捉到普通的秋天大地上非常纯正、非常准确的声音。

有天晚上很晚我到花园里的井边去。我把光线暗淡的煤油提灯放在井栏上,从井里打水。水桶里飘着几片黄叶。到处都是落叶。无论什么地方都无法摆脱它们。从面包房来的黑面包上粘着一些潮湿的叶子。风把一撮撮叶子抛到桌子、吊床、地板和书本上;在花园里的小路上,连走路都很困难:不得不在落叶上行走,就像在雪地里行走一样。我们会在雨衣口袋、便帽和头发里找到落叶——到处都是。我们睡在落叶之中,浑身都浸透了落叶的酒香。

有时,秋夜万籁俱寂,静得出奇,森林边缘没有一丝微风,只有从村口隐约传来一阵阵并不响亮的、打更人的梆子声。

那天夜里就是这样。提灯照亮了水井、篱边的一棵老枫树和已经变成一片金黄的花坛上被风翻乱了的金莲花丛。

我望望那棵枫树,看到一片红叶小心翼翼地慢慢脱离树枝,颤抖了一下,在空气中稍一停顿,然后摇摇晃晃,发出极其轻微的簌簌声,斜着飞向我的脚边。我第一次听到了落叶的簌簌声——声音含糊不清,好似婴儿的喃喃低语。

夜笼罩着已经静下来的大地,是一个满天星斗、十分寂静的夜晚。星光直泻,异常明亮,几乎令人目眩。我眯缝起眼睛。秋天的星座在水桶里和农舍的小窗子上闪闪烁烁,和在天空中一样紧张用力。

秋夜的英仙星座和猎户星座,金牛座昴宿星团和双子星座模模糊糊的光斑,正沿着它们有规律的轨道在地球上空缓慢地移动着,在黑黝黝的湖水里微微颤抖,照着狼群正在其中打盹儿的丛林,显得暗淡无光,照着在斯塔里查和普罗尔瓦河浅滩上熟睡的鱼儿,在鱼鳞上发出微弱的反光。

黎明前,天狼星在东方点起一盏红灯。它的红光总是会陷入柳树乱蓬蓬的叶丛之中。木星在草地上发黑的草垛和潮湿的小路上空嬉戏,土星则从天空的另一边,从每年秋天都被人类忘却和遗弃的森林后面升起。

星光灿烂的夜经过大地上空,在干枯的芦苇籁籁的响声和秋水的酸涩气味中,撒下一阵阵流星的寒冷的火花。

秋末,我在普罗尔瓦河边碰到了普罗霍尔。他须发银白,头发乱蓬蓬的,浑身粘满鱼鳞,正坐在杞柳丛旁钓鲈鱼。一眼看上去,普罗霍尔至少有一百岁的样子。他用没有牙齿的嘴微微一笑,从篮子里拖出一条正在疯狂挣扎的、又粗又大的鲈鱼,拍一拍它那很肥的肚子,夸耀他钓鱼的成绩。

直到晚上,我们坐在一起钓鱼,嚼着又干又硬的面包,小声谈论着不久前发生的那场森林火灾。

大火是从洛普哈村附近一个林间空地上烧起来的,割草的人们忘了熄灭那儿的一堆篝火。在刮干热风。火很快被吹向北方。它以每小时二十公里的火车行驶的速度向前推进。它声势浩大,犹如数百架紧贴地面作超低空飞行的飞机。

浓烟遮住天空,太阳悬在空中,如同一只血红的蜘蛛吊在一面织得十分紧密的灰白色蛛网上。烟熏得人眼睛痛。在下一场缓缓降落的灰雨。它给静静的河水蒙上了一层灰。有时从空中飞来一些白桦叶子,这些叶子也已变成灰烬。只要轻轻一碰,它们就会化作灰尘。

一群群野鸟跌进火中,都被烧焦了。爪子被火烧伤的熊爬进湖中,陷在很深的淤泥里。它们又痛又气,高声吼叫。蛇来不及避开大火,火灾之后,村里的小男孩们从沼泽地里带回许多烧焦了的蛇皮。

夜间,阴郁的火光在东方盘旋飞舞,各家庭院里牛鸣马嘶,地平线上突然亮起一颗白色信号弹——这是灭火的红军部队互相警告:火已经离得很近了。

"我在那时候,就在起火以前,"普罗霍尔轻轻地说,"正好到小湖上去,还带了猎枪。我碰到一只兔子,是棕黄色的,有一只耳朵破了一道口子。我开了一枪,没打中:老了,我的眼睛不等枪响就会眨眼。要么是,比如说吧,会流眼泪。我可是个蹩脚猎人!

"这是在白天,最闷最热的时候。我热得闭上了眼。躺到一棵白桦树下,睡着了:这样更容易等到晚上热气消退的时候。一股烟味把我熏醒了,我看到——风把烟吹过来,吹得湖上到处都是烟。眼睛刺痛、喘不过气来。着火了,可是看不见火。

"唉,我想,闹了半天,竟落了个不得好死。那时候树林干得冒烟,就像火药一样。我往哪儿去,往哪里跑啊?反正一样,火会压倒我,挡住我的路,哪里也不让我去。怎么办呢?

"我顺着风跑,可是湖那边火已经在白杨林里哗哗剥剥地烧着了,眼看着火舌在舔苔藓,在吞吃野草。我喘不过气来,心在怦怦地跳,我猜到,火就要烧过来了。

"我跑着,好像一个瞎子,不知道是往哪儿跑,大概什么也没看见,在一个土墩上绊了一跤,这时,就在我脚底下跳出一只兔子,它一点也不害怕,在我前面跑着,一瘸一拐,竖着两只耳朵。我跟在它的后面,心想,咱们两个一道,兴许能想法逃出去,不至于死在这里,因为树林里的兽类比人的鼻子灵,嗅得到哪里有火。我怕被它拉下,对它大声喊:'请跑慢一点儿!'它呢,自己都快跳不动了。

"我这样和兔子一起跑了多久呢,我记不得了。不过烟味已经小了。我回头一看,看到,风正卷着火苗渐渐往后退,刮到红色沼地那边去了。这时我一下子倒在地上:我的力气用光了。我躺在那儿,兔子躺在我的旁边,在大声喘气。我一看,它后面的两只爪子已经烧焦了。

"我躺着,好好休息了一阵子,把那只兔子装进口袋里,好容易才算走回自己村里。我把兔子带到兽医那儿,想治好它的伤。兽医笑了。'普罗霍尔,'他说,'你最好还是把它烤熟了,就着土豆吃掉它吧。'我啐了一口,就走了,把兽医骂了一顿。

"兔子死了。在它面前我是有罪的,就像对孩子犯了罪一样。"

"老大爷,你有什么罪过呢?"

普罗霍尔沉默了一会儿,笑了笑说:

"怎么有什么罪过? 那只兔子,我的救命恩人,一只耳朵上有一道口子啊。对兽类,也得懂得它的心哪,不是吗,你认为呢,我的好人?"

"你恐怕还一直在打猎吧?"我对普罗霍尔说。

"不——不,亲爱的,看你说的! 现在我把枪都卖了,见它的鬼去吧! 如今对兔子我连碰都不敢碰了。"

天快黑了,我才和普罗霍尔一道回去。太阳落向奥卡河后面,在我们和太阳之间横着一条暗淡的银白色带子。秋天的蛛网密密麻麻覆盖着草地,太阳照在上面,不时发出反光。

白天蛛丝随风飘荡,缠住未收割的牧草,宛如一根根很细的银丝,粘在桨上、脸上、钓竿梢上和牛角上。它从普罗尔瓦河的此岸拉到对岸,慢慢在河上织出许多轻飘飘富有黏性的网来。早晨蛛网上露水盈盈。在阳光照耀下,罩在蛛网和露珠下的柳树俨然是童话中的仙树,似乎是从遥远的远方迁移到梅肖尔土地上来的。

每一面蛛网上都有一只小蜘蛛。蜘蛛是在风带着它飞过地面的时候结网,有时会连着蛛丝飞出几十公里。蜘蛛的这种飞行很像秋天候鸟的迁移。但直到现在谁也不知道,为什么每年秋天蜘蛛都要飞行,用它极细的细丝覆盖大地。

在家里,我洗掉脸上的蛛丝,生起了炉子。白桦木的烟味和璎珞柏的香气混合在一起。一只老蟋蟀正在唱歌,地板下面老鼠蠢蠢欲动。它们把丰富的储备拖进自己的洞里——被遗忘了的干面包和蜡烛头,白糖和几块又干又硬的干酪。

在老鼠弄出来的轻微的响声中,我睡着了。我梦见,星星落到湖里,旋转着发出沙沙的响声,沉入湖底,在水面上留下一些金色的波纹。

深夜里,我醒了。已经鸡叫二遍,一动不动的星星在我们习惯看到它们的位置上闪闪发光,风小心翼翼地在花园上空喧闹,等待着黎明。

曹世文 译

普鲁斯

波莱斯拉夫·普鲁斯(1847—1912),波兰著名的批判现实主义作家,出生于小贵族家庭,童年父母双亡。十六岁参加起义,负伤被捕入狱。出狱后继续读书,但因无力交纳学费而未能读完大学,当过工人、职员,失过业,长篇小说《玩偶》是他最重要的代表作。

萧邦故园

热那佐瓦沃拉。一百几十年前,弗雷德雷克·萧邦的摇篮就放在这儿的一间小室里。我们简直不能想象这地方当年的模样。它曾经是个相当热闹的处所,斯卡尔贝克家族在这儿修建了一座宫殿式的府第。院子里和花园里想必到处是人,热热闹闹,充满生机;有大人,有小孩,有宾客,有主人,有贵族,有下人,还有家庭教师。这个贵族府第同邻近的村庄往来甚密,而且还经营一部分田地,这儿原先也该有牛栏、马厩,有牛,有马,有犁,有耙,有谷仓,还有干草垛。

过去生活的痕迹已荡然无存。正如我说过的那样,如今甚至难以想象昔日那种繁荣的景况。热那佐瓦沃拉经历过暴风雨式的变迁,它的历史,一如整个波兰的历史,充满了惊心动魄的事变和无法解释的衰落。十九世纪,这儿是个被人遗忘的角落。它化为了灰烬,或者说,变成了一个坟场。火灾、掳掠、外加经营不当,完全摧毁了宫殿式的豪华府第和数不清的附属建筑。不仅很少有人记得,这儿曾住过一位瘦高个子的法语教师,就连这府第里难逃涅墨西斯追逐的主人,也被人忘于脑后。富丽堂皇的建筑群,贵族老爷们养尊处优的生活场所已消失得无影无踪,唯独留下一座简朴的小屋,一幢小小的房子。它正是昔日法语教师和他的妻子,也是这家主人的一个远房亲戚的住房。这幢小屋既然得以幸存,一定是受到了什么光辉的照耀或是某位神明的庇护,才能历尽沧桑,而未跟别的楼舍同遭厄运。它也度过了自己的艰难岁月,有很长一段时间,谁也记不得什么人曾经在这里出生。然而,它一直保留了下来,不意竟在伶仃孤苦之中一跃而成了波兰人民所能享有的最珍贵的古迹之一。它成了不仅仅是波兰人朝拜的圣地,举行精神宴会的殿堂,参观游览的古迹,而且,就像第一个提出要整修这幢小屋,在此建立一座永久性纪念碑的那位外国钢琴家那样,时至今日,为数众多的外国音乐家、钢琴家、作曲家都把造访这个伟大艺术的摇篮、这个喷射出了萧邦伟大音乐的不竭源泉,看成是自己一生的夙愿。

　　这幢清寒的小屋,远离通衢大道,茕茕孑立于田野之间,隐蔽在花园的密林深处,这正好应了一句箴言:神飞荒野,乐在自由。否则如何理解,恰恰是在这贵族府第简陋的侧屋里会诞生出世界上最伟大的音乐天才之一呢?萧邦正是那些造就了今天称之为欧洲文化的伟人中的一个,他的作品不仅为欧洲的音乐增辉,而且使整个欧洲文化放出异彩。他的创作是如此博大精深,又是如此有意识地自成一体,因此,可以毫无愧色地说,他的艺术是世界文化的不容置辩的组成部分。

　　艺术家的创作,无疑跟各自出身的环境、跟生活周围的景色有着密切的联系。艺术家跟陶冶他的景物之间的联系比一般人所想象的要紧密得多。童年和青春时代常常给人的一生打下深深的烙印。在最早的孩提时代曾拨动过他心弦的一个旋律，往往会反复出现在成熟的艺术家的作品之中，在这里，还会半自觉地，有时则完全是不自觉地展示出儿时之国同创作成熟时期的渊源关系。

当你第一次到法国，比如说，是在早春时节，经过枫丹白露抵达巴黎，沿途看到红褐色的树木、平静的水面、茂密的灌木丛和皮埃尔·卢梭珍爱的那些牧场，那时，你才能真正理解印象派的绘画艺术。但是，并非只有伟大的法国绘画艺术才由是而放其光彩，实际上，整个法国音乐，自古至今都跟笼罩这一带景物的缥缈轻雾，跟树木和牧场的斑斓色彩，跟从地面反射的和折射在云层中、在石楠丛上的光线分不开。只有到了枫丹白露才能懂得德彪西和塞维拉克音乐中淡淡的哀愁，拉威尔音乐中的色彩和声以及弗朗西斯·普朗克音乐中的法国民歌成分。

要更好理解萧邦音乐同波兰风光的联系，可以说任何地方也无法同这朴素的马佐夫舍村－热那佐瓦沃拉相比了。乍一看，这种说法或许显得有些荒诞不经。这瘠薄的土地，这平原小道和麦草覆盖的屋顶，跟萧邦音乐所赐予我们的无限财富和充分享受又会有何共同之处呢？但是，只要我们进一步观察，就不难发现，事情并不那么简单。我以为，我们对马佐夫舍风景的价值估计过低了。

诚然，它没有那种招摇的俏丽。但它蕴藏着许多细微的色调变化，只有久居这一带的人才会跟这里的景致结下不解之缘，才能看到这些形、声和色彩的微妙差别，并且给予应有的评价。

我不知道，这儿的风光是否能使一个外国人赏心悦目。两次

世界大战之间的一位波兰作家尤利乌什·卡登·班德罗夫斯基[①]曾经思考过这件事,他说:

"不知这儿的景观是否算是和谐,一条小路犹犹豫豫蜿蜒伸展,时隐时现,若有若无,终于披着一身沙土消失在牧场边缘。不知这儿的布局是否合理,那边一片森林,这边一排麦草盖顶的茅舍,透迤延向山丘。当你登上山头,你会看到溪谷里有一条弯弯曲曲、流水潺潺的小河正慢悠悠地流淌,尽管未受什么阻挡,也无须绕什么大弯。而在它身后则是梦一般的平原——那延绵不断的灌木林就像萦绕地面的青烟,使这片平原显得格外迷茫。"

"啊,这样的景色!单调、模糊、无棱无角。此外便是细雨纷纷,烟笼雾罩。"

这是秋天的景色。但是,一年之中还有其他季节。每个季节都有自己的魅力和色彩。

一年四季都得细心观察这些色彩。春天,丁香怒放,像天上飘下一朵朵淡紫色的云霞;夏天,树木欣欣向荣,青翠欲滴;秋天,遍野金黄,雾缭烟绕;冬天,大雪覆盖,粉妆玉琢,清新素雅,在这洁白的背景上,修剪了枝条的柳树像姐妹般排列成行,正待明年春风得意,翩翩起舞。这四季景色里包含的美,是何等的朴素,淡雅,然而,又是何等的持久,深沉!

这片土地的景色正是萧邦音乐最理想的序曲。谁若真想探究萧邦音乐的精神,理解萧邦音乐跟波兰有着何等密切的联系,谁就应悉心体会欧根·德拉克洛瓦[②]所谓的"蔚蓝的色调",它是波兰景色和在这大平原上诞生的艺术家的音乐的共同色调。

[①] 班德罗夫斯基(1885—1944),波兰小说家。
[②] 德拉克洛瓦(1798—1863),法国画家。

从画面讲,这儿的景色并不引人注目。这是个大平原,一马平川。这儿既没有悬崖峭壁,也没有狭谷峻岭。坦荡的平原一眼望不到边,开阔而单调。无论是布祖拉河,还是萧邦家门口的乌塔拉特河都在这里拐弯,穿过平坦的牧场流去。抬眼一望,便会看到一棵棵孤零零的参天老树,傲然屹立,也会看到许多低矮的灌木丛,还可看到绿树掩映下的古旧房舍,它老态龙钟,却说明了昔日的文化水准。耕种的土地一直延伸到地平线的远方,黑麦地、燕麦地阡陌纵横,开花的荞麦一片洁白,甜菜的茎叶绿宝石似的晶莹。

亚当·密茨凯维奇①歌唱过这片土地,他那支传神妙笔描写过"如画的田野",描写过阡陌上"静静的梨树成行"。可是,密茨凯维奇并不了解波兰内地,他从未到过日思夜梦的马佐夫舍地区,他的双脚从未踏上过这片原野。维斯瓦河畔的华沙,就是点缀在这广袤的原野上的一朵绚丽的鲜花。

然而,萧邦却是在这儿出生的。自然,任何一个书呆子都会说,萧邦在热那佐瓦沃拉只不过是度过了出生后几个月的时光,后来他的双亲便迁居华沙了。须知萧邦对这出生之地怀有无限的眷恋之情,经常跟他心爱的妹妹卢德维卡一起探望故里。青春年少的萧邦总爱坐在这小河边,坐在小桥旁的这棵大树下。他从华沙来此,总要走这条遍植垂柳的普通小道。当年的柳条亦如今日一样柔媚。甚至在去巴黎之前的几个星期,他还专程从首都来到这里,跟故园告别。在他心目中,这小小的庄子说不定就是整个祖国乡村的象征。今天,我们目睹此情此景,思想深处也会闪现出整个马佐夫舍地区的风貌,萧邦也目睹过这一切,他热爱这茅舍、小桥、

---

① 亚当·密茨凯维奇(1798—1855),伟大的波兰诗人、革命家。

流水。他就是在那缱绻的秋日,怀着无限依恋、惜别的心情,告别了这一切,途经巴黎,浪迹天涯。不料这一别竟成永诀,成了为寻找虚幻的金羊毛①而一去不返的远征。

1848年,当萧邦自爱丁堡给友人格日玛瓦②写信的时候,眼前兴许也浮现出了故园景色。他在信中写道:"我对妻子一点也不想,可我怀念我的家、我的母亲、我的姐妹。愿上帝保佑她们万事如意!我的艺术何在?我的一腔心血在什么地方白白耗尽了……我如今只能依稀记得国内唱的歌。"因此,可以说,不仅萧邦眼前浮现出了故乡的景色,而且,耳中又回荡起了多半是在这儿第一次听见过的歌。

我们恰好能在萧邦的玛祖卡曲和夜曲里找到这平原的歌声——凡是他那些直接留下了这儿时之国画面的作品,我们都能发现一缕乡音。

流亡生活、高度的文化修养、痛苦的心境和萧邦对自己使命的不凡见解,使这些画面复杂化了,或者说,像一层雾遮蔽了这些画面。弗雷德雷克的伟大创作远离了热那佐瓦沃拉。绚丽的大都会风光,频繁的旅行,丰富的经历,给他提供了另一种创作灵感。但是,既然他在自己生命的末日,在那遥远、寒冷的爱丁堡又怀念起"我的家、我的母亲、我的姐妹",我们就有理由想象,故乡的朦胧景色也回到了他的心中。而今,我们也怀着激动的心情瞻仰这些大树,这些灌木丛和这一片清凌凌的水。倘若此刻我们听到,或者亲

---

① 希腊神话,由伊阿宋率领的英雄们共乘快艇"阿尔戈号"到科尔喀斯觅取由毒龙看守的金羊毛。他们历尽艰辛,终于在公主美狄亚的帮助下取得金羊毛,并同美狄亚一起逃走。
② 格日玛瓦(1790—1871),波兰诗人、政治家。

自弹奏伟大作曲家临终前的最后一组玛祖卡曲,我们必能从中听到昔日国内歌声的淡淡的旋律。由于他半世坎坷,命途多舛,也由于关山阻隔,有国难投,这一组玛祖卡曲似乎是被万种离情、一怀愁绪所滤过而净化了,跟乡村的质朴相距甚远,但它们无疑是出自故里,跟这片土地有着千丝万缕的联系。

在漫长的岁月里奇迹般地保存下来的小屋,曾经一度被用作马厩或猪圈,变得面目全非。

"可爱的质朴啊!"卡登·班德罗夫斯基写道,"小屋的前一部分成了畜栏、鸡舍,成了保护鸡、猪和奶牛的地方,而后边的一部分,则由这些牲畜的主人一家用作栖息之所……"

如此凋敝的状态竟然得以振兴,实在令人惊叹。破落的小屋被改建成了一座小巧玲珑的典型的波兰庄园,室内朴素、优雅的陈设使人想起波兰住宅当年的格调。这儿没有一件家具,没有一样物品是来自萧邦昔日真正的住宅,然而,每逢我们通过敞开的门,从一个房间望到另一个房间,当我们远远看到钢琴的轮廓,我们就会感到,他在这里,在这些房间里走来走去,一旦游人散尽,他便会坐到琴旁,按动琴键,继续自己抒情或华丽的即兴创作。

当我们在他降生的那间凹形小室里看到一只插满鲜花或绿枝的大花瓶,我们就会想到那不是花瓶,而是一个源泉,它喷射出金光闪闪的清流——他的音乐取之不尽、用之不竭的清流。

世界各地的人都向这清流涌来,为取得一瓢饮,为分享这馨香醉人的玉浆。当人们在秋季或者夏季的周末,来到这小屋的周围,静静地倾听室内的钢琴演奏的时候,再也没有比它更动人的景象了。世界上最杰出的钢琴家都把能在这间房子里弹奏一曲萧邦的作品,表示对这圣地的敬意而引为莫大的荣幸。

那时,房前屋后往往挤满了听众。有年轻人,也有老人;有新来的听众,他们是第一次来此领略萧邦的天才所揭示的无限美好的世界,也有常来的老听众,对于他们,每次都是莫大的精神享受,每次都能引起甜蜜的回忆:回顾自己一生中的幸福时光,回顾这伟大的音乐激起的每一次无限深刻的内心感受。也有人想起,曾几何时,连萧邦的音乐也成了违禁品!只能偷偷摸摸地在一些小房间、小客厅里秘密演奏,只有寥寥无几的人才能进入那些房间。他们去听萧邦的音乐,不只是为了证明我们祖国文化的伟大,同时也为了证明一个民族的精神生活是无法窒息的。因而这美好的音乐有时也是斗争的武器。舒曼①把它称为藏在花丛中的大炮,不是没有根据的。

在参加周末音乐会的时候,尽管我们身边是形形色色的听众,我们也能重复一遍德居斯太因侯爵对萧邦说过的话:"我听着您的音乐,总感到是在同您促膝谈心,甚至,似乎是跟一个比您本人更好的人在一起,至少是,我接触到了您身上那点最美好的东西。"

萧邦之家的最大的魅力之一,正是在于我们能感受到在同萧邦"促膝谈心"。

人们有时会由于事情多,工作忙,任务完成得不尽如人愿,或由于一些打算落空而发愁;有时又会在频繁的文化活动中碰到某些草率从事或令人不安的现象,因而思想上对大众文化产生了疑虑,那时,只要到萧邦之家去听一次周末音乐会,便能重新获得对波兰文化的信心,相信它已渗透到了民族的最深层。

能这样欣赏萧邦音乐的人,便善于从许多表面现象、日常琐

---

① 舒曼(1810—1856),德国著名音乐家。

事、小小的烦恼以及讨厌的劳碌奔波里发掘出生活中最深刻的美和最有价值的东西。

到了萧邦之家,会亲眼见到,而且确信,作为民族的最坚韧的纽带,作为民族精神的支柱和基础的伟大艺术具有何等不可估量的威力。密茨凯维支的诗,萧邦的音乐,对于波兰人而言,就是这样的支柱。

我们带着惊讶和柔情望着这幢实为波兰民族精华的朴素的小屋。它像一只轮船,飘浮在花园绿色的海洋里,花园里的一草一木,都经过了精心的栽培,因为这花园也想与萧邦的音乐般配。

我们跟许多人一起来到这里,凭吊伟大艺术家的故居。我们怯生生地站在门边,对这璞玉浑金的处所发出声声赞叹。

> 人们怀着虔诚的心意朝觐圣地,
> 普普通通的屋宇,质朴无奇。
> 只因在这儿降生的是你……
> 须知当年也曾有三个博士
> 凭星指路,匆匆赶到一间贫寒的马厩里①。
> ……

这是诗人的说法,而我们却在揣度,这房舍,这花园在一年中的什么时节最美?是秋天,是夏日,还是春季?

春天,栗树新叶初发,几乎还是一派嫩黄色,它们悬挂在屋顶的上方,犹如刚刚出茧的蝴蝶的娇弱的翅膀。粉红色的日本樱花,

---

① 指耶稣诞生在马厩里,事见《圣经·新约全书》。

宛如在旭日东升的时候飘在庄园上空的一片云彩。如此娇嫩的色调，酷似一首最温柔的曲子，又如落在黑白琴键上的轻盈的速奏。

夏天，水面上开满了白色和黄色的睡莲，那扁平的叶子舒展着，像是为蜻蜓和甲虫准备的排筏。睡莲映照在明镜般水中的倒影，宛如歌中的叠句。萧邦之家的夏，往往使人浮想联翩，使人回忆起萧邦那些最成熟的作品。尤其是黄昏时分，水面散发出阵阵幽香，宛如船歌的一串琶音，而那银灰、淡紫的亭亭玉立的树干，排列得整整齐齐，有条不紊，宛如f小调叙事曲开头的几节。清风徐来，树影婆娑，花园里充满了簌簌的声响。这簌簌声，这芬芳的香味，使我们心荡神驰，犹如是在聚精会神地倾听这独具一格的音乐的悠扬的旋律，清丽的和声。

秋天又别有一番风味。这是乡村婚嫁的季节，时不时有一阵小提琴声传到这里，飘到金黄的树冠下，飘到寂静的草坪上，它提醒我们，此刻正置身于玛祖卡曲的故乡。当我们漫步在花园的林阴小道，当我们踏上玲珑剔透的小桥，落叶在脚下踩得沙沙响。作为悠悠往事"见证者"的树叶，就像忧伤的奏鸣曲中那结尾的、令人难忘的三重奏，它们以自己干枯的沙沙声招来了那么多的思绪，那么多的回忆，那么多的乐曲。我们望着树上光秃秃的枝柯，悄声哼起了一支歌曲：

  树儿自由地生长

  叶儿轻轻地飘落……

于是，我们开始理解那个客死远方巴黎的人的深沉的郁闷，久别经年，他只能依稀记得"国内唱的歌"。

然而,这里最美的是冬天。请看吧! 四野茫茫,白雪覆盖的房舍安然入梦。花园的树木变成了水晶装饰物,且会发出银铃般清脆的响声,就像昔日挂在马脖子上的铃铛。如今既没有马,没有雪橇,也没有狐裘,更没有裹着狐裘的美女。既没有玛丽亚·沃金斯卡,也没有德尔芬娜·波托茨卡,亦不见那第一位情人——康斯丹齐亚·格瓦德科夫斯卡。没有母亲,没有姐妹——只有无边的静寂。一切都成为往事了。

只有他还住在这里,独自一人在雅致的房间里来回踱步。只有微弱的琴声在抗御风雪和寂静。只有音乐长存。

倘若你在这样一个隆冬季节,站在这小屋的前边,望着被积雪压弯了的屋顶、光秃秃的树枝、黑洞洞的窗口,你就会感到,你是和萧邦在一起。

你是在和萧邦促膝谈心。

韩逸 译

影 子

天上的阳光渐渐熄灭了,地面的薄暮慢慢升起来。薄暮——这是夜大军的前哨。这支凶猛的夜大军自古以来就和白日永恒地厮杀着:它总是朝败暮胜,主宰着从日落到日出之间的宇宙,一到白天就全线溃退,躲在隐蔽的地方窥伺着。

它躲在深山峡谷里,城市地窖中,森林密丛间,阴沉的湖泊深处；它隐身在原始的地下岩洞，矿井和壕沟，屋角和墙窟。它慢慢地布开，悄悄地扩散，终于充满各个幽暗的角落。它潜伏在树皮的裂缝里，衣裙的折皱间，躺在最细的砂粒下面，缠在最薄的蛛网中，待机出动。虽然从一个地方把它赶走，那也只不过是暂时的退让，它仍然要选择良宵，重整旗鼓，卷土重来，还要努力夺取新阵地，最后吞没整个世界。

当夕阳西坠的时候，夜大军的前哨——薄暮便悄悄地、小心翼翼地从各个隐蔽的地方一队队地开出来，布满房子、走廊、门厅和光线微弱的楼梯；从橱柜和椅子背后涌到房间中央，包围帷幔；从明瓦和窗口冲上大街，不声不响地袭击墙壁和屋顶，占领制高点，在那里耐心地等待着空中片片彩云进入黑色的纱帐。

过了一会儿，黑暗突然发起全面攻势，从地面直升云天。野兽躲进洞穴，行人各自回屋；生活就像无水的草木，蔫枯凋萎，奄奄一息；景物的颜色和轮廓一齐隐入黑暗之中，什么也看不见了。

这时，在华沙的空旷的街道上出现一个奇怪的人形，头上举着小小的火种。他好像专为驱赶黑暗而来，沿着人行道飞速奔跑着，一见路灯，便停了下来，点亮欢悦的灯火，然后就像影子一样消失了。

这样日复一日，年复一年。不论是百花盛开、风和日丽的阳春，还是雷雨交加的七月炎夏，不论是狂风呼啸、尘雾茫茫的深秋，还是雪飘万里的严冬——只要黄昏降临人间，他就跑遍大街小巷，举着火种，点亮灯光，尔后就像影子那样，一晃不见了。

你从哪儿来？是何处人氏？你为什么这样自隐，使人们看不见你的容貌，也听不到你的声音？你有妻室和母亲吗？他们是否在时时等待你的归来？你有儿女吗？他们是否常常倚门相待，当你把小小的火种放到房角以后,就用力爬上你膝头、搂住你的脖子?你有没有一个可以共同欢笑,共同悲伤的朋友?你有没有一个哪怕是仅仅可供聊天的相识?

你总该有一个栖身之处吧?你总该有个留给人家称呼的名字吧?你总该具备人们共有的需求和感情吧?难道你真是一个无声的看不清的幽灵,只在薄暮朦胧中走出来,点亮灯火,尔后就像影子一样隐去?

有人对我说,确有这么一个人,并把他的住址告诉了我。我找到那所房子。询问扫院人。

"有一个点灯人住在这儿吗?"

"有。"

"他的房间在哪儿?"

"喏,就是那间小屋。"

门好像已经上锁。我向窗洞里一望:只有靠墙铺着一张小床,床边有一根长杆子挑着一盏小灯笼——火种。点灯人不在家里。

"请简单告诉我,他是个什么样子?"

"谁晓得他长得啥模样!"扫院人一面回答一面耸耸肩,"我自己也没能好生看个清楚哩!"他补充说:"他白天从来不蹲在家里。"

半年后我第二次拜访他。

"喂,点灯人今天在家吗?"

"唉——唉!"扫院人一声长叹说,"不在,永远不在了!他昨天已经入土。他死了。"

扫院人默然沉思。

我打听一些细节以后,就赶到墓地去。

"看墓人,我想打听一下,昨天下葬了一个点灯人,他的坟在哪儿?"

"点灯人?"他重复一遍,"谁知他埋在哪块土里!昨天一共来了三十位'游客'。"

"当然,他一定是葬在穷人墓地的。"

"穷人也来了二十五个。"

"不过,他睡的准是白皮棺材。"

"睡白皮棺材的'游客'也来了十六个呢!"

我到底没能看见他的脸,也没弄清他的姓名,甚至连埋他的一抔黄土也没能找到。他死后给人留下和生前一样的印象:只有在黄昏后才能看见的、一个无声的、不露真相的、像影子一样的人形。

在人生的黄昏时,一代不幸的人在摸索徘徊:一些人在斗争中死去;一些人堕入深渊;种种机缘、希望和仇恨冲击着那些被偏见束缚着的人;在那黑暗泥泞的道路上同样也走着那些给人点亮灯火的人。每一个头上举着火种的人,每一个在自己的旅途上点燃光明的人,尽管没有人承认他的价值,但他总是默默地生活着、劳动着,然后像影子一样消失。

苗劭然 译

恰佩克

卡莱尔·恰佩克(1890—1938)，捷克小说家、剧作家。主要作品有科幻剧本《罗素姆万能机器人》，剧本《白色病》《母亲》，科幻小说《专制工厂》《鲵鱼之乱》和散文集《英国通信》等。

田园诗情

荷兰，是水之国，花之国，也是牧场之国。一条条运河之间的绿色低地上，黑白花牛，白头黑牛，白腰蓝嘴黑牛，在低头吃草。有的牛背上盖着防潮的毛毡。牛群吃草反刍，有时站立不动，仿佛正在思考什么。牛犊的模样像贵夫人，仪态端庄。老牛好似牛群的家长，无比尊严。极目远眺，四周全是碧绿的丝绒般的草原和黑白两色的花牛。这就是真正的荷兰。

这是真正的荷兰：碧绿色的低地镶嵌在一条条运河之间，成群的骏马，剽悍强壮，腿粗如圆柱，鬃毛随风飞扬。除了深深的野草遮掩着的运河，没有什么能够阻挡它们飞驰到乌德列支或兹伏勒①。辽阔无垠的原野似乎归它们所有，它们是这个自由王国的主人和公爵。

低地上还有白色的绵羊，它们在天堂般的绿色草原上，悠然自

---

① 阿姆斯特丹东部城市。

得。黑色的猪群,不停地呼噜着,像是对什么表示赞许。还有成千上万的小鸡,长毛山羊,但没有一个人影。这就是真正的荷兰。

只有到了傍晚,才看见有人驾着小船过来,坐上小板凳,给严肃沉默的奶牛挤奶。金色的晚霞铺在西天,远处偶尔传来汽笛声,接着又是一片寂静。在这里,谁都不叫喊吆喝,牛的脖子上的铃铛也没有响声,挤奶的人更是默默无言。

运河之中,装满奶桶的船只舒缓平稳地行驶,汽车火车,都装载着一罐一罐的牛奶运往城市。车过之后,一切又归于平静。狗不叫,圈里的牛不发出哞哞声,马蹄也不踢马房的挡板,真是万籁俱寂。沉睡的牲畜,无声的低地,漆黑的夜晚,只有远处的几座灯塔在闪烁着微弱的光芒。

这就是那真正的荷兰。

万世荣 译

伏契克

尤利乌斯·伏契克(1903—1943),捷克杰出的文艺批评家和作家。著有长篇特写《绞刑架下的报告》等,1943年9月8日,被希特勒党徒杀害于柏林的普勒岑塞监狱。

乐观的故事

12月的白雪,密集片片地飘落在节日前热闹的布拉格街头。雪没有在大道和人行道上积存,立即由特制的机器把雪堆积起来走了。机器是装在崭新的载重汽车上的。安东尼看了机器一眼,不由得回想起了他年轻时的光景。那时,布拉格街头的积雪是由失业工人把它堆成了堆运出去的,他们的衣服又单薄又破烂,双手冻得又红又硬,脚上是粗笨难看而又不合脚的木底鞋子。

安东尼今天分外匆忙。他和玛尔妲约好一块儿去新的人民剧院看话剧《时间的脚步》。这个剧今天已经是演到第七十场了。

现在是六点十分,他在自己的卡尔拖拉机工厂下了班,匆匆忙忙地洗了个脸,就跑出了工厂的大门。他需要跑回家一趟,洗个澡,刮刮脸,换上休息时穿的衣服,但主要的是买戏票。他犯了个不可原谅的错误——在头一天没有关心戏票的事,所以现在总放心不下:万一全部戏票被抢购一空,弄得他和玛尔妲进不了戏院,那可怎么办!

在地下铁道的车站,他坐上了开往他住的德伊维茨区的"B"

号列车。从前,这里住的只是一些富翁,在石砌院墙后面的花园中,耸立着两层楼的私邸。现在,这里住的是劳动人民了。崭新的大楼里是舒适的住宅,楼是这样高,需要把头仰得高高的,才能看到最上一层。

安东尼跳上了电梯,按了一下十五层楼的电钮。

"自己的错!"他责骂着自己,"没有事先把票买好,现在只得拼命地赶了。""我也没有错到哪儿去,"他内心的别一种声音申辩着,"难道我关心的事情还少吗?特别是自从工厂委员会委托我在俱乐部里建立电影院以来。"上星期,为这个问题他已经开了三个会:一个是工会会议,另一个是文娱委员会议,第三个是和建筑师联合开的会。"瞧着吧,丹达,可不要丢脸,我们的电影院在各方面都应当是最最漂亮的。"同志们要求着他。

在地下铁道里,安东尼遇见了从前的朋友别比克。和蔼可亲的、活泼愉快的别比克,圆圆的面孔,闪射着儿童般的目光。他们亲热地互相握手。别比克早先是在林霍佛男爵的工厂里当炼钢工人,熟悉和热爱自己的事业;此外,他还是航空体育的热心参加者,是工厂里航空组的组长,并且创造了一些记录。

"我可以告诉你一个新消息,丹达。下周我们工厂委员会就又要得到一架飞机!美丽非凡的飞机!双发动机的复翼飞机!四百五十匹马力!问题不是飞机,而是欢乐!理想!"

安东尼微笑道:"我敢打赌,别比克,你一定在打算亲自驾驶新飞机来试飞。"

"当然是这样,这没有什么可猜三猜四的!"

"要谨慎小心!现在你听听我的新闻吧。在我们拖拉机工厂批准了修建雄伟堂皇的电影院的计划。我们决定把电影院命名为弗·恩格斯。春天,再过三个月,我们就要动工了。你来看第一次上演吧。你会看到这将是一座什么样的大厅啊！戏院到了,我下车,祝你健康！"

"祝你成功！"

安东尼登上自动电梯,急忙奔往戏院的售票处。售票处前面是一条长蛇阵。"这就是说票还有。"他高兴地想着,排上了队。许多思想挤在他的头脑中。他想道:"这个别比克真棒。真是个好动的小伙子！但不管怎么说,我的电影院总比他的双发动机飞机还有趣。说句玩笑话,要建立个模范电影院！但要知道电影院落成后,就要产生节目单问题。这可不是这样简单的,我们将来只上演最精彩、最优秀的片子。严肃的、阐明问题的片子和轻松的、使人感到愉快的片子间的比例,是需好好考虑的;而四百五十匹马力的飞机……也是需要的玩意儿。我们俱乐部应当关心得到这样一个'理想'——用别比克的话说。"

"接着,不可避免地会产生一个问题:挨着卡尔拖拉机工厂要修建一个新机场。把现在的机场重新装备一下,和工厂的运动场连在一起。那么运动场将会容纳十二万观众。但是,很快这个运动场对布拉格来说,对我们日益发展、繁荣着的首都来说又将显得小了……多少要关心的事情啊……"想到这儿,安东尼叹了一口气,突然之间,"关心"这个字眼所引起的1936年时的思想和心情涌进脑际。那时对希特勒的恐惧还笼罩着欧洲呢。

的确,当时是个黑暗时期,工人阶级的生活条件是艰难痛苦的。有工作就算是幸福。工作的利润,别人装进了口袋。要是这点"幸福"丧失了,一个人就会常常没犯任何过错而失了业,变成失业统计表中不知其为何物的号码、数字,再不被当人看待了。但就是对于有工作的人们来说,生活条件又是怎样呢?工人们住在破旧的陋室茅舍中;在伊诺尼茨城郊,人们像野兽似的居住在窑洞里……

"你要什么样的票,同志?"他听到一个人的声音。

票?什么样的票?他竟这样奔入了回忆的世界,遗忘了世上的一切;而现在,他又怀着多么愉快的心情回到了现实世界!

"请给两张楼上座位挨着的票。"他手中是戏票,心中是欢乐。

现在玛尔姐就要来了,她将会非常满意。安东尼出来到了街上,走近售报处买了一张《布拉格晚报》,开始走马观花地看了看报纸的大标题。

"红色造纸工人巨型联合工厂在斯洛伐克开工!""沙贝里茨一千座新房屋的设计!""科拉德诺冶金工厂完成了生产计划的百分之一百五十八!""努塞尔多林纳桥落成通车!""捷克斯洛伐克工人图书馆已达两万处!"

安东尼想着图书馆的数目,认定图书馆也许就如在布拉格的十七座戏院一样,还嫌不够用。正在这时,玛尔姐走来了,他们找到自己的座位坐下,话剧开演了。

戏的主演是一个医生。他设法找寻延长寿命的途径。全场观众怀着焦急的心情注视着一幕一幕地发展下去。"生活——这是多么美妙啊!"他俩想着,"对于那些对生活有兴趣,并且生活得很好的人们来说,寻常平庸的延长寿命是不够的。"接着安东尼又回忆起了1936的冬天,当时捷克斯洛伐克和其他资本主义国家的许多劳动人民不时想着:"总起来说是不是值得活下去?因为生活中有的只是一个痛苦。"

在幕间休息的时候,他把自己的想法告诉了玛尔姐。他们争先回忆着过去,幻想着比幸福的现在将更要美妙万倍的未来。

安东尼说："我非常想活到现在我们仅能幻想的一切变成现实的时候。我想，人们在共产主义社会时将是另一个样子。他们的心会永远年轻。很遗憾，在我们的心中，还有不少沉痛的旧时代的痕迹。"

"不，"玛尔姐说，"不要这样说，丹尼克！我衷心地希望在我们死后活在世界上的人们，能有像我们这样的心肠，能有像我们这样的感情。想想看吧，我们曾生活在抑郁沉闷、充满恐惧的时代；但是，我们没有向恐惧投降，我们没有感到恐惧。时代愈艰苦难熬，我们愈坚强不屈。我们是勇敢的，丹尼克，我们一刻也没有怀疑过我们必将胜利，虽然，还远不是在任何时候都能想象得出，在我们胜利之后，我们的国家将是什么样子。"

他们步行回家，沿着华丽的、闪耀着柏油光辉的街道。十二月的新鲜空气散播着蓬勃的朝气。虽然时间已经不早，但到处还是人来人往，生活沸腾着。安东尼沉默了一会儿，说道：

"也许，你是对的，玛尔姐……我想到了自己和1936年的同志们。恰恰在圣诞节那天，有一个同志到隐蔽的地方来，带给我们一张报纸，共产党的报纸。报纸上登着一个故事，这故事我记得很清楚，题目叫作《乐观的故事》。这个故事的开头是极其平凡的字句：'十二月的白雪，密集片片地飘落在节日前热闹的布拉格街头。'接着描写的是光辉的、公正的、美妙的生活。我们未来的、指日可待的未来的生活。"说着，安东尼笑了起来，"我确切地知道，在这个故事中，每一个字都是真理，但是，怀疑主义者却认为活不到这样美妙的时候……"

张昌　刘辽逸　译

沃兰茨

普·沃兰茨(1893—1950),南斯拉夫斯洛文尼亚作家。作品有《与水搏斗》等。

铃 兰 花

紧挨着我们家的地头有一块怕人的、黑黢黢的洼地,大家都管它叫"地狱"。它三面由陡坡环绕,活像一口深锅,只有一个隐没在晦暗、神秘的密林里的出口。山坡上长满了杂乱的灌木、黄檗、千金榆幼树、乌荆子、野樱桃树和一些乱七八糟的玩意儿。林丛间荒草蔓生,它们只宜于作羊饲料。在这里你可以找到扫石南、蕨草、木贼、藜芦和其他一些无用的野草。"地狱"里人迹罕至,阴阴森森,人们来到这里,心都会不由自主地紧缩起来。那里唯一有生命的东西是一眼泉水,它从洼地底层布满青苔的山岩下涌出来,经过一段不长的曲折流程,流到外边的广阔天地里,然后在那里消失。泉水的淙淙声响彻整个洼地。这种水流的喧闹声被三面陡坡折回来,在森林中回荡,变得更响了。溪流日夜不息的声响给这个阴森可怖的地方蒙上了更神秘的色彩。

乍一看,你会觉得从这样的地方不会有任何收益,父亲白白地租了这块地。说真的,"地狱"确实没有什么大作用,不过偶尔从那里能割来一两车垫牲畜栏的干草。父亲急需连枷杆和耙子把时,也到"地狱"去找。用"地狱"的千金榆作连枷杆,或用黄檗作耙齿,比其他地方的更结实耐用。

不过,那地方还是用来放牧最理想。"地狱"里的草虽然长得不高,但多汁,牲口很乐意吃。

我打从记事的时候开始就害怕这个地方。这首先应该归咎于它的名称。当父母对我进行基督教的启蒙教育时,我便从他们那里听说过地狱;当我扯着母亲的长裙上教堂的时候,教堂里也谈到过地狱。在我幼小的心灵中,我们当地的"地狱"简直和真正的地狱一模一样,只不过在它的深处少一堆不熄灭的大火罢了。我总觉得我们的这块洼地有点像真正地狱的入口,有一扇暗门直通到里面,这扇门不是隐藏在洼地的底部,便是在出口处林木丛生的沟谷里。我每次总是恐惧万端地走近这个地方,然后又尽快跑开。

有那么一次,那时候我还不到六岁,父亲要我到那里去放牧。这对我真是一个非常可怕的考验,因为在这之前我还从未独自一人去过那里。当时我真想大哭一场。父亲看出了这一点,他笑了笑,给我打气说:

"这个'地狱'里没有鬼。快去吧!"

母亲心疼我,赶紧来安慰我。

"你没看见吗,他怕'地狱'呀!"她对父亲说。

然而,我并没有因此而得到怜悯。我只好赶着牲口,尽量放慢脚步,一点点走近这个可怕的地方。我本来打算把牲口停留在山坡上,这不过是枉费心机。一瞬间牲口群便隐没在洼地里了。我无可奈何,只好跟着下去,生怕那几头母牛会从沟谷走进树林里去。

我就这样战战兢兢地在"地狱"的底部坐下来,也不敢回头好好地看看四周。响彻着整个洼地的淙淙声使我觉得好像有人在耍妖术。这里没有任何东西能使我高兴，纵然我喜欢家乡的涓涓溪流，常常在上面修筑水坝和磨坊，然而这小溪也不能给我带来欢乐。我越来越害怕，都被吓呆了，终于控制不住，大声哭叫着从这里跑开了。跑到上面我还收不住脚步，一直顺着田野，泪流满面地朝父母正在耕种的地头跑去。

"出什么事了？"父亲大吃一惊。

"牲口不见了，所有的牲口……"

父亲的脸色陡然变得铁青，接着温和地挥了挥手说：

"没什么大不了的事。我们一起去看看。"

我怀着沉重而内疚的心情跟在父亲背后，慢吞吞地向"地狱"走去。来到可以看到整个洼地的坡坎上，父亲一眼就看到这个小小的畜群还在低处。他十分惊讶地收住脚步，开始点数：

"一、二、三、……九……"九头牲口都在下面老老实实地吃青草。

"你这是怎么搞的，做梦了吧，小伙子？"父亲觉得很奇怪。但刹那间他像是悟出了我撒谎的缘由，怒气冲冲地一把揪住我的头发，顺势往坡下一推，我便朝下滚去。

"你撒谎，就叫你入地狱！"

我好不容易才听出父亲说了些什么，因为恐惧又攫住了我的心。我号啕大哭，把眼泪都哭干了，但是浑身仍哆嗦了好一阵，一直也平静不下来。我睁着一双哭肿了的眼睛，看见牲口也都抬起头，在莫名其妙地看我。被父亲戳穿的谎言使我不能平静。我又可怜，又感到绝望，只好揪着心等待回家时刻的到来。离天黑还有很长时间，我把畜群从低处赶到坡上，在那里一直等到夜幕降临

"地狱"的阴森森的底层。

回到家的时候,我哭成了个泪人儿,狼狈得很。父亲笑了,母亲却说:

"以后你不要再叫他去'地狱'了,他年纪还小呢,要是吓出毛病来,一辈子可就成了傻瓜。"

打这以后,果真不再叫我到"地狱"去放牧了。不过我对这个地方依旧像当初那样惧怕。

有一次,正好是星期六黄昏,父母坐在我们家的门槛上,若有所思地翘首望着春天晴朗的天空,母亲深深地叹了口气说:

"哎呀,我真想明天带一束铃兰上教堂,可惜哪里也找不着。"

"是呀,眼下找铃兰是晚了一些。要有也就是在'地狱'里了。"

一听到"地狱"这两个字,我全身不禁打了个寒战。我好容易等到父母起身闩门,然后上床睡觉。夜里我久久不能入眠,这个可怕的地方老在我眼前浮现。在我内心深处却回响着母亲的叹息声。铃兰花和"地狱",这是多么不相容的两件事物啊!我特别喜欢铃兰,寻遍了我家前后的所有坡地和沟谷。可我却不知道它们也长在"地狱"里。

早上我起得格外早。准是我在梦里出过大汗,所以身子还是湿淋淋的。我通常都是一早就去放牧。天天早上都要别人把我叫醒,然后把我从被窝里拽出来。今天我可是自己起的床。踮着脚就出了家门。父亲和母亲还在酣睡,因为今天是星期日。

我来到了院子里站下,仿佛还处在半睡不醒的状态之中,充满了一种惬意而奇妙的责任感,尽管这对我还是下意识的感觉。春日的早晨已经到来。真正的夏天也不远了。远方的波霍尔耶山背后,火红的朝霞烧红了半爿天,朝阳眼瞅着就要擦出它圆圆的脸蛋了。阳光照到佩查山顶,给它抹上了一层绛紫色。青草、树木和灌木林上都披覆着露水,它们现在还只是忽闪忽闪地微微发亮,等到旭日东升,它们在阳光下黄澄澄的像金粒和珍珠那样闪光时,又会有另外一番景象。远方的晨雾缓缓移动,仿佛大自然背负着沉沉的重担。

蓦地,恰似有一股神奇的力量使我又重新迈开步子,穿过地头,径直向"地狱"走去。我从坡坎上恐惧地往昏暗的洼地瞥了一眼,为了不看它,就紧闭着双眼往下走,心里盘算着在底部的山岩旁一定会找到铃兰花。一直走到了底部,我才睁开眼睛。

我看见了许多芬芳馥郁的铃兰花,于是动手大把大把地采起来。就是在这种情况下,也没有向四周张望的勇气。我怀着一种兴奋而难过的心情,谛听着潺潺的流水,和它那叫人不寒而栗的回声,这声音在清晨的宁静里听起来比平日更响。我捧了一大把铃兰花,赶紧走出了"地狱"。我一口气往家里跑去,等跑到家,刚赶上母亲正要出门。

这时,天边的红日已经把它的第一束光辉投进我们家的院子,把院子装扮得绚丽多彩。母亲伫立在霞光里,周身通红,漂亮极了,犹如下凡的天仙。我捧着铃兰向她跑去,一边还得意地大喊着:

"妈妈,妈妈……铃兰……"

我沉浸在幸福和无限喜悦之中,更显得容光焕发。

母亲的脸上也漾起了欣喜的微笑;她满心高兴地伸手接过花束,捧到脸边。但在吸进那浓郁而清新的花香之前,她先看了看我。

"你为什么哭,我的孩子?……"

我刚才因为害怕而涌出的大颗泪珠还噙在眼里,但陶醉在胜利之中竟把它忘得一干二净了。母亲猜到了我的壮举,她慈祥而温和地摸了摸我的头。

粟周熊 译

亨 利

佩特瑞克·亨利(1736—1799),杰出的演说家,美国革命领袖人物之一。他出生于弗吉尼亚州,以律师为业,并任州议员,很早便公开反对英国的统治。独立战争后,亨利成为联邦党内的保守派。由于反对联邦权力过分集中而未参加制宪会议,但积极促成权利法案的通过。华盛顿曾邀请他担任政府要职,都被他一一拒绝,但他担任过两次弗吉尼亚州长。

不自由毋宁死[①]

——在弗吉尼亚议会上的演讲

主席先生:

我个人对刚才在议会上讲过话的各位先生们的忠诚与才能实在非常重视,不减他人。但是不同的人对同一问题的看法却往往会有所不同;因此,如果由于我个人对一些问题持有相反看法,因而不能不和盘托出、毫无保留时,但愿这一番话不致视为对前面各位先生的一种不敬。目前已不是雍容揖让的时候。议会所面临的

[①] 这篇有名的演说作于1776年3月25日。在这之前,美洲殖民地与其宗主国英国之间已经进行了历时十年的长期谈判而迄无结果。1775年3月,英国军队在波士顿街道上又发生了屠杀市民的暴行,这预示着更大规模的血腥镇压即将到来。为此弗吉尼亚为向第二次大陆会议派出代表而召开了这次大会。会上亨利在进步派的支持下,提出了三项议案,要求立即组织民兵;要求保卫人民的权利与自由;并宣布弗吉尼亚进入战时状态。他为了说明提案而在会上慷慨陈词,作了这篇震撼人心的著名演说,指出处于当时的环境与形势下,沉湎于和平的幻想乃是自绝之路。

问题乃是一个非同一般的严重问题。而依照个人看法,它其实就是要自由还是要奴役的问题;既然问题是这么重大,讨论这项问题时的自由也就不能不更多一些。唯有这样,我们才有可能认清事态真相,以便使我们无负于对上帝和对这片土地所肩负的重大责任。处在这种时刻,如果我因为畏惧开罪于人便把该说的话按下不说,那才真是对自己乡国的最大不忠,对天上上帝的最大不忠,而我对上帝的钦崇则远在对世间的一切帝王之上。

主席先生,人们往往容易沉溺于虚妄的希冀之中而心存幻想。我们往往紧闭双眼而不敢正视痛苦的现实。而就在我们被妖女①的艳歌弄得飘飘然的时候,我们早已不再是我们自己,而被化为牲畜。这难道是亲自参加为自由而战这场伟大而艰巨的战斗的有识之士所应有的行事吗?难道我们在这件与自己世间得救②关系极密切的事情上,竟属于那种有眼而不能见,有耳而不能闻③的糊涂人吗?对我来说,不管这件事在精神上的代价是如何惨重,我都要求得知事情的全部真相和最坏后果,并对这一切做好思想准备。

指引我前进步伐的明灯只有一盏,那便是经验之灯。帮助我判断未来的方法只有一件,那便是过去的事。因此,如果鉴往可以知来的话,那么我很想知道,过去十年来④英政府的所作所为又有哪一桩一件足以使我们各位先生与全体议员稍抱乐观和稍可自

---

① 指希腊神话中的海妖,常用她美妙的歌声引诱过往舟人,待船只触礁后,把他们化为牲畜。
② 与死后得救对比而言,这里指不受英政府的奴役。
③ 这是《圣经》中所常用的语言。
④ 自1765年英国通过"印刷税法案"以对北美十三州殖民地加强压榨与控制以来,双方争执与谈判已进行了十年之久。

慰？是最近我们请愿书递上时接受人的那副狞笑吗？不可相信它啊，先生；那只会是使我们堕入陷阱的圈套。不可因为人家给了你假惺惺的一吻①便被人出卖。请各位好好想想，一方面是我们请愿书的蒙获恩准，一方面却是人家大批武装的暗我水陆②，这两者也是相称的吗？难道战舰与军队也是仁爱与修好所必需的吗？难道这是因为我们存心不肯和好，所以不得不派来武力，以便重新赢得我们的爱戴吗？先生们，我们决不可再欺骗自己了。这些乃是战争与奴役的工具；是帝王们骗人不过时的最后一着。请让我向先生们提一问题，如果这些阵容武备不是为了迫我屈从，那么他的目的又在哪里？各位先生还能另给它寻个什么别的理由吗？难道大不列颠在这片土地上还另有什么可攻之敌，因而不得不向这里广集军队，大派舰船吗？不是吧，先生，英国在此地并没有其他敌人。这一切都是为着我们而来，而不是为着别个。这一切都是英政府长期以来便已打制好的种种镣铐，以便把我们重重束缚起来。而我们又能用什么来抵御他们呢？靠辩论吗？先生们，辩论我们已经用过十年。在这个问题上我们还能提出什么新的东西来吗？提不出的。我们已经把这个问题从各个可能想到的方面都提出过，但却一概无效。靠殷殷恳请和哀哀祈求吗？一切要说的话不是早已说尽了吗？因此我郑重敦请各位，我们再不能欺骗自己了。先生们，为了避免这场行将到来的风暴，我们确实已经竭尽了我们的最大努力。我们递过申请；提过抗辩；作过祈求；我们匍匐

---

① 典出《圣经·新约·马太福音》二十六章。耶稣的门徒犹大在带领犹太的祭司长等人前去逮捕耶稣时，犹大先上前假惺惺地给了耶稣一吻，作为暗号，以使捕捉的人知道谁是耶稣。这件事并见于《马可福音》与《路迦福音》。

② 所谓"暗我水陆"，亦即"舳舻千里，旌旗蔽空"之意。

跪伏过国王阶前,哀告过圣上制止政府与议会的暴行。但是我们的申请却只遭到了轻蔑;我们的抗辩招来了更多的暴行与侮辱;我们的祈求根本没有得到人家的理睬;我们所得到的不过是在遭人百般奚落之后,一脚踢开阶下了事。在经过了这一切之后,如果我们仍不能从那委曲求和的迷梦当中清醒过来,那真是太不实际了。现在已不存在着半点幻想的余地。如果我们仍然渴望得到自由——如果我们还想使我们这么多年一直在奋斗谋求的那些重大权利不遭侵犯——如果我们还不准备使我们久久以来便辛苦从事并且矢志进行到底的这场伟大斗争半途而废——那么我们就必须战斗!我再重复一遍,先生们,我们必须战斗!我们要诉诸武力,诉诸那万军之主①,这才是留给我们的唯一前途。

有人对我们讲了,先生们,我们的力量太弱;不足以抵御这样一支强敌。那么请问要等到何时才能变强?等到下月还是下年?等到我们全军一齐解甲,家家户户都由英军来驻守吗?难道迟疑不决、因循坐误,便能蓄集力量、转弱为强吗?难道一枕高卧、满脑幻想,直至敌来束手就缚,便是最好的却敌之策吗?先生们,我们的实力并不软弱,如果我们能将上帝赋予我们手中的力量充分发挥出来,三百万军民②能够武装起来,为着自由这个神圣事业而进行战斗,而且转战于我们这么辽阔的幅员之上,那么敌人派来的军队再大再强,也必将无法取胜。再有,先生们,我们绝非是孤军奋战。主宰着国家命运的公正上帝必将为我们做主,他必将召来友

---

① 万军之主指上帝,为《圣经》中对上帝的一种传统叫法,即从其对作战胜负的主宰作用或身份而言。
② 这是1775年时期十三州居民的总数,而当时英国的人口则十倍于此,即三千万人。

邦,助我作战。而战争的胜利,先生们,并不一定属于强者;它终将属于那机警主动、英勇善战的人们。更何况,先生们,我们已经被逼得走投无路。即使我们仍想很不光彩地退出斗争,现在也已为时过晚。屈服与奴役之外,我们再也没有别的退路!我们的枷锁已经制成!镣铐的叮当声已经响彻波士顿的郊原①!一场杀伐已经无可避免——既然事已如此,那就让它来吧!我再重复一遍,先生们,让它来吧!

先生们,一切缓和事态的企图都是徒劳的。有些先生们也许仍在叫嚷和平和平——但现在已经没有和平。战火实际上已经燃烧!兵器的轰鸣即将随着阵阵的北风而不绝地传来我们的耳边!我们的兄弟们此刻已经开赴战场②!我们岂可在这里袖手旁观,坐视不动?请问一些先生们到底心怀什么目的?他们到底希望得到什么?难道性命就是那么值钱,求和就是那么美妙,因而只能以镣铐和奴役为代价来换取吗?全能的上帝啊,但愿你能出来制止!我不知道其他人在这件事上有何高策,但是在我自己来说,不自由则毋宁死!③

高健 译

---

① 波士顿市为当时反英情绪最激烈的地区。1773年以抗议英国对殖民地所课茶税为目的的波士顿茶党事件爆发后,英军以武力占据了该城市,并以之为据点向殖民地各州进击。
② 指北方各州已开始了对英斗争。
③ 亨利演说结束后,一时群情激奋,"拿起武器!拿起武器!"的呼喊声响彻议会,会上立即通过了他所提出的三项议案。

杰弗逊

托马斯·杰弗逊(1743—1826),美国第三位总统,美国民主最重要的阐述者。他出身于弗吉尼亚富裕的种植园奴隶主家庭,早年便从政,是美国革命主要领袖之一。杰弗逊以文笔著称,三十三岁时起草《独立宣言》,1786年起草弗吉尼亚州宗教自由法案,确立了政教分离的原则。他继富兰克林任驻法公使,同情法国革命。他任华盛顿内阁国务卿时因政见不同而辞职,1801年当选为总统,使美国政府首次和平地从一个党派过渡到另一党派。

论天然贵族
——致约翰·亚当斯

我同意你的说法,即人类之中有一种天然贵族。它产生自美德与才干。早先,人的体力和技能决定过贵族的地位;但自从发明了火药,弱者和强者一样都有了杀人的火器,体力和技能也就如同美貌、和善、文雅和其他才艺一样,成为仅仅是决定显贵的次要条件。还有一种是人为的贵族,他们仰仗的是财富和出身门第,既无须美德,也不要才干。因为,具备了后两条也就属于第一类贵族了。天然贵族,在我看来,是大自然赋予人类用来指导、治理和取信于社会的最宝贵的礼物。说实在的,如果上帝只为社会国家创造了人,而未赋予人类足以应付各种社会忧虑的美德和智慧的话,那么其创业的本意就难以自圆其说了。我们是否可以说,那种能够最有效地、毫不掺假地把这些天然贵族选进权力机构的政府才是最好的政府。

人为的贵族是政府中颇惹麻烦的分子,须预先采取措施防范他们的计算。至于采取什么措施最好,你我意见则有分歧。当然,这是两个理性朋友之间的意见分歧,我们既充分各抒己见,又彼此宽容错误。在你看来,最好把那些假贵族放到一个单独的立法院里。他们在那里一方面会受到同级其他机构的制约而不致制造麻烦,同时亦可起到保护财富的作用,使之免受多数人的农业和掠夺性企业的侵害。我则认为,为防止这种人生惹麻烦而把权力交给他们,无异是武装他们去干坏事,只会增添而不是消除危害。因为,若是同级机构制约得了他们的行为,他们同样也能制约同级机构的行为。麻烦可以是消极的,也可以是积极的。关于这一点,合众国参议院的一个秘密小组可以提供大量的证据。我也不认为保护富人非得他们不可,因为总会有足够数量的富人进入每一个立法机构,足以保护他们自己。从我们的十五到二十个立法部门过去三十年的工作情况看,大可不必担心财产的平均化。我想,最好的解决办法还是各州宪法中所规定的,让公民实行自由选举,他们会去伪存真,把真假贵族区分开来。一般说来,他们会选举那些真正优秀和聪明的人;某些情况下,财富可能会起腐蚀作用,门第也会蒙蔽人们的眼睛,然而不致达到危及社会的地步。

一定程度上讲,我们的分歧很可能是由于各自生活在性格特点不同的人们中所造成的。从我在马萨诸塞和康涅狄格两州所见(更多的是所闻),以及从你本人对于前者(你是那样熟悉他们)的评语来看,那里好像有一种对某些家族的传统的崇敬。这种崇敬使得那些家族几乎可以像世袭一样把持政府的职位。我推测,在你们历史的早期,那些家族的成员大概适巧都是些具有美德与才干的人,他们竭诚地为人民的利益而行使职权,并以他们的服务赢得了人民对他们名字的好感。

在弗吉尼亚州经我手拟定的法律试图根除这种假贵族。若是我所草拟的另一项法案也获得议会通过的话,我们的工作就完善了。这是一项主张更加普及教育的法案。它建议将每个县划分成若干五六平方英里大小类似你们的镇的小区,并在每个小区里设立免费学校,教授阅读、写作和普通数学等课程。每年从这些学校选拔最优秀的学生,他们可以公费到地区学校去接受高一级的教育,然后再从这些地区学校里挑选出一定数量最有培养前途的人,送到大学去完成教育,大学里应当教授所有有用的科学。如此,便不难从生活的各个阶层选拔出真正有价值、有天赋的人才,使之受到完整的教育,去击败财富和门第的竞争,赢得公众的信任。

说起贵族,还应当考虑到,在北美各州建立之前的历史上是找不到的,那时有的只是来自旧大陆的移民,他们囿于狭小或过分拥挤的空间里,身上沾满了那种环境所产生的种种恶习。为适应这种人而设立的政府是一回事,为北美各州人民服务的政府完全是另一回事。

即使在欧洲,人们的思想也发生了明显的变化。科学解放了读书与思考的人们,美国的榜样激发了人们的正义感。于是,科学、才干和勇敢起而反叛等级和门第,使它们威名扫地。虽然,由于未能将用来实现这一壮举的城市群氓(他们因愚昧、贫困和恶习而堕落成性)的行动控制在理性的范围内,反叛的初次尝试失败了,但是,世界将会从这第一次灾难的惊恐中恢复过来。科学在进步,有才干和进取的人们已动员起来。也许还会把乡村的民众也动员进来,他们笃信、顺从,是一支较易驾驭的力量。即使在乡村,等级、门第和徒有虚华外表的假贵族,也终将变得一文不值。

  我这样用你的分歧阐述自己的看法,并非是要挑起争论。你我都老了,谁也无力改变对方经过一生追求与思考所形成的观点。我不过是依照你在前面一封信中所提出的,即我们两人在死前应当彼此向对方说明白自己的观点。

赵祥龄 译

欧 文

华盛顿·欧文(1783—1859),十九世纪美国最著名的作家,被称为美国文学之父。欧文出生在纽约一个富商家庭,从少年时代起就喜爱阅读英国作家司各特、拜伦和彭斯等人的作品。欧文的第一部重要作品是《纽约外史》,1819年,欧文的《见闻札记》出版,引起欧洲和美国文学界的重视,这部作品奠定了欧文在美国文学史上的地位。

海 程

船啊,船啊,我将在大海当中
  把你辨认出;
我将前来考验你,
你保护何人,
有什么规划,
  何处又是归宿。
有的船出海做买卖,
有的船留下守疆土,
还有船满载财富返故里。
嘿!我的幻想,你将去何处?

——古诗

对于一位访问欧洲的美国人来说,他须做的那漫长的航海旅行,便是一种绝妙的准备活动。一时间摆脱了攘攘尘世,且无俗务缠身,即产生出一种尤其适于接受新的生动印象的心境。那将两个半球隔开的茫茫大海,就像漫无一字的空白页出现在眼前。在欧洲,通过渐次的过渡,一个国家的风土人情几乎毫无察觉地便与另一个国家的风土人情融为一体,但在这儿却无此种渐次过渡。当别去的陆地从视野中消失的那一刻起,直到你踏上彼岸,并随即被投身到扰攘新奇的另一个世界,这中间全是一片空白。

陆路旅行时,景色有一种连续性,人物与事件次第相连,这就使生活的历程得以继续下去,并使离愁别绪得以减轻。的确,我们在旅途中每前进一步,都是曳着"一根延伸的链条",不过这链条又不会脱节,因而我们可以一环一环地往回追溯,感到那最后一环仍把我们拴在家中。但是在浩瀚的大海,旅行则遽然把我们断开。它使我们感到,我们已脱离了安定生活的可靠锚地,在一个难以预测的世界上漂泊。它把一个鸿沟置于我们和家庭中间,这不仅仅是想象中的鸿沟,而且也是真实的鸿沟——这个鸿沟受制于暴风雨、恐惧和捉摸不定,使得前行显见,而归程难期。

起码,我本人的情况正复类此。当我看见祖国的最后一道蓝线逐渐消失,就像地平线上的云飘然而逝,这时我仿佛合上了一卷世界之书,以及书中的全部章节,并且在打开另一卷之前,又有余暇驰骋遐想。那片确实正从我眼前消失的土地,拥有我平生最珍爱的一切,在我得以重返桑梓故园之前,它会经历什么样的世事沧桑,而我又会发生什么变化!当他启程前去漫游之时,谁能说得出,他会被生活的变幻莫测的潮水带到何方,何时他才能重归故里,他是否有幸再访度过童年的地方?

我说过，在海上一切皆是空白，其实此言并不确切。对一个耽于白日梦、喜欢沉湎于想入非非的人来说，航程中的一切，在在令人遐想，不过这令人遐想的一切，又是海洋和天空的奇观，令人思之入神，忘却世间俗事。我喜欢在风浪平稳之日，倚着住舱区的栏杆，或者爬到主桅上的平台，在夏日大海的安谧的胸膛上，一默想就是几个小时，凝望着刚刚露出地平线之上的叠叠金色云朵，想象那金云即为上清仙界，并欲以我自己的创造物殖民于其上——我喜欢注视徐徐起伏的浪涛，浪涛卷起银色的汽团，好像要逐渐消失在那些幸福的海岸上一般。

我从令人眩晕的高处，俯瞰海中的庞然大物在粗野地嬉戏，心中所怀的是一种安全与恐惧交集的怡人感觉。成群结队的海豚在船头周围打滚，逆戟鲸把它的庞大的身躯缓缓举上水面，还有那贪婪的鲨鱼，就像幽灵一般，穿破蓝色的波浪。这时我的想象力，就令有关我脚下的水中世界所听说或阅读的一切历历在目：成群的鳍类在水中世界的深不可测的波谷中遨游，奇形怪状的怪物潜伏在地球的最低处，还有那些给渔夫和水手增加谈资的怪异的幻景。

有时远处有一篷风帆，正沿着大洋的边缘滑行，这又会悠然引起另一种遐想。这一方小天地，正匆匆赶赴人烟稠密之处，何等有趣！它在一定程度上战胜了狂风和巨浪，使天涯海角得以沟通，它确立了一种上帝赐福的相互交换，把南方的大量奢侈品提供给北方的不毛之地，它把知识的光辉和文明生活的善举传播到四方，并因而把分散的人类——造化似乎把一种不可逾越的障碍置于人类间——连接在一起，它是人类发明的一个多么壮丽的丰碑啊！

一天，我们看见，有一个影影绰绰的东西在远处漂浮。在单调乏味的广阔海面，一旦出现新的目标，必定惹人注目。那原来是根船桅,那条船一定是完全毁坏了,因为桅杆上还残留着手巾,有些船员系借此把自己束在桅杆上,以免被波浪冲走。船的名字已无从查考。这艘失事船舶的残骸显然已漂流好多个月了,因为成串的蚌贝生物已附着其上,而且长长的海藻在四周招展飘动。可是,我想,船员们又在何处?他们的挣扎早已结束——他们已在咆哮的暴风雨中沉入海底,他们的骨骸在大海的深凹处变白。静寂、湮没,就像波浪一样,包围了他们,谁也说不出他们的结局的细节。什么样的叹息声,曾追随着那艘船飘荡!在冷寂凄惨的家中,曾做过怎样的祈祷!情人、妻子、母亲,又是多么专注地阅读每天的报纸,以期碰巧读见大海上的这漫游者的消息!期待又是怎样黯淡下来,变为焦虑,后又恐惧,终成绝望!唉,可资珍爱的纪念品,竟无一件返回。所能得知的一切,就是此船从其港口起航,"从此消息杳然"!

照例,看见这失事船舶的残骸,也就勾起许多凄凉的逸事。到了晚上,就更是如此了,这是因为,天气本来一直晴好,但到了晚上却开始显得失控,一片阴沉,预示着会有一场暴风雨骤然而至,须知夏日风平浪静的航行有时是会被骤然而至的暴风雨打断的。在船舱里,我们坐在一盏晦暗的油灯四周,晦暗的灯光令黑暗愈加可怖,每个人都讲了船舶失事和灾难的故事。船长讲的一个简短的故事,尤其令我感动。

"有一次,"他说道,"我驾驶一条漂亮坚固的船在纽芬兰①的沙洲之间航行,那些地段常有浓雾弥漫,那天的浓雾使得我们甚至在白天都看不清前方的远处,而到了夜晚,天气更是阴霾,结果两

---

① 纽芬兰,加拿大东部岛屿。

条船身长之外的地方就什么也看不清了。我命桅顶悬灯,并派人一直守候,注意防备前方的渔帆船,须知渔帆船习惯于在沙洲上抛锚停泊。当时风甚强劲,船行甚速。突然值班人惊呼,'前面有船!'话音甫定,我们已经撞了上去。那是一条小型纵帆船,正停泊着,船的舷侧正对着我们。船员们全都睡着了,竟忘了吊起一盏灯。我们恰恰拦腰冲撞过去。我们的船又大又重,冲力又猛,结果把那条船撞在海浪的下面,我们的船从它上面碾过,径直往前冲去。当那断裂的遇难船在我们的船下沉没时,我瞥见有两三个不幸的人,几乎是赤身裸体,从船舱里冲了出来,他们刚从床上爬起来,尖声号叫之间,就被浪涛吞没了。我听见他们溺死时的号呼之声与风声交杂,狂风把那号呼之声送到我们耳际,旋即又把它刮走。我永远也忘不了那号呼之声!我们过了好一会儿,才得以掉转船头,船前行的速度实在是太快了。我们凭着猜测,返回到尽可能靠近那纵帆船所停泊的地方。我们在浓雾中游弋了几个小时,发射了信号枪,凝神静听是否有幸存者的呼喊。可是万籁俱寂,我们再也看不见他们的身影,听不见他们的声音了。"

我承认,这些故事一时间令我的一切美好的幻想荡然无存。夜色愈重,风暴愈大,大海受到猛烈冲击,发出可怕的喧嚣。波浪奔腾,浪涛汹涌,发出沉闷的声响,令人畏惧。大海向自己发出喊叫。时而头上的黑云似被闪电截断,闪电顺着起着泡沫的波涛颤抖,并令接踵而来的黑暗加倍地可怕。雷声在狂暴的海浪之上咆哮,又在巨浪之上发出回响,得以拖长。只见这艘船在这些咆哮的浪谷中左右摇晃,前后颠簸,又居然能够恢复平衡,或者保存其浮力,实在是种奇迹。船桁每每浸入水中,船头几乎淹没在波浪之下。有时迎面而来的巨浪似乎就要把船吞没,可是舵轮只不过敏捷地一转,就使船免遭撞击。

我返回船舱时,那可怕的景象仍如影随形。风吹打着船帆索具,发出尖啸,就像送殡的队伍发出的号啕。船在波浪起伏的大海上纵横摇摆时,桅杆嘎吱作响,舱壁受到重压发出呻吟,声音骇人。我听见波浪在船侧奔腾,就在我的耳际咆哮,觉得好像死神就在这个漂浮的监狱四周横行无忌,正在搜寻牺牲者;一颗钉子的松动,一个接缝的裂开,都可使死神破门而入。

然而天一放晴,海面平静,微风怡人,于是所有这些低落的情绪随之荡然无存。清漪丽日,海上清风徐来,令人心旷神怡,若想抗拒此种影响,自是断无可能。当船扯起所有风帆,每一个篷帆都在风中鼓起,在起伏的波浪上欢快地快速前行时,它又显得多么高傲,多么威风——俨然是大海的主宰一般!

我本可以用航海旅行的遐思写满一本书,因为那海程之于我几乎就是一个持续的遐思——可是登陆的时间到了。

时值清晨,阳光灿烂,突然桅顶上传来一声激动的叫声"陆地"!只有亲身经历者方能设想,当一位美国人初次看见欧洲时,又有种种何等愉快的感觉涌进了他的胸膛。仅仅是欧洲这个名称,就足以引起联翩的浮想。那是期望中的乐土,凡少时所闻,或勤学年代所思索的一切,在这乐土上均可得见。

从那时起,一直到到达的时刻,完全都是狂热的兴奋。战舰在巡逻,就像岸边陈列着守卫的巨人,爱尔兰岛的陆岬延伸出去,直至英吉利海峡,威尔士的群山高耸入云,一切都令人怀有强烈的兴趣。当我们溯默西河①而上时,我用望远镜察看岸上风物,只见村

---

① 默西河是英格兰的一条河,长181公里,流经兰开夏郡和柴郡之间,入爱尔兰海。

舍严净,灌木齐整,纤草如茵,自是喜不自胜。有一教堂已经崩塌,废墟上爬满了常春藤,而一座乡村礼拜堂的尖形塔顶从邻近山上的山脊中出现——这均为英格兰的特殊景状。

正巧赶上顺潮顺风,因而船得以立即来到突堤码头。码头上挤满了人,有些是无所事事的旁观者——而其他人,则是怀着急切的心情迎候亲朋好友。其中有一位商人,我看得出是这条船的货物收货人,我是从他的工于心计的面容和焦躁不安的神态上看出的。他的双手插进口袋,若有所思地吹着口哨,踱来踱去,人群为他留出了一块地方,以对他的一时的重要表示尊重。当朋友们恰好彼此认出之时,岸上的人和船上的人不断欢呼致意。我尤其注意到有一年轻妇女,她衣着简陋,但举止令人关注。她从人群中弓身探前,船近岸时匆匆扫视,以期看见某张想见到的面孔。她似乎已失望而焦悚不安,这时传来一个微弱的声音,叫着她的名字。声音是一个可怜的水手发出的,整个航程中他一直病着,并且激起了船上每一个人的同情。天放晴时,船上集体用膳的伙伴们就为他在甲板避荫处铺一褥垫,可是近期他的病情加重,他也就在帆布吊床上长卧不起,并且只吐露出一个愿望,死前得见妻子一面足矣。船溯河而上时大家已把他扶上甲板,此时他正倚在船桅的侧支索上,然而面容又是如此憔悴、如此苍白、如此可怖,无怪乎满怀爱意的目光也未能把他认出。然而,听见他的声音后,她的目光飞速看见他的相貌,一下子就察识出了无穷的悲伤。她双手紧握,隐约发出一声尖叫,站在那儿扭绞着双手,极度痛苦,一言不发。

此时一片匆忙,人声嘈杂。熟人相聚,朋友致意,商人洽谈。只有我独身一人,无所事事。我没有朋友前来迎接,自是听不见给自己的欢呼之声。我踏上了我的祖先的国家,可是在这块土地上却感到自己是个异乡人。

王义国 译

爱默生

拉尔夫·沃尔多·爱默生(1803—1882),美国思想家、文学家,确立美国文化精神的代表人物,当年被林肯总统称为"美国的孔子""美国文明之父"。爱默生在文学上的贡献主要是诗歌和散文,出版有散文集《论自然》《随笔第一集》《随笔第二集》等。《论美国学者》是他1837年在哈佛大学对大学生的演讲。

论美国学者(节选)

凡事皆无绝对之完美。正如气泵无论如何也抽不出绝对真空一样,任何大师都不可能从其书中完全排除习俗、地域和应时应景的影响,或者说都不可能写出纯思想之书——那种在方方面面都能像对其同代人或下代人一样对遥远的后代也有直接作用的书。人们发现,每个时代必须写每个时代的书,更确切地说,每代人都必须为下一代人而写。远古时代的书籍对当今时代也许并不合用。

不过一种苛弊也由此而生。附于创作行为或思想行为的高贵神圣往往会被转换成历史纪录。吟唱诗人曾被视为圣人,此后其吟唱之歌亦被视为圣歌。作者曾富有正义而智慧之精神,此后其书则被确认为完美之书,恰如对英雄的热爱蜕变成对其雕像的崇拜。结果书籍随即变成有害之物,思想导师随之沦为暴君。大众迟钝而扭曲的头脑，那些不易为智慧之光开启的头脑，一旦这样被开启，一旦接受这种书籍，便会对其产生依赖，而倘若这种书籍遭人菲薄，他们就会大声抗议。我们的大学就建立在这样的基础上。书也是在此基础上由思考者写成，不是由善思者，而是由能干的思考者，即那些从错误的基础出发、以公认的教条为据，而不着眼于自己对原理法则之领悟的人。谦恭的后生在图书馆里成长，以为他们的义务就是去接受西塞罗、洛克和培根表达的观点，而忘了西塞罗、洛克和培根当年写这些书时，也只是图书馆里的后生。

于是我们培养的不是善思者，而是书呆子。于是便有了那种只顾惜书的书本知识阶级，他们不愿涉及自然和人性，而想要形成某种与人世和心灵相对的第三阶层。于是便有了拥有各级学位的补遗者、校勘家和藏书狂。

被善用之书乃精华之物，被滥用之书则秕糠不如。那么何谓善用呢？什么是那个千方百计要达到的唯一目标呢？书的作用无非是给人以启迪。与其让书的引力使我偏离自己的轨道，从而成为一颗卫星而不是一个星系，那我宁愿从不读书。世间唯一可贵之物乃活跃之心灵。这心灵人人都可拥有，因为它就在每个人胸中，不过对大多数人来说，它受到阻梗，尚未开启。活跃之心灵能看见绝对真理，并能阐述或创建原理法则。在这种活动中，心灵即天资；天资并非某些幸运儿的特权，而是人皆有之的合法资产。究其本质，心灵具有革新性。而我们的书本、大学、艺术社团和各种机构却往往因过去某位天才的一句话而裹足不前。他们会说——此言极是，我们且遵而循之。他们就这样把我束缚。这些人总是顾后，而不是瞻前。可天才总是瞩目前方，因为人的眼睛不是长在脑后，而是长在额前。所以人会希冀，天才会创造。若一个人不创造,那无论其天资有多高,也不可能沐浴纯洁的圣光。他心中也许有冒烟的炭屑,但毕竟尚未形成火焰。世间不乏具有创造性的方法、行为和言辞。所谓具有创造性,即这些方法、行为和言辞表明它们并非以习俗惯例或权威经典为据,而是从心灵之良知自发而出。

另一方面,若心灵不成为自己的先知,而且从另一心灵接受真理时又不静思自省,融会贯通,那么即便那真理之光光芒四射,其结果也是有害无益。大凡天才之名过盛,则足以成为天才之大敌。各国文学均能证明我此说不谬。两百年来,英国的戏剧诗人一直都在效仿莎士比亚。

世上无疑有一种正确的读书方法,即让书严格地服从读者。善思者切不可盲从于所读之书。书籍本为学者闲时所用。能直接领悟上帝之书,就不该耗费宝贵的时间去读他人的读书笔记。但人孰能无惑,当偶尔困惑袭来时——当太阳被遮蔽,群星也敛其光芒时——我们便可到那些由阳光星光点亮的书灯之下,凭借其指引再次走向黎明所在的东方。闻道之目的乃闻道者自己能传道。有则阿拉伯谚语说:"一株无花果树注视另一株无花果树,结果自己便硕果累累。"

我们从好书中获得的那种喜悦可谓非凡。好书会使我们铭记这种信念:作者读者天性相通。读英国大诗人乔叟、马维尔或德莱顿的诗篇时,我们会感到一种颇具现代气息的喜悦——我是说一种在很大程度上因他们的诗篇把"时间"抽象化而产生的喜悦。我们的惊喜交加中会羼杂几分敬畏,因那位生活在过去世界的诗人,那位生活在两百年前或三百年前的诗人,竟然说出如此贴近我心灵的话,说出我几乎也能想到并说出的话。但若要为这种心灵相通提供哲学上的证据，我们就应该假设存在着某种前定和谐①，存在着某种对未来心灵的预见，存在着某种供这些心灵将来之需的储备。这就像我们观察昆虫时注意到的那个细节：成虫在死之前会为它们永远也见不到的幼虫贮存好食物。

我不能因对秩序的热爱和对直觉的夸饰就遽然低估书的作用。众所周知，人体可从任何食物中摄取营养，哪怕是从煮熟的野草或皮鞋炖的汤，而人的心灵也同样可以从任何知识中汲取营养。世上一直都有除书本知识外几乎一无所知的伟才英杰。不过我想说，要忍受这种食物，你得有个健全的头脑。善读书者一定是创新者。就像有则谚语所说："要想把印度的财富搬回家，首先得让那财富为你所有。"因此，除了创造性的写作外，还得有创造性的阅读。当心灵被努力和创造力振奋时，我们读的任何一本书都会页页生辉，都会给予我们各种启示。这时每个句子都会显得更有意义，作者的见识也会显得无比广博。于是我们会看到一种由来已久的实情，即在沉闷的岁月里，先贤们往往也只是灵光乍现，因此记录其真知灼见的文字可能只占其著作的极少部分。明智者读柏拉图或莎士比亚总是只读这极少部分，只读先贤真想说的那一部分，而将其余部分略去，即使略去的部分也绝对出自柏拉图和莎士比亚的手笔。

当然，对明智者来说，有些书非读不可。比如对历史和科学著作，你就必须靠苦读方能融会贯通。同样，大学也有其非尽不可的

---

① 前定和谐（又译"先定和谐"或"预定和谐"）是德国哲学家莱布尼茨的"单子论"用语。莱布尼茨所谓的"单子"即不可分割、不占空间、能自由运动并独立存在的精神实体，他认为独立而封闭的单子本身不会相互作用，相互影响，但由于上帝在创世时已作了预先安排，所以单子间存在一种和谐秩序，这便是单子的"前定和谐"说。

职责,那就是传授基础知识。但大学可以发挥更大的作用,只要它们的目标不仅仅是基础训练,而是鼓励创造;只要它们把天下英才的智慧之光都聚于校园宜人的厅堂,并用这凝聚之火去点燃莘莘学子年轻的心灵。思想和知识乃自然之物,仪器和自负都无助于对其之获取。价值万金的学位服和教学基金也抵不过用寥寥数语表述的真知灼见。若忘记这点,即使我们美国大学的资金投入会逐年增多,其社会价值也会逐年减少。

曹明伦 译

霍　桑

纳撒尼尔·霍桑(1804—1864),美国小说家。霍桑对美国短篇小说的发展极有建树,他的集子《重讲一篇的故事》和《古屋青苔》脍炙人口;他的长篇也很著名,主要有《红字》《七个带尖顶的房子》《福谷传奇》和《玉石雕像》。

烦扰的心灵

当你第一个从午夜梦中惊起,在半梦半醒之间挣扎时,那是多么奇异的一刻呀!突然睁开双眼,你似乎惊奇于梦中的角色已全部汇集到你的床边,在其迅速变模糊之前,你放眼扫视过他们。或者,换一种比喻,一瞬间你发现自己在幻觉的王国里(睡眠是通往该王国的通行证)完全清醒着,看到了王国中幽灵般的居民和美丽的风景,感受着他们的奇妙,仿佛只要梦境被扰,你就永不会得到。遥远的教堂钟声在风中微弱地飘来。你半严肃地问自己,是否有人从某座伫立在你梦境里的灰塔中为你那只醒着的耳朵偷来这钟声。悬而未决中,越过沉睡的城镇,另一座钟又发出了巨大的鸣响,声音如此洪亮清晰,在周遭的空气中留下长长的、低沉而连续的回声,你确信它一定是发自最近角落的一座教堂尖塔。你数着钟鸣——一下——两下——然后它们停在那儿,伴随着一声沉重的回响,就如同这座钟拼尽全力又敲响了第三下。

如果你能从一整夜中选出清醒的一小时,那就是此刻。你有合理的入睡时间(十一点钟),所以你的休息已足以消除昨日疲惫的重压;一直到来自"遥远的中国"的阳光照亮你的窗口,你面前呈现的几乎是整个夏夜的空间;一个小时陷入沉思,将心门半掩,两个小时在快乐的梦中流连,再留两个小时沉浸在那些最奇妙的享受中,快乐和忧愁同样健忘。起床属于另一段时间,而且显得如此遥远,带着灰心沮丧想从暖暖的被窝里爬出来置身于寒冷的空气中,简直是不可能的。昨天已经消失在过去的影子里;明天还未从未来中显现。你发现了一个中间地带,生活的琐事还未侵扰它的安宁;眼前的时刻在这里徘徊不去,真正地变成现实;时间老人发现在这儿无人注视他,便在路边坐下来喘口气。哈,他会沉沉睡去,让人们长生不老!

迄今你一直极安静地躺着,因为哪怕是最轻微的动作也会使人断续的睡眠消失无踪。现在,你感到一种无法回避的清醒,透过拉到一半的窗帘向外偷瞥,看到玻璃上装饰的满是冰霜的杰作,而每块窗玻璃都代表着一种类似于冻结的梦一样的东西。等待吃早饭的召唤时会有足够的时间找出其中的相似。透过玻璃上未结霜的部分看去,被冰雪覆盖的银白色的山峰并没有上升,最触目的东西是教堂的尖顶;白色的塔尖引你望向风雪交加的天空。你几乎可以辨别出刚刚报过时的那座钟上的数字。如此寒冷的天空,覆满皑皑白雪的屋顶,冰冻的街道那长长的远景,到处都是耀眼的白色,远处的水已凝成冰岩,尽管身上裹着四床毛毯和一条毛制盖被,这一切仍会使人不寒而栗。但是,你看那颗光彩夺目的星!它的光束不同于所有其他的星星,竟然用深于月光的一束光芒将窗影洒在床上,尽管轮廓如此的模糊。

你将身体缩进被窝,蒙住头,一直颤抖着,但来自体内的寒冷远逊于直接想到极地空气所带来的寒冷。实在是冷极了,连思想都不敢外出冒险。用尽了床上所有的御寒物,你思索着自己的奢华和舒适,如同一只壳中牡蛎,满足于一种无行动的懒散的沉迷,除了那诱人的温暖,就像你现在重新感觉到的一样,你昏昏沉沉地意识不到任何东西。啊!那个念头带来了可怕的后果。想到那些死人正躺在他们冰冷的裹尸布和狭窄的棺木中,想到墓地那阴郁窒闷的冬天,当雪花不断吹积在他们的墓丘上,刺骨的冷风在墓穴的门外怒号时,你无法说服自己不去想象他们正在恐缩发抖。这种阴郁的想法会越积越重,最终扰乱你清醒的那一小时。

每颗心灵的深处都有一座墓穴和地牢,尽管外界的光、音乐及狂欢可能使我们暂时忘却它们和它们中所掩埋的死者及关押的囚犯。但有时,最经常的是在午夜,那些黑暗的藏身之所的大门会砰然大开。在像这样的一小时中,心灵会产生一种消极的敏感,但却没有任何活力了;想象就如同一面镜子,没有任何选择和控制的力量,而使思维变得栩栩如生;然后祈求你的悲伤睡去,祈求悔恨的兄弟不要打碎其锁链。太晚了!一辆灵车滑到你的床边,"激情"与"感情"以人形出现在车中,而心中的一切则在眼中幻化成模糊的幽灵。这里有你最早的"悲哀",一个年轻的苍白的哀悼者,具有一个与初恋相似的姐妹,那是一种哀绝的美,忧郁的脸上现出一种神圣的甜蜜,黑貂皮外衣中流露着典雅。接着出现的是被毁坏了的可爱的幽灵,金发中带着尘土,鲜艳的衣服都已褪色且破烂不堪,她低垂着头不时地偷看你一眼,像是怕受责备;她就是你多情而虚妄的"希望";现在人们叫她"失望"。然后又出现了一个更严厉的影子,他双眉紧锁,表情和姿态中显出铁样的权威;除了"灾难"再无其他名字更适合于他,他是控制你命运的不祥之兆;他是个魔鬼,在生活的开端你也许会因犯了某些错误受制于他,而一旦屈从于他,你就会永远受他奴役。看哪！那些刻在黑暗中的凶残的脸,那因轻蔑而扭歪的唇,那只活动的眼中流露出的嘲弄,那尖尖的手指,触痛着你心中的疮疤！还记得某件即使躲在地球上最偏僻的山洞里你也会为之脸红的大蠢事吗？那么承认你的"羞耻"。

走开,这帮讨厌的家伙！对一个清醒而又极悲惨的人来说,没有被一群更凶残的家伙围住就算不错了。那群家伙是藏在一颗负罪的心中的魔鬼,而地狱就筑在那颗心中。假如"悔恨"以一个被伤害的朋友的面目出现会怎样？假如魔鬼穿着女人的衣裙,在罪恶和孤寂中带着一种苍白凄恻之美慢慢躺在你身边,又会怎样？假如他像具僵尸一样站在你的床脚,裹尸布上带着血迹,那又会怎样？没有这样的罪行,心灵的梦魇也就足够了,这灵魂沉沉的堕落;这心中寒冬般的阴郁;这脑海里模糊的恐惧与室内的黑暗融合在一起。

通过绝望的努力,你终于坐直了身子,从一种神志清醒的睡眠中挣扎出来,疯狂地盯着床的四周,仿佛除了你烦扰的心灵外魔鬼们无处不在。同时,炉中昏昏欲睡的炉火发出一道光亮,把整个外间屋映得一片灰白,火光透过卧室的门摇曳不定,但却未能完全驱散室内的昏暗。你的双眼搜寻着任何能够提醒你有关这个活生生的世界的东西。你热切而细密地注意到炉旁的桌子,桌上的一本书,书页间一把象牙色的小刀,未折的书页,帽子及掉落的手套。很快,火焰就熄灭了,整个景象也随之消失,尽管当黑暗吞噬了现实时,其画面还片刻存留于你心灵的眼中。整个室内一如从前的模糊暗淡,但在你心中却已不再是相同的阴郁。当你的头又落回枕上的时候,你想(小声地说了出来),在这样的夜的孤寂中,感受一种比你的呼吸更轻柔的呼吸起落,一个更柔软的胸脯的轻轻触压,一颗更纯洁的心灵静静的跳动,并把它的和平宁静传给你那烦扰的心灵,就如同一位多情的睡美人正在将你拖入她的黑甜乡,那是怎样的一种至乐呀!

她感染了你,尽管她只存在于那幅转瞬即逝的画面中。在梦与醒的边界,你深深陷入一片繁花似锦的地方,这时你的思想便走马灯般以图画的形式出现在眼前,彼此毫无关联,但却被一种弥漫着的喜悦和美好全部同化了。那些美丽的回忆在阳光下闪闪发光,不停地旋转飞舞,伴着教室门旁、老树下隐约闪现的斑驳树影中及乡间小路的角落里孩子们的欢笑。你在太阳雨中伫立,那是一场夏季阵雨,你在一片秋天的森林中阳光辉映下的树木间漫步,抬头仰望那道最灿烂明亮的彩虹,如一道弯弓架在尼亚加拉大瀑布在美国境内的那片完整的雪被子上。一位年轻人刚刚娶了新娘,幸福的喜悦正在洞房中跳荡,春天里鸟儿们在为它们新筑的巢兴奋地飞来飞去,不停地在鸣啭歌唱,而你的心却在二者之间快乐地挣扎。封冻之前你感受到一只船欢快的跳动;灯火斑斓的舞厅中,当玫瑰花似的少女在她们最后的、最欢快的舞曲中旋转时,你发觉自己正盯视着她们极富韵律感的双脚;当大幕落下,遮住那优美活泼的一幕场景时,你发现自己正置身于一家拥挤不堪的剧院中灯火辉煌的二楼厅座。

你不情愿地开始抓住意识,通过在人的生活及现在已消逝的那一小时之间所做的模糊的比较,你证明自己处于半梦半醒之间。在这二者之中,你都是从神秘中出现,通过一种你能够产生却不能完全控制的变化,向上进入到另一神秘。现在远处的钟声又传了过来,声音越来越弱,而此时你却更深地陷入了梦中的旷野。这是为暂时的死亡而鸣响的丧钟。你的灵魂已经出发,像一个自由公民到处流浪,置身于朦胧世界的人群中,看到奇异的风景,却没有一丝惊异或沮丧。那最后的变化或许会如此平静,那灵魂通向永恒的家的入口处或许会如此毫无干扰,就像置身于熟识的事物之中!

杨晓红 译

梭　罗

亨利·大卫·梭罗(1817—1862)，美国超验主义代表人物。梭罗最有名的实践是在瓦尔登湖畔自力更生的两年独居。他要证明的是，人们只需花很少功夫便可生产所需物质，完全应该更多地去体验自然，体验人生，而不要在忙忙碌碌的追名逐利中忘了人生的根本。他把自己日常的观察和沉思写成经典之作《瓦尔登湖》，本篇为该书第五章。

寂　寞

这是一个愉快的傍晚，全身只有一个感觉，每一个毛孔中浸润着喜悦。我在大自然里以奇异的自由姿态来去，成了她自己的一部分。我只穿衬衫，沿着硬石的湖岸走，天气虽然寒冷，多云又多风，也没有特别分心的事，那时天气对我异常地合适。牛蛙鸣叫，邀来黑夜，夜莺的乐音乘着吹起涟漪的风从湖上传来。摇曳的赤杨和白杨，激起我的情感使我几乎不能呼吸了；然而像湖水一样，我的宁静只有涟漪而没有激荡。和如镜的湖面一样，晚风吹起来的微波是谈不上什么风暴的。虽然天色黑了，风还在森林中吹着，咆哮着，波浪还在拍岸，某一些动物还在用它们的乐音催眠着另外的那些，宁静不可能是绝对的。最凶狠的野兽并没有宁静，现在正找寻它们的牺牲品；狐狸，臭鼬，兔子，也正漫游在原野上，在森林中，它们却没有恐惧，它们是大自然的看守者——是连接一个个生气勃勃的白昼的链环。

等我回到家里,发现已有访客来过,他们还留下了名片呢,不是一束花,便是一个常春树的花环,或用铅笔写在黄色的胡桃叶或者木片上的一个名字。不常进入森林的人常把森林中的小玩意儿一路上拿在手里玩,有时故意,有时偶然,把它们留下了。有一位剥下了柳树皮,做成一个戒指,丢在我桌上。在我出门时有没有客人来过,我总能知道,不是树枝或青草弯了,便是有了鞋印,一般说,从他们留下的微小痕迹里我还可以猜出他们的年龄、性别和性格;有的掉下了花朵,有的抓来一把草,又扔掉,甚至还有一直带到半英里外的铁路边才扔下的呢;有时,雪茄烟或烟斗味道还残留不散。常常我还能从烟斗的香味注意到六十杆之外公路上行经的一个旅行者。

我们周围的空间该说是很大的了。我们不能一探手就触及地平线。葱郁的森林或湖沼并不就在我的门口,中间总还有着一块我们熟悉而且由我们使用的空地,多少整理过了,还围了点篱笆,它仿佛是被从大自然的手里夺取得来的。为了什么理由,我要有这么大的范围和规模,好多平方英里的没有人迹的森林,遭人类遗弃而为我所私有了呢?最接近我的邻居在一英里外,看不到什么房子,除非登上那半里之外的小山山顶去瞭望,才能望见一点儿房屋。我的地平线全给森林包围起来,专供我自个享受,极目远望只能望见那在湖的一端经过的铁路和在湖的另一端沿着山林的公路边上的篱笆。大体说来,我居住的地方,寂寞得跟生活在大草原上一样。在这里离新英格兰也像离亚洲和非洲一样遥远。可以说,我有我自己的太阳、月亮和星星,我有一个完全属于我自己的小世界。从没有一个人在晚上经过我的屋子,或叩我的门,我仿佛是人类中的第一个人或最后一个人;除非在春天里,隔了很长久的时候,有人从村里来钓鳘鱼——在瓦尔登湖中,很显然他们能钓到的只是他们自己的多种多样的性格,而钩子只能钩到黑夜而已——他们立刻都撤走了,常常是鱼篓很轻地撤退的,又把"世界留给黑夜和我",而黑夜的核心是从没有被任何人类的邻舍污染过的。我相信,人们通常还都有点儿害怕黑暗,虽然妖巫都给吊死了,基督教和蜡烛火也都已经介绍过来。

然而我有时经历到,在大自然的任何事物中,都能找到最甜蜜温柔,最天真和鼓舞人的伴侣,即使是对于愤世嫉俗的可怜人和最最忧悒的人也一样。只要生活在大自然之间而还有五官的话,便不可能有很阴郁的忧虑。对于健全而无邪的耳朵,暴风雨还只是伊奥勒斯①的音乐呢。什么也不能正当地迫使单纯而勇敢的人产生庸俗的伤感。当我享受着四季的友爱时,我相信,任什么也不能使生活成为我沉重的负担。今天佳雨洒在我的豆子上,使我在屋里待了整天,这雨既不使我沮丧,也不使我抑郁,对于我可还是好的呢。虽然它使我不能够锄地,但比我锄地更有价值。如果雨下得太久,使地里的种子,低地的土豆烂掉,它对高地的草还是有好处的,既然它对高地的草很好,它对我也是很好的。有时,我把自己和别人作比较,好像我比别人更得诸神的爱,比我应得的似乎还多呢;好像我有一张证书和保单在他们手上,别人却没有,因此我受到了特别的引导和保护。我并没有自称自赞,可是如果可能的话,倒是他们称赞了我。我从不觉得寂寞,也一点不受寂寞之感的压迫,只有一次,在我进了森林数星期后,我怀疑了一个小时,不知

---

① 伊奥勒斯,希腊神话中的风神。

宁静而健康的生活是否应当有些近邻,独处似乎不很愉快。同时,我却觉得我的情绪有些失常了,但我似乎也预知我会恢复到正常的。当这些思想占据我的时候,温和的雨丝飘洒下来,我突然感觉到能跟大自然做伴是如此甜蜜如此受惠,就在这滴答滴答的雨声中,我屋子周围的每一个声音和景象都有着无穷尽无边际的友爱,一下子这个支持我的气氛把我想象中的有邻居方便一点的思潮压下去了,从此之后,我就没有再想到过邻居这回事。每一枝小小松针都富于同情心地涨大起来,成了我的朋友。我明显地感到这里存在着我的同类,虽然我是在一般所谓凄惨荒凉的处境中,然则那最接近于我的血统,并最富于人性的却并不是一个人或一个村民,从今以后再也不会有什么地方会使我觉得陌生的了。

"不合宜的哀恸销蚀悲哀,
在生者的大地上,他们的日子很短,
托斯卡尔的美丽的女儿啊。"

我的最愉快的若干时光在于春秋两季长时间的暴风雨当中,这弄得我上午下午都被禁闭在室内,只有不停止的大雨和咆哮安慰着我;我从微明的早起就进入了漫长的黄昏,其间有许多思想扎下了根,并发展了它们自己。在那种来自东北的倾盆大雨中,村中那些房屋都受到了考验,女用人都已经拎了水桶和拖把,在大门口阻止洪水侵入,我坐在我小屋子的门后,只有这一道门,却很欣赏它给予我的保护。在一次雷阵雨中,曾有一道闪电击中湖对岸的一株苍松,从上到下,划出一个一英寸,或者不止一英寸深,四五英寸宽,很明显的螺旋形的深槽,就好像你在一根手杖上刻的槽一样。那天我又经过了它,一抬头看到这一个痕迹,真是惊叹不已,那是八年以前,一个可怕的、不可抗拒的雷霆留下的痕迹,现在却比以前更为清晰。人们常常对我说:"我想你在那儿住着,一定很寂寞,总是想要跟人们接近一下的吧,特别在下雨下雪的日子和夜晚。"我喉咙痒痒的直想这样回答——我们居住的整个地球,在宇宙之中不过是一个小点。那边一颗星星,我们的天文仪器还无法测量出它有多么大呢,你想想它上面的两个相距最远的居民又能有多远的距离呢?我怎会觉得寂寞?我们的地球难道不在银河之中?在我看来,我提出的似乎是最不重要的问题。怎样一种空间才能把人和人群隔开而使人感到寂寞呢?我已经发现了,两条腿无论怎样努力也不能使两颗心灵更加接近。我们最愿意和谁紧邻而居呢?人并不是都喜欢车站哪、邮局哪、酒吧间哪、会场哪、学校哪、杂货店哪、烽火山哪、五点山哪,虽然在那里人们常常相聚,人们倒是更愿意接近那生命的不歇之源泉的大自然,在我们的经验中,我们时常感到有这么个需要,好像水边的杨柳,一定向着有水的方向伸展它的根。人的性格不同,所以需要也很不相同,可是一个聪明人必须在不竭之源泉的大自然那里挖掘他的地窖……有一个晚上在走向瓦尔登湖的路上,我赶上了一个市民同胞,他已经积蓄了所谓的"一笔很可观的产业",虽然我从没有好好地看到过它,那晚上他赶着一对牛上市场去,他问我,我是怎么想出来的,宁肯抛弃这么多人生的乐趣?我回答说,我确信我很喜欢我这样的生活;我不是开玩笑。便这样,我回家,上床睡了,让他在黑夜泥泞之中走路走到布赖顿去——或者说,走到光亮城①里去——大概要

---

① 布赖顿原文为 Brighton,bright 意思是"光亮",所以这里说"光亮城"。

到天亮的时候才能走到那里。

对一个死者说来,任何觉醒的,或者复活的景象,都使一切时间与地点变得无足轻重。可能发生这种情形的地方都是一样的,对我们的感官是有不可言喻的欢乐的。可是我们大部分人只让外表上的、很短暂的事情成为我们所从事的工作。事实上,这些是使我们分心的原因。最接近万物的乃是创造一切的一股力量。其次靠近我们的宇宙法则在不停地发生作用。再其次靠近我们的,不是我们雇用的匠人,虽然我们欢喜和他们谈谈说说,而是那个大匠,我们自己就是他创造的作品。

"神鬼之为德,其盛矣乎。"

"视之而弗见,听之而弗闻,体物而不可遗。"

"使天下之人,斋明盛服,以承祭祀,洋洋乎,如在其上,如在其左右。"

我们是一个实验的材料,但我对这个实验很感兴趣。在这样的情况下,难道我们不能够有一会儿离开我们的充满了是非的社会——只让我们自己的思想来鼓舞我们?孔子说得好:"德不孤,必有邻。"

有了思想,我们可以在清醒的状态下,欢喜若狂。只要我们的心灵有意识地努力,我们就可以高高地超乎任何行为及其后果之上;一切好事坏事,就像奔流一样,从我们身边经过。我们并不完全是纠缠不清在大自然之内的。我可以是急流中一片浮木,也可以是从空中望着下面的因陀罗[①]。看戏很可能感动了我;而另一方面,和我生命更加攸关的事件却可能不感动我。我只知道我自

[①] 因陀罗,吠陀神话中的大神,用雷电和雨战胜敌人。

己是作为一个人而存在的;可以说我是反映我思想感情的一个舞台面,我多少有着双重人格,因此我能够远远地看自己犹如看别人一样。不论我有如何强烈的经验,我总能意识到我的一部分在从旁批评我,好像它不是我的一部分,只是一个旁观者,并不分担我的经验,而是注意到它;正如他并不是你,他也不能是我。等到人生的戏演完,很可能是出悲剧,观众就各自走了。关于这第二重人格,这自然是虚构的,只是想象力的创造。但有时这双重人格很容易使别人难于和我们作邻居,交朋友了。

大部分时间内,我觉得寂寞是有益于健康的。有了伴儿,即使是最好的伴儿,不久也要厌倦,弄得很糟糕。我爱孤独。我没有碰到比寂寞更好的同伴了。到国外去厕身于人群之中,大概比独处室内,格外寂寞。一个在思想着在工作着的人总是单独的,让他爱在哪儿就在哪儿吧,寂寞不能以一个人离开他的同伴的里数来计算。真正勤学的学生,在剑桥大学最拥挤的蜂房内,寂寞得像沙漠上的一个托钵僧一样。农夫可以一整天,独个儿地在田地上,在森林中工作,耕地或砍伐,却不觉得寂寞,因为他有工作;可是到晚上,他回到家里,却不能独自在室内沉思,而必须到"看得见他的家里人"的地方去消遣一下,照他的想法,是用以补偿他一天的寂寞;因此他很奇怪,为什么学生们能整日整夜坐在室内不觉得无聊与"忧郁";可是他不明白虽然学生在室内,却与在他的田地上工作;在他的森林中采伐,像农夫在田地或森林中一样,过后学生也要找消遣,也要社交,尽管那形式可能更加凝练些。

社交往往廉价。相聚的时间之短促,来不及使彼此获得任何新的有价值的东西。我们在每日三餐的时间里相见,大家重新尝尝我们这种陈腐乳酪的味道。我们都必须同意若干条规则,那就是所谓的礼节和礼貌,使得这种经常的聚首能相安无事,避免公开争吵,以至面红耳赤。我们相会于邮局,于社交场所,每晚在炉火边;我们生活得太拥挤,互相干扰,彼此牵绊,因此我想,彼此已缺乏敬意了。当然,所有重要而热忱的聚会,次数少一点也够了。试想工厂中的女工——永远不能独自生活,甚至做梦也难于孤独。如果一英里只住一个人,像我这儿,那要好得多。人的价值并不在他的皮肤上,所以我们不必要去碰皮肤。

我曾听说过,有人迷路在森林里,倒在一棵树下,饿得慌,又累得要命,由于体力不济,病态的想象力让他看到了周围有许多奇怪的幻象,他以为它们都是真的。同样,在身体和灵魂都很健康有力的时候,我们可以不断地从类似的,但更正常、更自然的社会得到鼓舞,从而发现我们是不寂寞的。

我在我的房屋中有许多伴侣,特别在早上还没有人来访问我的时候。让我来举几个比喻,或能传达出我的某些状况。我并不比湖中高声大笑的潜水鸟更孤独,我并不比瓦尔登湖更寂寞。我倒要问问这孤独的湖有谁做伴?然而在它的蔚蓝的水波上,却有着不是蓝色的魔鬼,而是蓝色的天使呢。太阳是寂寞的,除非乌云满天,有时候就好像有两个太阳,但那一个是假的。上帝是孤独的——可是魔鬼就绝不孤独;他看到许多伙伴;他是要结成帮的。我并不比一朵毛蕊花或牧场上的一朵蒲公英寂寞,我不比一张豆叶,一枝酢浆草,或一只马蝇,或一只大黄蜂更孤独。我不比密尔溪,或一只风信鸡,或北极星,或南风更寂寞,我不比四月的雨或正月的融雪,或新屋中的第一只蜘蛛更孤独。

在冬天的长夜里,雪狂飘,风在森林中号叫的时候,一个老年的移民,原先的主人,不时来拜访我,据说瓦尔登湖还是他挖了出来，铺了石子，沿湖种了松树的；他告诉我旧时的和新近的永恒的故事；我们俩这样过了一个愉快的夜晚；充满了交际的喜悦，交换了对事物的惬意的意见，虽然没有苹果或苹果酒——这个最聪明而幽默的朋友啊，我真喜欢他，他比谷菲或华莱知道更多的秘密；虽然人们说他已经死了，却没有人指出过他的坟墓在哪里。还有一个老太太，也住在我的附近，大部分人根本看不见她，我却有时候很高兴到她的芳香的百草园中去散步，采集药草，又倾听她的寓言；因为她有无比丰富的创造力，她的记忆一直追溯到神话以前的时代，她可以把每一个寓言的起源告诉我，哪一个寓言是根据了哪一个事实而来的，因为这些事都发生在她年轻的时候。一个红润的、精壮的老太太，不论什么天气什么季节她都兴致勃勃，看样子要比她的孩子活得还长久。

太阳，风雨，夏天，冬天——大自然的不可描写的纯洁和恩惠，他们永远提供这么多的康健，这么多的欢乐！对我们人类这样地同情，如果有人为了正当的原因悲痛，那大自然也会受到感动，太阳黯淡了，风像活人一样悲叹，云端里落下泪雨，树木到仲夏脱下叶子，披上丧服。难道我不该与土地息息相通吗？我自己不也是一部分绿叶与青菜的泥土吗？

是什么药使我们健全、宁静、满足的呢？不是你我的曾祖父的，而是我们的大自然曾祖母的，全宇宙的蔬菜和植物的补品，她自己也靠它而永远年轻，活得比许多的老伴儿们更长久，用他们的衰败的肥胖更增添了她的康健。不是那种江湖医生配方的用冥河水和死海海水混合的药水，装在有时我们看到过装瓶子用的那种浅长形黑色船状车子上的药瓶子里，那不是我的万灵妙药：还是让我来喝一口纯净的黎明空气。黎明的空气啊！如果人们不愿意在每日之源喝这泉水,那么,啊,我们必须把它们装在瓶子内;放在店里,卖给世上那些失去黎明预订券的人们。可是记着,它能冷藏在地窖下,一直保持到正午,但要在那以前很久就打开瓶塞,跟随曙光的脚步西行。我并不崇拜那司健康之女神,她是埃斯库拉庇乌斯[1],这古老的草药医师的女儿,在纪念碑上,她一手拿了一条蛇,另一只手拿了一个杯子,而蛇时常喝杯中的水;我宁可崇拜古希腊神话中的大神朱庇特的执杯者希勃,这青春的女神,为诸神司酒行觞,她是朱诺[2]和野生莴苣的女儿,能使神仙和人返老还童。她也许是地球上出现过的最健康、最强壮、身体最好的少女,无论她到哪里,那里便成了春天。

徐迟 译

---

[1] 埃斯库拉庇乌斯,罗马神话中的医神。
[2] 朱诺,罗马神话中的天后,主神朱庇特的妻子。

克罗瑟斯

塞缪尔·麦考德·克罗瑟斯(1857—1927),美国散文家。曾出版文集《温和的读者》《朋友中间》和《人情味讲话》等。

人人想当别人

这种人人想当别人的天然欲望往往正是人生当中许多细小不快的背后原因。它使社会不能组织得圆满合理,它使人们不能各明其职和各安其位。想当别人的欲望每每引得我们去舍己耘人,去操持一些严格来说并不属于我们自己范围的事务。我们所具有的才干本领有时也确乎超溢于我们自己行业与职务的狭小范围之外。每个人都可能认为他自己是才过其位,大材小用,因而他时时刻刻都在做着那神学家们所常说的"额外余功"①。

一个态度认真的女用人是决不满足于仅仅做几件人家吩咐她去干的事的。她身上还有着使用不完的剩余精力。她希望成为一位家庭方面的改革家。于是她遂来到她那徒有其名的主人的书桌面前,对之进行了一番彻底的改革。一切文件材料完全依照她的整洁观点重新作了归置。她那位主人回来后见到了他那乱惯了的地方已经面目全非整齐得要命时,他简直成了日夜梦想复辟的反

---

① 基督教中常用的话,意即一个人除了自己本分以内的工作之外又做了额外的善行。

动分子。①

一位秉性严肃的市街铁道公司经理是决不满足于在运送乘客时仅仅尽到使他们感到价廉舒适这一简单责任的。他的志愿是要发挥一般道德促进会宣讲人的那种职能。于是，正当一位受载的乘客在皮带扳手下面被弄得东倒西歪站立不稳时，他却抓紧机会给他读上一篇东西，劝告他要发挥基督徒的美德。遇事不可与人相争，等等。

一个人进了家理发店，目的不过为去刮刮胡子。但是他所遇到的却是那理发师的一番雄心壮志。这位志行高超的理发师是决不满足于仅仅对人类幸福做这点卑微贡献的。他坚决认定，他的顾客除此之外还另须洗头，修指，按摩，在热手巾下面发汗，在电风扇下面降温，并在这一切进行期间，他的皮鞋还必须再上油重擦。

你难道对有些人在被迫接受许多他们并不需要的服务时所表现的那副绝大忍耐不曾感觉过惊异吗？他们之所以接受，不过为了不伤一些愿意额外多干的服务人员的感情罢了。你也许注意过卧车上一些乘客在他们站起身来接受人家给涮衣服时脸上的那副坚忍表情。十有八九是他并不想让人去涮的。他宁可让尘土留在他的衣服上也不愿被迫去忍受这个。但是他明白他不能太使别人失望。这乃是整个旅行仪式当中的一个重要部分，是它的正式祭典②之前所必不可少的。

人人想当别人这种思想也是造成许多艺术家与文人学士好出现越轨现象的重要原因。我们的画家、剧作家、音乐家、诗人以及

---

① 这里的反动分子云云当然是大词小用，意在造成幽默效果。
② 这里的"仪式""祭典"等词也都带有夸张与诙谐意味，读时不可认真。

小说作者也正如上面说过的女用人、铁路经理与服务员那样,在这点上犯着同一毛病。他们总是希望"以尽可能多的方式为尽可能多的人们做尽可能多的工作"。他们对自己所熟悉的东西常常感到厌烦,而喜欢去尝试种种新奇的结合。于是他们遂不断把事情搅乱。一种艺术的实践者总是企图去制造另一种艺术才能制造的那种效果。

于是有的音乐家一心想当画家,想使其操琴的方式有如挥动画笔。他硬要我们去欣赏他为我们所奏出的落日奇景。而画家则想当音乐家,他要画出交响音乐;并常会因为一般凡人之耳听不出他图画中的音乐而深感扫兴,因为那画里的色彩不是明明在互相咆哮喧呶着吗?[1] 另一位画家则想当建筑师,其构图造型的方式活像他是在砌砖铺石。他的画作倒很像一件砖圬工,但可惜在一般人的眼中却不像图画。再如一位散文作家散文写得厌倦起来,因而想当当诗人。于是他遂在分行与大写[2]之后,继续照写他的散文不误。

再如观剧。你带着你那简单的莎士比亚式的观念[3]走进剧院,以为剧院主要就是演戏。但是你的剧作家却要当病理学家。于是你发现你自己身坠诊所,阴森可怖。你本来是来此寻点轻松舒散,但是你这位不入流的人士却误入了这等场所。因此你便非得坐观到终场不可。至于你有你的苦衷这点并不成其为便应得着豁免的理由。

---

[1] 这句话显然是作者假意站到这位画家的立场和仿着画家的口吻来说的。
[2] 西洋诗歌每个诗行的第一个词的第一个字母一般都用大写。作者这里是挖苦某些人所写的诗歌不过是分了行和加了大写字母的散文而已。
[3] 所谓莎士比亚式的观念这里指的是以莎士比亚为代表的典型的传统英国戏剧。

又如你拿起一部小说来看,指望着它会是一篇什么故事。殊不料你的小说家却另有他的一番见解。他要充任你的精神顾问。他要对你的心智有所建树,他要对你的基本思想加以整顿,他要对你的灵魂进行按摩,他要对你的周身进行扫除。他要对你进行所有这一切,尽管你并不想让他给你做什么扫除或调整。你不愿意让他动你这颗心。真的,你自己也只有这么一颗可怜的心,你在你自己的工作上还离不了它。

佚名 译

史密斯

罗根·皮耳索耳·史密斯(1865—1946),生于美国,后定居英国。主要作品有《亨利·沃顿爵士传记》《读莎士比亚》《弥尔顿和他的现代评论家》《难忘的年代》等。

玫 瑰 树

这老太太总为她园里那棵大玫瑰树感到得意,欢喜对人讲它是怎样从一条插枝长成,好些年前她才结婚的时候从意大利带回来的。她同她的丈夫从罗马坐四轮马车旅行回去(当时还没有火车),在西恩那南部一段坏路上他们停了下来,不得不在路旁的小店里过夜。小店设备当然简陋,她一夜没有睡好觉,很早就起床,披上衣服,站在窗前,凉风拂面,眺望着黎明。过了这些年,她还能记得明月高照的青山,一个山巅上远远的市镇怎样渐渐发白,发白,直到月亮消逝,山轻轻着上了晨曦的淡红,突然市镇像为一种光辉照亮,阳光投到一个个窗户上,又反射回来,直到最后整个小小的城像一群星星在天空闪烁着。

那天早晨,知道他们的车子还没有修好,他们坐了一辆当地的车去到那座山城,听说那里他们可以找到好一点的住处;他们在那里停留了两三天。那是一个意大利小城,有一个高高的教堂,一个浮华的市场,几条窄街和小小邸宅,稠密而完美,坐落在一个山端,在一道墙围着的简直不比英国菜园大的区域里。但是它却充满了生气和喧闹,昼夜响着脚步与话声。

他们住的那小旅馆的餐堂是那个小城里的显贵聚会的场所,县长、律师、医生,还有几个另外的人;在他们当中,他们注意到一个漂亮温和而健谈的老人,有着发亮的黑眼睛和雪白的头发——高、挺直,仍有青年人的身姿,虽然侍者骄傲地告诉他们说,伯爵很老了——事实上下年他就要满八十了。他是他家庭最后的一个人,侍者又说——他们从前是了不起的富翁——但他没有后嗣;这侍者得意地谈到,好像那是当地引以为荣的故事,伯爵曾在爱情上不幸,从来没有结过婚。

这年老的先生可好像够快活的,显然对陌生的客人们发生了兴趣,想跟他们认识。这立刻就由那和善的侍者做到了。才稍谈了一会儿后,那老人便请他们去看他那就在城墙外的别墅和花园。第二天下午,在开始日落的时候,他们从门口和窗户瞥见蓝影初初罩上褐色的山,他们便去拜望他。地方并不大,一个小的新式的水泥粉刷的别墅,附带一个天然的石子花园,里面有一个装着呆滞的金鱼的石盆,有一个靠在墙上的狩猎女神及其猎犬的像。但是使它尤其生色的是一棵攀缘房屋的大玫瑰树,几乎掩住窗户,窗中充满它甜蜜的芳香。是的,那是一棵壮丽的玫瑰树,伯爵骄傲地说,在他们赞美它的时候,他要讲那与树有关的小姐。当他们坐在那里,喝着他招待他们的酒,他以一种老年的恬淡谈到他自己的恋爱,好像他认为当然他们已经听到过。

"这小姐住在那座小山过去的山谷那边。我当时还是一个青年,因为那是许多年以前。我常骑马去看她,路很远,而我骑马快,因为年轻人,无疑地夫人知道,是性急的。但是那小姐没有好心眼,她害我等,啊,一等就几个钟点;有一天我等得太久了,我便很生气,当我在她约好来会我的花园里走上走下的时候,我折断了她一棵玫瑰树,从树上折断了一枝;当我明白我干了的事,我把它藏在上衣里——这样——;当我回到家时,我便把它栽好,夫人看见它是怎样长着。假如夫人喜欢它,我一定给她一条插枝栽在她花园里;我听说英国人有美丽的葱翠的花园,不像我们的被太阳晒着。"

第二天,当他们的修好的车来接他们,而且他们正要从旅馆离开的时候,伯爵的老仆人送来了包得上好的玫瑰插枝与他主人的"一路平安"的祝辞和愿望。城里的人都聚拢来看他们动身,孩子们在他们车后追着,一直追到城门外边。他们听到后面有一阵脚步的急奔,但不久他们便远远在下面向山谷而去;这充满了闹声与生气的小城高高地在他们上面立于山巅。

她把玫瑰栽在家里了,它异样地生长而旺盛;每年六月,繁茂的枝叶发出一种芳香和绯红的热烈的光彩,好像它的根和纤维里仍燃烧着那位意大利情人的愤怒和受挫的热望。自然老伯爵一定死了好多年了;她已忘记了他的名字,甚至也忘记了那山城的名字。在第一次看见它在黎明时分像一群星星在天空闪烁之后,她曾在那里停留过。

方敬 译

德莱塞

西奥多·德莱塞(1871—1945),美国作家。美国二十世纪最重要的作家之一。主要作品有《金融家》《巨人》《斯多嘎》《天才》《美国的悲剧》等。

我的梦中城市

它是沉默的,我的梦中城市,清冷的、肃穆的,大概由于我实际上对于群众、贫穷及像灰沙一般刮过人生道途的那些缺憾的风波风暴都一无所知的缘故。这是一个可惊可愕的城市,这么的大气魄,这么的美丽,这么的死寂。有跨过高空的铁轨,有像峡谷的街道,有大规模攀上壮伟广市的楼梯,有下通深处的踏道,而那里所有的,却奇怪得很,是下界的沉默。又有公园、花卉、河流。而过了二十年之后,它竟然在这里了,和我的梦差不多一般可惊可愕,只不过当我醒时,它是罩在生活的骚动底下的。它具有角逐、梦想、热情、欢乐、恐怖、失望等的哗鸣。通过它的道路、峡谷、广场、地道,是奔跑着、沸腾着、闪烁着、朦胧着,一大堆的存在,都是我的梦中城市从来不知道的。

关于纽约——其实也可说关于任何大城市,不过说纽约更加确切,因为它曾经是而且仍旧是大到这么与众不同的——在从前也如在现在,那使我感着兴味的东西,就是它显示于迟钝和乖巧,强壮和薄弱,富有和贫穷,聪明和愚昧之间的那种十分鲜明而同时又无限广泛的对照。这之中，大概数量和机会上的理由比任何别的理由都占得多些，因为别处地方的人类当然也并无两样。不过在这里，所得从中挑选的人类是这么的多，因而强壮的或那种根本支配着人的，是这么这么的强壮，而薄弱的是那么那么的薄弱——又那么那么的多。

有一次我看见一个可怜的、一半失了神的而且打皱得很厉害的小小缝衣妇，住在冷街上一所分租房子厅堂角落的夹板房里，用着一个放在柜子上的火酒炉子在做饭。在那间房的四周，她有着充分空间可以大大地跨三步。

"我宁可住在纽约这种夹板房里，也不情愿住乡下那种十五间房的屋子。"她有一次发过这样的议论，当时她那双可怜的没有颜色的小眼睛，包含着那么的光彩和活气，是我在她身上从来不曾看见过，也从来不再见到的。她有一种方法贴补她的缝纫的收入，就是替那些和她自己一般下等的人在纸牌、茶叶、咖啡渣之类里面望运气，告诉许多人说要有恋爱和财气了，其实这两项东西都是他们永远不会见到的。原来那个城市的色彩、声音和光耀，就只叫她见识见识，也就足够赔补她一切的不幸了。

而我自己也不曾感觉到过那种炫耀吗？现在不也还是感觉到吗？百老汇路，当四十二条街口，在这些始终如一的夜晚，城市是被从西部来的如云的游览闲人所拥挤。所有的店门都开着，差不多所有酒店的窗户都张得大大的，让那种太没事干的过路人可以看望。这里就是这个大城市，而它是醉态的，梦态的。一个五月或是六月的月亮将要像擦亮的银盘一般高高挂在高墙间。一百乃至一千面电灯招牌将在那里眨眼。穿着夏衣戴着漂亮帽子的市民和游人的潮水；载着无穷货品震荡着去尽无足重轻的使命的街车；像嵌宝石的苍蝇一般飞来飞去的出租汽车和私人汽车。就是那轧士林也贡献了一种特异的香气。生活在发泡,在闪耀;漂亮的言谈,散漫的材料。百老汇路就是这样的。

还有那五马路,那条歌唱的水晶的街,在一个有市面的下午,无论春夏秋冬,总是一般热闹。当正二三月间,春来欢迎你的时候,那条街的窗口都拥塞着精美无遮的薄绸以及各色各样缥缈玲珑的饰品,还再有什么能一样分明地报告你春的到来吗?十一月一开头,它便歌唱起棕榈机、新开港以及热带和暖海的大大小小的快乐。及到十二月,那么同是这条马路上又将皮货、地毯、跳舞和宴会,陈列得多么傲慢,对你大喊着风雪快要来了,其实你那时从山上或海边回来还不到十天哩。你看见这么一幅图画,看见那些划开了上层的住宅,总以为全世界都是非常的繁荣、独出而快乐的了。然而,你倘使知道那个俗艳的社会的矮丛,那个介于成功的高树之间的徒然生长的乱莽和丛簇,你就觉得这些无边的巨厦里面并没有一桩社会的事件是完美而沉默的了!

我常常想到那庞大数量的下层人,那些除开自己的青春和志向之外再没有东西推荐他们的男孩子和女孩子,日日时时将他们的面孔朝着纽约,侦察着那个城市能够给他们怎样的财富或名誉,不然就是未来的位置和舒适,再不然就是他们将可收获的无论什么。啊,他们的青春的眼睛是沉醉在它的希望里了!于是,我又想到全世界一切有力的和半有力的男男女女们,在纽约以外的什么地方勤劳着这样那样的工作——一爿店铺,一个矿场,一家银行,一种职业——唯一的志向就是要去达到一个地位,可以靠他们的财富进入而留居纽约,支配着大众,而在他们认为是奢侈的里面奢侈着。

307

你就想想这里面的幻觉吧，真是深刻而动人的催眠术啊！强者和弱者，聪明人和愚蠢人，心的贪馋者和眼的贪馋者，都怎样的向那庞大的东西寻求忘忧草，寻求迷魂汤。我每次看见人似乎愿意拿出任何的代价——拿出那样的代价——去求一啜这口毒酒，总觉得十分惊奇。他们是展示着怎样一种刺人的颤抖的热心。怎样的，美愿意出卖它的花，德行出卖它的最后的残片，力量出卖它所能支配的范围里面一个几乎是高利贷的部分，名誉和权力出卖它们的尊严和存在，老年出卖它的疲乏的时间，以求获得这一切之中的不过一个小部分，以求赏一赏它的颤动的存在和它造成的图画。你几乎不能听见他们唱它的赞美歌吗？

傅东华 译

杰克·伦敦

杰克·伦敦(1876—1916),美国作家。著名作品有短篇小说集《狼的儿子》《深渊里的人们》《荒野的呼唤》《海狼》和《白牙》。他的自传性小说《马丁·伊登》是他的代表作,描写一个出身贫寒的作家由奋斗而成功,最后幻灭自杀的经过。伦敦本人也未能逃脱功名的腐蚀,追求奢华,终于服毒自杀。

论作家的人生哲学

终生只想制作粗制滥造的作品的文学匠,不要读这篇文章,因为他只是白白地浪费了时间,又破坏了自己的情绪。这篇文章不包括怎样编排手稿,怎样加工素材这样的建议;也不包括对编辑的大笔的任意所为,对副词与形容词变化的评价加以分析。不可救药"多产作家们",此文不是为你们写的!文章是给有理想的作家(即使他目前只写出了很平庸的作品),是给追求真正的艺术,并幻想着他不必再向农业报纸,或《家庭》杂志登门求告的时刻的作家用的。

亲爱的先生、太太、小姐,在您选中的部门里,您取得了什么成就?是天才吗?原来您并不是天才。如果您是天才,便不要读此文。天才把一切桎梏和偏见抛到一边,不能控制他,不能令其顺从。天才,rara avis①,像我和您一样,不在每一片树丛中飞来飞

---

① 拉丁文,珍贵的鸟。

去。也许您是有才华的人？当然,这也可能。当赫拉克勒斯还在襁褓时,他的二头肌也细得可怜。您也是这样:您的才华还没有得到发展。假如它得到适当的营养,它就会像样地成长起来,您便不会因读此文而浪费了时间。如果您真的相信,您的才华已经成熟,那时便放下它,不要再读下去！如果您认为它还没有达到这一水平,那么,在您看来,要通过怎样的方法才能达到呢？

要做一个有独创性的人,您不加思索地回答道,尔后又添加道:逐渐地发展自己的独创性。好极了。但是问题并不在于做一个有独创性的人——这连黄口小儿也懂得——而在于怎样成为一个有独创性的人。怎样唤起读者对您的作品的强烈兴趣,而使出版商极想得到它？亦步亦趋地跟在别人——哪怕是最有才华的人的后边,反射着别人独创性的光芒,也不能成为有独创性的人。要知道,任何人也没有为瓦尔特·司各特和狄更斯、为埃德加·坡和朗费罗、为乔治·艾略特和亨弗利·华尔德夫人[1]、为斯蒂文森和吉卜林、安东尼·贺普[2]、玛丽·高瑞利[3]、斯蒂文·克莱恩以及许多其他作家——名单可以无限延长——铺平道路。出版商和读者直到如今还闹嚷嚷地要他们的书。他们达到了独创性。为什么？就是因为他们不像随风转动的无思无虑的顺风旗。他们的起点也就是那些和他们一起而终为败北者的起点,他们所得到的遗产也是那个

---

[1] 亨弗利·华尔德夫人(1851—1920),英国女作家,她的长篇小说取材于英国知识分子和宗教界的生活。
[2] 安东尼·贺普(安东尼·贺普·豪金斯,1863—1933),英国作家、律师,著有长篇小说《维特先生的遗孀》(1892)、《赞达的囚徒》(1894)等。
[3] 玛丽·高瑞利,原名玛丽·麦克(1855—1924),著有充满感伤色彩的长篇小说《两个世界的传奇》(1886)、《近亲复仇》(1886)、《泰尔玛》(1887),获得一定成功。

世界,以及那些平淡无奇的传统。但是他们同败北者的区别只有一个,就是:他们抛弃了别人使用过的材料,而直接从源泉汲取。他们不相信别人的结论、别人权威性的意见。他们认为,必须在自己经手的事业上打上自己个人的烙印——标志要比作者的权力重要得多。他们从世界及其传统(换言之——从人类的文化和知识)汲取为建立自己的人生哲学所必须的材料,就像从直接源泉汲取一样。

至于"人生哲学"这一用语,还没有准确的定义。首先人生哲学不解决个别问题。它不特别集中注意这样的问题,诸如:过去和将来灵魂之受苦、不同的或共同的两性道德的规范、妇女的经济独立、性能遗传的可能性、招魂术、变异、对酒精饮料的看法,等等。不过它还是要研究这些问题,以及在生活道路上经常遇到的其他障碍——这不是抽象的、脱离现实的,而是日常的、工作的人生哲学。

每一个获得持续成就的作家都有这样的哲学。这样的作家有特殊的、他个人独特的对事物的看法。他用一个尺度或一组尺度来衡量落入他的视野里的一切。根据这个哲学,他创造性格并做出某些概括。由于它,他的创作看来是健康的、真实的、新鲜的,显露出世界期待听取的新东西。这是他个人的,而不是被重新安排好的、老早就被咀嚼过的、全世界都已知晓的真理。

但是请谨防误会。掌握这种哲学完全不意味着从属于教学论。根据任何理由表达个人观点的才能,并不能成为用教训小说烦扰读者的依据;可是,也不禁止这样做。应当看到,作家的这个哲学很少表现为想让读者这样或那样地解决某个问题。只有不多的几个大作家才是公开进行教育的,同时,某些作家,如大胆而优美的罗伯特·路易斯·斯蒂文森,几乎完全把自己表现在创作中,甚至回避对教训的暗示。许多人把自己的哲学当作秘密的工具。他们借助哲学形成了思想、情节、性格,在完美的作品里,它渗透在各个方面,却不显露出来。

必须懂得,这种工作的哲学,使作家不仅可以把自己,而且也可以把他审查过的和评定过的、通过他的"我"而反映出来的东西,写进自己的著作里去。以上谈到的,可以通过智力的巨人、著名的三巨头——莎士比亚、歌德、巴尔扎克的例证,特别鲜明地予以说明。他们各人是各人,以致不能把他们相互比较。每一个人从自己个人的仓库里、从自己的工作哲学中挖掘。又按照自己个人的理想创造自己的作品。非常可能,在刚一出生时,他们和一般的孩子没有什么两样,然而,他们从世界及其传统中学会了某种他们的同龄人没有学会的东西。而正是那个,是应当告诉给世界的。

而您呢,青年作家,您有什么要说的?如果有,又是什么使您不能说出来呢?如果您能够发表世界愿意听到的那些思想,您就像您所想的那样表现出来吧。如果您想得清楚,您也会写得清楚;如果您的思想有价值,您的文章也会有价值。但是如果您的叙述淡然无味,那是因为您的思想淡然无味;如果您的叙述很狭隘,那是因为您本身狭隘。如果您的思想不清楚和自相矛盾,难道可以期待表现得清楚吗?如果您的知识是贫乏和杂乱无章的,难道您的叙述会是流畅和合乎逻辑的吗?没有巩固的基础,没有工作的哲学,难道可以从混乱中造出秩序来?难道能够正确地理解和预见吗?难道可以确定您所拥有的那一点点知识的大小和相对价值吗?而没有这一切,难道您能够是您自己吗?难道您能给被操劳过度弄得疲惫不堪的世界带来什么新东西吗?

只有一个方法能够赢得这样的哲学——这就是探求的方法,从知识宝库、从世界文化中汲取材料,从而形成这一哲学的方法。当您还不理解作用于锅底的力时,您知道蒸气的气泡是什么吗?当一个艺术家还没有形成关于欧洲历史和神话学的概念,还不懂得总的形成犹太人性格的不同特点——他的信仰和理想、他的热情和眷恋、他的希望和恐惧,难道能够画出《你们看这个人》①来吗?如果作曲家对伟大的古日耳曼史诗一无所知,他能创作出《瓦尔基利亚女神》②来吗?这一切都和您有关——您必须学习。您应当学会带着观点观察生活。为了理解某个运动的性质和发展阶段,您应当知道那些促使个人和群众行动起来的动机,那些产生了伟大的思想并使之发挥作用,把约翰·布朗③送上了绞刑架,把基督送到各各他山④的动机。作家应当掌握生活的脉搏,而生活便给他个人的工作哲学,借助于这种哲学,他本身便开始评价、衡量、对比并向世界说明生活。正是这个个人的烙印、个人对事物的观点,被称之为个性。

从历史学、生物学、从学习进化论、伦理学,以及从一千零一种知识部门,您知道了些什么?您表示异议说:"可是,我看不到,这一切怎么会帮助我写小说或长诗。"它毕竟会帮助您的。不是直接的,而是间接的影响。知识给您的思想以广阔天地,扩大您的视野,开拓您的活动范围。知识用自己的哲学武装您,这种哲学和其

---

① 原文为拉丁文,是一幅戴荆冠的耶稣像。
② 《瓦尔基利亚女神》是德国作曲家瓦格纳所作歌剧《尼伯龙根的指环》的第二部。
③ 约翰·布朗(1800—1859),美国争取解放黑人的战士,1859年为消灭美国的蓄奴制度而发动起义,后被绞死。
④ 各各他山,基督被钉在十字架上的地方,在耶路撒冷附近。

他任何一种哲学一样,将唤醒您独创性的思想。

"可是这项任务太庞大了,"您抗议说,"我没有时间。"然而它的规模并没有吓住别人。您可以生活很多很多年。当然,不能期望着您会懂得一切。然而正是根据您将掌握知识的程度,您的写作技巧和您对他人的影响才会不断地增长。时间!当谈到时间不够时,指的是不能有效地利用时间。您学会了正确地读书吗?在一年里您在多少本平庸的短篇和长篇小说上消耗了时间,或者企图研究短篇小说的写作艺术,或者锻炼自己的批评才能?您从头到尾读完了几本杂志?这就是您的时间,而您糊里糊涂地把它浪费掉了,而它不再回来。要学会精心地选择阅读材料,学会快速阅读,抓住主要的东西。您讥笑老年人昏聩糊涂,他们通读每天的报纸,包括广告。难道您逆着当代文学的洪流而拼命挣扎,就不那么可怜了吗?还是不要避开这一洪流。要读好一些的,只是好一些的书。不要怕放下已经开始还没读完的短篇小说。要记住,只有读别人的作品,您才能重新安排作品,否则,您本人就没有什么好写的。时间!如果您不去寻找时间,我向您担保,世界不会寻来时间听您使唤。

刘保端 译

爱因斯坦

艾尔贝特·爱因斯坦(1879—1955),伟大的科学家,出生于德国,犹太人,后取得美国国籍。主要作品有《爱因斯坦文集》。

信仰自白

可以和能够把自己最好的观察和研究能力奉献给客观的、非时间性的现象,做一个这样的人,真是有特殊的福分。我有幸享有这种福分,它使我在很大程度上不依赖个人的命运和周围人的行为。对此,我是多么高兴和感激啊!但是,这种独立性并不允许我们漠视把我们与过去、现在和将来的人类联系在一起的义务。

我们这些生活在地球上的人的状况奇特得很。我们中的每个人,既非自愿也无人邀请,就在这世界上作一短暂的逗留,对于为了什么和目的何在却毫无所知。在日常生活中,我们只是感受到:人是为别人而生存的,即为我们所爱的以及许多与我们命运攸关的人而活着的。

我一直在想,我的生活在多大程度上依赖着其他人的劳动,我知道,我欠他们多少。

我不相信意志自由。叔本华说:人虽然能够做他想要做的,但不能要他所想要的。这句话在任何情况下都陪伴着我,并使我与人们的行为和解,即使这些行为确实伤害了我。这种对意志不自由的认识使我得以不过分严肃地对待作为行为和判断的个体的自己和他人,并使我保持有益的幽默。

我从不追求舒适和奢侈,毋宁说我甚至十分鄙视这一切。我的社会正义激情经常使我与人们发生冲突;同样,我对不是绝对必要的束缚和依赖的反感也使我与人们发生冲突。我始终尊重个人;我对暴力和社团狂热怀有不可克服的反感。出于这种动机,我是一个热情的和平主义者和反军国主义者,我拒绝任何形式的民族主义,即使它装出爱国主义的样子。

我认为,来自地位和财产的特权是不公正和腐败的,过分的个人崇拜也是如此。尽管我熟知民主国家形式的缺点,但我仍然拥护民主的理想。社会的平衡和个人的经济保障,我始终认为这是国家的重要目标。

虽然,我在日常生活中是一个典型的独往独来者;但是,归属于一个追求真理、美和正义的看不见的共同体的意识,阻止了孤独感的产生。

人所能体验的最美和最深刻的东西是充满神秘的感情。这是宗教和艺术、科学中所有深刻追求的基础。我认为,体验不到这一切的人,即使不像一个死人,那也像一个盲人。在我们经验之外,隐藏着为我们心灵所不可企及的东西,它的美和崇高只能间接地、通过微弱的反光抵达我们,感受到这些,就是宗教。只是在这意义上,我才是个有宗教感情的人。满怀惊异地预感和寻求这种神秘,谦恭地在心灵上把握存在的庄严结构的黯淡摹本,对我来说,已是足够的了。

陈泽环 译

卡贝尔

詹姆斯·布兰奇·卡贝尔(1879—1958),美国作家,主要以其长篇小说《朱根》而知名,二十世纪初期因描写现实生活与理想人生之间的冲突而拥有大批读者。《超越生命》是他于1919年出版的一部散文集,篇名蕴含了作者超越现实生活,描绘理想人生的写作理念。

超越生命(节选)

我愿此生,我唯一确知的此生,能和谐地度过;若此愿不遂,至少也该活得有几分清醒。希望自己之所作所为能为自己所了解,这肯定不算要求过分。不过有些奥秘却不容你去了解,诸如宇宙宏旨之所在,乾坤归宿在何方,我为何置身于此间,于此间该做何事等。我隐约觉得此生被指望去履行一项既定使命,但这是项什么使命,我却一无所知。而且真正说来,我在过去的岁月里又有过什么作为呢?有那么几本书可显示为我生命之盈余,可显示为在我创作它们之前这世间未曾有过的东西,其体积甚至可置换我入土后的那副躯壳,从而使我生命之结束不致给人类造成物质损失。但当回首往昔,我发现自己的生命历程就像溪流之蜿蜒漫无定向,触石砯草根则避而改道,遇岩缝土隙则顺而流之。我似乎做任何事都未经事先考虑,而是任凭事务来摆布自己。且据我眼下所知,在我的整个余生,我每日清晨得剃须也仅仅是为了翌日清晨得剃须。

我总想善用身边的物质环境,因时至今日,我也不知有任何迥异之做法会更为明智可行。然身外之物与涌动于我心中的那种生命毕竟无关。既如此,为何人之一举一动又常为身外之物所引所驱,所扬所抑?我所厌恶的正是这种物质之主宰——这种为了生命苟存于世而对食物、衣衫、住宅、炉火、书本以及肉欲的纯粹需求。的确,我在世间之全部所为或忍而不为之事都不甚明了,无论何处我都看不到丝毫和谐,而我认为,我的人生历程若有任何特定目标之指引,定会显现出那种明澈和谐。但不知何故,我眼前无可辨之目标,一直在浑然度日,而且对这种蹉跎从来都无从解说。活下去似乎已成了我的一种习惯,仅此而已。

我希望生活中有美。我曾在落日余晖、春日树林和女人的眼中看见过美,可如今与这些光彩之邂逅已不再令我激动。我期盼的是生命本身之美,而非偶然降临的美的瞬间。我觉得很久以前我生活行为中也充溢着美,那时我尚年轻,置身于一群远比当今姑娘更为友善可爱的姑娘之中,置身于一个如今已消失的世界。时下女人不过是多少显得有几分姿色,而据我所知,她们最靓丽的容颜都经过煞费苦心的设色敷彩。但我希望这依附于我并涌动于我心的生命能绽放出自身之美,纵然这种美会转瞬即逝。比如蝴蝶的一生不过翩然一瞬,但在这翩然一瞬间,其美丽得以完善,其生命得以完美。我羡慕一生中有这种美丽闪烁。可最接近我理想生活的行为只是付账单一丝不苟,对妻子相敬如宾,捐善款恰宜至当,而这些无论如何也远远不够。当然,还有我那些书,在我所撰写以及我可随意翻阅的他人所撰写的书中,都有美"封藏"于万千书页之间。但我与生俱来的这种欲望并不满足于在纸上写美或从书中读美。简而言之,我所迷恋的是那种无瑕之美,那种天下诗人在忘忘中发现存在于某处的美,那种世人所知的凡尘生活无法赐予也无法预见的美。①

我也渴望柔情——但对生活如此奢求难道不像是自作多情?我发现世人彼此间从不相互喜欢。的确,作为理性动物,他们为何要相互喜欢呢?婴儿当然都有权得到短期柔情贷款,而且在童年时期还会有逐日递减的柔情进账,然而你回忆往事时就会发现,童年大体上是一段孤独寂寞且屡屡受骗的时期。但成人都莫可名状地相互猜疑。我承认,男女求爱时会有一时间的失常,而这种失常往往装扮成柔情蜜意,有时还因此而造成真情的错觉,但更多时候会变成男女间无休止争斗的伏笔。你会注意到,已婚男女通常不会柔情缱绻,双方能以礼相待就不错了,除两性身体接触外,夫妻关系往往都不温不火。以我妻子为例,我横竖都觉得她就像斯芬克司,一个永远也猜不透的谜,我想没必要去探究她那些秘密。而就像我不无欣慰地述说的一样,她对我同样知之甚少,对我的私事也没表现出任何病态的兴趣。但这并非说一旦我罹病,她会因惧怕传染而置我于不顾;也非说万一她溺水,我会因不善游泳而不下水施救。我的意思是说,除非到危急关头,我俩会彼此容忍,和睦相处,但绝不会想到更进一步。我们与亲属的关系也势必日渐疏远。由于各自生活不同,彼此情趣相异,会面时或吞吞吐吐,或尽说套话。再说他们还知晓我们不想被人抖搂的底细。至于其他人,甚至包括未成年人,我发现彼此间交往全然是蹈常袭故,我们的所言所行似乎都不会超出对方之所料。我知道我们始终都互不

---

① 比较柏拉图在其《斐德若篇》中解说的那种"上界之美"以及爱伦·坡在其《诗歌原理》中描述的那种"超凡之美"和"天国之美"。

信任,虽然有时毫无必要,我们仍本能地隐藏或伪装真实的思想感情。就我个人而言,我不喜欢人类,因为从总体上看,我不知这个物种有何共同的品质使其值得被人钦慕。但对书中那些人——例如米拉曼特夫人①、特洛伊的海伦、贝拉·威尔弗②、梅露西娜③、比阿特丽克丝·埃斯蒙德④等——我却能不失灵性地满怀柔情,表达一腔爱慕之意,这一则是因为这些人值得我爱慕,二则是因为我知道她们不会怀疑我"变态"或别有用心。

我还常常祈愿,愿我能了解关乎我生活的哪怕任何一点真相。这变化的声色光彩是在真正掠过,还是我脑海中的一种幻觉?譬如你何以知晓此刻我不是你梦中之幻象?毫无疑问,你在你坦言的梦中肯定遇见过人,且眼观其形,耳闻其声,当时他们于你肯定就像现时之我一样真实。注意,我说像现时之我一样真实!那么,我这口口声声称谓的"我"又当何物?若你设法去感知你自己为何物,那种你觉得寓于你体内并乐于支配你肉体的东西又为何物,那将有一大堆活生生的多余物与你不期而遇——诸如你的衣袜裤帽、耳舌手足、习惯胃口、禀性偏见,以及其他所有附属物,那些你逐一视之便会承认其并非你不可或缺的多余之物——而若是你从心中将这些多余物抹去,那在你珍珠色的脑细胞里,在你最终的寓所之中,几乎就只剩下一种感知能力,可你知道,这种

---

① 英国剧作家康格里夫(1670—1729)所作喜剧《如此世道》中的女主角。
② 狄更斯晚期小说《我们共同的朋友》中的女主人公。
③ 欧洲民间传说中一个人身蛇尾(或鱼尾)的女子,十四世纪法国行吟诗人让·达拉斯据其写成散文体长篇传奇《梅露西娜之书》,之后其形象常见于欧洲各国的文学艺术作品。歌德、司各特、普鲁斯特等著名作家笔下都出现过她的名字和故事,门德尔松的一首协奏曲序曲(作品32号)就叫《美丽的梅露西娜》。
④ 萨克雷历史小说《亨利·埃斯蒙德》中的女主人公。

感知多半都是幻觉。而毋庸置疑，仅仅作为一种极易受骗的知觉，暂居于神秘莫测的迷幻之中，这并非一种令人羡慕的境况。然而这种生命——这种我死死黏附的生命——也不过如此这般。但与此同时我却听世人在谈论"真理"，他们甚至花大价钱为其所知的真理担保；可我愿与"爱逗趣的彼拉多"为伍，重复那个几乎没法回答且上千年来无人回答的疑问。①

最后我还希求高雅。我认为高雅乃世间最珍贵之品质。其实然，高雅或许并不存在于现实之中。真正的高雅之士心胸开阔，虚怀若谷，乐于自省，闻过则喜，凡事皆不为非理性的盲目偏见所左右，而在这个被庸男俗女充斥的世界，这等高雅之士只能被视为怪物。仿佛是出于天性，我们所有人都容不得罕闻罕见之事，都恨其恣意妄为，不守规矩；而正是依照与此极其相似的准则，小男孩嘲讽不合时令的草帽，他们的父辈则给异教徒派去传教士……

曹明伦 译

---

① 这疑问便是"何为真理"。彼拉多于公元26—36年任罗马驻犹太和撒马利亚地区的总督，据《新约·约翰福音》第十八章第37—38节记述，耶稣在其总督府受审时声称，他来世间之目的是为了证明真理，于是彼拉多问："何为真理？"鉴于彼拉多发问后并没等待耶稣的回答，故被后人称为"爱逗趣的彼拉多"。

凯　勒

海伦·凯勒(1880—1968),美国一个传奇式的人物。自幼因病变成聋盲人,七岁开始学习用手触摸认字,开始学说话。后以优秀成绩毕业于剑桥女校和拉德克利夫学院。主要作品有《我生命的故事》等。

假如给我三天光明

我们都曾读到过这样激动人心的故事:故事的主角能活下去的时间已经很有限了,有的可以长到一年;有的却只有二十四小时。对于这位面临死亡的人打算怎样度过这最后的时日,我们总是感到很有兴趣——当然,我说的是可以有选择条件的自由人,而不是待处决的囚犯,那些人的活动范围是有限的。

这一类的故事使我们深思,我们会想到:如果我们自己也处于同样的地位,该怎么办?人都是要死的,在这最后的时辰,应当做一点什么?体验点什么?和什么人往来?在回首往事的时候,什么使我们感到快乐?什么使我们感到遗憾呢?

我常想,如果每一个人在刚成年时都能突然聋盲几天,那对他可能会是一种幸福。黑暗会使他更加懂得视力之可贵;寂静会教育他懂得声音的甜美。

我曾多次考察过我有眼睛的朋友,想让他们体会到他们能看到些什么。最近,我有一位很要好的朋友来看我,她刚从森林里散步回来。我问她发现了什么。"没有什么特别的。"她回答。好在我对这类的回答已经习惯了。因为很久以来,我就深信有眼睛的人所能看到的东西其实很少,否则,我是难以相信她的回答的。

我问我自己,在树林里走了一个小时,却没看到什么值得注意的东西,这难道可能吗?我是个瞎子,但是我光凭触觉就能发现数以百计的有趣的东西。我能摸出树叶的精巧的对称图形,我的手带着深情抚摸银桦的光润的细皮,或者松树的粗糙的凸凹不平的硬皮。在春天,我怀着希望抚摸树木的枝条,想找到一个芽蕾,那是大自然在冬眠之后苏醒的第一个征兆。我感觉到花朵的美妙的丝绒般的质地,发现它惊人的螺旋形的排列——我又探索到大自然的一种奇妙之处。如果我幸运的话,在我把手轻轻地放在小树上时,还能偶然感到小鸟在枝头讴歌时所引起的欢乐的颤动。小溪的清凉的水从我撒开的指间流过,使我欣慰。松针或绵软的草叶铺成的葱茏的地毯比最豪华的波斯地毯还要可爱。春夏秋冬——在我身边展开,这对我是一出无穷无尽的惊人的戏剧。这戏的动作是在我的指头上流过的。

我的心有时大喊大叫,想看到这一切。既然我单凭触觉就能获得这么多的快乐,视觉所能展示于人的,又会有多少!但是很显然,有眼睛的人看见的东西却很少。他们对充满这大千世界的色彩、形象、动态所构成的广阔的画面习以为常。也许对到手的东西漠然置之,却在追求自己所没有的东西,是人之常情吧。但是,在有光明的世界里,视觉的天赋只是被当成一种方便,而不是当作让生命更加充实的手段,这毕竟是令人非常遗憾的事。

为了最好地说明问题,不妨让我设想一下,如果我能有,比如说,三天的视力,我最希望看到什么东西。在我设想的时候,你也不妨动动脑子,设想一下如果你也只能有三天视力,你打算看见些什么。如果你知道第三天的黄昏之后,太阳便再也不会为你升起的话,你将如何使用这宝贵的三天呢?你最渴望看见的东西是什么呢?

如果由于某种奇迹,我能获得三天视力,然后再回到黑暗中去的话,我将把这段时间分作三个部分。

在第一天,我将看看那些以他们的慈爱、温情和友谊使我的生命值得活下去的人。首先我一定要长久地打量我亲爱的老师安妮·沙莉文·梅西太太。是她在我孩提时代来到我的身边,为我开启了外部世界的大门。我不但要细看她的面部的轮廓,让它存留在我的记忆里,而且要研究她那张面孔,找出生动的证据,说明她在完成对我的教育这项艰苦的任务时所表现出来的温和与耐性。我要从她的眼里看见她性格的力量。那力量使她坚强地面对困难。我还要看到她在我面前常常流露的对人类的同情。如何通过"灵魂的窗户"眼睛看到朋友的心灵深处,我是不懂得的。我只能通过指尖探索到人们面部的轮廓。我能感到欢笑、悲伤和许多明显的感情。我是通过触摸他们的面部认识我的朋友的……

我很熟悉在我身边的朋友,因为成年累月的交往让他们把自己的各个侧面都呈现在我的面前。然而对于偶然结识的朋友,我却只有通过握手,通过指尖触摸他唇上的话句,和他们在我的掌心里的点划,得到一点不完全的印象。

你们有眼睛的人只须通过观察细微的表情:肌肉的震颤、手的动作,便能迅速地把捉住另一个人的基本性格,那是多么轻松,多么方便啊!

但是,你曾想过用你的眼睛去深入观察朋友或熟人的内在性格没有呢？你们大部分有眼睛的人，对人家的面孔是不是经常只随意看到一点外部轮廓就放过去了呢？……

有眼睛的人对身边的日常事物很快就习以为常了。他们实际上只看到惊人的和特别触目的部分。而且就是在特别触目的景象面前，他们的眼睛也是懒惰的。每天的法庭记录都说明"证人"们的眼睛是多么不准。同一个事件有多少个"证人"，就会有多少个不同的印象。有的人比别的人看到的多一些，然而能把他们视觉范围内的东西全部看到的人却寥寥无几。

啊！如果我有三天视力，我能看到多少东西啊！

第一天我一定很忙，我要把我所有的亲爱的朋友请来，久久地观看他们的面孔，把体现他们内心美的外部特征深深地印在我的心上。我还要细看婴儿的面庞。我要观察在个体认识到矛盾之前的强烈的天真的美——那矛盾是随着生命的发展而发展的。

我还想观察我那几条忠心耿耿的狗的眼睛——庄重、老练的小苏格兰、小黑，还有高大结实、善解人意的大丹麦狗赫耳加。它们曾以热烈、温柔和快活的友谊给了我极大的安慰。

在最忙的第一天，我也想去看一看家里的琐碎简单的事物。我想看看我脚下的地毯的温暖的色彩，看看墙上的画，看看那些我所熟悉的琐碎的东西。是它们把一所房屋变成了家的。我的眼睛会带着敬意停留在我所读过的凸文书籍上，但是我恐怕会对印刷出来给有眼睛的人读的书感到更加强烈的兴趣。因为在我的生命的漫长的黑夜之中，我所读过的书和别人为我"读"的书，已经构筑成了一座巨大的灿烂的灯塔，为我照亮了人的生命和精神的最深邃的航道。

在我有眼睛的第一天的下午，我要在树林里作一个漫长的散步,用大千世界的种种美景刺激我的眼帘。我要竭尽全力在几小时之内吸取那光辉广阔的场面——那对有眼睛的人永远展现的场面。在我从林间散步回来的路上,我走着的小径会从田野旁经过,我可以看到温驯的马翻耕着土地(说不定只看到一部拖拉机!),也可以看到那些紧靠泥土生活的人们怡然自得的神情。我还要祈祷让我看到一个绚丽多彩的落日。

黄昏降临之后,我还会体察到一种双重的欢乐:我能借助人造的光明来看到世界,在大自然命令出现黑暗的时候,人类却凭自己的聪明才智创造出了光明,延长了自己的视力。

在我有视力的第一个晚上,我大概会睡不着觉,我心里一定会充满了对白天的丰富的回忆。

第二天——我有视力的第二天,我将和黎明同时起身,去观看那把黑夜变成白昼的令人惊心动魄的奇景。我要怀着敬畏的心情观看那宏伟浩瀚的、光华灿烂的景色,太阳就是用它唤醒了沉睡的地球的。

我要拿这一天迅速地纵观世界,观察它的过去和现在,我要看到人类进步的奇迹,看到万花筒一般的各个历史时代。我怎么能在一天之内看到这样众多的事物呢?当然得靠博物馆。我曾多次参观过纽约的自然历史博物馆,我曾用手触摸过那儿的展品。但是,我也曾希望用我的眼睛看见在那儿展出的地球和它的居民的简要的历史;我要看到在自己的天然环境里生长的动物和不同人种的人;看到恐龙和乳齿象的庞大的骸骨,它们在个子矮小但脑力强大的人类征服动物界之前许久曾在大地上漫游。我还要看到有关动物、人类、人类的工具的生动实际的展览品。人类利用工具在地球上为自己开辟了安全的家园。我还要看到自然史上的一千零一个其他方面。

我不知道本文的读者中有多少人曾在那动人的博物馆里看到过各类生物的广阔画面。当然,有许多人没有这样的机会,但是我相信不少人虽有这样的机会却没有加以使用。博物馆的确是一个值得你使用眼睛的地方。你们可以在那儿多日流连,得到丰富的教益。但我却只有想象中的三天,因此只能匆匆地看过就离开。

下一站我要到都会美术博物馆去。自然历史博物馆揭示了世界的物质面,美术博物馆则反映出了人类精神的千姿百态。在整个人类历史中,对于艺术表现的要求和对于吃、住、繁衍的要求一样强烈。在这儿,美术博物馆的宽大的展览室将通过古埃及、古希腊和古罗马的艺术展示出这些民族的精神世界。古尼罗河土地上的男女神灵的雕像,我的手指对它们是很熟悉的。我也曾触摸过巴底农神庙的壁饰浮雕的复制品。我曾体会到冲锋陷阵的雅典勇士们有节奏的美。阿波罗、维纳斯和萨莫特雷斯[①]的有翅膀的胜利女神雕像,都是我指头尖上的朋友。荷马那疙里疙瘩的有胡须的面庞使我感到分外亲切,因为他也懂得瞎了眼睛的痛苦。

我的指头曾在古罗马和后世的生动的大理石雕像上流连。我曾抚摸过米开朗琪罗的动人的英雄摩西[②]的石膏像。我曾触摸到罗丹作品的气魄;我曾对哥德人的木雕所表现的虔诚肃然起敬。我能懂得这些能摸触到的艺术品,但是,它们本是用来看,而不是用来摸的。它们的美至今对我隐蔽着,我只能猜想。我能赞叹希腊花瓶的单纯的线条,但是它的形象装饰我却无法感受。

因此,在我有眼睛的第二天,我将通过观看人类的艺术去探索

---

① 萨莫特雷斯,爱琴海的一个小岛。
② 摩西,以色列人的先知、解放者。

人类的灵魂。过去我凭触觉感受到的东西,现在我要用眼睛去看到了。更为绝妙的是整个绚丽的绘画世界——从带着平静的宗教献身精神的意大利原始绘画到具有狂热的想象的当代绘画,都将在我面前呈现出夺目的光彩。我要深入地观看拉斐尔、达·芬奇、提香①、伦勃朗②的画。我要饱览维隆尼斯③的温暖的色调,研究厄尔·格勒柯的神奇,把捉珂罗笔下的大自然的新颖形象。啊,有眼睛的人们,在历代的艺术作品中,你们可以看到多么丰富的意义和美啊!

我在艺术殿堂的短暂的巡礼中所能看到的不过是向你们开放的艺术世界的很小的一部分。我只能获得一个浮光掠影的印象。艺术家们告诉我,要想深入、真切地欣赏艺术,必须训练眼睛;要通过经验衡量线条、构图、形体和色彩的优劣。如果我有眼睛,我将多么乐于从事这种迷人的研究啊!然而,我却听说,在你们许多有眼睛的人眼中,艺术的世界却是一片没有被探索、照亮的混沌。

我离开都会美术博物馆时,一定十分留恋,那儿有通向美的钥匙——被那样地忽视了的美。不过,有眼睛的人们要寻求通向美的钥匙,并不一定要到都会美术博物馆去。同样的钥匙在小型博物馆甚至在小型图书馆架上的书中也等待着他们。然而,在我所幻想的有限的有眼睛的时间里,我必须选择可以在最短的时间内打开最巨大的宝藏的钥匙。

在我有眼睛的第二天晚上,我要用来看戏或看电影。就是目

---

① 拉斐尔(1483—1520),达·芬奇(1452—1519),提香(1490?—1576),意大利画家。
② 伦勃朗(1606—1669),荷兰画家。
③ 维隆尼斯(1528—1588),威尼斯画家。

前我也经常"看"各种戏剧表演。只是演出的动作得靠一个同伴拼写到我的手心里。我多么想用自己的眼睛看到身穿伊丽莎白时代丰富多彩的服饰的迷人的哈姆雷特或易于冲动的福斯泰夫啊！我会多么密切地注视着漂亮的哈姆雷特的每一个动作和粗壮的福斯泰夫的每一个步伐！由于我只能看到一个剧,我难免会感到莫衷一是,因为我想看的剧有好几十个。你们有眼睛,愿看哪一个都可以,我不知道你们有多少人在看戏看电影或其他节目时曾经感觉到视力这个奇迹,对它表示感谢？让你欣赏到演出的色彩、动作和美的正是它呢！

我在用手触摸的范围之外,便无法欣赏有节奏的动作。对于巴芙洛娃的娴雅优美,我只能模糊地想象,虽然我也懂得一点节奏的快感,因为我常在音乐震动地板时感到它的节拍。我很能想象节奏鲜明的动作一定会形成世界上最美妙的形象。我常用手指抚摸大理石雕像,依稀懂得一点这种道理。既然这种静止的美都如此可爱,那么,如果能看到运动中的美又会是多么令人销魂陶醉！

我最甜蜜的记忆之一是约瑟夫·杰弗逊在表演他心爱的李卜·范·温克尔的某些动作和台词时让我触摸了他的面孔和双手。那使我对戏剧的世界有了个朦胧的印象。当时我的快乐我将永远难忘。有眼睛的人们随着戏剧的开展所能看见和听到的交替出现的行动和语言,能给他们多少乐趣啊！可是啊,这种乐趣我却无法体会！我只须看到一次演出,以后便可以在心里想象出一百个剧本的动作。这些剧本我曾读过或通过手语体会过。

因此,在我所想象的我有眼睛的第二天,戏剧文学的伟人形象将从我的眼里挤走全部的睡意。

第三天早上,我将再一次迎接黎明。我渴望获得新的美感,因为我深信,对于那些真正能看见的有眼睛的人来说,每一天的黎明都永远会显示出一种崭新的美。

这一天,按我所设想的奇迹的条件看来,已是我有眼睛的第三天,也就是最后一天了。要看的东西太多,我不会有时间感到遗憾或渴望的。第一天我用在有生命和无生命的朋友身上了;第二天向我展示了人类和自然的历史;今天,我要到忙于生活事务的人们的地方去看看当前的日常世界。还能有什么比纽约更纷纭繁复的地方吗?纽约就是我的目的地。

我的家在森林山,坐落在长岛一个小巧幽静的郊区,那儿在葱茏的草地、树木和花朵之中,有整洁玲珑的住宅,有妇女们和孩子们的活动和欢笑。这是个平静的安乐窝,男人们在城里工作一天之后,便回到这里来。我从这里驱车出发驶过横跨东河的花边一样的钢架桥梁,我会得到一个令我赞叹的新印象,它向我显示出人类心灵的力量和聪明。河里船舶往来如织,轧轧地响着,有飞速的快艇,也有喷着鼻息的没精打采的拖驳。如果我时间还很多的话,我要花许多时日来观察河上的有趣的活动。

我往前看,在我眼前升起的是纽约城千奇百怪的高楼大厦——好像是一座从童话中升起的城市。闪光的塔楼、巍然耸立的钢铁和石头的壁垒,多么叫人惊心动魄!——就是众神为自己修造的宫阙也不过如此!这一幅活跃的图画是数以百万计的人们日常生活的一部分。可是我不知道有多少人看过它第二眼?我估计人数很少。人们对这宏伟的景象是看不见的,因为对它太熟悉。

我匆匆忙忙地登上一座巍峨的高楼——帝国大厦,因为不久前我曾在那里通过我的秘书的眼睛"看"到了脚下的城市。我急于要把我那时的想象和现在的实现相印证。我深信我对即将展现在我眼前的宏伟图景不会失望,因为它对于我来说是另一个世界的幻象。

现在我开始周游这座城市了。首先,我要站在一个闹市的角落里,凝望着行人,不做别的事,我要从他们的眼神里看到他们生活的某些侧面。我看到微笑,便感到高兴;我看到坚强的决心,便感到骄傲!我看到痛苦,也不禁产生同情。

我沿着五号大街漫步,我要放眼纵观,不看个别的对象,只看那沸腾的、五彩缤纷的场面。我相信在人群中往来的妇女的服装,一定是万紫千红、色彩绚丽的,叫我永远也看不厌。但是如果我有眼睛的话,我也会像别的妇女一样,只对个别服装的式样和剪裁发生过多的兴趣,而忽略了人群中的色彩的美艳。我还深信,我会流连于橱窗之间,久久不肯离开,因为展出在那儿的货品一定是琳琅满目,美不胜收的。

我离开五号大街,又去观光全城。我到公园大街去,到贫民窟去,到工厂去,到孩子们游玩的公园去。我去参观外国人的居住区,这是身在国内却又出国旅行的办法。为了深入探索,加强我对人们的工作和生活的理解,我将永远对一切快乐和痛苦的形象睁大我的双眼。人和事的种种形象将充满我的心。我的眼睛决不会把任何东西视作无足轻重而轻易放过。我的目光所到之处,都要探索和紧紧地把捉。有些场面欢乐,它使我的心也充满快乐;但是也有痛苦的场面,痛苦得叫人伤感。对种种痛苦的场面,我绝不会闭上眼睛,因为那也是生活的一部分。对它闭上了眼睛,也就是闭上了心灵和思想。

我有眼睛的第三天快结束了。也许我还应当把剩下的几个小时作许多严肃的追求。但我担心在那最后的晚上,我又会跑到戏院去看一场欢笑谐谑的戏。这样,我便能欣赏到人类精神中喜剧的情趣。

我暂时获得的视力到半夜就要结束了,我又将陷入无尽的黑夜之中。在短短的三天内,我是不可能看到我想看到的一切的。只有当黑暗再度降临到我身上之后,我才会懂得我看到了多少东西。不过,我的心里仍然充满光明的回忆,因此没有时间感到遗憾。此后我每摸触到一样东西,都会想起它的样子,从而唤起一段美妙的回忆。

我是个瞎子,我对有眼睛的人只有一个建议:我要劝告愿意充分使用视力这种天赋的人,要像明天你就会变成瞎子一样充分使用你的眼睛。同样的设想也可以用于其他的感官。要像明天你就会变成聋子一样,聆听话语中的音乐、鸟儿们的歌唱和交响乐队雄浑的乐章。要像明天你的触觉就会消失一样去抚摸你想抚摸的一切。要像你明天就会失去嗅觉和味觉一样去品味花朵的馨香和食物的美味。充分地使用你的感官吧!陶醉于大自然通过你天赋的不同知觉对你显示出的种种快感和美感中去吧,不过,在一切感官之中,我仍深信视觉是最令人快乐的。

孙法理 译

房　龙

亨德里克·威廉·房龙(1882—1944)，荷裔美国人，学者、作家，历史、地理学家，主要作品有《荷兰航海家宝典》《文明的开端》《人类的故事》《宽容》等。

《宽容》序

在宁静的无知山谷里，人们过着幸福的生活。

永恒的山脉向东西南北各个方向蜿蜒绵亘。

知识的小溪沿着深邃破败的溪谷缓缓地流着。

它发源于昔日的荒山。

它消失在未来的沼泽。

这条小溪并不像江河那样波澜滚滚，但对于需求浅薄的村民来说，已经绰有余裕。

晚上，村民们饮毕牲口，灌满水桶，便心满意足地坐下来，尽享天伦之乐。

守旧的老人们被搀扶出来，他们在阴凉角落里度过了整个白天，对着一本神秘莫测的古书冥思苦想。

他们向儿孙们唠叨着古怪的字眼，可是孩子们却惦记着玩耍从远方捎来的漂亮石子。

这些字眼的含意往往模糊不清。

不过，它们是一千年前由一个已不为人所知的部族写下的，因此神圣而不可亵渎。

在无知山谷里,古老的东西总是受到尊敬。

谁否认祖先的智慧,谁就会遭到正人君子的冷落。

所以,大家都和睦相处。

恐惧总是陪伴着人们。谁要是得不到果园里果实中应得的份额,又该怎么办呢?

深夜,在小镇的狭窄街巷里,人们低声讲述着情节模糊的往事,讲述那些敢于提出问题的男男女女。

这些男男女女后来走了,再也没有回来。

另一些人曾试图攀登挡住太阳的岩石高墙。

但他们陈尸石崖脚下,白骨累累。

日月流逝,年复一年。

在宁静的无知山谷里,人们过着幸福的生活。

外面是一片漆黑,一个人正在爬行。

他手上的指甲已经磨破。

他的脚上缠着破布,布上浸透着长途跋涉留下的鲜血。他跌跌撞撞来到附近一间草房,敲了敲门。

接着他昏了过去。借着颤动的烛光,他被抬上一张吊床。

到了早晨,全村都已知道:"他回来了。"

邻居们站在他的周围,摇着头。他们明白,这样的结局是注定的。

对于敢于离开山脚的人,等待他的是屈服和失败。

在村子的一角,守旧老人们摇着头,低声倾吐着恶狠狠的词句。

他们并不是天性残忍,但律法毕竟是律法。他违背了守旧老人的意志,犯了弥天大罪。

他的伤一旦治愈,就必须接受审判。

守旧老人本想宽大为怀。

他们没有忘记他母亲的那双奇异闪亮的眸子,也回忆起他父亲三十年前在沙漠里失踪的悲剧。

不过,律法毕竟是律法,必须遵守。

守旧老人是它的执行者。

守旧老人把漫游者抬到集市区,人们毕恭毕敬地站在周围,鸦雀无声。

漫游者由于饥渴,身体还很衰弱。老者让他坐下。

他拒绝了。

他们命令他闭嘴。

但他偏要说话。

他把脊背转向老者,两眼搜寻着不久以前还与他志同道合的人。

"听我说吧,"他恳求道,"听我说,大家都高兴起来吧!我刚从山的那边来。我的脚踏上新鲜的土地,我的手感觉到了其他民族的抚摸,我的眼睛看到了奇妙的景象。

"小时候,我的世界只是父亲的花园。

"早在创世的时候,花园东面、南面、西面和北面的疆界就定下来了。

"只要我问疆界那边藏着什么,大家就不住地摇头,一片嘘声。可我偏要刨根问底,于是他们把我带到这块岩石上,让我看那些敢于蔑视上帝的人的粼粼白骨。

"骗人！上帝喜欢勇敢的人！我喊道。于是，守旧老人走过来，对我读起他们的圣书。他们说，上帝的旨意已经决定了天上人间万物的命运。山谷是我们的，由我们掌管，野兽和花朵，果实和鱼虾，都是我们的，按我们的旨意行事。但山是上帝的。对山那边的事物我们应该一无所知，直到世界的末日。

"他们是在撒谎，他们欺骗了我，就像欺骗了你们一样。

"那边的山上有牧场，牧草同样肥沃，男男女女有同样的血肉，城市是经过一千年能工巧匠细心雕琢的，光彩夺目。

"我已经找到一条通往更美好的家园的大道，我已经看到幸福生活的曙光。跟我来吧，我带领你们奔向那里。上帝的笑容不只是在这儿，也在其他地方。"

他停住了，人群里发出一声恐怖的吼叫。

"亵渎，这是对神圣的亵渎。"守旧老人叫喊着，"给他的罪行以应有的惩罚吧！他已经丧失理智，胆敢嘲弄一千年前定下的律法。他死有余辜！"

人们举起了沉重的石块。

人们杀死了这个漫游者。

人们把他的尸体扔到山崖脚下，借以警告敢于怀疑祖先智慧的人，杀一儆百。

没过多久，爆发了一场特大干旱。潺潺的知识小溪枯竭了，牲畜因干渴而死去，粮食在田野里枯萎，无知山谷里饥声遍野。

不过，守旧老人们并没有灰心。他们预言说，一切都会转危为安，至少那些最神圣的篇章是这样写的。

况且，他们已经很老了，只要一点食物就足够了。

冬天降临了。

村庄里空荡荡的,人稀烟少。

半数以上的人由于饥寒交迫已经离开人世。

活着的人把唯一希望寄托在山脉那边。

但是律法却说:"不行!"

律法必须遵守。

一天夜里,爆发了叛乱。

失望把勇气赋予那些由于恐惧而逆来顺受的人们。

守旧老人们无力地抗争着。

他们被推到一旁,嘴里还抱怨着自己的命运不济,诅咒孩子们忘恩负义。不过,最后一辆马车驶出村子时,他们叫住了车夫,强迫他把他们带走。

这样,投奔陌生世界的旅程开始了。

离那个漫游者回来的时间,已经过了很多年,所以要找到他开辟的道路并非易事。

成千上万人死了,人们踏着他们的尸骨,才找到第一座用石子堆起的路标。

此后,旅程中的磨难少了一些。

那个细心的先驱者已经在丛林和无际的荒野乱石中用火烧出了一条宽敞大道。

它一步一步把人们引到新世界的绿色牧场。大家相视无言。

"归根结底他是对了,"人们说道,"他对了,守旧老人错了……"

"他讲的是实话,守旧老人撒了谎……"

"他的尸首还在山崖下腐烂,可是守旧老人却坐在我们的车里,唱那些老掉牙的歌子。"

"他救了我们,我们反倒杀死了他。"

"对这件事我们的确很内疚,不过,假如当时我们知道的话,当然就……"

随后,人们解下马和牛的套具,把牛羊赶进牧场,建造起自己的房屋,规划自己的土地。从这以后很长时间,人们又过着幸福的生活。

几年以后,人们建起了一座新大厦,作为智慧老人的住宅,并准备把勇敢先驱者的遗骨埋在里面。

一支肃穆的队伍回到了早已荒无人烟的山谷。但是,山脚下空空如也,先驱者的尸骨荡然无存。

一只饥饿的豺狗早已把尸首拖入自己的洞穴。

人们把一块小石头放在先驱者足迹的尽头(现在那已是一条大道),石头上刻着先驱者的名字,一个首先向未知世界的黑暗和恐怖挑战的人的名字,他把人们引向了新的自由。

石上还写明,它是由前来感恩朝礼的后代所建。

这样的事情发生在过去,也发生在现在,不过将来(我们希望)这样的事不再发生了。

迮卫　靳翠微 译

莫 利

克里斯托弗·莫利(1890—1957),美国作家。主要作品有小品文集《桑迪加夫酒》,小说《特洛伊木马》《基蒂·福伊尔》等。

门

开门和关门是人生中含意最深的动作。在一扇扇门内,隐藏着何等样的奥秘!

没有人知道,当他打开一扇门时,有什么在等待着他,即使那是最熟悉的屋子。时钟嘀嗒响着,天已傍晚,炉火正旺,也可能隐藏着令人惊讶的事情。修管子的工人也许已经来过(就在你外出之时),把漏水的龙头修好了。也许是女厨的忧郁症突然发作,向你要求得到保障。聪明的人总是怀着谦逊和容忍的精神来打开他的前门。

我们之中,有谁不曾坐在某一个接待室里,注视着一扇门的谜一般意味深长的镶板?或许你在等待申请一份工作,或许你有一些你渴望做成的"交易"。你望着那机要速记员轻快地走出走进,漠然地转动着那与你的命运休戚相关的门。然后那年轻的女郎说:"克兰伯利先生现在要见你。"当你抓住门的把手,你就会闪过这样的念头:"当我再一次打开这扇门时,会发生什么事情呢?"

有各种各样的门。有旅馆、商店和公共建筑的转门。它们是活泼喧闹的现代生活方式的象征。难道你能想象密尔顿①或潘恩②急匆匆地穿过一扇转门吗？还有古怪的吱吱作响的小门，它们依然在变相的酒吧间外面晃动，只有从肩膀到膝盖那样高低。更有活板门、滑门、双层门、后台门、监狱门、玻璃门。然而一扇门的象征和奥秘存在于它那隐秘的性质。玻璃门根本不是门，而是一扇窗户。门的意义就是把隐藏在它内部的事物加以掩盖，给心儿造成悬念。

开门的方式也是多种多样的，当侍者端给你晚餐的托盘，他欢快地用肘推开厨房的门。当你面对倒霉的书商或者小贩时，你把门打开了，但又带着猜疑和犹豫退回了门内。彬彬有礼、小心翼翼的仆役向后退着，敞开了属于大人物的壁垒般的橡木门。富于同情心然而深深沉默的牙医的女助手，打开通往手术室的门，不说一句话，只是暗示你医生已为你做好了准备。一大清早，一扇门猛然打开，护士走了进来——"是个男孩！"

门是隐秘、回避的象征，是心灵躲进极乐的静谧或悲伤的秘密搏斗的象征。没有门的屋子不是屋子，而是走廊。无论一个人在哪儿，只要他在一扇关着的门的后面，他就能使自己不受拘束。在关着的门内，头脑的工作最为有效。人不是在一起牧放的马群。狗也知道门的意义和痛楚。你可曾注意过一只小狗依恋在一扇关闭的门边？这是人生的一个象征。

开门是一个神秘的动作：它包容着某种未知的情趣，某种进入新的时刻的感知和人类烦琐仪式的一种新的形式。它包含着人间至乐的最高闪现：重聚，和解，久别的恋人们的极大喜悦。即使在

---

① 密尔顿(1608—1674)，英国著名诗人。
② 潘恩(1644—1718)，英国基督教会领导人，社会哲学家。

悲伤之际,一扇门的开启也许会带来安慰:它改变并重新分配人类的力量。然而,门的关闭要可怕得多,它是最终判决的表白。每一扇门的关闭就意味着一个结束。在门的关闭中有着不同程度的悲伤。一扇猛然关上的门是一种软弱的自白。一扇轻轻关上的门常常是生活中最具悲剧性的动作。每一个人都知道把门关上之后接踵而来的揪心之痛,尤其是当所爱的人仍在左右,音声可闻,而人已远去之时。

开门和关门是生命之严峻流动的一部分。生命不会静止不动并听任我们孤寂无为。我们总是不断地怀着希望开门,又绝望地把门关上。生命并不像一斗烟丝那样持续很久,而命运却把我们像烟灰一样敲落。

一扇门的关闭是无可挽回的。它像突然扯断了系在你心上的绳索。重新打开它,是徒劳的。至于另一扇门是不存在的。门一关上,就永远关上了。通往消逝了的时间脉搏的另一个入口是不存在的。

夏月 译

瑟 伯

詹姆斯·瑟伯(1894—1961),美国幽默作家,作品颇丰,主要有《性必要吗?》《我的生活和艰难时代》《白鹿》等。

床倒下来的那个夜晚

我认为自己青年时代在俄亥俄州哥伦布市的最重要的经历,发生在床倒在父亲身上的那个夜晚。叙述这段经历比朗诵一篇文学作品更能引人入胜(除非如我的几位朋友所言,你已听过五六次)。因为其间几乎免不了要辅以各种动作,如乱扔家具、摇晃门窗、学狗吠等。总之,是对这个公认的几近荒唐的事件恰到好处地渲染一番,增加其真实可信的程度。话虽如此,然却实有其事。

事情是这样的:一天晚上,爸爸决定去睡阁楼,以便独自思考问题。妈妈则坚决反对这个主意,理由是:那张旧木床很不牢靠,摇摇晃晃,一旦倒塌,沉重的床头架砸在头上,会送命的。然而好说歹说,也无法使爸爸回心转意。十点一刻,他走进阁楼,随手关上门,走上狭窄弯曲的楼梯。后来我们听见他爬上床时吱吱嘎嘎地响了一阵,像是危险的征兆。祖父来我家,一般都睡在阁楼的那张床上,他几天前出了门。(他出门,一般一走就是六七天,回来时怒气冲冲,怨天尤人,带回联邦委员会由一帮笨蛋把持和波托马克军团运气欠佳的消息。)

当时,我那位疑神疑鬼的大表哥布里格斯·毕尔来我家做客。

他总觉得自己睡着以后可能会停止呼吸,觉得倘若每隔一小时不被人唤醒,便有可能窒息而死。他已习惯于拨好闹钟,隔段时间响一次,一直折腾到翌日清晨。我劝他不必如此。我说咱俩同睡一屋,我又睡得不实,同房间内无论谁停止呼吸,我都会立即醒来的。头天晚上,他便暗暗检验我说的是否属实——是否这样做了,我表示怀疑——他听到舒缓有致的鼾声,确信我睡着以后,便屏住呼吸。其实我并未睡着,就过去喊他。这似乎使他稍觉释然,但还是将一瓶樟脑油置于床头小桌,以防不测。万一他生命垂危,我未将他唤醒,便可嗅嗅樟脑的气味。此物起死回生,堪称灵验。家中有类似怪癖者,并非仅布里格斯一人。上了年纪的梅里莎·毕尔姨妈(她能两只手指嘬在嘴里,像个男人一样吹口哨)总有一种预感,她生在南大街,结婚在南大街,因此也注定会死在南大街。还有那位莎拉·秀芙姨妈,每晚上床总担心盗贼潜入宅内,从软管中将氯仿隔门射入自己的卧室。为免遭其害——她惧怕麻醉剂甚于家中失窃——她总是将钱钞、银器和值钱细软整整齐齐堆在卧室门口,并附纸条一张:"值钱物品悉数在此。敬请手下留情,勿用氯仿为要。"格雷茜·秀芙姨妈亦患有恐贼症,不过她胆识过人,防盗有术。她断言盗贼每晚光顾她的住宅已达四十年之久。她从未丢失任何物件的事实并不能说明她说得不对。她一贯声称正是自己往走廊上扔鞋子,才吓得盗贼来不及得手,便逃之夭夭。她上床前将屋里所有鞋子都堆在伸手可及之处。熄灯五分钟后,便从床上坐起喊声"听"!可她那位先生从1903年以来便练就一副漠然置之的本领,或是酣然入梦,或以假寐搪塞。无论真睡假睡,任她生拉硬拽,就是没有反应。无奈她只得自己下床蹑手蹑足走到门口,门拉开一道缝,朝走廊上扔出一只鞋,接着又朝相反方向扔出另一只。有时一晚所有的鞋全扔光,有时一晚上才扔出一双。

就在床碰到父亲身上的那个夜晚,发生了一连串奇妙的事情,而我却置身事外。半夜时分,我们都已上床就寝。写到这里,我必须交代一下每个房间的布局和里面的人所处的位置,因为这对诸位读者理解后来发生的情况极为重要。楼上前面房间(爸爸睡的阁楼房间正下方)住着妈妈和我哥哥赫尔曼,他有时在睡梦中还唱歌,一般唱:《走过乔治亚》和《前进,基督士兵》。布里格斯·毕尔和我睡在邻屋,弟弟罗伊则睡在走廊另一侧我们对面的房间里。我们的狗莱克斯睡在走廊上。

我睡的是一张行军床。撑起以后,才有足够的宽度使人能舒服地躺在上面。中间部分平坦,两侧平时是垂着的,和折叠桌一样。不过若是两侧撑起后,人滚到床沿,便有性命之虞:这张床会整个翻过来,扣在你头上,同时发出砰的一声巨响。那天凌晨二时左右,就发生了这样的情况。后来妈妈在回忆当时情景时,首次采用了"床砸在你父亲身上的那个夜晚"这一说法。

我一向睡得死,醒得慢,(可知对布里格斯说的全是谎话)铁床将我掀翻在地时,开始并不清楚出了什么事。那床像张斗篷一样罩在我头上,身上依旧裹得严严实实,暖融融的,一点也没伤着。这样我就没有醒来,只是稍微有点知觉,又接着睡下了。然而这响声却立刻吵醒了隔壁屋里的妈妈。她迅速得出结论:自己最担心的事情终于发生,楼上那张大床已经压到父亲身上。她尖声嚷道:"快去看看你们可怜的父亲。"与她同居一室的赫尔曼闻声惊起,刚才行军床的倒坍声倒没惊醒他。他想妈妈不为什么就突然变得歇斯底里起来。"妈妈,你没事。"他大喝一声,想使她平静下来。他俩就这样对喊了十秒钟:"去看看你们可怜的父亲。""你没事。"这一来又吵醒了布里格斯。乱到这种程度,我还只是蒙蒙眬眬地觉察出大概发生了什么情况,但还未意识到我是躺在床下,而不是在床上。布里格斯在一片惊恐不安的叫嚷声中醒来,立即想到自己已经气息奄奄,大伙儿正全力以赴抢救,好使他"缓过气来"。他咕哝一声,一把抓过床头的那杯樟脑油,也顾不上嗅了,干脆兜头浇下,霎时屋里到处弥漫着樟脑的气味。"呃!呃!"布里格斯尝够了刺鼻的樟脑油,气没缓过来,反倒差点停止了呼吸,像个呛得要死的溺水者一样咳个不停。他一骨碌跳下床,朝敞开的窗户摸去,孰料碰到一扇紧闭的窗户。他挥手一击,我听见碎玻璃叮叮当当落在下面的小路上。这时,我想立起身,才恍惚觉得床扣在头顶上!我睡得晕晕乎乎,也和布里格斯一样,以为这闹哄哄的声音,是人们正发疯似的想将我救出这前所未闻的险境。我扯开嗓子叫唤:"救我出去!""救我出去!"当时有一种身陷矿井、苦不得脱的梦魇般的感觉。"呃!"尝够了樟脑的布里格斯还在咳呢!

这时,妈妈仍在大喊大叫,赫尔曼尾随其后,也同样嚷个不停。她想打开阁楼门,冲进去将父亲的身体从床板碎块中拖出来。门关死了,敲不开,她使劲拽门,毫不见效,反倒引得上上下下捶门砸窗,乱作一团。罗伊和狗也都起来了。一个大声问情况,另一个则猖猖狂吠。

爸爸远离出事地点,又睡得死沉,好半天才给砸门声吵醒。他断定家里是着了火。"我来了!""我来了!"他拖着慢吞吞的、睡意蒙眬的腔调——好半天才缓过气来。妈妈还以为他压在床底动弹不得,而且从一声"我来了"中,听出一个行将去见上帝的人那种凄凉、哀婉的语气。"他马上要断气了!"她又嚷起来。

"我没事!"布里格斯大声安慰妈妈。他还以为妈妈急成这样,皆因自己刚才濒临死亡所致。我总算找到电灯开关,拉开门,和布里格斯一起来到门口,其他人都在那里。狗平素讨厌布里格斯,迎面朝他扑去——想当然地以为不管出什么事,他都是罪魁祸首——罗伊不得不喝住它。我们听见爸爸在楼上爬下床,罗伊猛地拉开阁楼门,爸爸走下楼梯,睡眼惺忪,怒容满面,但却安然无恙。妈妈见到他就流下眼泪。莱克斯一阵嗥叫。"这里到底出了什么事?"爸爸问道。

事情的来龙去脉终于给弄清楚了。爸爸由于到处赤足乱走,患了感冒,其他倒没什么。一向能从坏事中看到好的一面的妈妈对我们说:"幸好你祖父不在这里。"

朱建迅 译

海明威

欧内斯特·海明威(1899—1961)，美国小说家，主要作品有《太阳照样升起》《永别了，武器》《老人与海》等。1954年获诺贝尔文学奖。

不散的筵席

秋天一过，恶劣的天气就到来了。在夜间我们必须关上窗户以防备寒风苦雨。龚特加伯广场树木上的叶儿在风雨中零落了，树叶躺在地上，浸泡在雨水中。风雨吹打着终点站上的绿色大型公共汽车。业余艺术家咖啡馆里挤满了人，窗户上因热气和烟蒙上一层雾。这是一个糟透了的经营不善的咖啡馆，这个地区的酒徒都聚在这里，我却躲开它，不愿闻那肮脏人体散发的气味和醉酒的酸味。常来这里的男女顾客畅饮终日，或者倾囊一醉。大多数人买半立升或一立升酒。有许多奇怪的开胃酒的广告，但很少有人买得起它们，除非建立一个基金会资助他们饮酒。女酒徒被称为Poisotte，意思是女醉鬼。

穆斐达尔路的化粪池就在业余艺术家咖啡馆旁边，这是一条狭窄拥挤的商业街，通往龚特加伯广场。化粪池的清除工作是在夜间进行的，用水泵把粪灌入马拉的罐车。在夏天，窗户大开着，我们会听到水泵的响声，闻到那股恶臭味。这些罐车涂上棕色或橘黄色，当它们在月光下在雷蒙红衣主教大街工作时，它们的马拉圆筒很像一幅布拉克①的绘画。咖啡馆里张贴着禁止公众酗酒的告示,上面列出惩罚的法律条文,但顾客们却置若罔闻,照样饮酒作乐,发出难闻的气味。

这座城市的一切愁惨景象随着冬日冰凉的雨而突然来临,当你在街上行走时,再也看不到白色高楼的顶端,看到的只是漆黑的街道,关了门的小商店,药草店、文具店、报摊、二流产院以及魏尔伦②在这里死去的旅馆,我在它的顶层租了一间房子,在其中工作。

到达顶层要经过六或八段阶梯。天气很冷,我知道一捆小树枝的价值,我必须买三包半根铅笔长的松树和一捆半干的硬木,用来劈柴、生火取暖。我走到这条街的远处一端,仰视雨中的屋顶,看看我的烟囱是否在冒烟。没有烟,我想到烟囱一定是冰冷的,它不能通风,房间里可能充满了烟,浪费了燃料和金钱,我这样想着,在雨中行走着。我经过亨利第四中学,古老的圣·厄第安·都·蒙教堂和万神庙广场,拐入右面躲雨,最后到达圣·米歇大街的背风面。经过克鲁尼和圣·日尔芒大街,来到圣·米歇广场的一家上等咖啡馆。

这是一家舒适的咖啡馆,温暖,干净,友好待客。我把我的旧雨衣挂在衣架上晾着,把旧绒帽也挂在衣架上,然后要了一杯牛奶咖啡。侍者把它送来后,我便从大衣口袋里掏出笔记本和一支铅笔开始写作。我现在写的是发生在密执安的事,故事中的天气也像现在那样,是一个暴风雨的寒冷的日子,从童年、少年和青年时代我就目睹了秋末的萧条气象,在这里写我会觉得比另一个地方

---

① 布拉克(1882—1963),法国画家。
② 魏尔伦(1844—1896),法国诗人。

写得更好。我想这或许可以叫作移植自己，它对人和其他生物是同样需要的。在故事里面，男孩们正在酣饮，这使我也渴了，便要了一杯圣·詹姆士甜酒，在寒冷的日子里，它的味道好极了，我继续写作，感觉良好，甜酒温暖了我的全身和我的精神。

一个姑娘走进咖啡馆，坐在临窗的一张桌子旁。她非常漂亮，脸蛋鲜嫩，她的头发黑得像乌鸦的翅膀，剪成锐角斜掠在两颊。

我瞧着她，她使我心神不宁，十分激动，我打算把她写入故事中，但她却坐在门口注视着街道，我知道她是在等人，于是我继续写作。

我又要了一杯圣·詹姆士甜酒，当我抬起头来，或者当我用铅笔刀削铅笔，卷曲的削屑落入茶托，我便注视着她。

我见到你了，美人，现在你属于我，不论你在等候谁，而且即使我再也见不到你，你属于我，整个巴黎属于我，我属于这个笔记本和这支铅笔。

我继续写作，进入故事，神迷其中。我头也不抬，既不知道什么时间，也不知道我身在何方，也不再要更多的圣·詹姆士甜酒。我已厌倦了圣·詹姆士甜酒，不再想到它。故事写完了，我非常疲倦。我读着最后一章，然后抬起头来寻找那个姑娘，她已经走了，我希望她是同一位英俊的男子汉走的，但我感到一阵惆怅。

我把故事合在笔记本里，放进内衣口袋，向侍者要了一盘牡蛎和半瓶白干酒。在写完一个故事后我总是感到空虚，好像我在求爱。既忧愁又幸福，我相信这是一个很好的故事，虽然在明天读完它以前我不知道它是否真正好。

我吃着海味浓烈的牡蛎，它那淡淡的金属味被冰凉的白酒冲洗掉了，只留下海味和多液汁的肌肉，我吮吸着每个贝壳里的凉汁，用酒的烈味冲洗着它。我失去了空虚的感觉，开始感到幸福。

我筹划着……

巴黎恶劣的天气现在已经来临,我想与妻子一起短暂离开巴黎到外地去。那里不是下雨而是下雪,雪花穿过松林,铺满道路和高高的山坡,每当夜晚信步回家,我们可以听到它的吱吱声。在勒萨旺山下有一家租金便宜的农舍,在那里我们可以一起读书,夜间一块躺在温暖的床上,打开窗户眺望明亮的星星。这就是我们能去的地方。坐三等车旅行并不昂贵。房租比巴黎贵不了多少。

我想退掉旅馆中那间进行写作的房子,在雷蒙红衣主教大街74号只要付极少的一点房租。我为多伦多写了一些新闻报道,所得的稿酬已经来了。我可以在任何地方,在任何情况下写这些东西,我们有钱去旅行。

离开巴黎就可以写巴黎,正如我在巴黎可以写密执安。不过,我不知道现在写是否为时太早,因为我对巴黎还不太熟悉。但最后还是写出来了。如果我的妻子想到外地去,那么,无论如何我们得走。

我吃完牡蛎,饮完酒,在咖啡馆付清了账,便冒雨走捷径上圣·日内维弗山,回到山顶的住室。

"我认为它妙极了。"我的妻子说道。她有一副美丽的模特儿面孔,她的眼睛和微笑照亮了我即将作出的决断,如同一份厚礼。"我们什么时候离开?"

"你想什么时候离开,就什么时候离开。"

"啊,我想马上走,你不知道吗?"

"我们回来时天气可能晴了,晴朗而寒冷,那多好。"

"我相信它会这样,"她说道,"你不是也正想走吗?"

申奥 译

沃尔夫

托马斯·沃尔夫(1900—1938),美国小说家。主要作品有长篇小说《天使望故乡》《时间与河流》及由他人整理出版的长篇小说《罗网与磐石》等。

远 和 近

　　一个小镇,坐落在一个从铁路线连绵而来的高地上。它的郊外,有一座明净整洁装有绿色百叶窗的小屋。小屋一边,有一个园子,整齐地划成一块块,种着蔬菜。还有一架葡萄棚,到了八月底,葡萄就会成熟。屋前有三棵大橡村,每到夏天,大片整齐的树荫,就会遮蔽这座小屋。另一边则是一个鲜花盛开的花坛。这一切,充满着整洁、繁盛、朴素的舒适气氛。

　　每天下午两点过几分,两个城市间的特快列车驶过这里。那时候,长长的列车要在镇上附近暂停一下,然后又平稳地起步前进,但是它的速度还没有开足时那么惊人。在机车有力的掣动下,眼看它不慌不忙地从容驶去,沉重的车厢压在铁轨上,发出低沉和谐的隆隆声,然后消失在弯道中。在一段时间里,在草原的边缘上,每隔一定间距,汽笛吼叫,喷出一圈圈浓烟,可以感觉到列车行驶的痕迹。最后,什么也听不见了,只剩那车轮的坚实的轧轧声,在午后的寂静中悄然隐去。

　　二十多年来,每天,当列车驶近小屋时,司机总要拉响汽笛,每天,一个妇人一听到鸣笛,便从小屋的后门出来向他挥手致意。当初她有一个小孩缠着她的裙子,现在这孩子已长成大姑娘,也每天和她母亲一起出来挥手致意。

司机多年操劳,已经白发苍苍,渐渐变老了。他驾驶长长的列车载着旅客横贯大地已上万次。他自己的子女都已长大了,结婚了。他曾四次在他面前的铁轨上看到了可怕的悲剧所凝聚的小点,像颗炮弹似的射向火车头前的恐怖的阴影——一辆满载小孩子的轻便马车和密密一排惊慌失措的小脸;一辆廉价汽车停在铁轨上,里面坐着吓得目瞪口呆状若木鸡的人们;一个又老又聋的憔悴的流浪汉,沿着铁路走着,听不到汽笛鸣声;一个带着惊呼的人影掠过他的窗口——所有这些,司机都历历在目,记忆犹新。他懂得一个人所能懂得的种种悲哀、欢乐、危险和辛劳。他那可敬的工作,仿佛风刀霜剑,在他脸上刻下了皱纹。现在,他虽已年老,但在长期工作中养成了忠诚、勇敢和谦逊的品质,并获得了司机们应有的崇高和智慧。

但不管他见识过多少危险和悲剧,那座小屋,那两个妇女用勇敢从容的动作向他挥手致意的景象,始终印在他的心里,看作美丽、不朽、万劫不变和始终如一的象征,纵使灾难、悲哀和邪恶,可能打破他的铁的生活规律。

他一看到小屋和两个妇女,使他感到从未有过的非凡幸福。一千次的阴晴明晦,一百次的风雷雨雪,他总是看到她们。通过冬天严峻单调的灰蒙蒙的光线,穿过褐色冰封的荒地,他看见她们;在妖艳诱人的绿色的四月里,他又看见她们。

他感到她们和她们所住的小屋无限亲切,好像父母对于自己的子女一样。终于,他觉得她们生活的图画已深深地印在他的心中，因而他完全了解她们一天中每时每刻的生活。他决定，一旦他退休了，他一定要去找她们，最后要和她们畅谈生平，因为她们的生活已经和他自己的生活深深交融在一起了。

这一天终于来到了。最后，司机在她们居住的小镇的车站下了车，走到月台上。他在铁路上工作的年限已经到了。他目前是公司领取养老金的人，没有工作要做了。司机慢慢地走出车站，来到小镇的街上。但所有的东西对他来说都是陌生的，好像他从未看到过这小镇似的。他走着走着，渐渐感到迷惑与慌乱。这就是他经过千万次的小镇吗？这些是他从高高的车厢窗口老是看见的房子吗？一切是那么陌生，使他那么不安，好像梦中的城市似的。他越向前行，他的心里越是疑虑重重。

现在，房屋渐渐变成小镇外疏疏落落的村舍，大街也渐渐冷落，变成一条乡村的小路——两个妇女就住在其中一所村舍里。司机在闷热和尘埃中沉重地慢慢走着，最后他站在他要找寻的房屋前面。他立刻知道他已经找对了。他看到了那屋前高大的橡树，那花坛，那菜园和葡萄棚，再远，那铁轨的闪光。

不错，这是他要找寻的房子，这地方他经过了不知有多少次，这是他梦寐以求的幸福的目的地。现在，他找到了，他到了这里，但他的手为什么在门前却抖了起来？为什么这小镇、这小路、这田地，以及他所眷恋的小屋的门口，变得如此陌生，好像噩梦中的景物？为什么他会感到惆怅、疑虑和失望？

他终于进了大门，慢慢沿着小径走去。不一会儿，他踏上通向门廊的三步石级，敲了敲门。一会儿，他听到客厅的脚步声，门开了，一个妇女站在他面前。

霎时，他感到很大的失望和懊丧，深悔来此一行。他立刻认出站在他面前用怀疑的眼光瞧他的妇人,正是那个向他千万次挥手致意的人。但是她的脸严峻、枯萎、消瘦;她那皮肤憔悴、灰黄,松弛地打成褶皱;她那双小眼睛,惊疑不定地盯着他。原先,他从她那挥手的姿态所想象的勇敢、坦率、深情,在看到她和听到她冷冷的声音后,刹那间一股脑儿消失了。

而现在,他向她解释他是谁和他的来意时,他自己的声音听来却变得虚伪,勉强了。但他还是结结巴巴地说下去,拼命把他心中涌出来的悔恨、迷惑和怀疑抑制下去,忘却他过去的一切欢乐,把他的希望和爱慕的行为视同一种耻辱。

最后,那妇人十分勉强地请他进了屋子,尖声粗气地喊着她的女儿。在一段短短的痛苦的时间里,司机坐在一间难看的小客厅里,打算和她们攀谈,而那两个女人却带着迷茫的敌意和阴沉、畏怯、抑郁、迟钝的眼光瞪着他。

最后他结结巴巴生硬地和她们道别。他从小径出来沿着大路朝小镇走去。他忽然意识到他是一个老人了。他的心,过去望着熟悉的铁路远景时,何等勇敢和自信。现在,当他看到这块陌生的,不可意料的,永远近在咫尺,从未见过,从不知悉的土地,他的心因疑惧而衰竭了。他知道一切有关迷途获得光明的神话,闪光的铁路的远景,希望的美好小天地中的幻想之地,都已一去不复返了,永不再来了。

万紫 译

斯坦贝克

约翰·斯坦贝克(1902—1968),美国现代最著名的小说家之一。主要作品有《煎饼坂》《鼠和人》《愤怒的葡萄》《月亮下落》等。1962年获诺贝尔文学奖。

巨 人 树

我在巨人树身边过了两天。这儿没有旅客,没有带着照相机的吵闹的人群,只有一种大教堂式的肃穆。也许是那厚厚的软树皮吸收了声音造成这寂静的吧!巨人树耸立着,直到天顶,看不到地平线。黎明来得很早;一直保持黎明时的样子直到太阳升得老高,辽远天空中的羊齿植物般的绿叶才把阳光过滤成金绿色,分作一道道、一片片的光和影。太阳刚过天顶,便是下午了,紧接着黄昏也到了。黄昏带来一片悄语的阴影,跟上午一样,很漫长。

这样,时间变了,平时的早午晚划分也变了。我一向认为黎明和黄昏是安静的。在这儿,在这座水杉林里,整天都很安静。鸟儿在朦胧的光影中飞动,在片片阳光里穿梭,像点点火花,却很少喧哗。脚下是一片积聚了两千多年的针叶铺成的垫子。在这厚实的绒毯上听不见脚步声。我在这儿有一种远离尘世的隐居感。在这儿人们都凝神屏气不敢说话,生怕惊扰了什么——怕惊扰了什么呢?我从孩提时代起,就觉得树林里有某种东西在活动——某种我所不理解的东西。这似乎淡忘了的感觉立即回到我的心里。

夜黑得很深沉,头顶上只有一小块灰白和偶然的一颗星星。黑暗里有一种呼吸,因为这些控制了白天,占有了黑夜的巨灵是活的,有存在,有感觉,在它们深处的知觉里或许能彼此交感!我和这类东西(奇怪,我总无法把它们叫作树)来往了大半辈子了。我从小就赤裸裸地接触它们。我能懂得它们——它们的强力和古老。但是没有经验的人类到这儿来却感到不安。他们怕危险,怕被关闭、封锁起来,怕抵抗不了那过分强大的力。他们害怕,不但因为水杉的巨大,而且因为它们的奇特。怎能不害怕呢?这些树是上侏罗纪的一个品种的最后孑遗,那是在遥远的地质年代里,那时水杉曾蓬勃繁衍在四个大陆之上,人们发现过白垩纪初期的这种古代植物的化石。它们在第三纪始新世和第三纪中新世曾覆盖了整个英格兰、欧洲和美洲。可是冰河来了,巨人树无可挽回地绝灭了,只有这一片树林幸存下来。这是个令人目眩神骇的纪念品,纪念着地球洪荒时代的形象。在踏进森林里去时,巨人树是否提醒了我们:人类在这个古老的世界上还是乳臭未干,十分稚嫩的,这才使我们不安了呢?毫无疑问,我们死去后,这个活着的世界还要庄严地活下去,在这样的必然性面前,谁还能作出什么有力的抵抗呢?

孙法理 译

休 斯

兰斯顿·休斯(1902—1967),美国著名黑人诗人、小说家。他写过多种体裁的文学作品,如幽默小品、短篇小说、独幕剧、自传等。

拯 救

我在十三岁头上得到了救赎。其实哪里是真的救赎。事情的经过是这样的。那时,吕德婶婶的教堂正经历巨大的复兴。几个星期的晚上连着布道、唱赞歌、祈祷,还有嘶喊,连不少顽固不化的罪人都皈依到基督的身边,于是,教堂的信徒激增。就在这次复兴活动结束前夕,他们专为孩子们举行一次特别的祈祷。"把这些迷途的小羔羊带回羊群"。婶婶谈论这件事已好几天了。到了那天晚上,我被护送到前排送葬者坐的长凳上,与所有尚未被召唤到基督跟前的小罪人挤在一起。

婶婶说过,得救时能看得见一缕光芒,接着内心就发生了变化!这是耶稣进入了你的生命呢!从此上帝将与你同在!她说,你看得见、听得到,能感觉出耶稣就在你的灵魂里。我相信了她。我早就听许多老年人——这档子事该他们知道——讲过同样的事。于是,我不紧不慢地坐在又热又挤的教堂里,等待着耶稣向我走来。

牧师的布道抑扬顿挫,其间充满了呻吟、呼叫、孤零零的哭诉,一幅幅地狱的可怖图景。接着,他唱了一支歌,歌中说九十九只羊会在羊栏里得到庇护,还会有一只小羊羔留在外面挨冻。他接着说:"难道你们不过来吗?难道你们不想来耶稣身边吗?小羊羔们,难道你们不想过来吗?"他向我们这些坐在送葬人的长凳上的小罪人们敞开了胸怀。这时,小女孩们哭了起来;有的跳将起来,径直奔向耶稣。可我们大多数还死坐在那儿。

老人蜂拥而至,跪在我们四周祈祷起来,有漆黑的脸、编着辫子的老太太,有干活干得指节弯扭的老头儿。全体教徒唱起一首歌,大意是,微弱的灯儿燃着,可怜的人儿将赎去罪孽。整幢房子就在祈祷和歌声中震荡。

然而我还在等着见耶稣。

最后,所有的孩子都登上了祭坛,得到了拯救,只剩我和另外一个。他是酒鬼的儿子,名叫韦斯特里。他和我被淹没在姐妹们和执事的祈祷声中。这时教堂里很闷热,天也很晚了。终于,韦斯特里对我悄悄地说:"见他妈个鬼!我可坐腻了。我们上前去被救算了。"他站起来,就赎了罪。

我这样就一个留在了送葬人的长凳上。婶婶走过来,跪在我的膝下,哭着,而祷告声和歌声如凶猛的波涛把我卷在这小小的教堂里。全体教徒为我一人祈祷呻吟,呼喊声呼天抢地。

我安详地等待耶稣的到来,等呀,等呀——可他没来!我要见他,可什么也没发生。什么也没发生!我想要让自己身上发生点什么变化,可什么都没发生。

我听到歌声,听到牧师说:"你为啥不过来?宝贝儿,你为啥不过来?耶稣等着你呢。他想要救你呢。你为啥不过来?吕德姐妹,这孩子叫啥?"

"兰斯顿。"婶婶呜咽道。

"兰斯顿,你干吗不过来?不过来,不想得到救赎吗?噢,上帝的羔羊!干吗不过来?"

这时,天的确很晚了。我开始为自己害羞了,都是我,让大伙儿耽搁这么久。我想弄明白上帝会对韦斯特里怎么想了,他准没看见耶稣,可瞧他现在在祭坛上那个得意劲儿,一边晃荡着穿灯笼裤的双脚,一边和我扮着鬼脸,还有执事和老太太们团团地跪在周围为他祈祷。上帝并没有因他玩弄自己的名义,在教堂里撒谎而将他用轰雷劈死呀。于是,我明白,要避免进一步的麻烦,我最好也撒个谎,说看到耶稣来了,站起来,去得救。

我站了起来。

霎时,整个大厅成了欢呼的海洋。欢腾的声浪席卷着小教堂。女人们向空中雀跃。婶婶双臂围住了我。牧师拉住我的手,领我上了祭坛。

等平静下来,四周一片静默,不时听得几声狂喜的"阿门",在这种气氛中,所有的小羊羔都以上帝的名义得到了祝福。接着,欢乐的歌声响彻大厅。

那天夜里,我哭了——这是倒数第二次哭,我毕竟已是十二岁的大孩子了。我哭着,床上一个人,哭得不能自已。我把头埋进了被窝,婶婶还是听见了。她醒来告诉叔叔,说圣灵来到了我心中,说我看见了耶稣,所以我哭了。可其实我哭是因为我不忍心告诉她我撒了谎,我骗了教堂里所有的人,而且我实在没有看见耶稣,而我现在再也不相信有耶稣,不然,他总得来帮我一把呀。

陶乃侃 译

金

马丁·路德·金(1929—1968),美国浸礼会黑人牧师,二十世纪五十年代中期开始领导美国历史上第一次大规模民权运动,直至遇刺身亡。主要著作有《阔步走向自由:蒙哥马利城的故事》《为什么我们不能等待》等。1964年获得诺贝尔和平奖。

我有一个梦想

一百年前,一位伟大的美国人签署了解放黑奴宣言,今天我们就是在他的雕像前集会。这一庄严宣言犹如灯塔的光芒,给千百万在那摧残生命的不义之火中受煎熬的黑奴带来了希望。它之到来犹如欢乐的黎明,结束了束缚黑人的漫漫长夜。

然而一百年后的今天,我们必须正视黑人还没有得到自由这一悲惨的事实,一百年后的今天,在种族隔离的镣铐和种族歧视的枷锁下,黑人的生活受压榨。一百年后的今天,黑人仍生活在物质充裕的海洋中一个穷困的孤岛上。一百年后的今天,黑人仍然萎缩在美国社会的角落里,并且意识到自己是故土家园中的流亡者。今天我们在这里集会,就是要把这种骇人听闻的情况公诸于众。

就某种意义而言,今天我们是为了要求兑现诺言而汇集到我们国家的首都来的。我们共和国的缔造者草拟宪法和独立宣言的气壮山河的词句时,曾向每一个美国人许下了诺言,他们承诺给予所有的人以生存、自由和追求幸福的不可剥夺的权利。

就有色公民而论,美国显然没有实践她的诺言。美国没有履行这项神圣的义务,只是给黑人开了一张空头支票,支票上盖着"资金不足"的戳子后便退了回来。但是我们不相信正义的银行已经破产,我们不相信,在这个国家巨大的机会之库里已没有足够的储备。因此今天我们要求将支票兑现——这张支票将给予我们宝贵的自由和正义的保障。

我们来到这个圣地也是为了提醒美国,现在是非常急迫的时刻。现在决非侈谈冷静下来或服用渐进主义的镇静剂的时候。现在是实现民主的诺言时候。现在是从种族隔离的荒凉阴暗的深谷攀登种族平等的光明大道的时候,现在是向上帝所有的儿女开放机会之门的时候,现在是把我们的国家从种族不平等的流沙中拯救出来,置于兄弟情谊的磐石上的时候。

如果美国忽视时间的迫切性和低估黑人的决心,那么,这对美国来说,将是致命伤。自由和平等的爽朗秋天如不到来,黑人义愤填膺的酷暑就不会过去。1963年并不意味着斗争的结束,而是开始。有人希望,黑人只要撒撒气就会满足;如果国家安之若素,毫无反应,这些人必会大失所望。黑人得不到公民的权利,美国就不可能有安宁或平静,正义的光明的一天不到来,叛乱的旋风就将继续动摇这个国家的基础。

但是对于等候在正义之宫门口的心急如焚的人们,有些话我是必须说的。在争取合法地位的过程中,我们不要采取错误的做法。我们不要为了满足对自由的渴望而抱着敌对和仇恨之杯痛饮。我们斗争时必须永远举止得体,纪律严明。我们不能容许我们的具有崭新内容的抗议蜕变为暴力行动。我们要不断地升华到以精神力量对付物质力量的崇高境界中去。

现在黑人社会充满着了不起的新的战斗精神，但是我们却不能因此而不信任所有的白人。因为我们的许多白人兄弟已经认识到，他们的命运与我们的命运是紧密相连的，他们今天参加游行集会就是明证。他们的自由与我们的自由是息息相关的。我们不能单独行动。

当我们行动时，我们必须保证向前进。我们不能倒退。现在有人问热心民权运动的人："你们什么时候才能满足？"

只要黑人仍然遭受警察难以形容的野蛮迫害，我们就绝不会满足。

只要我们在外奔波而疲乏的身躯不能在公路旁的汽车旅馆和城里的旅馆找到住宿之所，我们就绝不会满足。

只要黑人的基本活动范围只是从少数民族聚居的小贫民区转移到大贫民区，我们就绝不会满足。

只要密西西比仍然有一个黑人不能参加选举，只要纽约有一个黑人认为他投票无济于事，我们就绝不会满足。

不！我们现在并不满足，我们将来也不满足，除非正义和公正犹如江海之波涛，汹涌澎湃，滚滚而来。

我并非没有注意到，参加今天集会的人中，有些受尽苦难和折磨，有些刚刚走出窄小的牢房，有些由于寻求自由，曾在居住地惨遭疯狂迫害的打击，并在警察暴行的旋风中摇摇欲坠。你们是人为痛苦的长期受难者。坚持下去吧，要坚决相信，忍受不应得的痛苦是一种赎罪。

让我们回到密西西比去，回到亚拉巴马去，回到南卡罗来纳去,回到佐治亚去,回到路易斯安那去,回到我们北方城市中的贫民区和少数民族居住区去,要心中有数,这种状况是能够也必将改变的。我们不要陷入绝望而不能自拔。

朋友们,今天我对你们说,在此时此刻,我们虽然遭受种种困难和挫折,我仍然有一个梦想。这个梦想是深深扎根于美国的梦想中的。

我梦想有一天,这个国家会站立起来,真正实现其信条的真谛:"我们认为这些真理是不言而喻的;人人生而平等。"

我梦想有一天,在佐治亚的红山上,昔日奴隶的儿子将能够和昔日奴隶主的儿子坐在一起,共叙兄弟情谊。

我梦想有一天,甚至连密西西比州这个正义匿迹,压迫成风,如同沙漠般的地方,也将变成自由和正义的绿洲。

我梦想有一天,我的四个孩子将在一个不是以他们的肤色,而是以他们的品格优劣来评价他们的国度里生活。

我今天有一个梦想。

我梦想有一天,亚拉巴马州能够有所转变,尽管该州州长现在仍然满口异议,反对联邦法令,但有朝一日,那里的黑人男孩和女孩将能与白人男孩和女孩情同骨肉,携手并进。

我今天有一个梦想。

我梦想有一天,幽谷上升,高山下降,坎坷曲折之路成坦途,圣光披露,满照人间。

这就是我们的希望。我怀着这种信念回到南方。有了这个信念,我们将能从绝望之岭劈出一块希望之石。有了这个信念,我们将能把这个国家刺耳的争吵声,改变成为一支洋溢手足之情的优美交响曲。

有了这个信念，我们将能一起工作，一起祈祷，一起斗争，一起坐牢，一起维护自由；因为我们知道，终有一天，我们是会自由的。

在自由到来的那一天，上帝的所有儿女们将以新的含义高唱这支歌："我的祖国，美丽的自由之乡，我为您歌唱。您是父辈逝去的地方，您是最初移民的骄傲，让自由之声响彻每个山岗。"

如果美国要成为一个伟大的国家，这个梦想必须实现。让自由之声从新罕布什尔州的巍峨峰巅响起来！让自由之声从纽约州的崇山峻岭响起来！让自由之声从宾夕法尼亚州阿勒格尼山的顶峰响起来！

让自由之声从科罗拉多州冰雪覆盖的落基山响起来！让自由之声从加利福尼亚州蜿蜒的群峰响起来！不仅如此，还要让自由之声从佐治亚州的石岭响起来！让自由之声从田纳西州的望山响起来！

让自由之声从密西西比的第一座丘陵响起来！让自由之声从每一片山坡响起来！

当我们让自由之声响起来，让自由之声从每一个大小村庄、每一个州和每一个城市响起来时，我们将能够加速这一天的到来，那时，上帝的所有儿女，黑人和白人，犹太教徒和非犹太教徒，耶稣教徒和天主教徒，都将手携手，合唱一首古老的黑人灵歌："终于自由啦！终于自由啦！感谢全能的上帝，我们终于自由啦！"

佚名 译

博伊尔斯

威廉·C.博伊尔斯,美国作家。

永不道别

我那年才十岁,却陡然陷入了极度痛苦之中,因为我即将远离熟悉的家乡。尽管我还年幼,但这短暂的时光中的每时每刻都是在这个古老而庞大的家族中度过的,这里凝聚着四代人的欢乐与苦楚。

最后的一天终于来临了。我一个人偷偷地跑到我的避难所——那个带顶棚的游廊,独自悄悄地坐着,身子不断地抽动,伤心的泪水如泉水一般直往外流。突然间,我感到一只大手在轻轻地抚摸着我的肩膀,抬头一看,原来是爷爷。"不好受吧?比利。"他问道,随后坐在我旁边的石级上。

"爷爷,"我擦着泪汪汪的眼睛问道:"这可让我怎么向您和我的小伙伴们道别呀?"

他盯着远处的苹果树,静静地望了好一会儿才说道:"再见这个字眼太令人伤感了,好像是永别一般,而且还过于冷漠。看起来似乎我们有许许多多道别的方式,但都离不开'悲伤'这两个字。"

我依然直直地盯着他的脸,他却慢慢地把我的小手放到他那双大手之中,轻声说道:"跟我来,小家伙。"

我们手牵着手,来到前院,这是他最为珍爱的地方,那里长着一株巨大的红色蔷薇花树。

"比利,你看到什么了?"

我眼睁睁地看着这些开得正旺的玫瑰花,心里却不知说些什么,就冒失地回答:"爷爷,我见到的是又轻柔又漂亮的花呀!真是美极了!"

他屈膝跪了下来,把我拉到他身边,说:"的确美极了。但这不仅仅是玫瑰本身美,比利,更重要的是你心目中那块特殊领地才使得它们这样美。"

他与我的视线相遇了。"比利,这些玫瑰是我很久很久以前种下的,那时你妈甚至还不知在哪儿呢。我的大孩子出生那天,我栽下了这些玫瑰,这是我对上帝感恩的一种特殊方式。那孩子和你一样,也叫比利,过去我常常看着他摘那些花,献给他妈妈……"

爷爷已是老泪纵横了(在这以前,我还未见他流过泪呢),声音也随之哽咽了。

"一天,可怕的战争终于爆发了,我儿子和其他许许多多人的孩子一道远离家乡去前线。我和他一道步行,到了火车站……十个月过去了,我收到了一份电报,原来比利已在意大利的一个小村庄牺牲了。我所能记起的一切就是他一生中与我最后说的话就是'再见'。"

爷爷缓缓地站起来:"比利,今后永远不要说再见。千万不要为世上的悲哀与孤独缠绕。相反,我倒希望你能记住第一次对朋友问候时那种幸福愉快之情。把这个不同寻常的问好牢牢铭刻在心中,就如太阳常在一起,暖烘烘的。当你和朋友们分离时,想远一些,特别是记住第一次问好。"

一年半过去了,爷爷重病缠身,生命垂危。几个星期从医院回来后,他又选择了靠窗那张床,以便能看到他所珍爱的玫瑰树。

一天,家里人都被召集到一块来了,我又回到了这幢旧房子里。按常规,长孙也有与祖父告别的机会。

轮到我了,我注意到爷爷已是疲倦不堪,眼睛紧闭,呼吸缓慢而且沉重。

我轻松地握着他的手,正如当初他拉着我的手一样。

"您好,爷爷。"我轻轻地向他问候,他的眼睛缓缓地睁开了。

"你好,我的朋友。"他说道,脸上掠过一丝微笑,眼睛又闭上了。我赶紧离开了。

我静静地伫立在玫瑰树旁边,这时,我叔叔走过来告诉我爷爷过世了。我不由得又想起爷爷的话和形成我们友谊的那种特殊感情。突然间,我真正领悟出他说永不道别和不必悲哀的真正含义。

邓明生 译

李科克

斯蒂芬·李科克(1869—1944),加拿大幽默作家,写过三十几本轻松的随笔和小品文。主要作品有《文学的失误》《我发现的英国》等。

我们是怎样过母亲节的
——一个家庭成员的自述

在最近提出来的所有各式各样的意见中,我认为,一年过一次"母亲节"这个主意要算最高明了。难怪五月十一日在美国正在成为一个人人喜爱的日子,而且我还相信,这样的想法也一定会蔓延到英国去。

在我们这样一个大家庭里,这个想法特别受欢迎,所以我们决定为"母亲节"举行一次特别庆祝。我们觉得这是个好主意。它使我们大伙儿都体会到:母亲为我们成年累月地操劳,她吃足苦头和付出牺牲,全都是为了我们的缘故。

因此,我们决定把这一天过得痛痛快快的,成为全家的一个节日,我们要做一切我们力所能及的事情让母亲高兴。父亲决定向办公室请一天假,好在庆祝节日时帮帮忙,姐姐安娜和我从大学请假回家,妹妹玛丽和弟弟维尔也从中学请假回来了。

我们的计划是,把这一天过得像过圣诞节或别的盛大的节日一样隆重,我们决定用鲜花点缀房间,在壁炉上摆些格言,以及诸如此类的事情。我们请母亲安排格言和布置装饰品,因为在圣诞节她是经常干这些事情的。

两个姑娘考虑到,逢到这样一个大场面,我们应该穿戴得最最漂亮才合适,于是她们俩都买了新帽子。母亲把两顶帽子都修饰了一番,使它们显得挺好看。父亲给他自己和我们兄弟俩买了几条带活结的丝领带,作为纪念母亲这个节日的纪念品。我们也准备给母亲买顶新帽子,不过,她倒是似乎更喜欢她那顶灰色的旧无檐帽,不喜欢新的,而且两个女孩子都说,那顶旧帽子,她戴了非常合适。

早饭后,我们作了一个出乎母亲意料之外的安排,我们准备雇一辆汽车,把她载到乡下去美滋滋地兜游一番。母亲一向是难得有这样一种享受的,因为我们只雇得起一个女用人,在家里母亲几乎就得整天忙个不停。不然,如今乡下正是风光明媚的时节,要是让她驱车游逛几十里,度过一个美好的早晨,这对她来说可真会是莫大的享受。

但是,就在当天早晨,我们把计划稍微修改了一下,因为父亲想起了一个主意,与其让母亲坐在汽车里逛来逛去,倒不如带她去钓鱼更妙。父亲说,出租汽车嘛,雇了一样得花钱,我们何不利用它又游玩又开到山上有溪流的地方去钓鱼呢。就像父亲说的,如果你只是驱车出游而没有一个目标,那么你就会有一种漫无目的之感;可是如果你要去钓鱼,前面就有个明确的目标,能提高你的兴致。

我们大伙儿都感觉到,对母亲来说,有个明确的目标会更好些;再说,不管怎样,父亲昨天刚好又买了一根新钓竿,这就更自然而然地使他想起钓鱼来了。他还说,要是母亲愿意的话,她还可以使用那根钓竿;真的,他说过,钓竿实际上是给她买的,不过母亲说,她宁愿看着父亲钓鱼,她自己却不想钓。

这样,我们便为这次旅行作好了一切安排,我们让母亲切了些夹心面包片,为了怕我们肚子饿,还准备了一顿便餐,当然中午我们还要回到家里来吃一顿丰富的正餐,就像过圣诞节和新年那样。母亲把所有的东西都给我们收拾齐全,放到一只篮子里,准备上车。

唉,车子到了门口的时候,不料汽车里面看来并没有我们想象的那么宽敞,因为我们没有把父亲的鱼篓、钓竿以及便餐估计在内,显然,我们没法儿都坐进车里去。

父亲叫我们不必管他,他说他留在家里也很不错,而且他相信他能利用这段时间在花园里干点活儿;他说那里有一大堆他可以干的粗活和脏活,比如挖个垃圾坑什么的,这就免得雇人来干了,所以他愿意留在家里;他说我们也用不着顾虑他三年来一直没有过一个真正的假日这回事;他要我们马上出发,快快活活地过个节,不要为他操心。他说他能够整天埋头干活,而且,真的,他还说,本来,他想过个什么节就是想入非非。

不过,当然我们全都觉得,让父亲留在家里可绝对不行;特别是,我们都知道,他果真留下来的话,准会闯祸。安娜和玛丽姐妹俩倒也都乐意留下来,帮着女用人做中饭,只是,在这样一个美好的日子里,她们买了新帽子不戴一戴,未免太使人扫兴。不过,她们都表示,只要母亲说句话,她们就都乐意留在家里干活。维尔和我本来也愿意退出,但不幸的是,我们在准备饭菜上,却是一点忙也帮不上。

因此,到最后,决定还是母亲留下来,就在家里痛痛快快地休息一天,同时准备午饭。反正母亲不喜欢钓鱼,而且尽管天气明媚,阳光灿烂,但室外还是有点儿凉,父亲有些担心,要是母亲出门,她没准会着凉的。

他说,当母亲本来可以好好地休息的时候,如果他硬拉她到乡下去转悠,一下子得了重感冒,他是永远不会原谅自己的。他说,母亲既然已经为我们大伙儿操劳了一辈子,我们有责任想方设法让她尽可能安安静静地多休息会儿。他还说,他之所以想到出门去钓鱼,主要是这么一来就可以给母亲一点安静。他说年轻人很少能体会到,安静对于上了年纪的人有多么重大的意义。关于他自己,他总算还够硬朗,不过他很高兴能让母亲避免这一场折腾。

于是我们向母亲欢呼了三次之后就开车出发了。母亲站在阳台上,从那里瞅着我们,直到瞅不见为止。父亲每隔一会儿就转身向她挥手,后来他的手撞在车后座的边上,他才说,他认为母亲再看不见我们了。

嗯,我们把汽车开到美妙无比的山丘间行驶,度过了最愉快的一天。父亲钓到了各式各样的大鱼,他敢肯定,要是母亲来钓的话,她是无论如何也拽不上来的。维尔和我也都钓了,不过我们钓的鱼都不及父亲钓的那么多。至于那两个姑娘呢,在我们乘车一路去的时候,她们碰到不少熟人,在溪流旁边她们还遇到几个熟识的小伙子,便在一块儿聊起来。这一回,我们大伙儿都玩得痛快极了。

我们到家已经很晚,快到下午七点了,不过母亲猜到我们会回来得晚,于是她把开饭的时间推迟了,热腾腾的饭菜给我们准备着。可是首先她不得不给父亲拿来毛巾和肥皂,还有干净的衣服,因为他钓鱼时总是弄得一身肮里肮脏的,这就叫母亲忙了好一阵子,接着,她又去帮女孩子们开饭。

终于,一切都齐备了,我们便在最最豪华的筵席上坐下来,有烤火鸡和圣诞节吃的各种各样的好东西。吃饭的时候,母亲不得不屡次三番地站起来,去帮着上菜、收盘,再坐下来吃;后来父亲注意到这种情况,便说,她完全不必这样忙来忙去,他要她歇会儿,于是他自己便站起身到碗橱里去拿水果。

这顿饭吃了好长的时间,真是有趣极了。吃完饭,我们大伙儿争着帮忙擦桌子,洗碗碟,可是母亲说她情愿亲自来做这些事,我们只好让她去做了,因为这一次我们也得迁就她才行。

一切收拾完毕,已经很晚了。睡觉之前我们全都去吻过母亲;她说,这是她有生以来过得最最快活的一天。我觉得她眼里含着泪水。总之,我们大家都感觉到,我们所做的一切得到了最大的报偿。

凌山 译

达里奥

鲁文·达里奥(1867—1916),尼加拉瓜诗人。主要作品有诗文集《蓝》,诗集《亵渎的散文》等。

笑　声

笑声是生活的点缀。笑容可掬的人一般都是身心健康的人。一个孩子的笑声好比一支歌唱童年的乐曲。天真的欢快像一道清澈的瀑布从嗓子里喷腾而出。

冥思苦索的思想家们不笑,因为他们整天和宇宙万物打交道,埋头在一片宁静之中。强盗和罪犯也不笑,因为在他们那担惊受怕的灰色生活中,充满着凄楚和阴影,内心的恐惧和仇恨像一个黑色的紧箍咒,始终伴随着他们。

骄傲、自负可以微笑;纵欲、暴食、偷盗也可以微笑;妒忌者却不会微笑,他苍白,病态,往往自食其果。他愁眉紧锁,就像拉丁诗人所描绘的一样,他终究要被别人的幸福大山所压倒。

"我们赞美笑声。"

"我们为笑声祝福,因为她使世界摆脱了黑夜。"

"我们赞美笑声,因为她是晨曦,是太阳的光环,是小鸟的啭鸣。"

"我们为笑声祝福,因为她是上帝的宠儿,可爱的玫瑰色娃娃,是她给人间带来了和平和幸福。"

"我们赞美笑声,因为她总爱逗留在蝴蝶的翅膀上,在洒满露珠的麝香石竹的花萼上,在石榴美丽的红色宝石上。"

"我们为笑声祝福,因为她是救世主,是长矛,是盾牌。"

方瑛 译

米斯特拉尔

加布里埃拉·米斯特拉尔(1889—1957),智利著名女诗人。主要作品有《绝望》《柔情》《母亲的诗》《葡萄压榨机》等,1945年获诺贝尔文学奖。

歌　声

一位妇女在山谷唱歌,掠过的阴影将她遮挡,但那歌声使她挺立在田野上。

她的心破碎了,就像今天傍晚她在小溪的卵石上摔碎的水罐一样。然而她还在唱,从那隐秘的创口透出的一缕歌声,变得更纤细,更强劲。在悠扬的曲调中,那歌声被鲜血沾湿了。

为着每天都有人死去,田野里其他声音都已沉寂。刚才,连那只落在最后的小鸟的啼啭也听不到了。她那不会死去的心,那为痛苦而活着的心,汇拢了一切已经沉寂的声音,现在她的歌声虽已变得高亢,但始终是甜美的。

她是在为她丈夫歌唱?暮色中丈夫正默默地望着她。或者,她唱歌是为了孩子?孩子是那么迷人,使她减轻痛苦;或者,她只是为自己的心歌唱?她的心比黄昏时分孤独的孩子更加无依无靠。

这歌声使正在降临的夜晚变得慈爱,群星带着人间的甜蜜在闪烁,布满星星的天空变得通晓人情,理解大地的痛苦。

田野纯净得像月光下的水面,平原抹去那不高尚的白天的浊气。白日里人们互相憎恨。那妇人仍然在歌唱,歌声从咽喉中飞出,越过变得高尚的白天,朝着群星飞升!

段若川 译

罗 多

何塞·恩里克·罗多(1871—1917),乌拉圭散文家、文学评论家。主要作品有《爱丽尔》等。

航 船

看,大海的寂寥。一道无法穿越的线封锁着它;这道线与整个穹隆连在一起,只在海滩处留下空隙。一艘船,趾高气扬,带着隆隆的轰鸣驶离了海岸。西斜的太阳,温和的云朵,阵阵海风催人远行。船在前进,在空中留下黑色的烟尘,在海上留下白色的浪花。前进,行驶在平静的波涛上。它驶到海天交接处,穿越那道界线。只剩下高高的桅杆依稀可见;这最后的迹象也终于消失了!那无法穿越的线又变得神秘莫测!谁能否认它的存在呢?它就在那里,那是实实在在的分界,那是深渊的边沿。然而它的后面仍是茫茫沧海,浩瀚无垠。大海越来越深,越来越广;在它的另一端,是将它与别的海面隔开的陆地,新的陆地,更辽阔的陆地,太阳为它们涂上了不同的色调,那里生活着不同的种族;神奇、宽广的土地,高尚、完美的世界,或者已被开拓,或者荒无人烟。在这浩瀚之中有着船舶起锚的码头。它们或许在那里停靠,然后便在无限的天地中各奔前程,而且一去不复返,如同那条已经通过的大海的界线一样:虚无缥缈,一切都在那里消失……

总有一天,注视那同一条神秘的线,你会看到一缕袅袅升起的青烟，一面旗帜，一根桅杆，一个似曾相识的船体……这是那返航的船只！它回来了，犹如一匹忠于牧场的骏马。它或许比离去时更加可怜，体重减轻了；或许被肆虐的波涛伤害了；然而它也可能平安无恙并满载珍贵的收获凯旋而归。在它强劲脊背上的褡裢中也许驮来了热带的奉献：醉人的香料，甜蜜的柑橘，像太阳般闪光的宝石或者柔软的、光彩夺目的毛皮。作为运去货物的代价，它或许带来了心地更加纯朴、意志更加的顽强、臂膀更加粗壮的人们。光荣和幸福属于航船！如果它来自勤奋之邦，或许运来了炼好的铁器，用来武装劳动的双手，要么它运来的也许是织好的毛线或者贵重金属制成的、用来装点世界的完美的饰物；或者是一块块青铜和大理石，人类的艺术为它们注入了生命的气息，或者是一沓沓纸张，通过微小铅字的痕迹，引来具有思想的人民。光荣和幸福属于航船！

请你稍加注意，一个思想，你将它排除，或者它自行消失；你再也望不见它；天长日久，它又在你心灵的明媚的阳光下出现，然而已经变成和谐、成熟的意念，变成了能以整个辩证法的力量和炽热的激情来展开的说服力。

一个轻轻的疑惑模糊了你的信念；你将它驱除，将它瓦解，然而当你已牢牢地将它忘却时，它又毅然再现，使你无可奈何，以致使你的信念的整座大厦顿时永远地倒坍。

你在阅读一本令人沉思的书，你又置身于人群和事物的纷纭混乱之中；你忘却了那本书所留下的印象。随着时间的推移，你终于明白，尽管是无意地、不假思索地翻阅，那本书却在你的心灵中发挥作用，以致你整个精神生活都受它的制约并按照它的要求而改变。

你在体验一种感觉。它对你是匆匆过客；其他的感觉要抹掉它的余味和记忆，宛如一个海浪冲去前面的海浪留在海滩上的痕迹。总有一天你会感到一种巨大而又令人折服的激情从你的心灵中溢出，你会意识到那一连串的活动来自那被遗忘的感觉。正是这内心的活动将这个感觉变成你自身的全部力量所遵从和依傍的中心，如同茂盛的藤蔓顺从地缠绕在一条柔软的绳索周围一样。

这一切事物都恰似航船：起程，消失，然后又满载而归。

赵振江 译

岛崎藤村

岛崎藤村(1872—1943),日本诗人、散文家和小说家。主要作品有《破戒》《千曲川风情》等。

三位来客

"冬"访问我来了。

老实说,我在等候一个比"冬"更为丑陋的满脸皱纹的老太太,她贫寒憔悴,昏然欲睡,瑟索战栗着。可是细细端详来到身边的"冬"的模样,不禁使我惊讶,她同我脑海中原有的印象及推测迥然不同。

我于是问道:

"你就是'冬'吗?!"

"瞧你说的,你到底把我当成谁啦?原来你竟如此误解了我!""冬"回答道。

"冬"指着形形色色的树木给我看。她说你瞧那满天星!我朝她手指的方向看去,枯槁的红叶早已落尽,一条条棕色的细嫩枝条冒出新芽,不论是水灵灵的泛着光泽的嫩枝上,还是破节而出的幼芽上,都充满了冬天的光辉。岂止满天星?梅也伸出了墨绿的嫩枝,有的竟长到一尺多了。杜鹃虽缩作一团蹲伏在那儿,却毫无惶惶悚悚的样子。"冬"又叫我看山茶树。它那映着冬阳油光碧绿的叶片,放出一种不可名状的鲜艳光彩,而它那硕大的花蕾便从这茂密的叶丛中探出头来。山茶花开放时仿佛带着一种庄重的笑容，有些花朵开得很早，甚至在霜降之前就已开败了。

"冬"又手指八角金盘给我看，这树色彩新奇，白中透绿，绿中泛白，它那矫健有力的花形打破了周围的平淡。

我曾在异乡的旅店度过三个阴暗的冬天。每至凄风冷雨天气，拉窗上一片昏暗，我总要忆起那巴黎之冬。在那儿，每年一到天时最短的冬至前后，上午九点左右刚刚天明，下午三点半就又进入黑夜了。波德莱尔①在其诗中把北极的太阳描绘成燃烧得通红而又极其冰冷的一团，其实这样的太阳，散步在巴黎街头是经常可见的，无须去遐想北极尽头的情景。在巴黎只有马路两旁凋零的七叶树之间的草坪还毫无枯色，一片葱翠，形成一幅别致的冬景。不过，还是舍发奴②在其壁画《冬》中所描绘的那种灰暗、深沉、寂静的色调才恰当地表现了那里的自然景象。

阔别数载，我又重来东京郊区过冬。连室内也充满冬阳的灿烂光辉，这是我三年羁旅生活中从未见过的。并且，在这样的季节里能仰望辽阔无边的苍穹也是难得的。我记得当时来到我身边轻声低语的，似乎就是武藏野之"冬"。

此后，"冬"每年都来访问我。移居麻布过冬以来，我益发改变了对这位来客的看法。提起"冬"，我就想起在信浓所见到的"冬"，它对我来说最为亲切。那时我每年要和"冬"一起生活长达五个月之久。可是那里一到冬天，山上所有的东西就都销声匿迹了，因此我连"冬"的笑脸也未曾见过。早在十一月上旬，初雪就遍洒群山。等那灰暗、凄冷、含着雪意的天空中，连点阳光也难得看见时，

---

① 波德莱尔(1821—1867)，法国象征派诗人。
② 法国画家，倾向拟古派，中年以后专画装饰画。

浅间火山的喷烟也隐形藏迹,不见了踪影,就连千曲川的流水也被封于冰下。我举目所见,唯有一片深深的不消融的积雪!这雪把我破旧住宅的庭园也埋没在下面,并且,有时甚至高出北面房廊的地面。垂在檐下的利剑般的冰溜竟有二三尺长。在那漫漫的寒夜里,屋内立柱常被冻裂而发出声响,我听着那裂声,简直像蛰伏洞中的虫豸一般缩作一团。

正是这个"冬"给我造成了先入为主的成见。我在那儿的山上,先后七次迎接"冬"。而这些"冬"留给我的印象只是一片灰蒙蒙而已。我在巴黎见到的"冬"没有这么深厚的积雪,但是灰暗的色调却不亚于信浓山区。所以那次我远游归来,见到久别而来访的"冬"时,我怎么也不敢相信她就是"冬"!

天涯归来迎接第三个"冬"的时候,我第一次仔仔细细地观察了常青树的嫩叶,这是从未有过的尝试。迄今,我只一心注意干枯凋零的霜叶,却忽视了初冬生发的常绿树的新叶。而这初冬的新叶恰是一年之中观看树木世界所见的最美丽动人的景物之一。这年的"冬"还把罗汉松的翠叶和红果满枝头的朱砂根等指给我看。朱砂根的果实也有白色的。这样浓艳的珠光玉色,非冬天是无法欣赏到的。"冬"又指着栎树给我看,瞧那微黑壮实的躯干,纤细却不失矫健之态的枝条,宛如一座座哥特式的建筑物。更见那栎树的嫩叶映照在冬阳之下泛出难以形容的深沉光辉。

然后,"冬"对我说道:

"你过去竟然如此地误解了我。可是我今年还给你小女儿带来了礼物。她那红红的脸蛋也是我的一点点心意!"

"穷"访问我来了。

这位客人摆出一副自幼就是老熟人的面孔,竟随随便便地走到我身边。老实说,我每次见到这位频频来访的客人,总觉得他比"冬"更为丑陋。他仿佛要说"喂!咱们是老相识啦"!只要一见面,我就得低下头来。我实在无法久久地注视他。可是这次我仔细端详来到我身边的这位客人时,竟意外地发现了他的温和的微笑。于是我不能不以原来询问"冬"的那种口气向这位客人发问道:

"你就是'穷'吗?!"

"瞧你说的,你把我看成谁啦?迄今那么长时间你竟然不了解我?!"

"穷"回答说。

"真是难得!过去我不曾见过你的笑容,甚至不曾想过你还有这么一张笑脸。我一直以为你是个不会笑的人。因此,你偶尔一笑,我浑身不寒而栗,感到厌恶。不过,或许因为我和你混熟,你待在我身边,我最放心。"

我这么一说,"穷"笑道:

"你可不能和我亲热呀!我希望你更加尊重我。有人经常在我头上冠以'清'字,称我为'清贫',但是真正的我并不那么冷酷无情。我既能在自己踏出的足迹上开出鲜花,也能把自己的房屋变成宫殿。可以说我是个魔术师。虽然如此,我并不醉心于世俗的所谓'财富',我胸怀着更为远大的理想。"

"老"也访问我来了。

在我心目中这"老"比"穷"还要丑陋。然而奇怪的是,连"老"也向我示以微笑。于是我又不能不以寻问"穷"的那种语气发问道：

"原来你就是'老'啊?!"

我仔细观察来到我身边的"老"的容貌，才恍然大悟，原来我在脑海中所描绘的，并非真正的"老"，而是"干枯"。现在我身边的"老"是一个更为容光焕发，更加值得宝贵的老人。

但是这位客人到我这儿来岁月尚浅。如不同他更多地促膝交谈，便不可能真正了解他。我现在仅仅知道了他的笑容而已。总之，我要想方设法深入了解这位客人，从而自己今后也心甘情愿作一个年老者。

我觉得似乎还有谁要来访问我。好像就伫立于我家门口。我觉察出它就是"死"。但是上述三位来客已经教育了我：先入为主的思想方法是错误的。说不定"死"也同样地会教给我一些不曾料想到的东西吧。

周祥勒 译

石川啄木

石川啄木(1886—1912),日本诗人、小说家、评论家。主要作品有《一握砂》《叫子和口哨》《可悲的玩具》等。

旷　野

"是迷路了!"

当这样觉察到的时候,他已深入这片旷野,走过了将近十英里的路。清晨离开旅店后,一直循着淤水处留有新马蹄印的路痕走出七八英里之遥。从森林到原野,从原野到森林,其间,也曾两三次途遇路人,并且在一处森林中还见过一所无人居住的小屋。但究竟是从哪条路来到这里,以至是从何时、何处迷的路,却无从得知了。就觉得转瞬之间,像是谁强行把自己拖来,遗弃到这片茫茫旷野后便旋即离去似的。

旅人的脚背让草鞋磨得疼痛难忍,他拖曳着沉重的双脚,踉踉跄跄地向前挪动。因为走了十个小时没有吃任何东西,粒米未进的肚子瘪了下去。饥饿、疲劳以及迷路后的惆怅,给头脑增添了一种无形的重压。每走一步,两脚的剧痛都嗞嗞地刺着衰弱的神经。不论怎样振作精神,还是不时地发生目眩和耳鸣。

虽然想着要返回原路,但两条腿依然在朝前迈;即或下定决心往回折,可身躯却照旧是在向前移。

一望无垠的旷野,野草像海面上起伏的波涛。在这万顷碧波之上,浮着唯一的一条宽二尺许笔直的路。天空浓云低垂,无半点儿裂缝,犹如铁制的棺盖,沉重地覆压着整个旷野。

连一丝风儿都没有。从地球脊柱似的嵯峨群山刮来的横扫千里的疾风,吹至这片既无峰峦阻隔,又没树木遮拦的旷野,那股雄狮咆哮般的汹汹气势,也就自然而然地减弱以至完全消失了。

看不见太阳,也就辨不清是午前还是午后。旅人心里揣摩,大概再有两三个小时就该日落西山了。四野茫茫,不辨东西。路从何处来,通往何处去,更是不知其所始,不知其所终,他只有径直向前……

大约又走了二英里,脚下的小路,向左右岔开了。

这里恰处旷野中央,来自三个方向的三条路,在此汇合。汇合处略显宽阔,无野草生长,一块裸露的红土正中,有一洼水塘。

水塘近旁,蹲着一条像用铁丝编成似的瘦骨嶙峋的黄狗。

狗一看见旅人,亲热地摇晃着尾巴,缓缓站起后,踉跄着向前跑了两三步。

孑然一身陷入这片沉寂旷野的旅人,一看见有生命的狗,就像在异国他乡邂逅故人那样感到亲切,他靠近了狗。

狗微微抽动着鼻子,仰视一下旅人的脸,便缩起耳朵,低头用鼻尖吻抚着他那满布灰尘的脚背。旅人一屁股坐在了地上,狗也在相距大约三尺左右的地方,用前肢撑地蹲了下来。

天空结成了一块铅板,仍不见一丝微风,在方圆几十英里的莽原中,有生命的只有这一人一狗。

狗默默地注视着旅人,旅人也静静地凝望着狗。

假如这年轻人和狗二者形神同属一类,那么,此时狗是旅人呢,还是旅人是狗呢?恐怕无论是谁,也辨认不清。饥饿、疲惫的两条生命,面面相觑,彼此对视着。

约在七天前,究竟由于怎样的一个机隙跑到这旷野的三岔口上来了,并且是从哪条路上来的,狗则全都忘却了。虽然也极想返回原来的村子,终因旷野漫漫,无论怎么走,也还是野草的世界。三条路交替轮换,不管走多少次,到头来依旧回归原处。狗已是七天未曾吃食了,而且从没碰到过一条狗或一个人,只是在三天前,目送过扑翅而起、隐入云层的一只鸟的背影。

万籁俱寂,连一点儿微弱的声音也没有。旅人觉得,所能听到的,只是两颗极度疲劳的心脏同时搏动的音响。

须臾,旅人探囊取出香烟,擦着了火柴。他发现短暂的火光已映入了狗的眼里;而狗则同时看到,火光也正在旅人的眼中闪烁。

他把燃过的残梗信手扔到狗的面前,狗立即把它按到鼻尖下,因为没有任何香味,所以很快又恢复了蹲踞的姿势,乞望着旅人的脸。七天来的饿馁,使狗的眼睑显得非常倦怠了,而入口的烟雾却冲淡了旅人的饥肠。

由于心神略觉舒畅,对眼前瘦得皮包骨头的狗不由地动了恻隐之心,他伸手把狗拉了过来。

纵使抚摸它的头,拽它的耳朵,狗也只是眯缝着眼睛,显得异常温驯、顺从。即或把香烟的烟气往它脸上吹,它也不过是微微用鼻子"哼哼"两声。接着,又是逆着毛抚摸,又是肆意掰开它的四条腿,又是让它在地上打滚儿,以至把它那瘦削的小脸儿夹在两膝中间,狗也还是相当的驯顺。最后,他把狗的细尾,左扭右拽,甚而缠住手指,只要用力稍一过猛,狗便哽、哽地在嗓子眼儿里呻吟一下,试图表示一点微弱的反抗。

忽然,旅人想出了一桩无聊的趣事儿,嘴边暗暗地浮现出一丝冷笑。他从衣袋里掏出些乱纸，先搓了根纸捻儿，用它把乱纸绑在了狗的尾巴上。

狗左右摇晃着尾巴，旅人擦燃火柴，点着了乱纸。

狗猛地跳了起来，尾上火在燃烧，它尽管想扭头咬掉尾上的乱纸，但因首尾无法相顾，所以，一边噢、噢号叫，一边骨碌骨碌地就地旋转起来。

此刻，旅人虽悟及自己搞了一出极为残忍的恶作剧，慌忙起身，想要按住狗尾除去乱纸，可是狗在声嘶力竭地连连狂吠，并以惊人的气势加速旋转。他简直目瞪口呆，一筹莫展，无奈，只好也伸着手跟随狗团团乱转起来。

狗的惨痛哀嚎，在腹空如洗的旅人听来，愈益不堪忍受，顿觉胸口烦闷，膨胀欲裂。

狗尾上的火，不久熄灭了。然而，当它的旋转刚一慢下来的时候，竟东倒西歪地栽向水塘里去。这时，旅人就像一根枯木那样呆立在那里。

"噢噢"的惨叫声已经消失了。狗就那样倒在水里，经受着临终的苦痛。它虽还在用四肢拼力挣扎，并哽哼、哽哼地连声低泣，但却一声低似一声，后来战栗的四肢慢慢地不颤动了。

极度饥饿的狗，就这样惨然死去。

横卧着黄狗尸体的水面，波平水静，宛如一泓无底深渊。映在里面的灰色天空，不知不觉已透出黄昏的惨淡。

怔忡木立的旅人，惊悟地看了看四周，到处是一片昏暗笼罩着的茫茫野草，他的脸上刻下了难以言状的凄楚。

对于迷路的旅人来说，没有比意识到夜之将至更为悲哀的事了。他急忙系紧了草鞋带，诀别般地扫了一眼狗的浮尸，决定上路。但刚一举步,蓦地怅惘了,那么,究竟去向何处呢?他环视一下灰蒙蒙的旷野。

就这样反复环视了三次。

"噫!"

他一声呐喊,刚要把两手高高伸向苍天,竟失声恸哭起来。"来时的路到底在哪里?!"

三条路,从他的脚下,毫无二致地通向旷野的三个方向。

柴明俊 译

宫城道雄

宫城道雄(1894—1956),日本音乐家、作家。主要作品有《雨中念佛》《梦景》《明日之别》等。

音的世界

我从七岁时才开始和光的世界渐趋绝缘。到九岁以前,虽极微弱但还能看到一点。在我的记忆里,开始学弹琴时,尽管用手摸索着,还是看着琴弦来弹的。所以我想,我和从一降生起就没看见过物象的盲人相比,有许多不同之点。

我可以根据声音想象出东西的颜色和形状。听见京都少年舞女脚下的木屐声,便想象出儿时见过的身穿红领子友禅①和服、腰上系拉着带子的俊俏身影。

就这样,失去了光之后,在我面前却展现出无限复杂的音的世界,充分补偿了我因为不能接触颜色造成的孤寂。并且认为这就是我所居住的世界,虽对光的世界不无怀念,不过现在已习以为常,并不觉得怎么样了。我失去了视力,反之,耳朵的听觉却格外的灵敏。关于音我想得很多,很想谈一谈由于音使我想到的事。

我认为音和色有着不可分的关系。音中有白音、黑音、红音、黄音等种种的音。听见白音就想起纯洁、圣人和僧侣等;听见黑音

---

① 友禅,京都人宫崎友禅创制的染织品。

就想象到黑暗、坏人等。因此,在一个个音里还是有着性格和色彩的。

我作曲时,总想把重点放在旋律上加以表现,而在和声方面,就想着这音和色,设法提高效果。表现湖泊时,我就想凭借旋律与和声造成让人想象出那透明的碧蓝色湖水的音响来。为了使之产生秋天的气氛,决不会忘记在用凄凉的旋律的同时,还要配上枯叶飘落的秋色。

算卦的人,借看手相、面相和骨相来推断一个人的人品和预卜吉凶祸福,而声音也是一样的。世界上没有相同的面相,声音也是因人而异。声音有强弱、清浊、高低之分;还有干巴巴的声音、圆润的声音、娇滴滴的声音、粗野的声音等,千差万别。

根据声调便可知道该人的气质和脸形。特别是性格容易从声音中表现出来。并且大体上能想象出此时此刻那人的表情。胖人和瘦人的声音截然不同。头脑的聪敏和迟钝,只要一听声音,大抵也可以知道。还有,同一个人,心存烦恼时,尽管强为欢笑,也马上可以知道的。人们常说:"您的气色不好看,怎么的了?"而我却想问:"您的音色不好,怎么的了?"

从前,我曾去大连旅行。那时,因为在船中憋闷,遂和船长、乘客一起边喝茶边聊天。关于每人的情况,我只一听声音一说就对。人们便向我取笑说:"您从声音上给我算一算命吧。"

另外,还常有这样的事,在众多人参加的集会里,人们吵着谁来了谁还没来时,而我却远远地就听出了他们说的那人的声音,知道这人已经到会了。而别人得过一阵子,才好不容易地从人堆儿里发现那个人,搞清他已来了。

孩子们到我这儿来学琴,有的不遵守纪律,我马上就能发现他,说声:"坐好!"那孩子吓了一跳,赶紧重新坐好了。有过这样一件事,一年夏天的一个热天,来练习尺八合奏的学生们,有人以为我不知道,悄悄地脱下和服,光着身子吹,我说了一句:"光着身子够凉快的吧!"吓得那学生赶紧穿上了和服。

与人相遇彼此交谈时,一凑到对方的跟前,对那人的态度举止便了如指掌。那人在谈话中间,如果心里忽然想到别的事,或是偶尔移开视线,声调马上会发生变化,我便什么都知道了。

不记得什么时候了,我听过吕升①配音的一出叫《纸治》的大型木偶戏净琉璃。戏中的妻子阿赞一边从衣橱里往外拿衣服,一边说话,给阿赞配音的吕升的脸不消说是面向观众的,但那音色和说话方式,听起来就像阿赞背过身去一面开柜橱一面说话似的,让我叫绝。

我住的地方离省线电车道相当远。雨前或天气恶劣时,我便能清楚地听见户外的各种声音。一旦听见在远处奔驰而过的省线的电车声,便想到快下雨了。不仅如此,从日本三弦和琴弦上也能知道。当弦绷紧,声音又不清晰时,就可以预测出虽然今天天气很好,但不出两三天准下雨。

我虽目不能视,但凭各种声响和周围的空气,可以感到早晨、白天和夜间的气氛。

对于大自然的音响,因为自己是搞音乐的,就格外感到亲切。同是风,松涛声、风卷枯叶声、风摆垂柳声、短竹的萧萧声等,各有情趣。

我喜欢雨声,特别是春雨最惹人喜爱。那檐头滴答的雨滴声,

---

① 吕升,丰竹吕升是日本大正时代传统的大型木偶戏"净琉璃"义太夫派的著名女配音演员,人称女义太夫。

沁人心脾。

远处的海啸声,瀑布声,小河流水声,峡谷里淙淙的溪流声,水车徐缓的转动声,全都具有诗情画意。

我还钟爱小鸟。住在喧嚣的京城之中,听不见鸟儿在大自然的森林或树丛中自由地歌唱的声音,令人寂寞。而当我心头涌起作曲的兴致,极思沉浸于自然的声响之中时,那种对自然的怀念之情,让我坐卧不宁。

自然的声响可以说无一不是音乐。与其欣赏出现于陈词滥调的诗歌和音乐中的东西,不如去倾听大自然的声音,更加令人感奋。我们不论怎么努力,也作不出胜过自然的作品来。

我最恐惧的声音,要算雷鸣了。没有比它更可怕的。一听见在远处发出隐约的隆隆之音,心中便不安起来。等到发出震天动地的巨响时,令人惊心动魄,不知所措。这时,无人在侧反而更好。那带有威严的强音,渐渐迫近,不知将会怎样。这倒并非因为惜命,总之我不喜欢听那声音。

仅次于雷鸣令人害怕的,是电车交叉点的声响。我站立在交叉点时,简直像甘冒生命危险的事一般。从四面八方轰鸣着开过来的电车,鸣着喇叭开过来的汽车,此外还有载重汽车、摩托车等,似乎都朝我开过来。尽管有人牵着我的手,仍惴惴不安,身不由己地要采取躲避的姿势。

我夜间常常失眠,作曲也多在人们安睡之后进行。彻夜作曲是常有的事。所以,我对夜间的各种声响感到格外可亲。我尤其喜欢雨夜。雨夜作曲,心绪宁静,头脑灵敏,更易谱出满意的乐章。

入夜,随着周围愈益安静,白昼听不到的声音清晰可闻。从小虫振翅的微细声音到柜橱里老鼠咬东西的窸窣声,水管子的水滴落到水桶里的声响，还有远处火车的汽笛声，都在提醒人，已是夜阑人静了。也有人问我："反正你看不见，白天晚上都一样，在夜间干活，你不至于害怕吧？"其实，我还是害怕的。

夜气袭人，这只从皮肤的触感上便可知道。这种时刻常会听到乐器的自鸣，叫人毛发悚然。不记得是什么时候了，曾听铃木鼓村先生说过，"听见琴的自鸣声音，便直感到死之降临。"深夜作曲时，在身子周围竖起了各种乐器，声调齐全，自己独自端坐在当中，有时乐器发出的声响正好与自己刚刚想出的音调不谋而合。我想，这也许是因为飞虫撞到琴弦上，也许由于空气的干湿变化等原因使丝弦出现松弛而发出声响，总之，禁不住为之惊惧不安。有时想到，如果许多的乐器同时发声，可怎么是好呢？于是浑身一哆嗦，这时真想从屋子里逃出去。

有人常对盲人独自一人走路感到奇怪，其实他本人并不像从旁看到的那么不便。习惯了出人意料地坦然自若。

宽路、窄路、拐角、十字路口，还有屋子的大小，这些可以根据空气的压力和风吹的情况知道。从路口算起第几家是西餐馆，往前是卖留声机的，再往前是澡塘……完全清楚自己所走的这条路。

虽然时常有人牵着我的手，却要由我指点路途。我还常常告诉汽车司机路。一回记牢了，比有眼睛的人还可靠。特别是来到离家不远的地方，马上就意识到快到家了。如果听到邻近的孩子和狗的声音，也许因为熟悉，走起来就更容易了。

此外，外出旅行，随着火车的行驶，我也能想象出景物的变化。听见别人说看见富士山了，凭想象便在自己眼前浮现出富士山的雄姿。我最感到有趣儿的是，火车每次停车时，便能听见来回不断走动的乘客们的乡音。

文明的声音逐渐增多,也是可喜的现象。近来无线电收音机大为流行,这对我们盲人来说实在太方便了。晴天,飞机的螺旋桨发出雄壮的声音在空中飞翔,令人产生一种无法形容的轻松之感。

　　诸如此类,对万物一一侧耳倾听,仔细玩味,声音给你带来的感奋将是无穷无尽的。

程在里　译

泰戈尔

罗宾德拉纳特·泰戈尔(1861—1941)，印度著名作家。1913年获诺贝尔文学奖。他的创作主要是诗歌、小说和散文。最著名的诗集有《吉檀迦利》《新月集》《飞鸟集》；最受欢迎的小说是《沉船》。他一生写了三十多部散文集，有代表性的分别为《圣蒂尼克坦》《随想》《爪哇通信》《国际大学》和《现代文学》，阐述了他对哲学、宗教、自然和人生的观点。

美

夕阳坠入地平线，西天燃烧着鲜红的霞光，一片宁静轻轻落在梵学书院娑罗树的枝梢上，晚风的吹拂也便弛缓起来。一种博大的美悄然充溢我的心头。对我来说，此时此刻，已失落其界限。今日的黄昏延伸着，延伸着，融入无数时代前的邈远的一个黄昏。在印度的历史上，那时确实存在隐士的修道院，每日喷薄而出的旭日，唤醒一座座净修林中的鸟啼和《娑摩吠陀》的颂歌。白日流逝，晚霞鲜艳的恬静的黄昏，召唤终年为祭火提供酥油的牛群，从芳草萋萋的河滨和山麓归返牛棚。印度那纯朴的生活，肃穆修行的时光，在今日静谧的暮天清晰地映现。

我忽然想起，我们的雅利安祖先，一天也不曾忽视一望无际的恒河平原上日出和日落的壮丽景象。他们从未冷漠地送别晨夕和晚祷。每位瑜伽行者和每家的主人，都在心中热烈欢迎迷人的景色。他们把自然之美迎进了祭神的庙宇,以虔诚的目光注望美中涌溢的欢乐。他们抑制着激动,稳定着心绪,将朝霞和暮色溶入他们无限的遐想。我认为,他们在河流的交汇处,在海滩,在山峰上欣赏自然美景的地方,不曾营造自己享受的乐园;在他们开辟的圣地和留下的名胜古迹中,人与神浑然一体。

暮空中萦绕着我内心的祈祷:愿我以纯洁的目光瞻仰这美的伟大形象,不以享乐思想去黯淡和去贬低世界的美,要学会以虔诚使之愈加真切和神圣。换句话说,要弃绝占有它的妄想,心中油然萌发为它献身的决心。

我又觉得,认识到真实是美,美是崇伟,不是件容易的事。我们摈弃许多东西,把厌烦的许多东西推得远远的,对许多矛盾视而不见,在合乎心意的狭小范围内,把美当作时髦的奢侈品。我们妄图让世界艺术女神沦为女婢,羞辱她,失去了她,同时也丧失了我们的福祉。

撇开人的好恶去观察,世界本性并不复杂,很容易窥见其中的美和神灵。将察看局部发现的矛盾和形变,掺入整体之中,就不难看到一种恢宏的和谐。

然而,我们不能像对待自然那样对人。周围的每个人离我们太近,我们以特别挑剔的目光夸大地看待他的小疵。他短时的微不足道的缺点,在我们的感情中往往变成非常严重的过错。贪欲、愤怒、恐惧妨碍我们全面地看人,而让我们在他人的小毛病中摇摆不定。所以我们很容易在寥廓的暮空发现美,而在俗人的世界却不容易发现。

今日黄昏,不费一点力气,我们见到了宇宙的美妙形象。宇宙的拥有者亲手把完整的美捧到我们的眼前。如果我们仔细剖析,进入它的内部,扑面而来的是数不清的奇迹。此刻,无垠的暮空的繁星间飞驰着火焰的风暴,若容我们目睹其一部分,必定目瞪口呆。用显微镜观察我们前面那株姿态优美的斜倚星空的大树,我们能看清许多脉络,许多虬须,树皮的层层褶皱,枝丫的某些部位干枯,腐烂,成了虫豸的巢穴。站在暮空俯瞰人世,映入眼帘的一切,都有不完美和不正常之处。然而,不扬弃一切,广收博纳,卑微的,受挫的,变态的,全部拥抱着,世界坦荡地展示自己的美。整体即美,美不是荆棘包围的窄圈里的东西,造物主能在静寂的夜空毫不费力地向世人昭示。

强大的自然力的游戏惊心动魄,可我们在暮空却看到它是那样宁静,那样绚丽。同样,伟人一生经受的巨大痛苦,在我们眼里也是美好的,高尚的,我们在完满的真实中看到的痛苦,其实不是痛苦,而是欢乐。

我曾说过,认识美需要克制和艰苦的探索,空虚的欲望宣扬的美,是海市蜃楼。

当我们完美地认识真理时,我们才真正地懂得美。完美地认识了真理,人的目光才纯净,心灵才圣洁,才能不受阻挠地看见世界各地蕴藏的欢乐。

白开元 译

黄昏和黎明

在这里,黄昏已经降临。太阳神噢,你那黎明现在沉落在哪个国度、哪个海滨?

在这里,晚香玉在黑暗中微微颤动,宛如披着面纱的新娘,羞涩地立在新房之门;晨花——金香木,又在哪里绽蕾?

有人被惊醒。黄昏点燃的灯火已经熄灭,夜晚编好的白玫瑰花环也已凋落。

在这里,家家的柴扉紧闭;在那边,户户的窗子敞开。在这里,船舶靠岸,渔民入睡;在那边,顺风扬起了篷帆。

人们离开客店,面向朝阳向东方走去;晨光洒在他们的额上,可他们的渡河之费直到现在还没有偿付;透过路旁的一扇扇窗扉,那一双双黑黑的眼睛,含着怜悯的渴望,正在凝视着他们的后背;一条大路展现在他们的面前,犹如一封朱红的请帖发出邀请:"一切都已为你们准备就绪。"随着他们心潮的节奏,胜利之鼓已经擂响。

在这里,所有的人都乘坐着日暮之舟,向灰暗的晚霞微光中渡去。

在客店的院落里,他们铺下破衣烂衫;有人孤独一身,有人带着疲惫的伴侣;黑暗中无法看清,前面的路上将有什么,可是,现在他们正悄悄地谈论着后面走过的路上所发生的事;谈着谈着话语中断,尔后一片静寂;尔后他们从院里抬头仰望,北斗七星正悬在天边。

太阳神噢,在你的左边是这黄昏,在你的右边是那黎明,请你让这两者联合起来吧!就让这阴影和那光明相互拥抱和亲吻吧!就让这黄昏之曲为那黎明之歌祝福吧!

友忱 译

阿罗宾诺

室利·阿罗宾诺(1872—1950),印度英语诗人、哲学家。主要作品有《神圣的生活》《莎维德丽》等。

人:一种无常的存在

人是一种非终极的无常的存在。高处的圣光照耀着我们的身心;那里才是我们神往的终极所在,那里昭示着我们从有限的、苦难的尘世走向自在的解脱之道。

我是说人的心灵被禁锢于肉体之中,而在可能存在的意志力之中,心灵并不是至高无上的;因为心灵并不占据着绝对的真理,而只是绝对真理的天真的探索者。绝对真理被人的心灵之外的某种超智性的或说是神秘的意志力占据着。这个超智性与神圣的知者和创世者那无穷的智慧和无尽的意志力不可分割,它自在自为,是充满活力的意志之源。超智性便是超人,人类下一个非凡的进化便是走向超人的存在。

从人走向超人是我们生命进化中下一个能够达到的成就,其必然性合于我们内在精神的意向与自然生命进化的逻辑。

从物质世界和动物界进化到人,这种可能性既已实现的事实是降临中的圣光之第一次闪现,是神性诞生于物质之中的第一个遥远的兆示。从人类世界中诞生出超人将是这种神圣兆示之希望的圆满实现。从我们被肉体束缚着的灵魂中正在出现与力量、幸福和知识联为一体的神秘的日之光晕,超智性将会是那闪耀着的光彩之形成。

超智性的存在并不是将自身的天性发展到顶峰的人,也不是比人类的伟绩、知识、权力、智性、意志、性情、天才、活力、神圣、爱恋、纯洁或完善更高一级的限度。超智性是超越于人的灵性与人的有限性之外的某种存在;它是比人类天性中可能出现的最高意识更伟大的意识。

人是一种智性的存在,其智力的显现因和物质性的大脑联为一体而受制、而含混、而贬抑。即使是处于最佳的状态,智性也只是通过大脑这个附属物而对至高的力和自由之可能性做出较为清晰的闪现;如果与神圣的力量隔绝,它便不可能超越某些狭隘而可怕的限制而对我们的生活做出改变。这是一种受制的力,常常表现为利益的仆人或侍者,用以满足我们的生命或肉身的种种娱乐性欲望。而神圣的超人则是神秘的精灵,其超智性虽在上方却也能洞察下界的一切,它将把握我们的智性与肉身,它将使我们的心灵、生命与身体发生本质性的变化。

心灵体现着存在于人身上的最高的力,但这是一种求知中的、迷茫的、本身在不停地挣扎着的力。即使心灵极其明亮之时,它也不过是一线微光的折射罢了。闪耀着圣光的、自由的超心智将是超人的主脑,其自在的知识之轮的无限运转,其自发的力量源泉,其永恒的喜悦将使俗界的众神之生命达到和谐的境地。

人不过是虚无而已,但人充满了欲望,他是着迷于高度的侏儒,卑微地要达到那高不可攀的富丽与堂皇。他的心灵在宇宙神灵的万般光彩中是一束黑色的光线。他的生命是奋斗、兴奋和苦难,他受激情摆弄、被悲伤折磨,盲人或哑巴似的渴求着宇宙神灵的一瞬间。他的身体是物质世界中劳作着的、易逝的尘埃。这不可能是那神秘的大自然之造化的终点。超越于人的某种生灵存在着,那将是人类的未来;否认其可能性、否认其存在的偏见像大墙一样挡在面前,我们只能通过大墙上的裂口对此依稀而见。一个不朽的灵魂存在于人身上的某个地方,显示出一些存在的火花;某种永恒的精灵从上面遮庇着人,同时保持着人的天性中灵魂的延续性。然而这个更伟大的精灵由于他自塑人格的硬壳的限制而不可降临,这样,内在的明亮的灵魂被包扎压抑于厚厚的外表之中。总的来说,有一些灵魂鲜于动,大多数灵魂更是看不见的。人身上的灵魂和精灵,看来与其说是人们永恒或看得见的真实的一部分,不如说它们存在于人的天性的背后或上方;与其说它们诞生于肉体,不如说它们处于生的过程;与其说它们是现实的存在物,不如说它们代表了人类意识的可能性。

  人的伟大不在于他是什么,而在于他可能做什么。他的荣耀在于他是一个封闭的地方和神秘的劳工车间,在这里神圣的"人家"正在培育着超人。同时人也被赋予一种比其自身更伟大的属性:非低级的创造,正是这种属性使得人本身部分地成为制造这种变更的匠人;要使降临于人的肉体之中的荣耀代替人本身,需要人对其间的参与、需要人在意识中有认可和献身的意志,人在世间的渴望正体现了大地对超智慧的创造者的呼唤。

  如果人人都在呼唤并且得到了至高无上的回答,那么无量而辉煌的变更时代便在目前了。

石海峻 译

普列姆昌德

普列姆昌德(1880—1936),印度著名小说家和散文家。出生于北方邦贝拿勒斯,长期以教师为职业,一生辛勤写作,中长篇小说十五部,短篇小说集二十多部。他的散文也很有影响,朴实无华,内容充实,与他的小说风格比较接近。《这是我的祖国》写得很有沧桑感,表达了一个普通人对祖国这一概念的心怀和情感。

这是我的祖国

整整过了六十年①,今天我再一次见到了自己的国家,我可爱的祖国。当我离开我可爱的国家的时候,命运把我带往西方。那时我是一个精力旺盛的年轻人,我的血管里奔流着热血,而心里充满了激情和各种崇高的理想和抱负。不是某一个压迫者的迫害或法律的裁决把我和我亲爱的印度分开的。不,压迫者的暴行和严酷的法律尽管要怎么治我,都可以做到;但是不能使我脱离我的祖国。是我的一种崇高理想和巨大抱负把我驱使到了国外。我在美国经商,赚了很多钱,并且尽情享受了。我很有幸,娶了一个美而贤的妻子,她的姿色无人可比,整个美国都赞叹她的美貌,而她的

---

① 作者写这篇散文是在1908年。六十年前则指1857年印度大起义前,当时印度还未正式并入英国版图。

心里,没有一种想法不是和我联系在一起的。我全心全意地为她献身,对我来说,她就是一切。我有五个儿子;他们个个都长得俊美、结实、健康,有着好的品德。他们使我经营的商业更为兴旺了。他们的孩子们,那些天真可爱的小宝宝,当我出发最后朝觐我可爱的祖国时,他们都坐在我的怀里。我抛开了我无数的财富,忠实的妻子,孝顺的儿子们,以及我的骨血——可爱的孙子们。我抛开了这样一些亲人和财产,为的是能够最后见一见我可爱的印度母亲。我已经很老了,再过十年,我就要满一百周岁了。如果说,现在我的内心还有没有满足的愿望的话,那就是我要让自己化作自己祖国的泥土。这个愿望并不是今天才在我心中出现的,我早就有这个打算。当我的妻子正用甜蜜的话语和温柔的姿态来取悦我的心的时候,当我的一些年轻的儿子早晨来到我面前向自己年老的父亲请安的时候,那时也就像有一根针刺扎在我的心头。那根针刺就是:我是从自己国家流浪到这里来的,这个国家不是我自己的祖国,我不是这个国家的人。金钱是我自己的,妻子是我自己的,儿子是我自己的,财富是我自己的,但是不知为什么,当我想到我在祖国的破旧的草屋,几亩祖传的薄地,以及孩提时代光着屁股的小伙伴们时,对这些事物的回忆不时地折磨着我的心。即使在喜庆的场合,这种想法也依然刺痛着我的心。我想:唉,老天,要是我在自己的祖国,该多好!

但是,当我在孟买走下海轮,看到穿着黑色西服、嘴里说着硬凑的英语的海员,接着又看到英国商店、电车、汽车,遇到了各种胶轮的车子以及嘴里叼着雪茄的人们,然后来到了火车站,坐上火车向着我那青山环抱的可爱的村庄、我可爱的故乡出发,这时我的两眼满是泪水,我伤心地痛哭了一场,因为这不是我可爱的国家,这不是那个内心一直朝思暮想的国家,这是另外一个国度,这是美国,这是英国,但不是可爱的印度。

　　火车穿过森林、高山,越过河流和平原,来到了我可爱的村庄附近。这座村庄,当年繁花似锦,溪流纵横,胜似天堂。我下了火车,我内心无比的兴奋。如今我就要看到我那可爱的老家了,我就要和自己孩提时代的可爱的伙伴们见面了。当时,我一点儿也没觉察到我已经是九十岁的老人。越走近村子,我的步伐越快,我内心涌现出的那股兴奋的浪潮,是不可用言辞来表达的。我睁大了眼睛,望着每件东西。啊,这就是原来的河道,当年我们每天在这里洗马,自己也在河里泅水;但是现在它的两边用铁丝网围上了栏杆。前面是一座别墅,有两三个英国兵背着枪来回巡视着,严禁牲口下河和人泅水。我走到村子里,两眼开始搜寻我童年时代的伙伴,可是遗憾得很,他们都成了死神的祭品。我那栋破草房,在它的怀抱里,我曾多年嬉戏,我曾尽情享受我童年时无忧无虑的乐趣,而它的样子依旧浮现在我的眼前,现在这个草屋成了一个土堆了。村子里并不是没有人烟,我看到成百的人来回奔忙着,他们谈论的话题是法庭、税务局和警察局的事务,他们的面孔毫无生气,都显出张皇的神色。他们看来好像都被人间的烦恼压得喘不过气来。哪儿也看不到像我青年时代的同伴那样结实、健壮、俊美、白皙的年轻人。我亲手参加修建的摔跤场,如今是一所破烂的小学校,里面坐着一些昏昏欲睡的孩子,他们面呈饥色,衣衫褴褛,疾病缠身。不!这不是我的国家,我从那么遥远的地方来到这里的目的不是看这样的国家,这是另外某一个国家;不是我可爱的印度。

我跑到那棵榕树下面，当年我们曾在它的清凉的树荫下享受过童年的乐趣，它曾是我们童年的摇篮，它曾是我们青年时代休憩的地方。看到这棵可爱的榕树，我几乎要哭出声来。一种使人惋惜、忐忑不安和痛楚的记忆，清晰地浮现出来了，我坐在地上哭了好久。就是这棵可爱的榕树，我曾爬到它的顶端，它的枝条曾充当过我们的秋千，它的果子曾使我们感到比全世界最好的糖果还要香甜。我又想起了那些用手臂挽着我的脖子和我一同玩耍的年纪相同的伙伴，他们曾有时生我的气，有时又来和我和好，这些人到哪里去了呢？啊！难道我这个无家的旅客现在就只孤单一人吗？没有一个伙伴？这棵榕树附近现在是一个警察哨所，树下的椅子上坐着一个头戴红头巾的士兵，他的旁边还有十多个戴红头巾的士兵双手叉在胸前站着。有一个半裸着身子的饿得要死的人，身上已经多次挨过皮鞭，正躺在地上抽泣。我想到了：这不是我可爱的祖国，这是另外某一个国家，这是欧洲，这是美洲，但不是我亲爱的祖国，绝对不是我亲爱的祖国。

在这儿感到失望之后，我又走到了村子的议事棚那边。那儿当年曾是我父亲和村子里年长的老人一同抽水烟和谈笑的地方。我们也常在那平台上翻跟头。有时那儿还召开村子的长老会会议，长老会的首席长老常常是我父亲。紧挨着议事棚是一个大牛栏，当年全村的牛都系在这牛栏里，而我们在这里常常逗小牛犊玩。可惜，现在那个大牛栏也不知哪里去了，现在那里是一个种痘站和邮亭。当年和这个大牛栏连在一起的还有一个榨甘蔗和熬红糖的房子。在那里，冬天的日子榨甘蔗，红糖的香味直冲脑顶。我和我的同年纪的伙伴们围着看切甘蔗，一看就是几个小时，而且对切甘蔗的工人动作的迅速大感惊讶。我曾在那里几百次地喝过用甘蔗汁掺和的牛奶。附近一些人家的妇女和孩子们,各自拿着陶罐,来到这里,装满甘蔗汁回家。榨甘蔗的榨机现在还在那里,可是榨甘蔗的房子已经没有了。取而代之的是一架绞麻的机器,机器的前面是一家卖槟榔和香烟的店铺。看到这一副令人心碎的情景,我感到伤心。我向一个样子看起来受过教育的人说:"大爷,我是一个外地的过路人,请让我在这里住一宿吧!"这个人把我从头到脚打量了一番后说:"你到别处去吧,这里没有地方。"我向前走了,我又听到同样的答复,叫我到别处去。当我问到第五个人时,这位先生把一小撮三角豆放在我的手心里。三角豆从我的手里落到了地上。我的两眼流出了热泪,唉,这不是我亲爱的祖国,这是另外一个国度,这不是我们可爱的好客的国家,绝对不是我那可爱的好客的国家。

我买了一盒香烟,走到一个无人的地方坐了下来,回忆往昔的日子。这时我突然想到在我出国时正在修建的一座宗教会馆。我连忙赶到那里,准备在那里好歹度过一夜。可是令人惋惜而又使人遗憾,宗教会馆虽然仍在那里,可是里面没有穷苦过路人的栖身之地,那里已经成了酗酒、赌博和道德败坏的渊薮。看到这种情形,不由得从内心深处抽了一口冷气。我大声嚷起来:不,不,一千个不是,一万个不是,这绝不是我的可爱的故乡,不是我可爱的祖国,不是我可爱的印度,这是另外某一个国家,这是欧洲,这是美洲,但绝对不是印度。

深夜里,豺狼和家犬都在嚎叫,我怀着一颗沉痛的心来到那条河道岸边坐下了。我开始想:现在我该怎么办?是仍然回到我那些可爱的孙子们中间去,将我这没有满足心愿的身体化成美国的泥土？现在我已经没有任何国家了。以前，我确实已经离开了我的祖国，不过，对亲爱祖国的回忆却永远留在我的记忆里。现在我是无国的人了，我没有国家。我把头埋在两个膝盖中间坐着，一声不响地想了好久好久。黑夜眼看着快过去了，神庙里的钟声响了三下。我的耳朵里传来有人唱歌的声音，我的心一阵兴奋。这是故乡的曲调，这是我们国家的民谣。我马上爬了起来，我看到什么呢？我看到一二十个年老体弱的妇女，穿着围裤，手里拿着水壶，正去河里沐浴。她们一面走一面唱道：

我的主啊！
请宽恕我的罪过！

这迷人和激动人心的调子对我产生的影响，是不可能用言辞表达出来的。我曾听过美国最伶俐活泼、最开朗的美女唱歌，不止一次地从她们的嘴里听过比歌还要迷人的满怀深情的情话，我曾享受过我那些可爱的孩子们的发音不准的喃喃学语的乐趣，我曾听过禽鸟的悠扬悦耳的啁啾啼声，可是我从这调子中所得到的乐趣、兴味和快感，是我一生中从来也没有感受过的。这时我自己也哼起来了：

我的主啊！
请宽恕我的罪过！

我正陶醉在这种曲调里，这时我又听到了许多人说话的声音，看到有些人的手里拿着青铜制的钵，嘴里祷念着"湿婆""湿婆"，

"诃罗""诃罗","恒河""恒河","那罗衍""那罗衍"。①我的内心又一阵激动。这就是我的国家,是我亲爱的祖国的生活习惯啊!我高兴得手舞足蹈了,我跟着这些人一起走了。走过六七里的山路之后,我们来到了恒河的岸边。这条神圣的河,每一个印度教徒把在它的激流里沐浴和死在它的怀抱里当成最神圣的事。恒河离我可爱的村子只有六七里地。当年,我每天大清早就骑着马来拜谒一次恒河母亲。我心里始终怀着再朝觐它的理想。现在,在这里我看见成百上千的人在那冷得使人发抖的水里沐浴,有些人坐在沙地上念"迦叶德利"的经文②,有些人在念咒祭神,有些人正在额上抹檀香末③,还有些人合唱吠陀的诗句④。我的内心又一阵兴奋和激动,我高兴地叫嚷起来:啊,这就是我的国家,这就是我可爱的故乡,这就是我的印度。我正是要见到它,我正是要化作它的泥土,这正是我长期以来的内心的理想。

我高兴得快要发狂了,我把我的西服脱了下来,扔到一边,跳进了恒河母亲的怀抱里。正像一个不懂事的天真的孩子,和别人家的人厮混了一整天之后,傍晚时投进自己母亲的怀抱,依偎在母亲的胸脯上一样。啊!现在我是在自己的国家里了,这是我可爱的祖国,这些人是我的兄弟,恒河是我的母亲。

我在恒河岸边修了一间草房。现在我除了成天祷念罗摩⑤以

---

① 湿婆,或译大自在天,印度教三大主神之一,司毁灭。诃罗是湿婆的另一名字。恒河在印度被认为是天上银河的凡身,是圣河。那罗衍即毗湿奴,印度教三大主神之一,司保护。
② 迦叶德利是一种吠陀诗律,这里指按这种诗律写的经文。
③ 虔诚的印度教徒,特别是婆罗门往往在额上抹上檀香末。
④ 吠陀本是印度上古诗歌总集,后来被当作宗教经文。
⑤ 罗摩是大史诗《罗摩衍那》中的英雄,也是大神毗湿奴的化身,印度教徒把他当作教主来膜拜,念罗摩相当于我国旧时念阿弥陀佛。

外再也没有什么其他的事了。我每天早晚都在恒河里沐浴。我的愿望是就在这儿停止呼吸,我的遗骨就献给恒河母亲的激流。

我的妻子和儿子们一次又一次叫我回去,但是现在我不能抛开恒河的河岸以及我亲爱的祖国而到那里去了。我要将我的遗体交给恒河。现在世界上的任何宏愿和理想也不能使我离开这里,因为这是我亲爱的祖国,是我可爱的故乡,而我的理想就是死在我自己的国土上。

刘安武 译

纪伯伦

K.J.纪伯伦(1883—1931),黎巴嫩旅美作家、诗人、画家。在美国接受教育并长期定居纽约。1920年创建"笔会",任会长,遂成为阿拉伯旅美派文学领袖。受尼采和威廉·布莱克影响,作品有浓郁的浪漫主义和象征主义,阿拉伯语作品主要有短篇小说集《草原新娘》《叛逆的灵魂》,中篇小说《折断的翅膀》,散文诗集《泪与笑》《暴风集》等。英语作品主要是散文集《狂人》《先知》《人子耶稣》和《先知》《沙与沫》等。

我 的 生 日
——1908年12月6日写于巴黎

是在这样的一个日子里,母亲生下了我。

二十五年前的这一天,寂静把我降生在这充满了喧哗、纠纷和斗争的人世间。

如今,我不知道月亮围着我转了多少遍,我绕着太阳却已经转了二十五圈。不过我还是不明白光明的真谛,也不懂得黑暗的奥秘。

我同地球、月亮、太阳和群星一道围绕着至高无上的主宰转了二十五圈。不过你瞧,我这颗心现在还只是窃窃私语地念叨着那位主宰的大名,犹如岩洞传出海涛的回声——这岩洞是由于大海冲击而成,但它对这大海的实质却全然不清。大海潮水涨落,岩洞都大唱赞歌,但它却无法知道,这大海究竟有多宽阔。

二十五年前,时光挥起大笔,在世界这本奇异的大书上写下了一个字。喏,我就是那个堂奥费解的字,它一时象征着空空如也,一时又表示很多东西。

　　每年的这一天,沉思、遐想和对往事的追念,全都涌上了我的心间。它们让往昔的日日夜夜都映在我的眼前,然后又把它们驱散,好似清风吹散天边的残云一般。于是,那些回忆渐渐消逝在我屋子的各个角落里,就好像小溪淙淙在空寂深远的峡谷里流逝。

　　每年的这一天,我的心灵描绘出的各种魂灵都从天涯海角向我纷至沓来,它们围拢着我,唱起回忆往事的悲歌。然后它们慢慢地向后隐退,最后消失在黑暗里。它们就仿佛是一群群鸟儿,落在一座废弃了的打谷场上,它们没有觅见可啄的食粮,就拍打了一会儿翅膀,然后飞向了别的地方。

　　这一天,我往日生活的内容又展现在我面前,好像一面小镜子,我对着照了很长时间。我只看到岁月像死人一样苍白的脸,还有希望、理想和夙愿的相貌都像老人的脸似的皱成一团;然后我闭上眼,再往那镜子里看,却只看到了我自己的脸;接着,我凝眸向自己的脸看去,在脸上,我只看到了忧郁;我对那忧郁进行盘查,才发现它是一个哑巴,不会说话;如果忧郁也会言语,那它一定会比欢乐更让人感到甜蜜。

　　在过去的二十五年中,我爱过很多。我之所爱往往是别人所恶,而别人赞赏的事物又常常令我憎恶。孩提时代我之所爱,现在依然在爱,而现在我之所爱,也将终生不会忘怀。爱是我所能得到的一切,谁也不能让我把它舍弃。

　　曾有若干次,我爱过死。我用过动听的名字将它召唤,也曾明里暗里对它歌颂,称赞。我未曾忘却过死,也不曾对它不忠,但如今我也热爱人生。死与生对于我来说，都具有同样的美，有同样的吸引力，它们都让我渴慕、思念，引起我的爱恋与情感。

我爱过自由。越是看到人们受奴役、受蹂躏，我对自由就爱得越深；越是认识到人们服从的只是些吓唬人的偶像，我对自由的热爱就愈加增长。雕塑那些偶像的是黑暗的年代，是持续的愚昧把它们树立起来，是奴隶的嘴唇把它们磨出了光彩。不过像热爱自由一样，我也爱这些奴隶，并怜悯他们。因为他们是一群盲人，他们看不见自己是同虎狼的血盆大口亲吻，他们并没感到自己是把毒蛇的毒液吸吮，他们也不知道自己是在亲手为自己挖墓掘坟。我爱自由曾胜过一切，因为我觉得自由好像一位孤女，形影相吊，无依无靠；她心力交瘁，形销骨立，以至于变得好似一个透明的幻影，穿过千家万户，又在街头巷尾踯躅，她向行人打招呼，他们却置之不理。

二十五年中，我像所有的人一样，爱过幸福。每天醒来，我同人们一道把幸福寻找，但在他们的路上，我从未把她找到。在人们宫殿周围的沙漠上，我未看见幸福的脚印；从人们寺院的窗户外，我也未听到里面传出幸福的回音。当我独自一人去找幸福时，我听到自己的心灵在对我耳语："幸福是一位少女，生活在心的深处，那里是那样深啊，你只能望而却步。"我剖开自己的心，要把幸福追寻。我在那里看到了她的镜子、她的床、她的衣裙，但却没有发现幸福本身。

我爱过人们，非常热爱他们。这些人在我的心目中，可分三种：一种人诅咒人生坏，一种人祝福人生好，还有一种人则对人生深深地思考。我爱第一种人，因为他们日子过得太糟糕；我爱第二种人，因为他们宽容、厚道；我更爱第三种人，因为他们有头脑。

二十五年就这样过去了,我的日日夜夜就这样连续不断地匆匆逝去。就像秋风卷落叶,纷纷落地,我的日日夜夜从我人生的树上落了下去。

今天,我停下来沉思、回忆,就像经过长途跋涉而精疲力竭的行人停在半路上歇息。我环顾四周,却看不到我在人生走过的路上有什么遗迹,可以让我在太阳的面前指着它说:"这是我的。"在我的岁月里,我一无所获,只有一堆纸,斑斑点点地染着黑色的墨,还有一些画幅,杂乱而新奇,上面是种种不同的线条、色彩和谐地堆砌在一起。在这些零散的纸张和杂乱的画幅里,我埋下了我的感情,我的思想,我的美梦,犹如农夫把种子埋在地里。不过农民到田里去,把种子撒在地里,晚上回家时满怀着希望,期待着丰收的日子,而我却是无所希望,也无所期待地把我心灵的种子抛撒了出去。

如今我已经到了人生的这个时期:透过悲叹的雾霭,我看到了往昔;透过往昔面纱的遮盖,我也隐约地看到了未来。透过我的玻璃窗,我向现实张望。我看到了人们的脸庞,听到了他们的声音直升天上,听到了他们走动的脚步声,触摸到了他们的灵魂,感觉到了他们的激情和他们那一颗颗心的跳动。我放眼看去,于是我见到孩子们在嬉戏,你追我跑,相互往脸上扬着沙土,嘻嘻哈哈地欢笑;我见到青年人昂首挺胸,阔步向前,他们仿佛在朗读青春的诗篇,那诗篇则写在衬着阳光的云端;我见到姑娘们婀娜多姿,好像迎风摇曳的柳枝,她们微笑着,像娇媚的花朵,向小伙子们暗送秋波;我见到老人们走起路来慢慢腾腾,手拄拐杖,背驼如弓,他们两眼盯着地面,仿佛是要从泥土中寻觅自己丢失的珠宝一般。我站在窗前,仔细地察看着街头巷尾这一切形形色色的身影和千变万化的画面。随后,我向城外谛视,于是我发现野地里具有庄严肃穆的美。那里一片静寂,却胜似千言万语。在那里,山高谷深,青草茂密,绿树成荫;在那里,鸟语花香,河水淙淙流向远方。然后,我又谛视荒野之外,于是我看到了大海。我见到在大海的怀抱,藏着无数奇珍异宝;在深深的海底,还有无数难解的秘密;我看到在海面上,翻腾着泡沫、波浪;我看到大海有时暴怒,有时平静;有时显得云蒸霞蔚,有时又像散落的翡翠。而后,我又谛视着大海之外,于是我见到了无边无际的太空,见到了闪闪发亮的星星。看到了太阳、卫星、行星和恒星;见到它们之间既互相排斥又相互吸引,既相安无事,又相互抗争;它们有的是造化所生,有的是转化而成,但都靠着一种无穷无尽的力量相互联系在太空,并遵从一条法则,那法则包罗万象,无始无终。透过玻璃窗,我谛视着这一切,并不禁遐想、深思,于是我忘记了那二十五年,也不再想到那之前过去的年代和那之后将来的世纪。我觉得自身和周围或明或暗的一切都仿佛只是在永恒的空间里一个浑身战栗的孩子的一声叹息,那空间无边无际,高不可测,深不见底。不过我感到了确实是有这声叹息,这颗心灵,这个被我称之为"我"的自己。我感觉到了他的行动,我听见了他的喊声。现在他正振翅飞往天空;他的两手伸向四面八方。在今天这样一个表明他的存在的日子里,他浑身战栗,东摇西晃,用出自最圣洁的心灵的声音,大声说道:

"你好啊,人生!你好啊,清醒!你好啊,睡梦!你好啊,白天!——是你用自己的光明驱散了大地的黑暗。你好啊,夜晚!——是你用自己的黑暗衬托出星光满天。你们好啊,一年四季!你好啊,春天!——是你使地球又变得年轻。你好啊,夏天!——是你在传颂太阳的光荣。你好啊,秋天!——是你奉献出辛勤的果实和劳动的收成。你好啊,冬天!——是你的愤怒重现了造化的坚定。你们好啊,岁月!——是你们把岁月掩盖的一切又展开。你们好啊,世代!——是你们把历代破坏的一切重新修复起来。你好啊,使我们日臻完美的光阴!你好啊!掌握人生的缰绳、戴着阳光的面纱致使我们看不到你的真相的灵魂!心啊,我向你问候!因为你泡在泪水里,不能讥笑这问好。嘴唇啊,我向你问候!因为你在问好的同时,自己正在尝着苦的味道。"

仲跻昆 译